指差す標識の事例 下

イーアン・ペアーズ

1663年、チャールズ二世が復位を果たすも、いまだ動揺の続く英国。ヴェネツィア人の医学徒、亡き父の汚名を雪《そそ》ごうと逸《はや》る学生、暗号解読の達人の幾何学《きかがく》教授、そして歴史学者の四人が綴る、オックスフォード大学で勃発した毒殺事件。事件の真相が語られたと思ったのもつかの間、別の人物が語る事件の様相は、まったく違うものになっていき……。相矛盾する記述、あえて隠された事実、そしてそれぞれの真実——。四部構成の稀代の歴史ミステリを、四人の最高の翻訳家が手掛ける、驚異の傑作がついに登場！

登場人物

マルコ・ダ・コーラ……………医学を学ぶヴェネツィア人
リチャード・ローワー…………医師
ロバート・ボイル………………化学者
ロバート・グローヴ……………オックスフォード大学ニュー・カレッジ（セント・メアリー・カレッジ・オブ・ウィンチェスター）の教師
サラ・ブランディ………………雑役婦
アン・ブランディ………………サラの母
エドマンド（ネッド）・ブランディ………………サラの父
トマス・ケン……………………神学者
ジョン・ウォリス………………オックスフォード大学の幾何学《きかがく》教授
マシュー…………………………ウォリスの召使い
マイケル・ウッドワード………ニュー・カレッジの学寮長

アントニー・ウッド……………歴史学者
ペーター・シュタール…………化学者
ジョン・サーロウ………………クロムウェル政権の国務大臣
ジャック・プレストコット……オックスフォード大学トリニティ・カレッジの法学徒
ジェイムズ・プレストコット…ジャックの父
ウィリアム・コンプトン………ジャックの後見人
ジョン・モーダント……………チャールズ二世の復位を助けた名門貴族
クラレンドン伯…………………大法官
サミュエル・モーランド………発明家
ヘンリー・ベネット……………南部担当国務大臣

指差す標識の事例　下

イーアン・ペアーズ

池・東江・宮脇・日暮訳

創元推理文庫

AN INSTANCE OF THE FINGERPOST

by

Iain Pears

目次

上巻　目次

指差す標識の事例　下

従順なる輩《やから》

The Character of Compliance

日暮雅通訳

劇場の幻像《イドラ》は、哲学のさまざまな学説ならびに曲解された諸法則から人間の心に入り込んできた。従来の哲理のことごとくは、舞台劇として架空の劇場的世界で演じられてきたに過ぎないのである。

フランシス・ベーコン『ノウム・オルガヌム』第二部　箴言《しんげん》七

第一章

ローマカトリック教徒たるマルコ・ダ・コーラの手記を受け取った小生は、この悪辣《あくらつ》なる駄文によって彼の言を信じてしまう者がいるのではないかという恐れから、ひとこと申し上げる必要を感じております。小生に言わせるならば、このコーラなる輩《やから》は要するに、悪質で詐欺的で、傲慢《ごうまん》な大嘘吐きなのです。彼の話に現われる素朴さと無邪気さ、若々しい熱情と率直さといったものはみな、ぞっとするような欺瞞《ぎまん》にほかなりません。魔王《サタン》は人を欺《あざむ》くことの大家であり、その僕《しもべ》に手口を教えました。「汝《なんじ》らは己が父悪魔より出でて、己が父の慾《よく》を行はんことを望む。……それは虚偽者《いつわりもの》にして虚偽《いつわり》の父なればなり」（ヨハネ伝福音書八章四十四節）。小生はここに、彼の手記、つまりイングランド航海に関する（彼の言う）真実の記述における二枚舌ぶりを、余すところなく暴かんとするものであります。このコーラは、人を欺くことに長《た》けた、最も残忍な殺人者であり、人間として最悪のものなのです。あの晩、小生を毒殺せんとする彼の手から逃れられたのは、まさに神の恩寵《おんちょう》があったからにほかならず、グローヴがみずから瓶をとり小生の代わりに死んだのは、大いなる不運と言わざるをえません。コーラがオックスフォードに到着したときから、ある種の予測はしておりましたが、何か魂胆《こんたん》があるだろうという程度でしかありませんでした。あれほどまでに卑劣な行為に出るとは思いもせず、備えもせずにいたのです。また、サラ・ブランディなる娘については、可能ならば助命嘆願してやりたいところでしたが、そうすることはできませんでした。コーラの数多き犠牲者のひとりとして、無実の者が命を落としたとはいえ、小生がみずからの意見を胸に秘めておかなければ、さらに多くの者が同じ運命をたどっていたことでしょう。難しい決定ではありました。しかしいまでも、まちがってはいなかったと思っています。そこには大きな危険があり、小生自身の被害もまた、小さいとは言えなかったからであります。

小生はいま、熟考のうえ冷静に語っておりますが、あの手記の到着により多大な衝撃を受けたため、そうすることには、かなりの労力を必要としました。リチャード・ローワーは、くだんの手記をあのプレストコットにさえ送っておきながら、小生には送ろうとしませんでした。小生がその存在を知り、閲覧を強く要求して初めて、送ってきたのです。小生としては、あの手記はとても真実などと思えないため、偽りの記録だということを暴露するつもりでした。しかし、内容を読み終えたいま、当初のそのような思い込みがまちがっていたことを知りました。すなわち、小生が真実と確信するところに反し、マルコ・ダ・コーラがいまでも生きているということは、明白なのであります。

いかにすればそんなことが可能なのか。それは小生にもわかりえませんし、そうであってほしくないという思いも強くあります。なぜなら、小生は彼の死を確実にすべく力を尽くし、それに成功したと確信するからです。コーラは船縁に連れていかれ、北海に突き落とされたとのこと。それにより彼の行ないは罰せられ、その口は永遠に閉ざされたはずでした。小生は船長みずからの口から、船を止めて彼が波間に沈むのを見届けたと聞いております。そのことは何年ものあいだ小生にとって慰めとなっていましたので、いきなりそれが剝《は》ぎ取られるのは、つらいことでした。あの手記は信ずる者たちに小生が欺かれたことを、そして小生の勝利が偽りのものになってしまったことを、はっきりと示しています。その理由はわかりませんが、もはや真実を求めたところで遅すぎることは、確かなのです。答えを知るであろう者のほとんどは、すでに死に、小生はいま、新たな主君のもとに仕えているのですから。

ここで、小生自身のことを少し説明しておくべきでありましょう。自己を正当化するわけではありませんが、小生はこれまでの生涯を通じて、首尾一貫した言行の主であったと信じております。小生に敵対する者たちがそう認めないことは承知しておりますし、小生の公的な経歴（と言ってよろしければですが）における行動の正当性が、無知な輩にとっては明瞭と言いがたいものであるとも、考えております。英国国教会派から長老派となり、いまは亡き殉教者チャールズ王に仕え、のちにオリヴァー・クロムウェル直属の暗号担当官として、議会のために王宛ての秘密書簡のほとんどを解読し、さらに国教会に戻ったのち、王政復古に際して再びその能力を君主政治擁護のために使う、そんな人物の存在が許されるのか？　偽善行為ではないのか？　自己保身ではないのか？　無知な者たちは、そう言うことでしょう。

否、と小生は答えます。そうではないと。小生の行動を鼻であしらう者たちの誰も、いったん崩れた国家組織の均衡を取り戻すのが、いかに難しいかを知りません。小生がつねに、みずからの利益のために仕える側を変えてきた、と言う者もいるでしょう。しかし、小生がオックスフォード大学に幾何学《きかがく》の職を得るためだけにそうしたのだ、などという主張を、本当に信じる者がいるでしょうか？　それも可能ではありましたが、小生の意図するところではありませんでした。利己的な野心に突き動かされることなどなく、出世よりも人の役に立つようになるため、研鑽を続けてきたのです。小生はつねに、その時々の権力に従順に、中道的な行動をしてきました。数学という学問に隠された秘密の文様を発見し、その探究に身を捧げはじめた初期のころから、秩序というものに情熱を感じてきました。なぜなら秩序こそ、神の意志をわれわれにあまねく伝えてくれるものだからです。数学上の問題に優雅な解答を与えることの喜びと、人間と自然の調和が崩壊するのを見る苦痛は、いわば貨幣の裏表と言えましょう。いずれの場合も小生は、正当な結果を生むための味方をしてきたのであります。

自己への報酬として地位や名声を要求したことは、ありません。小生はそれらをつまらぬものとして遠ざけ、教会や国家で高い地位につくことは、ほかの者に任せてきました。小生が秘密裏にもつ影響力が、彼らのものよりはるかに大きいことを、知っていたからでもあります。小生が主張はほかの者にさせる。それが小生の務めであり、最大限の能力を使って行なってきたことでした。クロムウェルに仕えたのは、彼の鉄拳が国に秩序をもたらし、派閥抗争を止めるという、当時誰にもできないことを可能にすると考えたからでしたし、再び王に仕えたのは、クロムウェルの死により、神の定める役割が王に譲られたと考えたからでした。どちらにも小生はよく仕えました。もちろん彼らのためではなく、そうすることが神への奉仕になるからです。すべてにおいて、小生はそうしてきました。

　自己の欲求としては、数学の神秘性を通じて少しでも神に近づけるよう、研究に没頭したいということしか、ありません。しかし、小生は哲理《フィロソフィ》に仕える者であると同時に、神と国家に仕える身でもありますので、そうした利己的欲求は、しばしば抑えざるをえませんでした。ダビデ（イスラエル王国第二代の王）がサウル（イスラエル王国初代の王。ダビデに人々の賞賛が集まるのを妬んだ）を凌いだように、またアレクサンドロス大王がフィリップ（マケドニアの王、アレクサンドロスの父）を凌いだように、小生を凌ぐ者は当然出てくるはずです。したがって、これはまさに辛苦の道でありました。「自分が人より遠くを見通せるとしたら、それはほかの巨人たちの肩に乗っているからだ」と言ったのは、ミスター・ニュートンでした。小生もまた、彼の栄光を強力に支える肩を提供することができたと言っても、まったくの自惚《うぬぼ》れではないと思っていただければ幸いです。公の場で口にするにはいささか謙虚にすぎるというものですが、小生は、このディエゴ・デ・エステラ（十六世紀スペインのフランシスコ会修道士）による言葉、「巨人の肩に上がった小人は、その巨人よりも遠くが見えるであろう」を、つねに心に留めてきました。そればかりか、小生自身、さらに遠くを見通すこともできましたし、多少の名声を得ることにより、ほかの道にそれることなく、ここまで来ることができたのです。

　こうして何年もがたってみると、王政復古など造作もないことだったかのように、多くの人が思い込んでいます。クロムウェルが死に、やがて国王が戻られただけだと。事がそれほど単純であれば、どんなによかったことか。あの容易ならざる出来事の裏に隠された歴史については、わずかの人々にしか知られていないのであります。当初小生は、再び派閥抗争が起きるまで、王政は保って半年、どんなに運がよくても一年、と見ておりました。遅かれ早かれ、その継承者と闘わざるをえないように、思えたのです。それまで二十年近くのあいだ、国は混乱の中にありました。戦《いくさ》と争いが続き、個人の財産は踏みにじられ、国の正当な統治者は殺害あるいは追放され、あらゆる地位や身分がひっくり返されてしまったのです。「我あしきものの猛《たけ》くしてはびこれるを見るに生立たる地にさかえしげれる樹のごとし」（詩篇第三十七篇三十五節）。権力や富といったものにいったん慣れた人々が、それを簡単に放棄するものでありましょうか？　給与未払いのまま打ち捨てられた軍隊が、王の帰還を黙って受け入れ、それまで自分たちが奮闘して確立したあらゆるものを覆すと、本気で信じられたのでしょうか？　さらには、王の支援者にしても、異議を唱える絶好の機会をもちながら、一致団結したままのはずだと期待することなど、可能だったのでありましょうか。黙って従うのは、権力のない者のみ。一度反抗の味を知った者は、さらにその味を求めるものなのです。

　島の端に位置するイングランドは、島内と大陸の両方から敵国に囲まれた状態にあり、ちょっとした火種によって大火が再燃する可能性をもっています。そして、この火薬樽の中で、王国における権力者たちが、王の愛顧を得るための闘いを繰り広げていたのであります。クラレンドン伯、ブリストル伯、ベネット、バッキンガム公（ジョージ・ヴィリアーズ、二代目公爵。一六二八〜八七）。そしてキャヴェンディッシュ、コヴェントリ、オーモンド、サウサンプトンといった貴族たち。みなが王の愛顧を得るというわけにはいかず、陛下のために王国政府を治めうる者は、ただひとり。なぜなら、相手と組むほどの許容力を持ち合わせている者が、いなかったからであります。闘いは人知れず繰り広げられましたが、結果として多くの者を巻き込むことになりました。小生もそのひとりであり、すべてが燃え尽きてしまう前に火力を弱めるという役目を、引き受けたのでした。マルコ・ダ・コーラの暗躍にもかかわらず、この責務はうまく果たすことができたと、自負しております。コーラはその手記の冒頭で、多くのことを省くが、その中に重要なことはない、と書いております。しかしこれこそ、彼の最初の大嘘にほかなりません。省いたものの中にこそ、重要なことがあるのです。小生はこれからそれらを語り、彼の裏切り行為を暴かなければなりません。

コーラが隠そうとした出来事に小生が関わりはじめたのは、彼がイングランドに到着する二年近く前のことでした。意見を同じくする科学者たちがグレシャム・カレッジで開く会合に出席するため、小生はロンドンへ旅立ったのであります。この集まりが、のちに現在の王立協会となるわけですが、ミスター・ニュートンのような有名人を抱えるいまにしても、当時の雰囲気はなくなってしまったと言わざるをえません。そこにあったのは純粋に知的な刺激であり、その興奮と期待のどよめきは、初期の会合に出席した者たちにしか、感じることができませんでした。おそらく二度と、よみがえることはないでしょう。レン、フック（ロバート・フック、英物理学者。一六三五〜

一七〇三）、ボイル、ウォード（セス・ウォード、数学者・天文学者。一六一七～八九）、ウィルキンズ（ジョン・ウィルキンズ、聖職者・科学者。一六一四～七二）、ペティ（ウィリアム・ペティ、医師・経済学者。一六二三～八七）、ゴダード（ジョナサン・ゴダード、医師。一六一七～七五）などといった、永遠に名の残る個性たちに匹敵する者が、いまどれくらいいるでしょう？　目下の会員たちは、役にも立たない石や虫の死骸を集め続ける、蟻の一団のようなものです。つねに蓄積してはいきますが、思考ということをけっして行ないません。しかも、神から顔を背《そむ》けているのです。彼らが嫌悪されるようになったとしても、あながち驚きではないでしょう。

　しかし当時は、すべてが楽天主義的な悦びの中にありました。王が再び即位し、国内情勢は落ち着き、経験哲学で探究すべき大きな世界が目の前に広がっていたのです。われわれは新世界を初めて目にしたときのジョン・カボート（英国に移住したヴェネツィアの航海者で、北米大陸を発見。一四五〇ごろ～九八ごろ）の船の乗組員のような気持ちでおり、期待と興奮に酔っていました。会合そのものも、時宜を得たすばらしいものでした。陛下ご自身も臨席され、ありがたくも、われわれの努力に対し王室から支援をいただけるというお言葉を賜ったのです。有力な閣僚たちがたくさん列席され、のちに王立協会として正式に創立されたときは、その何人かがわれわれと同じ会員に推挙されましたが、協会に貢献することはほとんどありませんでした。

　陛下がみごとな演説をされ、われわれがひとりずつ謁見《えっけん》するという栄誉に浴したあと、ミスター・フックが、彼の巧妙な（そして見栄えのする）器械類の披露をはじめました。その光景を陛下が興味深げにご覧になっているとき、小生のもとに、ひとりの男が近づいてきたのです。中肉中背、油断のなさそうな目に黒っぽい瞳、そしていささか横柄な物腰。楕円形の黒い眼帯をかけていて、のちに聞いたところでは、前王のために戦った際に受けた刀傷を隠しているということでした。ただ、小生の目でそれを確かめたわけでは、ありません。この有名な傷を目《ま》の当たりにした者はいまだかつてなく、この眼帯は傷を覆うものというより、むしろ彼の忠誠心を表わすものと言えるのでした。当時はヘンリー・ベネット、のちにアーリントン伯爵として知られるようになる人物で、ちょうどマドリッドの大使館から帰国したばかりでした（ただし、そのことは当時公表されていませんでした）。彼が王室の安定を維持する任についているということは、漠然とながら聞いていたものの、ここに及んで、事実そのとおりだったと気づかされることになりました。要するに彼は、小生と知己《ちき》を得ておきたいので、翌朝ストランドにある自宅に来てくれないかと言ったわけですが。

翌日、彼の自宅に向かった小生は、王室に近しい人物の気を引きたい請願人たちであふれた、公式の早朝接見《レヴィ》というものを、なかば期待しておりました。ところが、確かに何人かそれらしき人たちはいるものの、ほとんどいないに等しい状態です。ミスター・ベネットの運勢の星はまだ高みに昇っていないのか、それともなんらかの理由により人間関係を限定しているため、ロンドンに戻ってきてもその周辺がきわめて静かなのか。どちらかだろうと、小生は結論づけました。

彼は愉快な人物とは言えませんでした。なぜなら、ばかげたほどの形式偏重主義であり、儀礼の正確さをしつこいほど気にし、序列というものにこだわるからです。思うに、そうした過剰なことをしがちな国として名高いスペインに、長く滞在していたからではないでしょうか。

彼は、大学の博士という小生の格にふさわしいものとして、座部に詰め物をした椅子を用意したと、わざわざ説明しました。どうやらほかの者たちは、接見に際して別の堅い椅子に座ったり、立ったままでいたりと、その地位に応じた処置を受けているようです。しかし、そんな形式ばったことはばかばかしいと思っても、それを小生がほのめかすのは、得策とは言えないのでした。彼が小生に何を求めているのかわかりませんでしたし、当時の新政府が大学に査察官を送り、共和国の働きで入った職員を追放しようとしはじめたところだったからです。小生がその対象である以上、ミスター・ベネットをいらだたせてはなりません。目下の地位をなくすわけにはいかないのです。

「王国のいまの状態について、どう思う?」いきなり彼が聞いてきました。客を落ち着かせたり、その信頼を得たりするために時間をとることなど、無駄だとでも言わんばかりに。権力者がよく使う手ではあります。

小生は、陛下が無事お帰りになって再び即位したことを、臣民はみな喜んでおります、と答えました。ベネットは、ふふん、と鼻を鳴らします。

「では、つい最近も、反政府の陰謀を企《くわだ》てた狂信者たち半ダースを新たに処刑しなければならなかったという事実を、どう説明する?」

「『今の世は邪曲《よこしま》なる代にして』」(ルカ伝福音書十一章二十九節)

彼はひと束の書類をほうってよこしました。「これをどう思う?」

小生はそれを仔細に眺めたのち、素っ気なく答えました。「暗号文書ですな」

「読めるか?」

「いますぐは無理です」

「読めるのだな? 解読できるのだな?」

「特に難点がなければ。こうしたことには多くの経験を積んできました」

「わかっておる。ミスター・サーロウのところでではなかったか?」

「王党派の不利になるような情報は提供しませんでした。たとえ大きな影響を与える力がわたしのもとにあったとしましても」

「今度はその力を役立てる気はあるか?」

「もちろん。わたしは陛下の忠臣です。前王の処刑に際し、この身を賭して異議申し立てに参加したことは、覚えておいでだと思います」

「あの件については、そなたの良心を満足させることになったであろう。しかし公職を辞すことや昇進の誘いを断ることにまで到らなかった点については、そうでもないであろうな」彼の口調はさめていましたが、どうやら多少は気に入られたらしいという感触を得ることができました。「まあよい。とにかく、その忠誠心を示す機会がもてれば、うれしいであろう。その暗号を解いて、明日の朝持ってきてほしい」

そんなわけで、自分の幸運を喜ぶべきか、不運を呪うべきかわからぬまま、小生はベネットのもとを辞したのでした。当時ロンドンで定宿にしていた宿屋に戻ると――あれはまだ妻の父が亡くなってボウ・ストリートの家を手に入れる前のことです――さっそく作業に取りかかりました。解読には丸々ひと晩かかりました。暗号解読の技術というのは、非常に混み入ったものであり、しかも日に日に複雑さを増しているのです。たいていの場合は、あるひとつの文字または単語が、単に別の文字または単語に置き換えられていて、その法則を見つけ出すことが目的となります。たとえば、“a”が“the”、“4”が“king”、それから“d”が“l”、“f”が“d”、“h”が“on”、“g”が“i”、“v”が“s”、“c”が“n”に置き換わるという決まりにしておけば、“a4gvgcdhfh”という文字列が“the king is in London”（王はロンドンにいる）の意味になるということは、容易におわかりでしょう。ひとつの文字を別の文字に置き換える手法なら単純ですが（戦争中は王党派に好んで用いられました。言いにくいのですが、いささか単純な人が多かったもので）、ひとつの文字をときにはひとつの文字に、ときにはひとつの音節または単語に置き換えるという手法になると、難しくなるのも、おわかりと思います。それでも、置き換えだけなら問題は少ないほうです。文字になんらかの意味づけがあって、それがつねに変化していく手法となると、もっと難しくなります。イングランドではベーコン卿によって初めて提案された手法でして、小生の知るところでは、百年以上前に、あるフィレンツェ人によって考え出されました。いまではフランス人が発明者だとされていますが、あそこは自国では何ひとつ生み出せないということを認めようとしない傲慢な国で、人の発明を盗むのです。小生自身、被害を被《こうむ》ったことがありました。フェルマーなる名前の恥知らずな輩が、割り切れぬ数に関する小生の研究を、自分のものだと言い張ったのです。

　ここで少し、説明しておきましょう。この手法の重要な点は、暗号文の送り手と受け手が同じ書物を持っていなければならないということです。通信文の冒頭は、ひとかたまりの数字になります。たとえば、「124,5」。この場合は、共通の書物の一二四ページの五番目の単語から暗号の鍵がはじまるということを意味しています。そのページが、こんなふうにはじまっているとしましょう。"So Hatach went forth to Mordecai unto the street of the city, which was before the king's gate."「ハタクいでて王の門の前なる邑《まち》の廣場にをるモルデカイにいたりしに」(エステル書第四章第六節。小生がその後解読に使った書物については、のちほど披露します)。五番目の単語"to"がはじまりの鍵ということですので、その単語の頭にある"t"をアルファベットの最初の文字、つまり"a"に対応させ、アルファベット全体を次のようにずらしていきます。

abcdefghijklmnopqrstuvwxyz
tuvwxyzabcdefghijklmnopqrs

よって、"The king is in London"(王はロンドンにいる)という通信文は、"maxdbgzblbgehg whg"となるわけです。ただし重要なのは、あるいくつかの文字を変換したあと——通常は二十五文字ですが——次の単語に移らねばならないということです。ここでは"to"の次で"Mordecai"ですから、もう一度"m"を"a"にして、"n"が"b"、"o"が"c"というように、アルファベットをずらしていきます。もちろん、この手法の変形はさまざまにありますが、重要なのは、文字に対する意味づけが十分な頻度で変化していくことです。そうすれば、共通の書物を持っていない限り暗号は解けないことになるのですから。この点がどう重要なのかは、のちにまた説明しましょう。

小生は、その日与えられた文書がこの手のものだったら、と不安になりました。いつかは解けるはずですが、与えられた時間内では無理だからです。小生が自分の能力を多少自慢したとしても、ある意味で妥当と言うべきでしょう。これまで、解読に失敗したのは、一度きり。それも重要とはいえ、いささか特殊な状況下だったのです（このことについては、のちに触れましょう）。ただその後は、暗号文の手紙を渡されるたびに、あの苦い失敗の経験が繰り返されないとは限らないと思うようになりました。小生は絶対確実な人間などでないのに、異なる組み合わせは事実上無限にあるからです。小生自身、鍵となる書物がなければ解読できない暗号をつくったことがありますから、ほかの人間が同じことをするのはけっして不可能ではないでしょう。事実、難攻不落の城壁、つまり暗号文をつくるほうが、城壁を破ることより簡単なのですから、小生が二度目の失敗をしていないことのほうが驚きと言うほかありません。ミスター・ベネットの手紙の場合も、またもや小生は幸運でした。書き手たちはかつての王党派と同じように単純な手法しか使っていなかったからです。おそらく、経験から学ぶことのできる人間は少ないのでしょう。書簡ごとに異なる換字の方法を使ってはいましたが、それぞれが単純なものですし、意味を特定するのに十分な長さもありました。翌朝七時、小生は再びミスター・ベネットのもとを訪れ、結果を渡すことができたのです。

彼は、小生のつくった解読文の清書を手にとると、ざっと眺めました。「中身をかいつまんで説明してもらえるかね、博士？」

「いずれの手紙も、ひとりの人物、おそらくはロンドンにいる人物に宛てたものと思われ、どれも一月十二日という特定の日付が記されています。うち二通には武器に関することが書かれてありますが、ほかにはありません。一通は『神の王国』に触れていますので、カトリックは除外され、書き手は第五王国派（共和制時代にキリストの再来が近いとして急進的行動をとった過激な左派）か、その関連の者たちと考えられます。記述によると、二通はアビンドンから出されたものと思われますので、これも扇動的な手紙であることを示しています」

彼はうなずきました。「で、そなたの結論は？」

「調査をしてみるべき一件かと」

「それだけか？　ずいぶんと簡単に言うものだな」

「この手紙そのものは、なんの証拠にもなりません。わたしがこれの書き手で、もし捕まったとしても、いとこの結婚式のためのものとでも言うでしょう」

ふふん、とミスター・ベネットは鼻を鳴らしました。

「助言などというと大《だい》それた言い方ですが、早計な行動は厄介な事態を生み出すのではないかと、わたしは考えます。この手紙は秘密裏に手に入れられたものと思われますが？」

「そうだ。密告者がおるのでな」

「そうでしょう。ですが、その密告者にこれ以上手紙を盗ませる必要はありません。あなたはいま、どこを調べればいいかをご存じなのですから。この手紙はおそらく、ある種の反乱の計画を示しています。首都からの指示により、国中の何カ所かの地で決起される予定で」

「それこそ、わたしが心配していた事態だ」

「その密告者を使って地方の決起場所を突き止めさせ、一月十一日に軍勢を派遣するのです。王は確か、みずから動かせる兵をおもちと思いましたが」

「完全に信頼のおける者は、せいぜい二、三千といったところだ」

「それをお使いなさい。ロンドンに関しては、手を出さずに見守ります。誰が関与し、どのくらいの兵力があるかを調べ、軍勢の準備だけしておくのです。王宮は護衛で固めておきます。そして、反乱を起こさせる。地方からの援軍がなければ、簡単に鎮めることができるでしょう。そして、反逆の動かぬ証拠も手に入る。その後は、いかようにでもできます。あなたの迅速な対応が、ほめたたえられることでしょう」

ベネットは椅子の背にもたれ、冷ややかな目でこちらを見ていました。「わたしの目的は王を守ることであって、賞賛されることではない」

「わかっております」

「聖職者のわりには、この手のことを非常に的確にとらえておるようだな。ミスター・サーロウと、思ったよりも深く関わっていたと見える」

小生は肩をすくめてみせました。「わたしは尋ねられたことにお答えしただけでして。そのとおりになさる必要は、別にありません」

ベネットが席を立たないので、小生はじっと座っていました。彼はしばらく窓の外を眺めていたあと、やっと小生の存在に気づいたような顔をしました。

「はずしてくれ」ちょっときつい口調でした。「ひとりにしてほしいのだ」

どうやら、自分に大きな危害を加える可能性のある人物の敵意を除くのには、失敗したらしい。大学での寿命も短くなりそうだ。……そう思いながら、小生はその場を辞しました。あきらめるのが得策かもしれません。しかし、母親の実家が裕福なので飢えや貧乏の心配がないとはいえ、小生はいまの職とそれがもたらす聖職給を気に入っていますし、放棄したくはありません。

できるだけの手は、尽くしたつもりでした。手紙の暗号解読のありがたい点は、正しく解読できたのかどうかが、誰にもわからないということにあります。今回の一件でも、暗号文の解釈（つまり小生自身の知識に基づくもの）によって、小生の潜在的利用価値というものを、簡単に表明することができました。ミスター・ベネットは反乱を非常に心配していますが、あの手紙がはっきり示していたのは、今回の一件が反乱というより数十人の狂信者たちが叫び声を上げる程度にすぎず、王を脅かすようなものではないということです。あの連中は、神のご加護があればロンドンや国全体はおろか、世界中をも征服できると信じているのかもしれません。彼らのいわゆる反乱とは、ばかげた行為にすぎないのです。

しかし、のちになって知ったことですが、ベネットの厳しい指摘によって政府はこの一件をまともに取り上げ、報酬もないまま恨みを抱えたクロムウェルの軍隊の残党が、国中で反乱を起こすという悪夢を抱きはじめたのでした。一月の終わりころになって（冬のあいだは、ロンドンからの情報がオックスフォードに着くにはそれくらいかかったのです）、トマス・ヴェンナーの第五王国派一味が、五時間ほどの騒乱を起こしたところで巧妙な罠にはまって逮捕されたという知らせが、入りはじめました。また、政府の急な決定により、その数日前、アビンドンほか数カ所に騎兵隊が配置され、この賢明な処置によって各地の元軍人たちを鎮静させることができたのだ、という話も伝わってきました。小生に言わせれば、あの連中が何かするなどということはまったくありえないのですが、まあ、いいでしょう。効果はあったわけですから。

こうした知らせをすべて耳にしてから五日後、小生はロンドンへの召還状を受け取りました。次の週にロンドンへ行ってみますと、ミスター・ベネットを訪ねるように、との指示です。彼はすでにホワイトホール宮殿に居を移しており、王に対して以前よりはるかに近い位置にいました。

「先月、政府が鎮圧した大反逆事件については、聞いているであろうな?」

ベネットに言われて、小生はうなずきました。

「あの一件は、王宮を恐怖に陥れた」彼は続けます。「そして、多くの者の自信を失わせた。陛下にしても、もはや、ご自身があまねく敬愛されているという幻想にしがみつかれてはいない」

「残念なことです」

「わたしはそうは思わん。反逆の芽は国中にあって、それを摘むのがわたしの役目だ。少なくともいまなら、わたしが警告しても聞く耳をもつ者がいる」

　小生は黙って座っていました。

「前回の会見で、そなたは助言をしてくれたな。陛下は反乱を鎮めたそのすばやさに感銘を受けられた。わたしの方針について、そなたと相談しておいてよかったと思う」

　つまり、すべては彼の手柄になった、また今後、彼が小生と陛下のあいだをとりもつ唯一の存在になる、ということを意味しているわけです。ここまではっきり言ってくれれば、親切というもの。小生はうなずきました。

「お役に立てて光栄です。あなたと陛下に」

「これを」と言って、彼は書類を差し出しました。一通は〝国王の忠良なる家臣ジョン・ウォリス〟が、オックスフォード大学幾何学教授の職にあることを正式に認める、という書類であり、もうひとつは同じ国王の忠良なる家臣ジョン・ウォリスを、王室付き牧師《ロイヤル・チャプレン》に任命し、二百ポンドの年棒を与えるというものでした。

「このような身に余る光栄に浴し、必ずやこれに報いることをお約束します」

　ベネットは微笑みましたが、かすかな、あまりうれしくなさそうな表情でした。「頼むぞ、博士。それから、そなたにあまり説教は望んでいないということも、覚えておいてほしい。アビンドンとバーフォード、それにノーサンプトンにいる急進論者の残党については、特に処分を行なわないことに決定した。彼らには自由にさせておくというのが、われわれの方針だ。居所はわかっているのだから、手中の一羽はやぶの中の二羽の価値がある、というわけだ」

「まさに。しかし、彼らの行動をつねにつかんでおかなければ、あまり価値がないようにも思いますが」

「そのとおりだ。彼らはきっと、同じことを繰り返すだろう。あの手の連中は、そういう性質をもっているものだ。止まることはできない。止まれば罪を認めることになるからな。煽動《せんどう》を続けることが、自分たちの義務だと思っているのだ」

「権利だと思っている者もいます」小生はつぶやくように言いました。

「議論をするつもりはない。権利と義務。どちらから生まれたにせよ、反逆に違いない。そうは思わんか?」

「国王はその地位に対する権利をおもちであり、それを守るのがわたしたちの義務であると、信じております」

「ならば、責任をもって引き受けてくれるな?」

「わたしが?」

「そうだ。わたしをだますことはできんぞ。学者の風采で欺《あざむ》くことはできん。そなたがサーロウのためにどんな仕事をしてきたかは、よくわかっているのだ」

「誇張された報告をお聞きになったのでしょう。わたしは暗号解読者としての仕事をしたのであって、間諜をしていたわけではありません。それはともかく、責任をもって引き受けてほしいと言われる以上、喜んであなたに仕えましょう。ただ、それには金がかかりますが」

「必要な経費は与えよう。もちろん、理にかなった範囲内でだが」

「それから、ロンドンとの情報のやりとりにかなりの時間がかかるということも、覚えておいていただきたいのですが」

「必要な処置がとれるような証明書を発行しよう」

「それには、近隣にいる守備隊員を使うことも含まれますか?」

彼は眉をひそめてから、渋い顔で答えました。「緊急の場合で、必要とあれば」

「統監には、どのようなかたちで仕えることになりますか?」

「彼らに仕える必要はない。そなたはわたしとだけ連絡をとればいいのだ。ほかの誰にも報告する必要はない。政府の者たちにも。わかったな?」

小生はうなずきました。「よくわかりました」

ベネットはまた微笑むと、立ち上がりました。「よろしい。こうしたかたちで陛下に仕えることを理解してくれて、感謝するぞ。王国はいま、安泰《あんたい》とは言いがたい。誠実な者はみな、国王に反対する者が再び蜂起するのを防ぐため、身を投じなければならない。だがな、博士。われわれが成功するかどうかは、わたしにもわからないのだ。目下のところ、敵は気力をくじかれ、散り散りになっている。しかしながら、われわれがひとたび手を放せば、何が起こるかわからない」

このときばかりは、心から彼に同意したものでした。

小生は、この新たな役目にいそいそとついたわけでも、考えなしについたわけでもないと、申しておきましょう。彼の地位と権力が不安定ならば、小生を道連れに失脚するかもしれないわけですから、そんな人物に運命を任せるつもりはありませんでした。このミスター・ベネットという男について、小生はほとんど知らなかったのです。そこで、王室付き牧師に任命されたことを、しかるべき役所で登録し、大学の職の確認書をオックスフォードへ送って敵対者たちを面くらわせたあと、彼について少し調査をすることにしました。

彼の国王に対する忠誠心については、十分な証拠がありました。王の追放に際してずっと付き添っていたうえ、その後重要な外交的任務を任されているからです。さらに言うならば、彼は王のご機嫌とりがうまい人物でした。あまりにうまいため、王の首席大臣《ファースト・ミニスター》であるクラレンドン卿は、彼の能力を見抜いたものの、協力を得ようとするよりも、即座に脅威を感じたといいます。両者のあいだに敵意がふくらむうちに、機会をうかがうベネットは、クラレンドンの政敵たちに近づいていきました。ベネットはまた、若者たちの心も引きつけました。互いのすばらしさをつねに讃え合っているような集団ですが、その中で彼は、頂点にまで登りつめる男と評されていました。ただ、やがて成功すると期待されているだけでは、成功の保証にはなりません。要するにベネットは、下にも上にも支持者をもっていたわけですが、クラレンドンが王の愛顧を受けている限り、その出世はゆっくりしたものでしかないのです。いつまで彼の忍耐力がもつかは、わかりません。

彼が出世を続けるか、それともなんらかの企てで失脚するかがはっきりするまで、小生と彼とのつながりは秘密裏にしておくことが重要でした。また、別の面でも彼は小生にとって難しい存在でした。彼のスペイン好きは、つとに知られるところですが、そういう傾向のある男に助力しているという事実に、小生はいささか心苦しい思いがしたのです。その一方で、王のために働きたいという小生の欲求は強く、その能力を活かすことのできる唯一の仲介者が、ベネットなのでした。偉大なる人物のたてた策略を実は自分のものとして横取りするような傾向は、小生にはありません。しかし、王宮で勢力をふるう者も、王の覚えがいい者も、たいした違いはないのであり、この王国の存亡はむしろ（おかしな時代ではありますが）、小生の気を引きつけるような下位の者たちの行動にこそ、かかっていると言えるのです。反政府活動の大きな源泉となっている、不満を抱いた急進論者や兵士、内乱時代の非国教徒たちのことには、すでに触れました。王が戻られたその日から、これらの者たちはつねに騒いでいるのであり、彼らの信仰が示すにもかかわらず、神の意をおとなしく受け入れようとはしないのです。ヴェンナーの反乱は、組織力も資金力もなく情けないものでしたが、さらなる反乱が起きないという理由はどこにもありません。今後もつねに警戒を怠らないことが、非常に重要だと言えました。

王国の敵の中には、規律正しさと能力の両方を備えた者たちがいます。クロムウェルの軍隊の勝利を目の当たりにしたものであれば（小生もそうですが）、そのことはよく知っているでしょう。しかも彼らは狂信的であり、その妄想のために死もいといません。そして、一度味わった権力は、彼らの「其の口には蜜のごとく甘からん」（ヨハネの黙示録十章九節）と言えましょう。さらにはるかに危険なのは、部外者が彼らを操り、けしかける可能性があるということです。小生とコーラとの接触も（ここにすべて書き記すつもりですが）、非常に危険なものであり、かつ隠された行為でした。神を信じるのは非常によいことである一方、神はまた、われわれがみずからの面倒を見ることを期待されています。小生が最も懸念するのは、権力を手にした者たちが、その敵に対して無頓着になったり、見くびったりするようになっていくことなのです。小生がベネットを気に入っていたとは言えませんが、立ち向かわねばならない真の危険があるという点で、二人の見解が一致していたことは、確かでした。

そこで小生はオックスフォードへ戻ると、数学の研究を再開する一方、王の敵を捉える網を張りめぐらしはじめました。ミスター・ベネットが小生を選んだことは、すばらしき先見の明と言えましょう。小生はこの種の能力をすでにささやかながら身につけていたばかりでなく、王国の中心地におり、なおかつ、すぐにでも利用できる連絡相手をヨーロッパ中にもっていたからであります。学問の世界に国境はありません。数学や科学その他、学術上の意見を求めて世界中の仲間に手紙を書くことほど、自然な行為はないでしょう。ひとつ、またひとつと、ほとんど費用をかけずに、小生はほかの誰よりも正確に現状を把握していきました。もちろん、ミスター・サーロウほどの水準まで達することはありませんでしたが、みずからの仕える主君に全面的には信用されないながらも、その敵を追求し、「我禍災《わざわい》をかれらの上に積かさね吾《わが》矢をかれらにむかひて射つくさん」（申命記三十二章二十三節）ことに、成功したのです。

第二章

小生がヴェネツィアの郷紳《ジェントルマン》（と自称する男）、マルコ・ダ・コーラのことを初めて知ったのは、低地帯諸国（いまのベルギー、オランダ、ルクセンブルクの地域）に亡命したイングランド人急進派の動きを探らせるために政府が何がしかの金を払っている、連絡員からの手紙によってでした。この連絡員は、特にオランダ政府に近い人物が亡命者たちと接触する兆《きざ》しについて注意するよう命令されていて、亡命者がどこかへ出かけたり、見知らぬ訪問客に会った場合は、詳細に報告することになっていたのです。彼は一六六二年の十月に手紙を送ってきましたが（どちらかというと、仕事をしているという言い訳だけのものとも思えました）、そこに書かれてあったのは、コーラという名のヴェネツィアの人物がライデンに着き、亡命者たちとしばらく過ごした、ということだけでした。

当時の小生は、せいぜい放浪学生だろうというくらいにしか、考えませんでした。その情報に注目することはなく、金余りのイングランド人に売る絵画を仕入れるためイタリア地域を旅していた、ある商人に、人物調査依頼の手紙を書いた程度だったのです。ちなみに、画商というのは（絵画の輸入が合法になって以来、一般的になった存在ですが）、疑いをもたれずにどこへでも出入りができるため、調査を依頼するにはうってつけの存在と言えるでしょう。絵画の取引により、各地の有力者と接触する機会も多いわけですから。もっとももと地位が低いのですから、上流や教育ある者のように見せかけても、まともに受け取る相手はほとんどおりませんが。

その画商自身のだらしなさと、冬のあいだの交通事情悪化の両方による遅れで、小生が返事を受け取ったのは一六六三年の初めになってからでした。このときの返信の内容にも、特に見るべきものはありませんでしたが、小生の注意不足でないことを示すためにも、そのミスター・ジャクスンからの手紙の内容を書き添えておきましょう。

博学なる牧師様

ヴェネツィアにてサンダーランド卿ほかの顧客のために芸術作品を入手するかたわら、貴方様のご依頼に添うべく調査をいたしました。問題のコーラは、ある商人の息子であり、パドヴァ大学で数年間学んだことのある人物のようです。歳は三十近くで、中背にして、がっしりした体格をしております。彼がヴェネツィアを出てからすでにかなりの年月がたち、死んだのではないかという者もいるくらいですので、それ以上の詳しい情報は得られませんでした。しかし聞くところによれば、剣と弓については、かなりの使い手とのこと。

また、彼の父親の代理人としてロンドンにいるジョヴァンニ・ディ・ピエトロは、パリ在住のヴェネツィア大使にイングランド事情を報告する役目を帯びているという、噂もあります。上の息子アンドレアは、ファビオ・キージ枢機卿のもとで聴罪司祭をしているそうです。もしこれ以上調べよということであれば、喜んで……

手紙はこのあと、もし小生がなんらかの絵画を手に入れたければ、トマス・ジャクスン郷士《エスクワイア》としては（もともと単なる絵描きである彼にそんなふうに自称する権利はないはずですが）、喜んでお世話申し上げたい、と結ばれていました。

これを受け取った小生は、特に何も考えずに、ジョヴァンニ・ディ・ピエトロなる人物のことをミスター・ベネットに書き送りました。ヴェネツィア人がロンドンに連絡員を置いているのなら、イングランド政府としては、その人物について知っておくべきだ、と考えたからです。いささか驚いたことに、彼からの返事は素っ気ないものでした。ディ・ピエトロについてはすでに知られており、政府にとって危険な存在ではない、もっと意味のある調査に専念せよ、と。小生の任務は非国教徒の反乱鎮圧であり、それ以外の問題には首を突っ込むなということなのでした。

しかし、ちょうど非国教徒たちが騒ぎを起こしそうな兆候がはっきりして、小生も忙しくしていたため、この忠告はむしろありがたいものと言えました。武器を積んだ荷車が国内をこっそり移動しているとか、急進派の小規模な秘密集会がいくつか開かれたとかいう知らせが、小生のもとに届いていたのです。特に危険な兆候と言えたのは、スイスに亡命している、かつての将軍の中でも最も危険な人物、エドマンド・ラドロウのもとへの訪問客が、異常なほど増えているという報告でした。獣《けもの》は目を覚ましたわけです。ただ、いまだ「掌心《たなごころ》をもてもろもろの水をはかる」（イザヤ書四十章十二節）程度の段階ではありました。国のあちこちで争いごとが起きようとしていることは、小生にもわかりました。しかし、なぜそうなるのか、誰が背後にいるのかということは、皆目わからなかったのです。

小生の行動がオックスフォードに限られていたかというと、そんなことはありませんでした。もちろん、オックスフォードにいなければならない時期もありますが、一年のうち多くの期間が自由であり、ロンドンで過ごす日々もかなりありました。ロンドンにいれば、南部担当国務大臣（ミスター・ベネットは前年の十月にその職を拝命していました）に会いやすいだけでなく、そこへ移り住んでいた学問の世界の仲間たちの多くにも、会うことができたからです。王立協会設立の動きは、いよいよ活発になっていましたが、正しい人物のみを入れ、協会を邪道に導くような人物を排除することが、きわめて重要と言えました。邪道に導く人物とは、一極がローマカトリック教徒であり、もう一極が無神論者であります。

そんな協会の会合のひとつが終わった直後、小生の召使い、いや、それよりははるかに上の存在であるマシューーが、あの一件を持ち込んできたのでした。この若者については、のちほど長長と書くことになるでしょう。彼は小生にとって、息子以上の大事な存在なのです。小生にも息子たちはおりますが、分別ある人間が話もしたくなくなるような粗野で無教養の彼らを思うと、自分の不幸を呪いたくなります。「愚なる子はその父の災禍《わざわい》なり」（箴言《しんげん》十九章十三節）。この言葉がいかに真理を突いているか、二人の「愚なる子」をもつ小生は、つねに思い知らされてきました。一度、上の息子に暗号解読の秘密を教えようと試みたことがありますが、ヒヒにミスター・ニュートンの理論を教え込もうとするようなものでした。子供たちがまだ小さいころ、小生は政府と大学の仕事で忙しかったため、家内にその世話を一任しておりました。そのため、二人は彼女の考えのもとに育てられてしまいました。家内は妻として申し分ない女ですし、小生に財産ももたらしてくれましたが、それでも小生は、結婚などしなければよかったと思っています。女性が何かに尽力し、骨折ったとしても、その周囲の欠点や、奪ってしまった自由を補うことにはならないのです。

小生は、若者の教育という問題に人生の大半を捧げてきました。およそ見込みのない人材に対しても物事を教え込むことに時間を割《さ》き、そのことによって、子供の精神の順応性に関する一般法則とでもいうべきものを見出そうと、努力してきたのです。少年は六歳になったら、女たちから、特に母親から完全に引き離さなければなりません。そうすれば、彼らの精神を高尚な会話や崇高《すうこう》な思想で満たすことができます。読み書き能力や知識、そして遊びの内容までを、思慮ある男に監督させることで――ここで言うのは、いかにも教師ですというだけのインチキな男ではありません――少年たちは、真に偉大なるものを真似ることに興奮を感じ、下劣なものを遠ざけるようになるのです。

マシューのような少年も、もう何年か前に出会っていれば、小生みずからの手でりっぱな男に仕立ててやることができたでしょう。初めて彼を見たとき、小生は言いようのない悔しさに襲われたものでした。なぜなら、彼の態度や目つきには、小生が自分の息子にこそ欲しいと望んできたものがあったからです。ほとんど教育を受けず、躾《しつけ》さえも満足にされてこなかった若者でありますが、ぼんくら頭への教育に膨大な時間を費やしてもらいながら自分ひとりの楽しみしか求めないような小生の息子たちよりも、はるかにりっぱな人間でありました。マシューは色白で背が高く、その態度には、出会った者がみな好意をもたざるをえないような、完璧なる従順さを備えておりました。

そもそも初めてマシューに会ったのは、国の平安を乱しそうなほど過激な急進派組織の一件にからみ、彼がサーロウの執務室で尋問されたときでした。おそらく、当時の彼は、十六歳だったと思います。小生もしかたなく同席したのですが（こうした類の仕事は、あまり気の進むものでないので）、彼の受け答えの中に、その年齢と立場に似合わぬほど完成された率直な誠意とでもいうべきものを感じて、驚きました。彼自身は悪行に手を染めた疑いはまったくありませんでしたが、思想を一《いつ》にしたりせぬものの、多くの危険な輩《やから》たちと接しているのは確かです。そうした知り合いたちに関する情報を漏らすのを渋る彼を見て、その生来の忠実さが一種の賞賛すべき特質であると感じた小生は、もっと価値ある方向へ向け直すことさえできれば、この無学の少年はひとかどの人物になりうるのではないか、と考えたのでした。

マシューへの尋問は、知り合いたちから彼が裏切り者と思われぬよう秘密裏に行なわれ、終了後に小生は、彼をそれなりの待遇で召使いとして雇いたいと申し出ました。彼はみずからの幸運に驚くとともに、うれしそうに受け入れたものです。町の印刷業者の孤児であるマシューは、そこそこの学習をしてきており、文字をきちんと読めるだけでなく、正確に書くこともできました。ちょっと誘いをかけると、非常な熱心さで知識を求めてきます。これほどまでに激しい意気込みは、大学の生徒にも見られぬものであり、小生としても最初にして最後の出会いでした。

こうしたことは、小生を知る者にとっては驚きかもしれません。なぜなら、小生は気の短い男という評判をとっているからであります。確かに、怠け者や愚か者、みずからあきらめた無知な輩に対して、小生は我慢をすることができません。しかし、学習の意欲に燃える真の生徒、すなわち一滴の清らかな水に触れることで知識の大河を切望するような者を与えてくれるならば、小生は無限の忍耐力をもってこれを指導するでしょう。マシューのような少年を鍛え、その理解力の拡張や知恵の発達を目の当《ま》たりにすることは、実にすばらしい経験であるとともに、たゆまぬ努力を必要とする難しい行為でもあります。子供を得ること自体は自然のなせる当たり前のことであり、愚か者だろうと農夫だろうと、女であろうとできる行為なのです。しかし形の定まらぬ粘土たる子供に知恵を授け、良き大人に成長させることは、男にしか向かない作業であり、その結果のすばらしさを正しく理解し楽しむことができるのも、また男だけなのであります。

「子をその道に従ひて教へよ然《さら》ばその老いたる時も之を離れじ」（箴言二十二章六節）。小生は過度の望みを抱くことなどありませんが、いつかは彼を政府のなんらかの職につかせ、暗号に関する小生の知識を教え込み、それを使って出世させることもできると考えていました。その点、マシューはどんなに急いで教えても、さらなる呑み込みの速さを披露してくれるので、小生は満足でした。ただ、それがある種、小生自身の欲望であるとわかっていながらも、彼が慣用句の解釈をまちがえたり、単純な数学の命題をしくじったりすると、つい我慢できずに叱りつけてしまうのでした。それなのに彼は、小生の怒りが愛情と無私の意欲に基づくものであることを理解しており、つねに小生の賞賛を得んとしているように見えました。

その小生への献身ゆえに、彼がしばしば身を削っていることも、わかっていました。それでも小生は、身体を休めよと彼に言いたいときも、なんらかの愛情のしるしを与えたいと思うときでさえも、ついせき立ててしまうのです。ある朝、目を覚ましてみると、マシューが小生の机に突っ伏していたということがありました。書類があちこちに散らばり、帳面には蠟燭《ろうそく》のロウがしたたり落ち、グラスが倒れて書きかけの手紙が水浸しになっています。整理整頓にことのほかうるさい小生は、怒り狂って彼を床へ引きずり下ろし、打ち据えました。マシューはひとことの弁解もせず、小生の仕置きに耐えているようでした。彼が小生の与えた問題を解こうと前の晩ずっと起きていて、ついに倒れ込んで寝てしまったのだと知ったのは（しかも彼以外の者から知らされたのは）、あとになってのことでした。許しを乞うのも認めず、情けに訴えるのも許さないという、厳しいやり方だったのです。小生が自分の行為を遺憾に思っているかもしれないなどとは、彼もいっさい思っていないようでした。なぜなら、完全なる服従がほんの少しでも蝕《むしば》まれ、いったん疑問をもたれてしまえば、あらゆる権威は無に帰してしまうからです。意志の弱い者は敗者になるほかありません。これは、あらゆる場面で成り立つことなのです。

当然のことながら、王政に対する怪しげな忠誠心と意見をもつ輩たちにマシューが関係していることは知っていましたから、彼に使い走りをさせ、噂を仕入れたいという誘惑に勝つことはできませんでした。このしばしば不快にして不名誉な仕事においても観察力の鋭さと知的なふるまいを見せてくれたマシューは、非常に貴重な存在でした。それまで小生が情報源として頼らざるをえなかった連中は、ほとんどが殺し屋や盗《ぬす》っ人《と》、狂人であり、まともな話も聞けなかったのですが、マシューはすぐに、小生の全面的信頼を勝ちうるほどになりました。ロンドン滞在中は必ず彼をそばにおいておきましたし、オックスフォードにいるときも一日おきに手紙を出していました。マシューがいてくれるのはうれしいことでしたし、彼と離れるのはとても寂しい気がするのです。彼もそうであってほしい、と思っていました。

一六六三年のあの朝までに、マシューは小生の召使いとしてすでに数年働いており、そろそろ彼自身の職を見つけてやらねばならないというところにきていました。すでに二十歳《はたち》となり、後見人の必要な歳でもなくなっていましたので、小生の決心は遅すぎたのかもしれません。マシューが無理をしているのはわかりましたし、もし彼を解放するのが遅れれば、小生に支配されることを恨みはじめるかもしれないということも、わかっていました。しかし小生は彼を手放すことができず、まだ縛りつけていました。このことについては、大いに後悔しているものであります。小生のもとから離れたいという欲求から、軽率な行動に走ったのではなかろうか、と。

急進派の一味のため、運び屋のところにある包みを届けることになった、とマシューが報告したとき、小生にはすぐ事情が呑み込めました。彼は中身がなんであるか知らされないまま、船で書簡を運ぶ商人のもとにそれを届けるように言われたのです。こうした書簡の送り方は、誰にも手紙を読まれたくない者たちのあいだでは、普通に行なわれていました。この場合、普通でないのは、子供に向くような仕事がマシューのような青年に与えられたことです。マシューも、包みが何か重要な意味をもつものであり、行き先は低地帯諸国なのではないか、と感じていたようでした。

それまで何カ月ものあいだ、怪しい姿が行き交い不平不満がささやかれているという、よくない噂が国中をめぐっていました。しかし、なんらかの計画が形づくられたと認めるに十分な数の報告は、届いていません。いまや分裂し絶望した急進派たちには、なんの脅威もないように見えるのです。とはいえ、ひとたび権威と能力をもつ人間が彼らをまとめ、資金を差し出せば、すぐにでも状況が変わることは、明白でした。マシューは小生がずっと求めていた、そうした外部への連絡のはじまりの部分を手にしたのだと、思われました。結果としては、彼はまちがっていたのですが、彼のまちがいとしては最良のものでした。

「すばらしい」と小生は言いました。「その包みを持ってきてくれ。すぐに開けて中身を調べてから、おまえを行かせてやろう」

マシューは頭を横に振りました。「いえ、そう簡単なことではないのです。われわれは――いえ彼らは――このところ警戒していまして。わたし自身はまったく疑われていませんが、包みを受け取るときから先方に渡すときまで、ずっと誰かが付き添っていくことになっているのです。あなたのところに持ってくることなど、できないでしょう。写しをとる時間さえ、ないのです」

「だが、重要なものであることは確かなんだろう？」

「はっきりとは、わかりません。ですが、亡命者たちとの連絡については、すべて報告するようにとおっしゃっていましたので……」

「その点に関しては、よくやってくれた。ところで、おまえの考えはどうだ？　おまえの意見をわたしが尊重していることは、知っているだろう」

マシューは、自分に敬意を払われたことで、微笑みを浮かべました。「おそらく、船に積み込まれるまでのあいだは、商人の家に置かれるものと思います。できるだけ早く送り出したいはずですから、そう長い時間ではないでしょう。秘密裏に手に入れる機会は、そのときだけだと思われます」

「なるほど。で、その商人の名前は？」

「ディ・ピエトロです。ヴェネツィア人で、ロンドン塔の近くに屋敷をもっています」

小生は大いに礼を言ったうえで、何がしかの金を渡して彼を帰してから、じっくりと考えてみました。はっきりとはしないものの、いささか気になることは確かです。ヴェネツィア人が非国教徒の手助けをするのは、いったいなんのためなのか？　彼は単に報酬目当てで手紙を運ぶのであり、送り主や受け取り主のことにはいっさい興味がないのだとしても、ディ・ピエトロという名前が登場するのがこれで二度目であることが、気にかかります。その事実だけでも、手紙を調べる決心をするには十分でした。

　考える時間がそうたくさんあったわけでも、ありませんでした。翌日の夕方には、マシューが包みを運ぶことになっていたのです。ベネットは、ディ・ピエトロのことなどほうっておけと言いましたが、イングランドにいる王の敵について報告せよと命じていることも、確かです。この二つの命令が矛盾を生じたときどうすべきかについては、言っていませんでした。

　そこで小生は、トム・ロイドのコーヒーショップへ赴きました。なんとかして儲けを得たいとする貿易商たちが、情報交換のために集まってくる店です。小生も時たまこの世界に出資したことなどがありましたので、知った顔も何人かはいますし、誰が信用できて誰を避けるべきかということくらいは、わかっていました。中でも、ウィリアムズという男は、危険を承知で金を出す気のある者たちを集め、資金の必要な商人と引き合わせるという仕事を長年しています。小生は彼を通じて、蓄えの一部を東インドでの貿易に出資して利益を得たり、アメリカ大陸のためにアフリカ人を調達する人物に出資したりしていました。特に後者は、これまでにないほどすばらしい出資でした。というのも（船長が教えてくれたのですが）、奴隷たちは海を渡るあいだにキリスト教の教えを徹底的に受けるので、他人に貴重な労働を提供することで魂が救われるようになると聞いたからです。

　店でウィリアムズを見つけた小生は、コーラという名のイタリアの一家の仕事に出資を考えているのだが、堅実で信用できる相手だろうか、と聞いてみました。彼はちょっと不思議そうな顔つきをしたあと、用心深い口調で、自分の知る限り、コーラ家は自己の資金ですべてやっているはずだが、と答えました。外に援助者を求めているとしたら驚きだ、というのです。小生は肩をすくめてみせ、そう耳に挟んだものでね、と言っておきました。

「いずれにせよ、あんたの情報には礼を言うぜ」と、ウィリアムズ。「おかげで、おれが疑っていたことが確認できた」

「何をだね?」

「コーラ家が、かなりやばいことになってるらしいってことさ。ヴェネツィアとトルコの戦いのせいで、東方諸国を中心にしていたあそこの商売が、打撃を受けたんだ。去年あいつは、荷を満載した船を二艘失ってるし、ヴェネツィアの市場はいまだにスペイン人とポルトガル人に支配されている。あいつはやり手の貿易商だが、商売のできる相手がどんどん少なくなってるのさ」

「そのせいでこちらに手を伸ばしてきたのだろうか?」

「まちがいない。イングランドに売りつけるものがなけりゃ、来ないだろうがね。投機の対象はなんだって?」

よくはわからないが、かなりの利益が出るものらしい、と答えておいた。

「たぶん、絹織物だな。自分のしてることがなんなのかわかってれば、儲かるぜ。わかっていなきゃ、破滅するだけだ。海の水とシルクは相性が悪いからな」

「持ち船があるんだろうか?」

「もちろん。かなり装備の整った船さ」

「彼には、ロンドンに代理人がいると聞いている。ディ・ピエトロという名だ。どんな男なんだ?」

「よくは知らんな。人づきあいを避けているらしい。貿易商の世界でもあまりつきあいがないんだが、アムステルダムのユダヤ人たちとは親しくやっている。もうひとつ注意しておくが、もしオランダと戦争になったら、あのつながりは無駄というより、危険なものになるぞ。コーラ家はどっちにつくかの選択を迫られるから、商売の損失は避けられないだろう」

「ディ・ピエトロの歳は?」

「まあ、自分のしていることが理解できるような歳だね。五十代のはずだ。故郷に帰ってのんびりと暮らしたいなんて時折言ってはいるが、雇い主のコーラのほうには、養わなくちゃならない子供がわんさといるんだそうだ」

「何人くらい?」

「五人だと思う。ただし、そのうち三人が娘だ。かわいそうに」

敵となるかもしれぬ相手のこととはいえ、小生の顔は同情にゆがみました。資金を手元に置けるかどうかがすべてである貿易商にとって、三人の娘というのは致命的な重荷になりかねないのです。小生の二人の息子は確かに愚か者でありますが、幸いなことに、財産のある女と結婚できる程度の見てくれのよさは、あったのでした。

「しかもそれ以上に深刻なのは」とウィリアムズは続けました。「二人の息子のどっちにも、跡を継ごうという気がないことだ。ひとりは牧師になっちまった——気を悪くせんでくれよ、先生――金を稼ぐよりも使うほうの商売だ。もうひとりは確か、兵隊ごっこをしてた。少なくとも一時期はそうだったはずだ。その後どうなったかは聞いてないがね」

「兵隊？」小生は思わず声を上げました。こんな重大な事実が、あの画商の報告からはすっぽりと抜けていたのです。不注意な点を叱責しておかなければ。

「そう聞いてる。たぶんその息子は貿易商なんかやる気がなかったが、分別のある父親は無理強《じ》いをしなかった……そんなところさ。だから父親は、長女を東方諸国の貿易をやっているいいとこと結婚させたんだ」

「コーラの息子が兵士だってことは、確かなのか？　どうやってわかったんだ？」小生がまた蒸し返したので、ウィリアムズは怪訝《けげん》そうな顔になりました。

「先生様よ、おれの知ってるのはこれだけなんだ」彼はじれったそうに言います。「あとはあちこちのコーヒーショップで聞きかじったことだけさ」

「だったら、それを話してくれ」

「息子の話が、父親の商売への投資に関係あるのかい？」

「わたしは知りたがりでね。できるだけなんでも聞いておかないと、安心できないんだ。知ってのとおり、わがままな子供は極端な浪費の原因になりやすい。もし息子が借金を抱えることになって、わたしが出資した父親のところに取立人が行けば、どうなると思う？」

ウィリアムズはうなずきました。納得はしていないものの、それ以上言い張るつもりはないようです。

「地中海で商売をはじめようとした、知り合いの商人から聞いた話だ」彼はやっと話しはじめました。「海賊だのジェノヴァ人だのとぶつかるに及んで、得るものの割に危険が多すぎると判断して手を引いた。だが、数年前に地中海を航海して、クレタ島のカンディアにいる守備隊のために荷を降ろしたことがあったという」

小生は眉を上げました。そんな特殊な市場のためにトルコをかすめて荷を運ぶとは、なんと勇敢な、もしくは無謀な男だろう、と。

「彼はすでに損害を出して死に物狂いだったんで、いちかばちか賭けたんだろう。そしてうまくいった。積み荷のすべてを売れただけでなく、その報酬であるヴェネツィアグラスをイングランドへ運ぶ許可を得たんだ」

小生はうなずきました。

「そのときに彼は、コーラという名の男に出会った。父親はヴェネツィアの裕福な商人だと言ったそうだ。まあ、ヴェネツィアにコーラって名の商人が二人いるのかもしれんがね」

「続けてくれ」

ウィリアムズは頭を振りました。「おれの知ってるのは、いまので全部だ。商人の息子が何をしようと、おれの知ったこっちゃない。おれにはもっと気にしなくちゃならないことがほかにあるんでね。だが先生、あんたにとっちゃ、興味あることらしい。そのへんのことを話してみちゃどうだい?」

「いや、何も」小生は微笑みながら立ち上がりました。きみの儲け話になりそうなことは、知らんな」

「この件に関しちゃ、おれはまったく関係がない。だが、もしもってことがある……」

小生はうなずきました。情報を一方的にもらうわけにはいかないので、速やかに借りを返すことにしました。つまりミスター・ウィリアムズは、翌年に艦隊が再艤装されるという計画について小生を通じて知る、最初のひとりとなったのでした。国中の帆柱を買い占めておけば、言い値で海軍に売ることができる、と小生は助言しました。これで互いが利益を得ることになりました。神に感謝を。

ウィリアムズの言うアンドルー・ブッシュロッドという商人を捜したところ、この数カ月ほど、フリート監獄（支払い不能の債務者を収容する監獄）にいるとのことでした。彼の財産のほとんどを積んだ船が沈没したため、債権者に責め立てられたのですが、親類縁者に援助を断られてしまったのだそうです。この場合は、彼の自業自得でした。羽振りのよかったころに、いとこの結婚持参金への援助をしなかったせいで、今度は彼が困っても、親類たちはまるで義理を感じなかったのです。

ブッシュロッドが監獄にいるからには、小生のなすがままになると思われました。協力しなければ釈放するぞ、と言えばいいのです。そうなったら彼は、やすらいの場所を失い、債権者にまた容赦なく責め立てられることになるのですから。

彼の話から無価値な部分をふるい分けるのは、ちょっとした手間でした。しかも、細かい部分の話がどうも怪しげなのです。コーラに関する彼の表現を、小生がのちに出会ったときのふっくらして香水の香りをさせた伊達男《だておとこ》の姿と比べてみるだけで、十分わかりました。そのときの怪我でさえ、見せかけだったのでしょう。ブッシュロッドは、地中海を航海してリヴォルノで毛織物を売ったということでした。その売買で得たのは――彼はどうも商売がへただったようで――航海費用を賄《まかな》うのが精いっぱいの金額だったため、彼はイングランドに持ち帰る品を探しました。そのときに出会ったあるヴェネツィア人が、クレタ島へ行ってトルコ軍の目の前でカンディアに食料と武器を降ろし、大儲けしてきたところだ、と語ったのでした。

カンディアの町とその軍隊は、あらゆるものが不足しているから、言い値で売ることができるという話でした。しかし自分としては、二度と行く気はないと言います。いったいなぜだね？　とブッシュロッドは聞きました。なぜなら、おれは長生きしたいからさ、とヴェネツィア人は答えます。トルコの艦隊は無能だが、海賊たちははるかに勢力がある。おれの知り合いたちの多くがやつらに捕まってるし、捕まれば、たとえ生きていても一生ガレー船の中ってのがいいところだ。そう言うと男は、外の通りにいる物乞いを指さしました。あいつはカンディアの船の船員だったんだ、と。物乞いは両手も両目も、両耳も、舌さえもないのでした。

ブッシュロッドは気丈な男ではありませんし、キリスト世界やヴェネツィアのためにクレタ島を救わなければという気も、ありませんでした。しかし、彼には資金が必要でした。乗組員の給料は払えていないし、母国に帰れば債権者たちが待ち構えているのです。そこで彼は、リヴォルノ在住のヴェネツィア領事に会いに行きました。領事は彼の必要な物資について話を聞いてくれたうえ、移送可能な負傷者の回航についての分厚い契約書をつくってくれました。ジェントルマンひとりにつきダカット金貨四枚、兵士は一枚、そして女は半ダカットという費用です。

船はイタリア沿岸近くを進み、メッシナで陶器を降ろしたあと、まっすぐクレタ島へ向かいました。ブッシュロッドによれば、カンディアの状況は彼の人生の中でも最悪の体験だったそうです。町にいる数千人がみな、死期の近いことを感じている。キリスト世界に見捨てられ、母国にも見放されたと思い、一方では海と陸の敵から悩まされ続ける。――そういう町にいるのは、およそ耐えられないことでした。歴史上かつてないほどの長期に渡る包囲で、人々はみな、すさみ、粗暴になっています。そうした絶望と暴力の雰囲気を感じたブッシュロッドは、積み荷の値を下げざるをえませんでした。そうしなければ、町の人々に襲われ、積み荷を強奪されてしまうのではないかと思えたからでした。それでも経費より大きな売り上げを得た彼は、帰路の航海の準備をはじめ、乗客を募りました。それに応じた客のひとりが、コーラという男だったのです。

「名前は？」と小生は聞き返しました。「姓だけでなく、名はなんと言うんだ？」

マルコです、と彼は言いました。確かそんな名でした、と。

ともかくそのコーラは、がりがりに痩せこけて陰気な怪我人で、ぼさぼさ頭に薄汚れた格好をしていました。おまけに、苦痛を紛らす唯一の方法として酒を大量に飲んでいるため、うわごとを言っているような状態でした。とてもヴェネツィアの防衛に役立つような男とは思えませんでしたが、まもなくブッシュロッドは、自分がまちがっていたことを知ります。その若者は、自分よりはるかに年上の士官から敬意を払われているし、歩兵からはほとんど畏怖《いふ》の念さえ、もたれていたのでした。コーラは、カンディア軍の斥候《せっこう》としてうってつけの人物でした。トルコ軍の前哨地点を通り抜けることに精通しているため、外部の要砦《ようさい》に通信文を運び、敵を混乱させることができたのです。彼はしばしば、トルコ軍の階級の高い人物を罠にかけて殺し、冷酷で残忍な男という評判をとっていました。静寂の中で相手を殺し、誰にも気づかれずに逃亡する術《すべ》に長《た》けているのに、一方では狂信的なほどのキリスト教主義信奉者でもあるとのことでした。

その乗客に興味をもったブッシュロッドは、ヴェネツィアへの航海のあいだに何度か会話を試みたのですが、細かい話はここでは省いておきましょう。コーラは無口で、ぶっきらぼうな返事をするほかは、憂鬱《ゆううつ》そうに黙りこくっていました。ただ一度だけ自分のことを語ったのは、あなたは結婚しているのか、とブッシュロッドが聞いたときです。コーラは顔を曇らせ、フィアンセはトルコ軍の奴隷になってしまったのだ、と言いました。ある裕福な家柄の女性に会いにクレタ島へ赴き、縁組に同意したのですが、コーラより先にヴェネツィアへ発った彼女の乗った船が、トルコ軍に捕まってしまったのです。その後彼女からの連絡はない、死んでいてくれたほうがまだましなのだが、とコーラは言いました。父親の願いをよそに、彼はカンディアに残り、復讐の生活を送ってきたのでした。

ではなぜ船に？

彼はもう、復讐のことなど頭にないのでした。コーラは重傷を負っており、いずれカンディアが陥落することを悟っていました。決意も金も、守るべき信義もなくした彼は、母国に戻るかどうか、決めかねていたのです。自分の能力をもってすれば、どこかに仕事があるかもしれない、と。

その後マルコ・ダ・コーラは、酒のボトルを手にしたまま、航海のほとんどを甲板に座って過ごしました。酔っていようと素面《しらふ》でいようと、ヴェネツィアに着くまでひとことも発せずに。

話はそこまでです。異教徒だからというせいもないとは言えませんでしたが、この男にはとにかく興味を感じる点がありました。低地帯諸国の共和主義者と交わる兵士（あるいは元兵士）であり、その父の代理人であるイングランド在住ヴェネツィア人は、つねに国外へ連絡し、イングランドの不満分子からの通信文を運んでいるのです。結論を下すにはいたらない細かな点が多いものの、なんらかの解明すべきことがあり、その出発点が例の書簡であるのは、明らかでした。ミスター・ベネットから制限されているにせよ、自分の権限内で事を運ぶべきであろう、と小生は決断しました。

小生がサーロウのように配下の者を使える立場にあったと思われぬよう、急いで事実を述べておきます。情報をもたらしてくれる人間が数多くいたとはいえ、実際に小生のために動いてくれる者は国中でも五名しかおらず、うち二人は、正直なところ、小生のほうが脅威を感じるような人物でした。問題の一件は、小生が唯一抱える仕事ではありませんし、最大の仕事でもありません。前述したように、反乱が計画されていることはわかっていましたから、それが小生の最大の関心事であるはずでした。しかし問題になりそうなことはほかにも数え切れないほどあり、ほとんどがばかげたことに見えるのですが、それぞれが危険な可能性を秘めているのは確かなのでした。アビンドンの守備隊からは不要分子が追放されたものの、満足できるほど穏やかな状態というわけではありません。非国教徒の秘密集会は、キノコのように国中に増えており、不満分子が集まって互いに意気を高め合う場所になっています。またもやと言うべきか、千年至福期をもたらす救世主《メシア》が現われて、姿を変えて国を歩きながら教えを与え反乱を煽《せん》動《どう》するという噂が、途切れません。この数年で、それらしき人物が何人現われたことでしょう。十人は下りません。小生は早く静かな日が訪れてくれるのを願っておりましたが、このことが最大の問題ではありませんでした。そうこうするうち、これから語ろうとする一件の最中に、グレイトレックスと称するアイルランド人の酒浸り司祭がオックスフォードに現れ、〈マイター〉で崇拝者との話をはじめ、だまされて小銭を巻き上げられる人が出てきました。そこで小生は、彼を説得して追い出すのに時間を割《さ》かねばならなかったのです。つまり、やることは山ほどあり、惜しみなく働いているというのに、そのときもその後も、小生の努力は認められることも報われることもなかったのでした。

例の書簡を手に入れるという特別な仕事のためには、ジョン・クースという男の手を借りなければなりませんでした。酒に溺《おぼ》れて妻を殺しそこねた末、その妻を寝取ろうとした（と彼の主張する）男の首をかき切るという騒ぎを起こしたときに、小生がとりなしてやって以来、忠誠を誓っている男です。およそ賢いところのない男ですが、押し込みの才には長けていますし、小生に恩義も感じています。何をどうやればいいのか徹底的に教え込んでやれば、きっと役に立つでしょう。そこで小生は、絶対に暴力を振るってはならないと厳命し、彼のような知能の男でもわかるように細かく教え込んだのでした。

いや、小生がそう思い込んだだけだったのかもしれません。書簡の包みがディ・ピエトロの家に運び込まれ、翌日には彼の船で海外へ送り出されるという知らせをマシューがもってくると、ただちにそれを奪ってくるよう、クースに命じました。彼は言われたとおり、二、三時間ののちに戻ってくると、書簡がすべて入った包みを差し出しました。それにはマシューの運んだ手紙もあります。小生はその写しをとり、もとのとおり戻すよう、クースに言いつけました。ところが、翌日現われたマシューは、シニョール・ディ・ピエトロが殺害されたという知らせをもたらしたのです。

小生は仰天し、自分の愚かさをお許しくださるよう、神に祈りました。クースは否定しましたが、何が起こったのかは明白でした。家に押し入った彼は、包みを盗み出すだけでなく、欲に走って宝物庫の中身に手を出したのです。起き出してきたディ・ピエトロに発見され、冷酷にもクースはその首をかき切ったのでしょう。死体の首はほとんど胴体から離れ落ちんばかりだったと聞きます。

最後にはクースに白状させましたが、あの男をおれが殺したところで、先生のほうは何も問題がないでしょう、と彼は言いました。先生が欲しいのは包みで、そいつは手に入れたんだから、と。小生はついに腹を立て、彼にクビを宣言して、こう言いました。おまえは監獄へ戻るんだ。だが、今度のことをひとことでも漏らしたら縛り首だからな、と。彼は小生の言うとおりにしたようですが、いずれにせよ事はそれ以上進展しませんでした。その後まもなく知ったのですが、コーラにはイングランド人の事業提携者がいて、イングランドにおける商売のなわばりを欲しがっていました。その男は自分に大きな利益をもたらした行為のうしろに誰がいようと、関心はもたなかったのです。とはいえ、この一件がミスター・ベネットの耳に入ることがなさそうだとわかって小生が安心するまでには、かなりの日にちと努力を要したのでした。

第三章

望ましくない成り行きになったとはいえ、少なくともディ・ピエトロの郵袋《ゆうたい》を手に入れることはでき、しかもそれは、小生の予想しえないような興味あるものをも、もたらしてくれました。郵袋の中には、急進派に送られるべき書簡のほかに、出所《でどころ》のわからぬ、まったく別のものが入っていたのです。小生がそれに気づいたのは、サーロウが執務室の者たちに繰り返し教え込んでいたことのひとつ、すなわち、郵袋を調べるときには、目当ての書簡に限らず中に入っているすべてをあらためよ、ということを覚えていたからでした。今回入っていた書簡は、全部で十二通。うちひとつが急進派からのもので、十通が貿易に関するまったく無害な手紙、残りのひとつが、その問題の書簡です。宛名がないことで疑いを抱いたうえ、裏側に封印もないことがわかり、小生の気持ちはかたまりました。それにしても、あのサミュエル・モーランドがいてくれたら……。誰にもわからぬように封を解いてまた戻すことにかけて、彼の右に出る者はいないのですから。しかたなく小生は、難しい作業に悪態をつきながら、書簡と悪戦苦闘しました。しかし思ったよりもみごとな処理ができたので、その後の輸送途中で若干傷むようなことがあれば、小生が手を加えたことなど、とうていわからないだろうという自信さえもてたのでした。

苦労しただけの甲斐は、ありました。中から出てきたのは、それまでに見たこともないほどみごとな暗号文――それも先に述べた複雑な不規則暗号文で、およそ一万二千文字はあろうかという長いものだったのです。小生は、自己の能力を試せる機会がきたとわかり、ぞくぞくしました。しかし一方では、暗号は音楽のようなもので、それぞれが独自のリズムをもっていることも知っていましたので、不安でもありました。ざっと見たところでは、どこかで聞いた曲のように思えながら、そのメロディを思い浮かべることができないのです。

これまで多くの人たちから、なぜ暗号解読術などに手を染めたのかと聞かれてきました。彼らにとって、暗号の解読などというものは卑《いや》しい仕事であり、小生の地位や職種に合わないと思えるからでしょう。その理由はさまざまにあるのですが、少なくともひとつだけ言えるのは、小生がその行為を楽しんでいるという事実であります。たとえばボイルのような人物は、自然界の秘密を解き明かすことに夢中になっているわけであり、小生もまた、そのようなことに大きな喜びを見出すことができます。しかし、人間の心の秘密を見抜くこと——精神活動の混沌に秩序を与え、暗闇の行為を白日の下にさらけ出すこともまた、なんともすばらしい魅力をもっているのであります。暗号が紙の上に書かれた文字の集合にすぎないことは、小生も認めましょう。ですが、一見乱雑に見えるものを、純粋なる推理力によって意味あるものに変えていく行為は、けっして他人に伝えうることのできないような満足感を与えてくれるのです。それは、祈りに似ていなくもない、と言うしかありません。おざなりな祈りにおいて、人は気もそぞろに単調な言葉を繰り返すだけですが、真の祈りであれば、心からの深い祈りを捧げることにより、神の恩寵《おんちょう》を感じることができます。小生はしばしば、自分の成功は神の寵愛を示すものであり、自分の行為に神がお喜びになっているしるしなのだと、感じているのです。

非国教徒から送られた手紙は、哀れなほど解読が簡単なもので、内容もまるでつまらぬものでした。ディ・ピエトロの命が失われたことや、その殺人によって小生が被《こうむ》った苦悩を考えると、まるで引き合わない中身です。文面は、非国教徒の好む大げさな表現で行動の準備を呼びかけたものであり、遠回しながら言及している場所がノーサンプトンであることは、はっきりとわかりました。しかし実質的な中身のない文面であり、小生の冒した危険に見合うものではありません。危険に見合うものがあるとすれば、それは例の、謎めいた手紙にほかならないのです。解読しようと決心したのはいいのですが、それには鍵を手に入れなければならないのでした。

読めない手紙を前に座っている小生のところへ、マシューがやってくると、自分の首尾はいかがでしたでしょうか、と聞きました。

「よくやってくれた」と小生は答えました。「偶然とはいえ、実にいい結果が出た。おまえの話にあった手紙は意味のないものだが、こちらの手紙は非常に興味深いものだ」小生が書簡を渡すと、マシューはそれまでに身についた丁寧な仕草で、それをあらためました。

「もうおわかりなんですね？　すべて解読されたんでしょう？」

師匠の能力を信頼してくれる彼の言葉に、小生は微笑みました。「内容も書き手も、そして宛先も、ほかのものとは違うはずだ。だが、それが誰だかはわからない。わたしにはまったく解読できんのだ。この暗号はある書物をもとにしたもので、その書物が暗号の鍵となる」

「どの本なのですか？」

「それがわからないのだ。そして、それがわからなければ、この暗号を解くことはできん。ただ、この手紙が重要なものであることはわかる。この手の暗号は珍しく、これまでに数回しか出会ったことがないからな。非常に複雑な暗号ゆえ、高度な知性の持ち主が書いたはずだと言える」

「先生なら解けますよ」マシューは笑顔で言いました。「きっとです」

「そう言ってくれるのはうれしいがな、今回ばかりはおまえのまちがいだ。鍵がなければ扉は開かん」

「では、どうやって鍵を見つけるのですか？」

「なんの書物であるかを知っていて、その書物を所有しているのは、暗号を書いた者とそれを読む者だけだ」

「では、その者たちに聞きましょう」

小生はマシューが冗談を言っているものと思い、はしたない行為を叱ろうとしました。ところが、彼の顔はいたってまじめです。

「もう一度スミスフィールドへ行かせてください。連中に、手紙を盗もうとした者がいたが失敗した、と伝えます。そして、手紙が無事に届くのを見守るため、わたしも船に乗ると。そうすれば、この手紙を受け取るのが誰かわかるでしょうし、鍵となる本も突き止められると思うのです」

いかにも若者らしい単純で直截《ちょくせつ》な考えに、小生は思わず笑みを漏らしました。

「なぜお笑いになるのですか、先生?」マシューは眉根にしわを寄せました。「わたしの言っていることは、正しいはずです。先生の必要なものを手に入れる方法は、それしかないのですし、ほかに行かせることのできる者もいないのですから」

「マシュー、おまえは無邪気でかわいいやつだな。いいか、おまえのことがばれれば、すべてが水の泡なのだ。たとえおまえが、無傷で逃げてくることができてもな。頼むから、ばかなことは考えないでくれ」

「先生はいつも、そうやってわたしを子供扱いする」マシューは悲しそうな顔をした。「でも、今度ばかりは無理ですよ。なんの本かを突き止めるには、これしか方法がないんですから。それに、行かせることのできるのは、わたしだけです。わたしが信用できないのなら、いったい誰を行かせるとおっしゃるんですか？」

小生は両手をマシューの肩にかけ、怒りの目を覗き込むと、優しく言いました。「結論を急いではいけないよ。わたしはおまえを侮《あなど》っているのではない。その身を案じればこそなのだ。おまえはまだ若いし、向こうは危険な連中だ。おまえに怪我などさせたくはない」

「ありがたいお言葉ですが、わたしはただ、なんとかして先生のお役に立ちたいのです。これまでのご恩には、ほとんど報いることができていませんし。お願いします……どうかお許しをください。それに、早く手紙を戻さなければ。船は明日の朝出航しますから」

小生は一瞬口をつぐんで、マシューを見つめました。憤然とした面もちのせいか、その端整な顔がゆがんでいます。彼の言葉よりも、その表情から、いまその束縛を緩めなければ永遠に彼を失うのだということが、わかります。もうひとこと、言ってみました。

「『若《も》われ子に別るべくあらば別れんと』」（創世記四十三章十四節）

マシューは穏やかな眼差《まなざ》しで小生を見つめ、こう言いました。いまでも耳に残っています。

「『父たる者よ、汝《なんじ》らの子供を怒らすな、或は落膽《きおち》することあらん』」（コロサイ人への書三章二十一節）

これには小生も脱帽し、行かせざるをえませんでした。抱擁して部屋から送り出したあと、窓辺に立ったまま、通りに出て人混みに消えていくマシューを、ずっと見つめていました。その足取りは、自由を感じた喜びのせいか、軽やかに見えます。一方の小生は、失ったものを悲しむしかありません。その日の午後いっぱい、小生は彼の無事を祈り続けておりました。

その後丸二週間というもの、マシューからの連絡はいっさいありません。船が沈んだのだろうか、それとも正体がばれてしまったのだろうかと、小生は毎日不安と心配に明け暮れておりました。しかし、彼は小生の予想以上に任務をうまく果たし、政府に正式に雇われた間諜たちよりも、はるかに優れた能力があることを示したのでした。マシューからの一通目の手紙を受け取ったとき、小生は安堵《あんど》と満足の気持ちから思わず涙したものです。

「親愛なる牧師様」と手紙ははじまっていました。

先生のご指示どおり、わたしは帆船コロンボ号に乗り込んでハーグに向かいました。海はひどく荒れ、一度など、乗組員もろとも沈没してしまうのではないかと思えたことも、ありました。このまま使命を果たせずに終わるのではと、覚悟したほどです。しかし、幸いにして船長が経験深い人物だったため、消耗しながらも、なんとか目的地にたどり着くことができました。

航海のあいだ、わたしはこの船長にうまく取り入ることができ、彼がハーグの港に着いたらすぐに出発したがっていることを知りました。ディ・ピエトロの死に心を痛め、その事業のことを心配していて、できるだけ早くロンドンに戻りたがっていたのです。そこでわたしは、自分が代わりに目的地まで手紙を届けましょうかと、申し出てみました。せっかくの機会なので、知らない世界を見てみたい気もあるし、と。船長はわたしに他意があるなどとは疑いもせず、申し出を承諾し、次の荷を積んで戻ってきたらロンドンへ連れ帰ってやると、約束してくれました。

　わたしたちは船長が手にしたリストを見ながら、それぞれの封筒に書かれた宛先を厳密に確認していきました。

「これには宛先がありませんが」わたしは先生のおっしゃっていた手紙を取り上げて、聞いてみました。

「そうだな。だが問題はない。リストにはちゃんとある」

　そう言って彼の指さす先を見ると、ディ・ピエトロ自身の筆跡で行き先が書かれてあり、グルデン通り《スユトラート》のコーラという男宛てになっていました。

　実は、この住所にあるのはスペイン大使館で、そのコーラという男は、大使館でもよく知られた人物なのでした。しかし、手紙はまだ彼に届けておりません。というのも、行ってみると彼は明日まで留守にしていると言われたので、本人に直接渡すよう厳命されているると言って、預けずに戻ってきたからです。一方、滞在については、うまく当地のイングランド人たちと知り合いになり、彼らの家に泊めてもらえることになりました。みんな、本国の様子をいろいろと知りたがっています。

　帰国しましたら、こうしたことの細かい点についても、ご報告するつもりです。それまで先生にはご安心してお待ちを……云々。

かわいい弟子からの温かみのこもった手紙を読みながらも、小生は彼がいちばん大事なことを忘れているのではないかと思い、思わず怒りに自制心をなくしそうになりました。確かに彼は、よくやってくれました。しかし、小生の必要とするものを完全に手に入れてくれたわけではありません。あの暗号の鍵となる本の名前がわからなければ、先へ進むことはできないのですから。ただ、その点でもし彼が失敗したにしても、ほかの点で十分埋め合わせになるとは言えました。そのスペイン大使、エステバン・デ・ガマラは、イングランドに敵対する、危険にして執念深い人物ですから、今回の情報だけでも、小生のこれまでの行動が正しかったということが証明されます。数カ月前に知ったあのコーラが、急進派と通じていた。しかも、現在はオランダのスペイン大使館に滞在している。魅力的とも言えるほどの謎ではありませんか。

とはいえ、この情報は小生を板挟みの状況に置くことになりました。もしミスター・ベネットの指示に背《そむ》いてディ・ピエトロのつながりを追えば、彼からの干渉がさらに大きくなることはわかっています。彼はいまだ小生の唯一の後ろ楯ですから、もっといい人物を見つけられない限り、その機嫌をそこねるわけにはいきません。その一方、スペインと急進派のつながりというのは、どんなかたちにせよ、きわめて深刻な問題です。カトリック主義の支持者と、信教教義の狂信的な遵奉者《じゅんぽうしゃ》たちのあいだの同盟の可能性など、看過できるものではありません。そうしたつながりの、ほんの端緒に関するぼんやりとした証拠とはいえ、それが小生の手中にある以上、黙っているわけにはいかないのです。

このことは、科学の面からも政治の面からも、小生の心を引きつけました。人間の心は弱く、一見理に合わないものから様式をつかみとることは、なかなかできないものです。小生が人生のかなりの時間をかけて解いてきた暗号が、その簡単な例と言えましょう。なぜなら、一見意味のない文字のかたまりが、その読み手に対し、国の最高権力者の考えを伝えることができたり、最も危険な人物の言葉を伝えることができたりするとは、誰も理解できないからです。常識に反するように見えるが、事実であります。そのような通常の人間の理解を超えた道理というのは、しばしば神による創造の中に現われるわけであり、そのことからしても、小生は常識に頼るミスター・ロックの科学などは認めることができません。「(神、)我儕《われら》の知ざる大なる事《わざ》を行なひたまふ」(ヨブ記三十七章五節)。あらゆる側面において、われわれはこのことを忘れているのです。

道理からすれば、スペイン人が共和主義の非国教徒に力を貸すはずはありませんし、その非国教徒が自分たちの欲求を抑えてスペインの政策に従うはずも、ありません。それでもなお、現実の証拠は、彼らのあいだでそうした交流が進みつつあるということを、ほのめかしているのです。この段階ではまだ、そこからなんの意味もくみとれないため、想像で物事を考えることは避けました。しかしその一方、道理に合わないからと言って証拠を簡単に退《しりぞ》けてしまうことも、避けたのでした。

その情報をミスター・ベネットにもたらしたところで、スペインのことを誰よりも理解し、友好関係にあると自慢する彼ですから、あざ笑われるだけでしょう。非国教徒が何か問題を起こしたわけでもないので、彼らに対して行動を起こすこともできません。八方ふさがりなのです。あの手紙の暗号文を解き、誰が書いたのかを突き止め、さらなる証拠を集めることができさえすれば、これが重大な一件であると示すことができます。しかしそれまでは、疑いを自分の胸にとどめておくしかないのでした。マシューに連絡をつけることはまったく不可能ですから、あとは暗号文の鍵を見つけることこそが重要なのだという小生の言葉を、マシューが覚えていてくれるよう、祈るほかありませんでした。その一方、小生はミスター・ベネットに手紙を送り、急進派のあいだでなんらかの動きがあるということを、(一般的な書き方で)報告し、情報収集に全力を尽くすと申し添えたのでした。

それから一週間後、マシューはみごとに小生の信頼に応えてくれ、求める情報が一部入った手紙が届きました。「一部」というのは、四つの可能性は押さえたものの、それ以上のことがわからないと、言ってきたからです。くだんの手紙をもって再び大使館を訪れたマシューは、執務室らしき小さな部屋に通されました。そこにはずらりと十字架が並べられ、鼻持ちならないほどの偶像崇拝にうんざりしたのですが、机の上にあった四冊の書物に気づき、コーラが姿を現わすまでに、すばやくその題名を筆記したと言います。そのくだりを読んで、小生はマシューの知力と勇気をうれしく思いました。もし書き写している最中に誰かが部屋に入ってきたら、彼の身は危うくなったところでしょう。ただ残念なことに、彼には暗号作成術に関する細かな点が欠けていました。そこまで指示しなかった小生の過ちでもあるのですが、ひとつの書物でも版によって違いがあり、まちがった版を使うことはまちがった書物を使うことと同様に役に立たないのだということに、マシューは気づいていなかったのです。彼がその意味をまったく理解せずに、ひと文字ひと文字書き写した結果は、以下のようなものでした。これが小生の唯一の手がかりというわけです。

Titi liuii ex rec heins lugd II polyd hist nouo corol
duaci thom Vtop rob alsop eucl oct

重要なこととはいえ、非常に危険な行為でもあったのですが、マシューはコーラ本人と会見し、彼の、人を惑わす能力の片鱗《へんりん》を伝えてきました。そのときの手紙は、まだ小生の手元にあります。当然のことながら、マシューの残したものすべては——手紙から、学習に使っていた小さな帳面まで、絹の裏地を張った銀製の箱に収めてあります。手紙はみな、ある晩彼が寝ているあいだに失敬した、ひとふさの髪の毛で束ねてあるのです。小生の視力は弱りつつありますから、いつかその彼の字も、読めなくなるときが来るでしょう。誰かに読み聞かせてもらいたくなって、弱気なところを笑われるのも嫌なので、燃やしてしまうつもりです。光が失われるとき、マシューとの最後のつながりも失われるのです。もっとも、悲しみの気持ちは耐えがたく、いまでもその箱はめったに開けないのですが。

コーラはすぐにその魅力を発揮して、マシューを——まやかしの親切を見破ることのできない、うぶな若者を――術中に陥れ、親しくなっていきました。

彼はふっくらとした体格で、晴れやかな顔に生き生きとした目をしていました。手紙を渡すと、くすりと笑いながら礼を言い、わたしの背中をぽんと叩いてギルダー銀貨を一枚くれました。それからわたしに次々といろいろなことを質問し、うれしそうに答えを聞いていました。最後には、もっと聞きたいことが出てくるかもしれないので、もう一度来てほしいというのです。

彼は政治的なことにまったく関心を示しませんでしたし、不穏当な発言もいっさいありませんでした。むしろ彼は、礼儀正しい完璧なジェントルマンであり、なんでも話せる親しみやすい人物だったのです。


人を惑わして信用を得るのは、なんとたやすいことか！　小生が長年を費やしてマシューの世話をしてきたのに対し、このコーラは、たまたま出会っただけで彼の心を巧妙につかみはじめていたのです。愛情をもって教育することより、愉しませて魅了するほうが、はるかにたやすいことでしょう。その違いがまだ十分にわからないマシューは、言葉巧みにだまして利用する冷酷なイタリア人の餌食《えじき》に、あっさりとなってしまうのです。

この文面を読んで、小生は不安になりました。マシューがその生来の素直さのために不適当な発言をすれば、小生が探りを入れていることをコーラに感づかれてしまうのではないかと思ったからです。しかし、とにかくもっと解決可能な問題に集中しようと気をとり直し、例の暗号と鍵の問題に再び取りかかりました。

　マシューが知らせてきた本のうち、小生が必要とするのはひとつだけのはずですから、それがどれなのかを判断しなくてはなりません。すぐにわかる一冊は、却下されました。というのも、ユークリッド（Euclid）の著作が八つ折り判《オクターヴォ》（octavo）で印刷されたのは一度だけなのですが、小生はその一六二一年にパリで印刷された版を所持していたからです。その本が暗号の鍵でないことを確認するのは、簡単なことでした。残るは三冊です。そこで、オックスフォードへ戻るとすぐ、旧知の若者、ミスター・アントニー・ウッドを呼び出しました。少々変わってはいますが、この手のことには詳しい人物です。このところ、小生の所持する写本の閲覧を許可するなどして、彼には感謝されており、彼としてもなんとかしてその親切に報いたいと思っているはずでした。ただ、そのためには、どの印刷所がどうでどの印刷所がこうだとか、この版とあの版の違いがどうとかいう話を、長々と聞かなければならないという問題があります。おそらく彼は、小生が古典学問の詳細に興味をもったのだと思い、学問的な会話にもっていって小生の機嫌をとろうとすることでしょう。

　彼が小生の部屋を再び訪れたのは、調べを依頼してから、かなりの時間がたったころの、ある晩のことでした（当時、小生の家は工事をしていたため、ニュー・カレッジに部屋を借りておりました――この遺憾なる事実については、後述することにします）。彼は、マシューのメモがどの本を意味しているかはすべてわかったが、私見ながら、トマス・モアとポリドール・

ヴァージルについては、もっと適度な値段で手に入る版があるはずだ、と言います。

小生は愚かなゲームをするのがいやだったのですが、それでも辛抱強く、欲しいのはこの版のものだけなのだと説明しました。さまざまな版を比較研究したいので、世界中にあるすべての版を集めたいのだと。彼は小生の熱心さにいたく心を打たれたらしく、そういう事情ならよく理解できる、と言いました。彼によれば、メモにあるのは一六二四年にアルソップ（Alsop）が出版した、トマス・モア（Thomas More）の『ユートピア』（Utopia）は四つ折り本で、ロビンスン（Robinson）訳のものに違いないとのことでした。なぜなら、時代が変わってカトリックの聖人の著作を出版するのが危険な行為になってしまう前にアルソップがつくったのは、ひとつの版だけだからだと言います。そしてボドレアン図書館に、この版の一冊があるとのことでした。また、ポリドール・ヴァージル（Polydore Vergil）の『英国史』（The History）についても、簡単でした。このすばらしい著作のうちフランスのドゥエー（Douai）で出版された新版は、あまり存在しないのです。おそらくは、一六〇三年に印刷された、ジョージ・リリーによる風変わりな八つ折り判に違いありません。入手はそう難しくない、という彼の言葉どおり、後日、書籍商のミスター・ヒースのところに売値一シリング六ペンスで出ていることがわかりました。ウッドは、必ず値引きさせるから、と言っていました――まるで、小生がちょっとの金でも惜しむかのように。

「で、四冊目は？」

「それが問題なのです」とウッド。「もちろん、どの版を指しているかは、わかっております。

『Heins』という語がありますからね。一六三四年にライデンのダニエル・ヘインシウス（Heinsius）によって発行された、リウィウス（Titus Livius）（ローマの歴史家。紀元前五九～紀元一七）の歴史書の、あのすばらしい版でしょう。学問と技能の勝利とも言うべき存在なのに、悲しいかな、それに値する賞賛を得られなかった本です。この版は八つ折り判の三巻本ですが、その第二巻を指していると思われます。ごく少数しか印刷されなかったもので、わたしも目にしたことはありません。世評で知っているだけですが——人は恥知らずにも、著者を明らかにせずに、その眼識を利用しているのです。それこそ真の学者たるものがつねに背負う重荷でありましょう」

「わたしのために調べてはもらえないか」小生は根気よく会話を続けました。「手に入るのなら、相応の費用は払う用意がある。書籍商や骨董屋、収集家など、きみならいろいろと知っているはずだ。一冊でも存在するのならば、きみのような人物であればきっと見つけることができると思うのだがね」

　この変わり者には、お世辞にならなかったようでした。「最善を尽くしましょう。確約いたしますが、わたしが見つけられないとすれば、ほかの誰にも見つけることはできません」

「ともかく頼むぞ」と言うと、小生はできるだけ速やかに彼を部屋から送り出したのでした。

第四章

　最近小生は、（直接名指しはしていないものの）小生の言う危機が非国教徒への恐怖心を煽《あお》る政府によるつくり事であり、実際は存在しなかったのだと、口ぎたなく非難する小冊子を目にしました。しかしこれは、まったく事実に相違したものであります。これまでの話により、小生は自己の誠意と潔白を明白に示してきたつもりです。確かに小生は、ミスター・ベネットに雇用されることを目的に、反乱の危険性を若干強調しましたし、小生の過ちがシニョール・ディ・ピエトロの痛ましい死につながったことを認めるにやぶさかではありません。小生がそうしたことに自責の念を抱いていることは、まったくもって偽りのないところであります。しかし同時に、かかる人物が破壊活動の陰謀に関わる文書を所有しており、それを手に入れることが王国の保安のために必要であったというのも、また事実なのであります。

　問題の書簡と存在の曖昧な書籍について事細かに書くことにより、ともすれば小生が強迫観念を抱いて騒ぎたてているだけのように思われるかもしれませんが、それについては、はっきりと否定しておきましょう。なぜなら、マシューが情報をもたらしてくれたこの書籍は、明らかに尋常ならざるものだったからであります。教育というものに対する非国教徒たちの哀れな考え方については、誰もが知るところでしょう。彼らのほとんどはろくに物も書けない独学の輩《やから》であり、二流の書物を読むことで教養を身につけたと錯覚しているにすぎないのです。はたしてそれが教養でしょうか。崇高《すうこう》にして繊細な記述と象徴的な美を備えた聖書というものを、彼らはまったく理解していませんし、ひと握りの傲慢《ごうまん》な非国教徒が騒ぎたてるだけの小冊子だけが、彼らの唯一の教養のもとなのであります。ラテン語も、ギリシャ語も、ましてやヘブライ語も、そこにはなし。彼らに読めるのは自国の言語のみであり、偽の預言者や自称救世主の英語によるたわごとに惑わされているのであります。当然のことながら、彼らに教養があるなどとは言えません。知識とはジェントルマンのものなのですから。職人たちに物事を知ることができないとは言いませんが、偏見をもたずに物事を判断する訓練などする暇もない彼らには、物事を評価する力は備わっていないのです。プラトンはまさにそのことを言っていましたし、そのことを本気で否定する人物に小生は会ったことがありません。

しかるに、このコーラに宛てた手紙の筆者は、これら教養のもととなる書物のひとつを、暗号の鍵に使っていたのであります。リウィウス、ポリドール、モア。当初小生は、あの手の輩がこうした崇高な作品に触れたことを考えて身震いするだけでしたが、やがて冷静に考え直しました。汚らわしい小冊子ならともかく、ジェントルマンの書斎にしかないような書物を、彼らがどうやって手にしたのだろう、と。

ウッドは小さなネズミのように鼻をフンフンいわせたり身体をピクピクさせたりしながら、再びやって来ましたが、そのときまでに小生は、求める本がモアのものでもポリドール・ヴァージルのものでもないという結論に達していました。したがって、求めるのはリウィウスの作品に違いありません。誰がそれを持っているのかわかれば、小生の捜査は大いなる進展を遂げるのです。ウッドの報告では、すでに亡くなったあるロンドンの書籍商が、一六四三年に学者向けの輸入品の一部として問題の本を六冊、イングランドに持ち込んでいたとのことでした。残念ながら、その男が王の支持者だったため、議会がロンドンを掌握した際に財産を没収されてしまい、くだんの書物がその後どうなったのかは定かでありません。おそらくはそのときにすべて散逸したのでしょう、とウッドは言います。

「つまりきみは、その本を手に入れることが不可能だと言いたいのかね？」

小生の語気の鋭さに、ウッドはやや驚いたようでしたが、首を振りました。「いえ、そういう意味ではありません。わたしはただ、あなたが興味をもたれると思ったまでで。しかし、まれな存在であることは確かです。所有者として確認できたのはたったひとりでして、彼自身が国外から持ち込んだものでした。そのことがわかりましたのは、わたしの友人のミスター・オーブリが別の用件でイタリアの書籍商に手紙を書いたことが発端でありまして……」

「いいかね、ミスター・ウッド」小生は我慢の限界にきていました。「わたしは事の詳細をすべて知りたいわけではないのだ。所有者の名前さえ教えてくれれば、手紙を書けるのだから」

「とおっしゃいましても、本人はすでに亡くなっているのです」

小生は大きくため息をつきました。

「ですが、お気を落とさずとも大丈夫。まことに運のいいことに、その人物の息子は学生でして、本の行方を知っているはずなのです。名前はプレストコット。亡くなった父親はサー・ジエイムズ・プレストコットです」

　こうして小生の話とコーラの手記（つたないものでありながら、ボッカチオ（イタリアの作家・詩人。一三一三～七五）の作品のような創作性に満ち、タッソー（イタリアの叙事詩人。一五四四～九五）の詩のようにまゆつばものである物語）は、裏切り者と呼ばれる哀れなプレストコットを介して交わっていくのであります。ここで小生はできうる限り詳細に事の次第を語らねばなりませんが、中には、事情を完全に把握していると言えぬ部分があることも、認めざるをえません。

　その若者のことは、数カ月前すでに、彼がモーダント卿のもとを訪れたという話によって、耳にしていました。モーダント卿はミスター・ベネットと通じていますから、その出来事についても当然、小生のところにもたらされたのです。学生であり、反逆者の息子である人物が宮廷の一員に面会を求めるというのは、よくあることではありません。ミスター・ベネットは、その若者を監視する必要があると考えました。

　詳しいことまではわかりませんが、プレストコットはこっけいなまで一途《いちず》に、父親の無実を信じていたと、聞いています。彼の父親がいかなる裏切り行為をしたのか、その詳細については、小生が当時政府の仕事から離れていたため、知るところではありません。しかし、彼の巻き起こした騒ぎが事の重大さを示していたことは、確かでした。小生がある程度そのことを知っているのは、一六六〇年の初めに、緊急の手紙解読という作業の依頼を受けたことによります。小生のもつ能力から言って、その依頼は避けられないものでしたが、手紙をひと目見ただけで、成功の望みの少ないことがわかりました。前述した、小生の唯一の失敗例です。それまでの評判を保持して新たな地位を得るために（共和国の崩壊は目に見えており、それ以上関係を続ける気はありませんでした）、小生はその依頼を断りました。

ところが、小生に対する説得はかなり執拗なものでした。サーロウみずからまでが手紙をよこし、甘言と威嚇《いかく》の両方を用いて承諾を迫ってきたのです。それでも小生は拒否しました。直接の交渉はすべて、あのこそこそとした態度や私利追求の考え方で小生が嫌うサミュエル・モーランドによってなされたため、それだけでも小生は頑なに拒否したくなるのでした。

「要するに解読できないというのではないのかね、博士？」モーランドは、いつもの人を冷笑するような口調で言いました。表面上は愛想がよさそうにしているのですが、その裏にある自《うぬ》惚《ぼ》れた、人を見下すような態度は明らかです。「だから断ると」

「わたしが断っているのは、わたしが依頼された理由を疑っているからだ。わたしはきみのことを知りすぎているからね、サミュエル。きみが関わるのはすべて、信頼のできぬことばかりだ」

彼は愉快そうに笑うと、いかにもとうなずきました。「そう言われるのもしかたない。だが今回は、高潔な方々が味方なのだよ」

小生はもう一度手紙に目を通しました。「いいだろう。やってみよう。鍵はどこにある？」

「なんのことだね？」

「サミュエル、わたしをまぬけ扱いするのはやめたまえ。わたしの言っていることはわかるはずだ。これを書いたのは誰なんだ？」

「プレストコットという、王党派の兵士だ」

「では、彼に鍵のことを聞きたまえ。書籍か、小冊子のはずだ。暗号のもとになっているものが何かを知る必要がある」

「男の居場所はわからないのだ」とモーランド。「逃げてしまった。手紙は我が軍の兵士のひとりが持っていた」

「いったいなぜ？」

「まことにいい質問だ。それこそが、その手紙を解読したい理由なのだよ」

「だったら、その兵士に聞きたまえ。サー・ジェイムズ・プレストコットを捕らえることができないのならね」

モーランドは申しわけなさそうな声を出した。「数日前に死んだのだ」

「ほかに何かないのかね？　ほかの手紙とか書物とか、なんらかの書きつけとか、いっさいないというのか？」

モーランドは一瞬、当惑したような表情を見せました。いつも自惚れた態度の彼がどうしたらいいかわからず動揺しているのを見て、小生は満足し、ある種の喜びさえ感じました。「見つかったのはこの手紙だけなのだ。もっと何かあると期待はしたのだが」

小生は手紙を机の上にほうりました。「鍵なしでは解読はできない。わたしにできることはないし、しようと思えることもないよ。きみの無能力のせいで破滅する気はない。サー・ジェイムズ・プレストコットを見つけて鍵を手に入れたら、力になろう。それまではだめだ」

その二、三週間前から、政府と軍のあいだをめぐっていた噂が、ある程度の手がかりにはなりました。ケントでの戦いと、秘密裏にまた残忍に行なわれた狂気じみた捜索のことも、耳にしていました。その後、サー・ジェイムズ・プレストコットが国外逃亡したことと、一六五九年の共和国に対する反乱の際、内通行為をしたかどで告発されていることを知ったのでした。しかしその話は、小生にとっておよそ信じられないものでした。小生の知る彼は、オーク材の長い張板のようにしなやかな、順応性を備えた男、自己の信念を頑なに守る人物であります。人間は罪を犯せばそれに対して罰を与えなければならない。それが彼の考え方の最も重要な《アルファ・アンド・》部分《オメガ》であり、戦争による自己の喪失の中でさらに強まっていったのでした。そのため彼は陰謀をめぐらす人物にはなりえず、小生の考えるところでは、内通などという陰険な行為を思いつくはずもありません。彼はあまりにも正直であり、同時にあまりにも愚かなのです。

その一方、彼が王党派やサーロウから口封じのため命を狙われるようなことをしでかしたのは、明らかでした。その内容は小生のあずかり知らぬことですが、答えがこのサミュエルを当惑させた手紙にあることは、容易にわかります。彼が去ったあと、当然のことながら解読を試みました。ところが、これが、まったく歯が立ちません。暗号作成者の能力は、軍事馬鹿のプレストコットから予測されるようなものより、はるかに高いものだったのです。

小生がこの過去の出来事に触れているのは、ウッドの無邪気な言葉によって、とうの昔にわかっていたはずのことに思い至ったからでした。いまになって触れるのは、小生を愚かな人物に思わせることにもなりかねません。小生に言えるのは、自分よりも能力の劣る輩からの批評は受け入れないということのみなのであります。暗号の形式を理解することは、詩の様式や文体を理解することと似ています。何がきっかけでそれが理解できるかは誰にもわかりませんが、小生がディ・ピエトロの書簡袋の中に見つけ、マルコ・ダ・コーラのもとに送られた手紙は、その三年前にサミュエル・モーランドが小生のもとに持ち込んだサー・ジェイムズ・プレストコットの手紙と同じ形式の暗号、同じ感触の暗号で書かれていました。この手紙のことを知る人間がもうひとり、どこかで生きている、という気がするのです。一度形式をつかんでしまうと、暗号の構造を調べることが可能になりました。二つの手紙を丸々二日間かけて調べた小生は、両方の暗号文が同一の書物をもとに構成されたものだという、確信を得たのです。リウィウスの本がコーラへの手紙文を暗号化するために使われ、同じリウィウスの本が、プレストコットの手紙にも使われたのだ、と。

当時の自分の立場がもっとはっきりしたものであれば、小生はプレストコットの息子を呼びつけてリウィウスの本のありかを問いただしたことでしょう。しかしそのためには父親の話をせねばなりません。息子が強迫観念にも似た思いを抱いていると知っていた小生は、あのあまりにも微妙な問題を蒸し返す気にはなりませんでした。いかなる出来事であるにせよ、多くの人たちが固く秘密を守っている問題なのですから、いい顔をする者など誰もいるはずがないのです。そこで小生は、もっと巧妙な近づき方をすべく、トマス・ケンを使うことに決めたのでした。

このケンなる人物はきわめて野心の強い若者で、自己の欲望を隠しもしない輩であります。彼の場合、神の関心事と自分自身の関心事が混ざり合って完全に見分けのつかないものになっているため、はたから見ると、神による救いはすべて、彼が年間八十ポンドの金を得られることにかかっているとしか思えないほどなのでした。ケンはかつて、ずうずうしくも小生に向かって、ニュー・カレッジを辞めるためメイナード卿に推薦してもらえるようはからってもらえないかと言ったことがありました。貴族社会の身ならぬ小生としては、そうしたことに口を出せるわけもありませんし、たとえ小生が何かを言ったところで、ロバート・グローヴ博士のほうが——勝利するのは目に見えているのでした。しかしケンの献身を得るには楽な方法でもあるので、彼には結果はどうあれ支援はすると言っておいたのでした。

その見返りとして、小生の必要なときには協力するという約束をとりつけていましたので、彼に頼んで、ミスター・プレストコットが小生の支援を求めにくるよう説得させることができました。やって来たプレストコットに、さっそく父親の遺した財産について細かに質問しました。ところがどうでしょう、彼はリウィウスの本など知らないどころか、手紙や書類についてもいっさい知らないのでした。ただ、のちになってモーランドの言っていたことが正しいとわかりました。プレストコットの母親が、父親からの荷物が届くのを待っていたものの、結局届かなかったということが明らかになったのです。こんなにいらだたしいことがあるでしょうか。ほんの少しの幸運さえあれば小生はマルコ・ダ・コーラの暗号文を解読できるだけでなく、この国をめぐる最大の秘密を暴くことができるのですから。

それなのにあの愚かなモーランドは、小生に答えを与えてくれる唯一の人物を、死なせてしまったのでした。

第五章

そのころの小生は、職務のせいで生活のリズムがおかしなかたちになっていました。夜行性動物は、ほかの生き物が眠っているうちに狩りを行ない、ほとんどの動物が行動している時間に労働から解放されますが、小生はそれに似た、他人とは逆の生活をしていたのです。あらゆる階級の者たちがほかの土地を求めてロンドンを去り、あるいはくだらぬ娯楽を求めてあちらへこちらへと移る宮廷についていったときも、小生は田舎を出てロンドンに居をかまえていました。そして宮廷がウェストミンスターに戻ると、小生はオックスフォードに移ったのです。

この点を不愉快に思うことは、ありませんでした。廷臣の責務というのは、地位と名誉を追い求める目的がない限り、時間の浪費であり、実りのないものでしかありません。ただ単に王国の無事を気にかけ、政治の円滑な動きを期待する者であれば、宮廷にとどまることはさして重要ではないでしょう。この国全体で考えても、本当の権力をもった人物はせいぜい二、三人しか存在しません。その他の者たちは、なんらかの形で支配されているのであり、小生は真に重要な人物と十分以上の接触を保っているのです。

そうした中には、本来の味方という立場のものは少なく、多くは故意にあるいは理解力の限界のせいで、自身の国に対して不利益となるような活動をしている者たちでした。当時、そうした状況はあらゆる場所で見られました。自分は単に自然界の秘密をときほぐそうとしているのだと考えている科学者の中にさえも、見られたのです。自分の考えに注意しない者は、自分の行動についても深く考えず、最も危険な場所へと続く道に、みずからを向けてしまうからです。


年がたつにつれ、そうした問題はさらにはっきりとしてきました。貪欲《どんよく》さのためにせよ鈍感さのためにせよ、他人の仕掛けた罠に、いともたやすく落ちることが多いからであります。たとえば数週間前、きわめて深遠な思想をもつ者しか注意を喚起されないような、一見なんでもない問題があったのですが、その危険性は小生が指摘することによって初めて注目され、論争に終止符を打ったのでした。論争というのは、この国がグレゴリオ暦を採用して大陸諸国の仲間入りをすべきかどうかということで、南部担当国務大臣（もうミスター・ベネットではありません）から、その点を問う手紙が小生のところに届きました。小生は、自分に意見を求められているように見えても、すでに同意のできていることに賛成意見を増やそうとしているにすぎないのだろう、と考えました。ヨーロッパ中でこの国だけが異なる暦《こよみ》を使い、ほかの国から十日遅れた生活を永遠に送るのが、ばかげたことだというのは、はっきりしていたからです。

ところが、この一見なんの問題もない行ないの含む意味を小生が指摘すると、彼らはすぐに考えを変えました。この行為は教会と国の本質を打撃するものであり、カトリック教徒を勢いづけるものであり、外国からの支配を寄せつけぬために闘う人々を失望させるものである、と小生は指摘したのです。平和的な装いのもとにわれわれの独立性が失われようとしているときというだけで、我が国の軍隊がフランスの傲慢《ごうまん》な力に対抗しないことがあるでしょうか？　この暦を受け入れることは、ローマの権威を受け入れることであります。なぜなら、それは（鈍感な者の言うように）イエズス会の企《たくら》む改革なるものだから、というばかりでなく、われわれが同意することはまた、ローマ教会の司教に対して、復活祭をはじめあらゆる祝祭や聖日の催しをいつ行なうかを決定する権限を与えてしまうことを意味するからでもあるのです。一度原則を容認してしまえば、ほかのすべても自然に決まってしまいます。ひとつのことでローマに屈服すれば、ほかの面でも服従することにつながるのです。このような些細なことは不都合などなく利益をもたらすにすぎないという、セイレーンの歌声のごとき誘惑に抵抗するのは、イングランド人としての義務と言えましょう。そうした甘言は真実でありませんし、もしわれわれが孤立しなくてはならないのなら、そうすればいいではありませんか。イングランドの栄光は、これまでつねに、大陸の権力による隷属《れいぞく》への要求や服従を誘う甘言に対し、抵抗することにありました。キリスト教世界の団結よりも、神を尊敬することそのものこそが、より重要なのであります。こうした回答を出したところ、うれしくも小生の主張が優勢となり、議論はこれを最後にきっぱりとやんだのでした。

そんなわけで、王政復古のあとはこうした問題の危険性がさらに高くなっていました。カトリックであることを隠しているいないに関わらず、多くの者たちが、宮廷内で大きな影響力をもつ地位へと、いつの間にかのぼっていきました。（確かに心からそう思っているらしいのですが）この国のためにはフランスと緊密な結びつきをつくるべきだと信じる者もいれば、スペインと共同戦線を張ることによってブルボン王家の野望を阻止しようと望む者もいたのです。

毎週毎週、そして毎月毎月、こうした派閥は互いに争いを続け、そこに海外からの誘惑も流れ込んできました。閣僚でも官吏でもない者たちは、この争いから利益を得ることはできませんでした。そうした類の争いだったのです。あるときはスペイン派が優位に立ち、ミスター・ベネットとその他の連中は自分たちの地位を強化してさらなる権力を手中にしました。またあるときはフランス派が盛り返し、王の新しい妃への贈り物のために出資したのでした。そしてオランダ派は、いずれと同盟を組んでももう一方から攻撃されることを知っていたため、この二大派閥の動きを不安そうに見守るだけでした。司法と宗教への関心はまったく失われ、宮廷内での争いはこれからヨーロッパの海と陸で行なわれる大きな戦いの縮小版として、繰り広げられていたのでした。

さらに、そこには不可解な立場の人物が二人いました。ひとりは、当の国王。自分の悦楽のためには十分な出資をする者なら、誰とでも組むと思われる人物です。そしてもうひとりは、クラレンドン卿。王の国内における地位が不安定なため、海外からの揺れが少しでも伝われば王位を失うことになると信じ、どの国とも深い関わりになることを拒んでいました。一六六二年の時点では彼の意見が優勢にありましたが、ブリストル卿など他の者たちは異論をもち続け、海外での勝利が王国の力を増すと主張する一方、敗北によっても自分たちに機会がやってくると密かに考えていました。多くの者がクラレンドンの失脚を願い、彼を破滅に導くため、飽くなき行動を続けていたのです。戦《いくさ》で敗れれば、ほかの何よりも確実に彼を失脚させることができます。当時、王の忠臣たちの多くが、そうしたことが起こるのを期待して夜も寝ずにいたことは、おそらくまちがいないところなのでした。

しかし当座のところ、クラレンドンの敵にとって最大の武器と言えるのは、彼の娘の破廉恥な行為でした。つい半年前に宮廷内に大騒動を起こし、彼の大法官《チャンセラー》としての地位を危うくしたその行為とは、許可を求めもせずに王の弟であるヨーク公と結婚してしまったことなのです。娘は婚礼のときすでに身ごもっていましたし、クラレンドンはヨーク公を非常に嫌っていましたから、卿は王と同様に欺《あざむ》かれたわけではありましたが、そうしたことはどれも取るに足らぬことでありました。ヨーク公の婚約というのは、同盟関係を固めるための有力な誘因だからです。自分のでした。国王の権威はあざ笑われ、王は外交ゲームにおける貴重な切り札を失ったのために集まってくれる臣民をもたないはずのクラレンドンは、日々、女王に世継ぎが生まれるよう祈っていると言われていました。嫡出子なしに王が他界すれば、自分の実の娘が女王の座につくことを黙認せねばならぬわけですが、いまの女王に世継ぎができれば、その義務から放免されるからであります。この問題は容易に見過ごされることではなく、彼の政敵たち、とりわけ抜け目のないブリストル卿にとっては、およそ認められるものではありませんでした。

権力者たちのあいだのこうした策略合戦は、大げさに伝わってきたものの、小生がむやみに興味を抱くことはありませんでした。しかしそれは、愚かな反応だったのかもしれません。というのも、おそらくは、つまらぬ争い事の細かな点にもっと注意していれば、それが小生にとって助けになったかもしれないからです。当時の小生は、こうした陰謀が自分自身の調査にとって重要だということなど、およそ理解もせず、それなくしては何ごとに対しても関心を抱く根拠をもちえぬということも、わかりませんでした。ただしそれは、適切な立場にいてこそ明らかになることでもあります。当時小生は、自分のことを、ある程度は重要度のある一介の官吏と考えていました。とはいえ、宮廷の争い事に対する興味も、王国の政治に影響を与えることへの関心も、もたなかったのです。自分の仕事は、主人たちに対し王国の隠された歴史を語ることにある。彼らはその知識をもとに、もし望むならば、ある種の決定を下す。そう思っていました。そこにおける自分の重要性は決定的である。なぜなら、正しい情報はもめ事予防の源であり、暴動鎮圧のためにとられている施策はまったく不十分なのだから、と。町なかの捜索が進みつつあるとはいえ、その速度は十分でなく、あらゆる非国教徒が逮捕されているものの、つねに新しい反乱者が現れ、新たな手を駆使して身を隠しているのです。

いままでのところ、小生は自分の努力を正当化する記述をほとんどしていないので、この手記を読まれているかたの中には、小生がなぜマルコ・ダ・コーラの問題に注意を喚起されたか、疑問に思われる向きもあることでしょう。実際、そのときの小生にとって、彼はたまたま気になった存在でしかありませんでした。入念な調査を行なううちで出会った出来事のひとつであり、小生が専念するほど中身のある問題とも思えなかったのです。注意を集中することになったのは、ほんの好奇心からでした。しかし、このイタリア人と亡命者たちのあいだになんらかの関係が確立されており、その関係を彼とその家族がつくり出したのだということは、事実でした。小生のもとには不可解な手紙がありましたし、その三年前に書かれた書簡との関係もまた、興味をそそられるものです。しかも、コーラ自身、謎に包まれた男でした。低地帯諸国の国で兵士であることを表立って知られずに何カ月も過ごしてこられたということが、普通でないと思われたのです。そして、やり手で知られる彼の父親が、唯一の使えそうな息子を一家の義務からはずして手放したのは、なぜか。その息子は家業を継いでいないばかりか、結婚もしていないのです。

以上のように考えた小生は、一六六三年の初めにロンドンに着くと、貿易商に通じた例のウィリアムズという男に、この疑問をぶつけてみました。

「投資家としてのきみに、質問があるんだがね」と小生。「たとえばきみが、戦争で港が閉鎖されたせいで、主要な市場と貿易相手を失ったとする。三人の娘がいて、ひとりは既婚、残りの二人も結婚すべき年齢間近だ。役に立つ息子はひとりしかいない。商売を守り、あるいは広げていくためには、どんな手に出るかね？」

「ひとしきりうろたえた末に、運が開けてくれるのを祈るしかないんじゃないか？」ウィリアムズは微笑みながら言いました。「それ以上の悪い状況は、あまり思いつかないね」

「非常に冷静な男だとしたらだ。いったいどうするだろう」

「そうだな。とにかく、自由に使える蓄えがどのくらいあるかと、一族との関係にすべてがかかっているな。彼らがどのくらい助けになるのか。それによっては、とりあえずの危機を逃れて落ち着きを取り戻す時間がもてるかもしれない。だがそれは、作戦をたてる余裕を得ただけのことで、問題が解決したわけじゃない。当然のことながら、必要なのは新しい市場を見つけることだが、新たな港に参入するには金がいる。軌道にのせるまでには損をしてでもやらなくちゃならんことが多い。そこで、いちばん簡単なのは、ほかの商人と縁組をすることだ。子供がいればそいつを結婚させる。息子を結婚させればこっちの立場が強くなるし、娘なら弱くなる。いま聞いた状況だと、息子を結婚させて優位に立つ必要があるな。そうすれば金を差し出すんじゃなくて、商売用の資金が得られるからだ。ところが、必要なのは市場だから、こいつは不都合だ。そこで娘を結婚させることがさらに必要になる」

「その金はどこからもってくるんだね？　嫁ぎ先はそれに気づいて、交渉を有利に進めようとするんじゃないか？」

ミスター・ウィリアムズはうなずきました。「それこそが問題なんだ。話に聞いた状況からすれば、まず商売に関係なく息子をできるだけ裕福な家の娘と結婚させなくちゃならん。それからすぐに、娘に持参金をもたせて同業者と結婚させる。運がよけりゃ余りの金ができるだろうし、悪けりゃ差額を埋めるのに利子付きで金を借りることになるかもしれん。だが商売が続けられるなら、問題はないだろう。成功を保証できる戦略とは言えないが、そのチャンスはかなりある。息子なんてのは、それ以外の目的でもつもんじゃないだろう？」

「すると、もしその商人が息子を結婚させようとしないばかりか、ヨーロッパ中を放浪させ、手の届かないところにいる息子が金を浪費しているとしたらどうかね？」

「それはなんらかの関心ある事業に思い切って金をかけているのとは、正反対の動きだな。あんた、まだ例のコーラ家の一件に首を突っ込んでるのかね」

小生は不本意ながらうなずきました。ウィリアムズに秘密を知られたくはなかったのですが、だまされるような男ではありません。むしろ正直に告白したほうが沈黙を守らせることができるでしょう。

「そういう問題をおれたちが気にしないとでも思っていたのかい」とウィリアムズが言いました。

「おれたち？」

「おれたち商人仲間さ。みんな競争相手のことはなんでも知りたいと思っているし、悲しいかな、相手が失脚すれば手放しで喜んじまうやつが多い。もっとましな仲間にしても、当然のことながら明日は我が身ってわけで心配の毎日さ。ほんのちょっと運が悪いだけで、金持ちは没落する。嵐のひとつあるいは予期しない戦争で、破局はやってくるのさ」

「きみの場合、その点については心配しなくてもいい」と小生は言いました。「天候の予測は無理だが、わたしが協力している限り、きみの知らないうちに戦争が起こることなどない」

「そいつはうれしいね。来週、大物の荷をハンブルクへ向けて運ぶんだ。無事に着いてほしいよ」

「わたしの知る限り、北海で活動を許されているオランダの海賊たちも、すぐにどうこうということはないようだ。ただ、悪辣《あくらつ》な行為に対する防御はあったほうがいいがね」

「もちろん、あらゆる手は尽くすさ。私掠船なんざ、受け付けない」

「なるほど。ところでコーラのことだがね。貿易商仲間ではどんなことが言われているのかね？」

「要するに、父親の状況はどんどん悪くなっているようだ。長いあいだ、彼の東方の市場はトルコによって減らされ続けてきた。クレタ島は失われたも同然だ。思い切ってロンドンとの商売をはじめたが、現地にいた管理者が死んだせいで、イングランド人の事業提携者に乗っとられてしまった。噂じゃ、資金を得るために船を売りに出したってことだ。三年前は三十隻以上の船隊をもっていたが、いまは二十隻がいいところらしい。ヴェネツィアには商品の詰まった倉庫がいくつもあるが、中身は無駄になって朽ちはてようとしている。その商品を動かせなきゃ、債権者に支払いはできないし、支払いができなければ、彼はおしまいだ」

「資金はかなりあったんじゃないのか？」

「誰だって、勘定を払うまではたっぷり金があるさ」

「では、その父親の行動をどう説明する？　あるいは息子の行動を」

「わからんね。非常に評判のいい男だったから、おれみたいなコーヒーショップのゴシップ屋には聞こえてこないような複雑な事情があるんだろう。どんな事情か、おれには考えもつかんね。もちろん、何か耳にしたらすぐ知らせてやるよ」

小生は彼に礼を言って、店を出ました。自分の状況分析が正しかったことはうれしかったのですが、問題に対する理解は少しも深まっていないのでした。

調査を進めるのに役立つ次の情報は、それから十日ののち、王立協会との関係によってもたらされました。自分の努力によるものでなく、むしろ神の思《おぼ》し召《め》しと言えるものです。幸いなことに、そのころ小生の頭を占めるものはたくさんありましたので、そうでなければ、毎日いらついていたことでしょう。このいらつきは小生の大いなる短所であり、長いあいだ克服しようと努力してきたことでした。「待ちおりて（一千三百三十五日に）至る者は幸福《さいはひ》なり」（ダニエル書十二章十二節）この一節は頭ではわかっているものの、実践は容易ではありません。

さて、この威厳ある協会のことについては、以前にも触れました。世界中の好奇心にあふれる人物たちとの交流が小生の仕事の助けになったことも、おわかりだと思います。当初小生は、通信係としての役目を引き受けていたのですが、ほかの仕事が忙しくなってきたため、しだいにその役目をミスター・ヘンリー・オルデンバーグ（科学者、王立協会の初代事務総長。一六一八〜七七）に譲っていきました。実験における忍耐力はありませんが、他人を元気づける能力に長《た》けた人好きのする人物です。ある日の朝、彼は最近の手紙類を要約する作業を小生と一緒にしていました。実験や発見の知らせを正しく把握しておくことは、外国の学者たちが自分たちのものでない功績を主張するのを防ぐうえで非常に重要だからです。この協会の名声は国の名誉であり、他に先駆けた発明・発見を確立することは死活問題なのです。

小生がここで言いたいのは、この過程において輸血に関するコーラの主張が偽りであると立証できるということです。なぜなら、輸血の発見に関してはすでに公知の事柄となっていたからです。輸血の発見をしたのはローワーであって、コーラではありません。しかもコーラは自己の主張についてなんらの証拠ももっていませんが、ローワーは自分の発見を知らせる手紙を残したばかりでなく、サー・クリストファー・レンのような信頼性に関して申し分のない人物たちを証人として得ているのです。小生が不公平な物言いをしているのではないという証明のために、ミスター・ライプニッツ（ドイツの哲学・数学者。一六四六〜一七一六）の例を挙げましょう。彼は、一連の差分を比較することによる新たな補間の方法を発見したと主張したのですが、それ以前にルニョーがメルセンヌ（フランスの神学者。一五八八〜一六四八）に対して同じ内容のことを書き送っていたと知ると、自分が発見者であるという主張をすぐに引っ込めました。周知のことであったのは決定的である、と認めたのです。同様に、誰が先に発見したのかということを無視しているコーラの主張は、まったく根拠のないものと言えましょう。彼は発表をしなかったばかりか、最初の実験は秘密裏に行なわれたものですし、患者も死んでいます。一方、ローワーの実験には目撃者がいましたし、その後協会において実演をしています。これはヴェネツィアから抗議のくるはるか以前のことでした。

オルデンバーグとは、会員や規則に関するさまざまな問題を話していたのですが、話題はさらに広がっていきました。そして小生は、大いなるショックを受けたのです。

「ところで、ヴェネツィア在住の通信会員らしき者の中に、非常に興味深い若者がいると聞いたのですが。残念ながらあの共和国の学者とはあまり接触がないもので」

小生は単純にこの話を聞き、なんの疑念ももちませんでした。オルデンバーグはつねに各国の学者たちを結びつけ、互いに知り合いとなる新しい方法を持っているのです。

「それはうれしいことだね。で、その若者の名は？」

「かつてシルヴィウス博士（フランシスクス・シルヴィウス、オランダで活躍した医師、解剖学者。一六一四〜七二）に教えを乞うたことがあるそうです。名前はコーラ。裕福な貿易商の息子です」

小生は大いに気を引かれました。

「うまいことに、彼はまもなくイングランドへ来るそうです。彼に会ってその才能を確かめることができるでしょう」

「シルヴィウスがそう言ったのかね？　その男がイングランドへ来ると？」

「おそらくは、とのことです。来月に予定しているとか。わたしは彼に手紙を書いて、ぜひ会いたいと伝えるつもりです」

「いや、それはいかん」と小生は言いました。「シルヴィウスの知性の高さはよくわかっているが、人物を見抜く力についてはどうだろうか。その若者を招待しておいて、もしそれほどの能力の者でなく協会員にできなければ、冷たくあしらったと言われるだろう。到着しだい彼を見つけ、折を見てわたしたちの目で判断することにしよう」

オルデンバーグは、この意見にすんなりと賛成し、小生は用心のためシルヴィウスの手紙を詳しく調べてみました。たいしたことは見つけられなかったのですが、コーラは「危急の用件で」イングランドに来なければならない、とあります。いったいどんな用事があるのか？　彼は貿易に興味などないはずですから、この国に危急の用件があるとは思えません。では、元兵士の彼が、なぜこの国に来るのか？

あくる日には、それがわかったという気がしました。

第六章

「親愛なる我が師にて博士様」と、マシューからの手紙は、はじまっていました。

先生にとってまことに重要なお知らせと思われるため、取り急ぎペンをとっています。わたしはスペイン大使館の召使い部屋の面々に大いに気に入られ、多くの秘密を探り当てることに成功いたしました。もしわたしの正体が見破られれば、命はないものと思いますが、その危険を冒すだけの価値はあります。

わたしの情報源は彼らの噂話にすぎないため、どんな計画が進行しているのか、正確にはわかりません。しかし、召使いというものはたいてい、主人が思う以上のことを、あるいは必要以上のことを、知っているものです。そして当地では、来《きた》る四月に、我が国における武力政変が計画されていると、しきりに言われております。イングランドの高い地位にいる者たちと計画を練っているのはセニョール・デ・ガマラその人で、その陰謀は実現間近なのだ、と。そのあたりが女中たちの情報の限界ですので、これ以上のことは知りえませんでした。ですが、のちにはもっと詳しいことを探り当てる所存でおります。

ところで、申し上げにくいのですが、先生がマルコ・ダ・コーラをお疑いになっているのは誤っていると、わたしは思います。彼は非常に親切なジェントルマンであり、兵士らしいところなど、微塵《みじん》もありません。それどころか、実際に会ってみると陽気で娯楽好きで、（これはわたし自身経験したのですが）とても気前のいい人物です。しかも情け深く、隠し事をしたがらないという点でも、めったにいないようなジェントルマンなのです。その彼が近々ここを離れるらしく、近日中に別れの宴が準備されています。その音楽と踊りの宴に、彼はわたしを特別に招いてくれました。彼がわたしのことを大いに気に入ってくれた証《あかし》と言えましょう。彼はわたしにかなりの敬意を払い、そばにおいてくれようとしているのです。彼がわたしたちにとって有害な存在であるかどうか、それを見極めるためには、まことにもって適切な位置にいると、お思いにはなりませんか。

残念ながら、これ以上はいま、申し上げることがありません。あまり聞き回りすぎると、疑いを招くのではないかと思いまして。

この若気の愚行とでもいうものを目《ま》の当たりにして、小生は激しい怒りと失望を禁じえませんでした。しかし、マシューの愚かさに対する怒りが勝っているのか、それともマシューにまんまと取り入ったコーラの汚らわしい手に対する怒りが勝っているのかは、わかりません。小生はマシューに対し、音楽や踊りといった娯楽を許しませんでした。どちらも罪深く、あらゆるものにも増して、子供の躾《しつけ》を台無しにするからです。むしろ小生は、仕事や義務を教え込むことのほうが、正しくまた価値あるものと知っておりましたから、もともと軽薄な若者に対しては難しいながら、その点についてのみ心を配ったのでした。ところが、このコーラは巧みな手を使い、マシューをして、まともなことから顔を背《そむ》けさせ——しかも、ひょっとすると小生からも顔を背けさせたわけで、そのことに強い怒りを感じざるをえません。コーラにとってこのような行為がいかにたやすいものであるかは小生にもわかっていますし、他方、マシューのうれしそうな顔を見るのが唯一の望みである自分にとって、そういう行為を断固としてせずにいるのが難しいことも、わかっているのです。小生はコーラと違い、マシューの好意をだまして得ようなどとは、思いません。

さらに、マシューをたぶらかすための手段も、気になるところでした。遠く離れたところにいても、コーラに対するマシューの確信は誤ったものだということが、小生にはわかっていたからです。コーラがすでにイングランドへ向かっていることは、オルデンバーグから聞いて知っていました。政変は、彼がイングランドに上陸した直後に起きるよう、設定されています。この二つを結びつけるのは容易であり、小生は自分に残された時間が予期したよりも少ないことを、察しました。まるで自分がチェスの素人で、相手の手が盤の上をゆっくり動いて攻撃してくるのに、いざ駒を打たれてみると、いつの間にか抵抗できない状態になっている。そんな感じがするのでした。これまであらゆる場合において、もっと多くの情報さえ得られればすべてのことを理解できる、と小生は考えてきました。ところが、新たな情報が手に入るたびに、それでは不十分なことが明らかになるのです。いまの小生には、ある種の陰謀が計画されていることがわかっていますし、その決行がだいたいいつになるかもわかっています。しかし、その手先の人間は知っていても、その雇い主や、目的については、わからないのです。

こうした考えにおいて、自分が孤立した立場にいることは、わかっていました。非常に大きな問題を扱っているのに、その主張を研ぎすましたり和らげたりする、他人からの助言がない状態なのですから。結局小生は、この問題を誰かほかの者に聞いてもらうことにして、その相手を慎重に選びました。もちろん、いきなりミスター・ベネットに話すことはできませんし、サーロウの諜報組織にいた連中にしても、その忠誠心はまったく信用できません。どちらにも好意的でない中立の人間がほとんど見あたらず、やはり自分はこの疑惑と危険に満ちた世界でひとりきりなのだと、思うばかりでした。

そこで思いついたのが、ロバート・ボイルです。彼なら、その抽象的な思考のため政治に関心をもつこともありませんし、精神の高貴さゆえ、党派にそそのかされることもありません。あらゆることについて、思慮深い判断ができると言われる人物なのです。ただ小生としては、彼の発明の才や敬虔《けいけん》さについては高く評価するものの、その名声ほどの業績はあげていないのではないかと感じていました。

彼は、新しい科学の強力な擁護者であります。しかし、その禁欲的な性質と、用心深い努力、心からの信心などのおかげで、何人《なんぴと》といえども、王立協会に対して不信心な、あるいは破壊的な意見をもっていると非難することは、難しいのでした。ミスター・ボイルは（その厳粛な態度の裏にある種の純真さを隠していると思うのですが）、新しい科学が宗教の助けとなると信じていました。聖書における基本的な事実は、合理的な方法で確証できるのだと。一方小生は、新しい科学は無神論者たちにかつてない強力な武器を与えてしまうのではないかと、感じていました。やがて彼らは、科学者の証明したことに神が従わねばならぬと主張することでしょう。科学の原理に合わぬのなら、それは神が存在しないことの証明なのだと。

ボイルはまちがっていますが、それも無理のないことと小生は認めていますから、二人のあいだの、温かくはなくとも長期に渡る親交が、この論争によって途絶えることなどは、ありえませんでした。彼は名門の出であり、均斉《きんせい》のとれた（ただし虚弱な）体格であり、健全な教育を受けているのであり、そうしたことすべてが、利害に動かされることのない正しい判断を生み出すのであります。ボイルがロンドンの妹の家にいるのを見つけた小生は、自分の家に招き、カキと子羊、ウズラ、それにプディングという申し分ない食事でもてなしたあと、これからの話はまったくの他言無用にしてほしいと言いました。

小生は、気がかりな兆候や疑惑をすべて交えて説明したため、最初に考えていたよりもはるかに詳しいものになったのですが、ボイルはそれを、静かに聞いていました。

「いや、実にうれしいですよ」話が終わると、ボイルが口を開きました。「それほどの秘密を打ち明ける相手に、わたしを選んでくださったのですから。ただ、わたしに何をしてほしいのかが、いまひとつわからないのですが」

「意見が欲しいのです」と小生。「確かな証拠はありますし、それに矛盾することのない仮説も、完全ではないながら、立てられました。しかし、確認できたわけではありません。もっといい、別の解釈ができるものでしょうか」

「整理してみましょう。そのイタリア人ジェントルマンは、急進派ともスペインとも、つながりをもっている。そして、彼は来月、我が国にやってくる。これらは、すべてではないにしても、あなたの知る最も重要な事実です。そしてあなたは、彼がわれわれに危害を加えるためにやってくると信じている。これはあなたの仮説です。その危害がどんなことなのかは、わかっていない」

小生は、うなずきました。

「では、あなたのこの仮説に取って代わる、別の解釈があるかどうか、考えてみましょう。まず、コーラが、彼自身の言うとおりの人物だとしてみます。世界を旅する若者で、政治にはなんの関心もないと。彼がイングランド人急進派に出会ったのは、まったくの偶然だった。スペインの高官を知っているのは、裕福なヴェネツィア人一家出身の上流のジェントルマンだからにすぎない。そして、われわれから知識を得たいがために、イングランドへ行くことにした。彼はまったくの無害な人物である」

「二次的な事実を落としていますよ」と小生。「一方の説の支持にはなりますが、他方には不利な事実です。コーラは危機に直面した貿易商の息子で、いちばんに考えなければならないのはその一家のことのはずですが、低地帯諸国の国にいて、くだらぬ娯楽に金を使っていました。この行動はわたしの仮説なら説明がつきますが、いまの話では無理でしょう。コーラはライデンに着くまで、学問に関心があるところなど少しも見せていず、むしろ戦時におけるむこうみずな勇敢さで知られていました。あなたの仮説では、この人格がいきなり変貌したことに、説明をつけなければなりません。それにあなたの説では、かつて王に背いた者たちが使っていた暗号で書かれた書簡を、彼が受け取っていたという、本来の問題を考慮していません。学問に興味をもつ無邪気な旅行者が、そうした書状を受け取ったりするものでしょうか」

ボイルは小生の反論を受け入れたらしく、うなずきました。「確かにそうですな。あなたの仮説のほうが強力で優れていることは、認めましょう。すると、その結論がどうなるかについて、考えなければならない。このコーラが、危険を秘めた人物であると、認めることにしましょう。では、その危険性が実際になんらかの問題を起こすという結論に、必然的になるのかどうか。わたしの理解が正しければ、その男がイングランドに着いたときに何をするのかについて、あなたには考えがないようですが。たったひとりの男が、どれほどの危険な問題を引き起こせるのでしょうか？」

「彼は何かを言うこともできるでしょうし、何かをすることも、あるいはみずから移送の手段となることもできます。可能な行動は、この三種類。彼がどんな危険をつくり出すにせよ、この三つのうちのどれかに含まれるはずです。何かを移送するというのは、メッセージや金を持ち込むこと、あるいはそのどちらかを持ち出すことを意味します。ただ、それが役目ではない

移送手段ならいくつももっているのですから。同様に、彼の言うことがなんらかの脅威になりうるとも、そのためにわざわざこの国に来る必要があるとも、考えられません。すると、残るのは、何かをする、ということです。そこでむしろうかがいたいのですが、たったひとりの人物が、この王国に危険をもたらすことができるのだとしたら、いったいどんな行為によるのでしょうか。本来なら、職業がその人物の行動を決める上で重要な意味をもつわけですが」

ボイルは小生を見つめましたが、あえて答えようとはしません。

「あなたも知ってのとおり」小生は続けました。「兵士が行なうことで普通の者がしないことといえば、人を殺すことです。そして、ひとりの人間が多くの者を殺すことはできない。多くの者を殺せないとすれば、重要なのは、より衝撃の大きい人物を殺すことになる」

そのときの会話はかなり長いものだったので、省略したかたちにしてあるのですが――小生がこんなことを言うのは、単に誰かの影に脅えてあらゆるものを疑っているわけではないことを、示したかったからでした。これ以上適切な仮説は考えられませんでしたし、それが正しくないと証明されるまで、ほかの可能性を考えることはできないのでした。これは科学実験の際の基本ですが、数学や医学と同じように、政治にも適用できることです。小生は自分の考えを述べ、ボイルはそれに代わる説明をできないばかりか、小生の仮説が事実に見合う最良のものであると認めざるをえなかったわけです。確信を得たとまでは、思っていません。そうしたことを言うのはスコラ哲学者くらいでしょう。ですが小生は、自分の懸念が正当なものであるという、強い可能性を主張することができたのです。

　身体に与えられた傷は、多少深くともやがて癒えることでしょう。しかし、心臓に与えられた一撃は、小さくても致命的です。そして、この国の心臓とも言うべき存在は、王でしょう。ひとりの人間が、軍隊も無力になるほどの破滅的事態を引き起こすことが可能なのです。

　小生の話が大げさで根拠のないことと思われないよう、最近の歴史からそうした事件を挙げてみましょう。フランスのアンリ四世が刺殺されたのはつい半世紀前でしたし、その前にはオランダの沈黙公ウィレム（一五三三～八四）やアンリ二世（一五一九～五九）も亡くなりました。四十年足らず前には、バッキンガム公（一五九二～一六二八）が旧軍人に殺されましたし、裁判によって死に至った人物としては、スタンフォード伯（一五九三～一六四一）やカンタベリー大主教のロード（一五七三～一六四五）、そして殉教者チャールズ王がいます。小生自身、クロムウェル暗殺のさまざまな計画に出会いましたし、亡命中の大法官さえ、ハーグやマドリッドにいる共和国大使の暗殺を認めていました。いまや、公の人物たちの人生は血にまみれたものであり、王の暗殺さえ、民衆の心情としては、家畜の処分程度の反感しか呼びません。われわれはみな、最も忌《い》むべき罪に慣れてしまい、それを政治の道具としてしか考えなくなったのです。

　小生の察知した陰謀は、狂信的な者たちのしわざではないと、わかっていました。彼らの役割は、ほかの者たちのためにした残虐行為の責めを負うことにあると言えるでしょう。この場合の「ほかの者」とはスペイン人であり、その究極の目的はイングランドから自由を奪い、ローマカトリックに従属させることにあります。王を殺せば、カトリックであることを公言している弟が王位につきます。彼が第一にするのは、最愛のチャールズを暗殺した仇《かたき》を討つことでしょう。彼は狂信的な連中を責め、彼らを根絶やしにしようとします。そこでは穏健な考えなど吹き飛ばされ、極端に過激な人物がまた権力を握るのです。結果はもちろん、戦争。またしても、イングランド人どうしが戦うことになります。ただ、今回は前にも増して恐ろしい戦争になるでしょう。カトリックの連中はスペインに味方を求め、フランスも介入せざるをえなくなるからです。この国がヨーロッパの戦乱のちまたになるという、エリザベス王朝以来の悪夢が、まさに迫っているのです。

この結論部分には確かな証拠がないのですが、小生の手元にある論拠からの予測として、意味のあるものと言えましょう。未来は、少なくとも将来の進展の可能性は、論理によって導くことができるからです。数学においては、ひとつの直線を考えた場合、合理的な思考によって、それをどこまでも無限に伸ばしていくことができます。同様に、政治においてもまた、ひとつの行動から結果を算出することができるのです。小生の基本的な仮説が許されるなら――それはボイルの吟味にも、小生自身の冷静な検証にも耐えたものですが――ある結果が導き出されます。小生は自分の恐れることを理解してもらうために、可能性を示したにすぎません。細かな点にまちがいがあれば、冷静に認めましょう。しかし、それでもなお、この仮説の全体構造は論理的に正しく、多少の修正を受け入れることはあっても放棄されるべきではないと、思うのです。

ハーグにいるマシューに、これ以上の進展は望めないでしょう。彼はコーラの魅力によって腑抜けになり、目の前にあるはずの証拠に気がつくことも、できないのです。とはいえ、彼のことは心配でした。身の危険を冒しているのですから、すぐにでもコーラのもとを離れてほしい、と。この心配が見当違いなものでないことに、主《しゅ》は恐ろしい夢を小生に見させたもうたのです。概して、小生は夢のことなど気にしませんし、そもそもほとんど夢など見ないのですが、あまりにはっきりとしていて、未来を予見する神聖なものだったため、ことさら気になったのでした。

例の宴に関する手紙がマシューから来ないうちに、小生はそれを夢で見ました。そして、あとでわかったのですが、その夢を見たのは、実際に宴のあった日だったのでした。夢の中でマシューは、オリンポスの山にいました。彼は神々に仕えているのですが、さまざまな食べ物や酒を強《し》いられているため、泥酔して朦朧《もうろう》とした状態です。小生はコーラの顔を知りませんが、テーブルについているのが彼であるとわかりました。その彼がマシューの背後から忍び寄ると、その腹に鋭い剣を突き立てました。何度もその剣を刺すと、マシューは恐ろしい叫び声を上げます。小生はその隣の部屋にいたのですが、身体を動かすことができず、ただマシューに逃げろとどなるだけです。ですが、彼は逃げようとしないのでした。

あまりの恐怖に目を覚ました小生は、何か恐ろしい危険が迫っていることを察知しました。マシューの無事を祈るものの、彼の姿を見るまでは心配でたまりません。コーラはイングランドに向かっているはずだと思いますが、情報が乏しすぎて、その動向はわからないのです。国王に警告をすべきだろうか。そう思っても、まともに取り上げてもらえぬことはわかっています。彼は無謀とは言わずとも度胸のある人物ですし、長らく身の危険にさらされてきたわけですから、警告したところで、享楽を求める生活をやめさせることはできないでしょう。そもそも、いったいどう言うべきか？　「陛下を亡き者にして弟君を王座につけようという計画があります」とでも？　証拠もなしにそんなことを言えば、地位と収入を失うことになるだけでしょう。正方形の対角線が一辺より長いという事実を小生が受け入れているのは、誰かに言われたからでなく、自分が立証できるからです。一方、この場合は、誰よりもうまく理論をたてることはできるのに、立証することができないのでした。

それから一週間後にマシューはイングランドへ戻り、マルコ・ダ・コーラが低地帯諸国を出発したという知らせをもたらしました。どこへ向かったのかはわからないというのですが、コーラが彼より十日は先行しているはずでした。マシューは見届けることができませんでしたが、イングランドへ向かうコーラの船は、例の別れの宴から数日後には出たはずでした。しかも小生の見たところ、コーラが無害であると信じるマシューは、急いで帰国しようとしなかったのです。

そうしたことに失望し、また気がかりなことを抱えていたものの、マシューが帰ってきたことで小生は元気づきました。彼の顔を輝かせている知的な表情を見ると、小生の心に、しばらく失われていた温かさが戻ってきたのです。コーラが彼を気に入って自分のそばに置いたのも、驚きではありません。小生は彼の帰還を神に感謝し、いままでの心配事がみな、乱れた心のなせるわざであり、実体のない幻にすぎないものであってほしいと、祈りました。

しかし、そういう気持ちもすぐに吹き飛んでしまいました。マシューの気の緩みを責め、あのイタリア人に対する考えはまちがっていると言うと、彼は知り合ったとき以来初めて口ごたえをし、小生こそまちがっていると、あからさまに言ったのです。

「何をご存じだというのです?」とマシュー。「彼に会ったこともないのですから、疑うだけで証拠もないではないですか。わたしは彼を知っています。長い時間を一緒に過ごし、楽しく会話をしました。彼は先生のおっしゃるような危険人物ではないのです」

「おまえは惑わされているんだよ、マシュー。わたしがどんなことを知っているか、おまえにはわかるまい」

「だったら、教えてください」

「それはできない。これは上のほうの問題でな、おまえの関わるようなことではないのだ。おまえは、わたしの言葉を黙って受け入れていればよい。お世辞を言われたり物をもらったりして欺《あざむ》かれ、相手を無害だなどと思ってはいけないのだ」

「彼がわたしに取り入ったとでも? わたしがそんな愚か者だとお思いなのですか? あなたはわたしを非難するばかりで、くださったものといえば、過ちを犯したときの罰ばかりではありませんか」

「おまえがまだ若くて、未熟だからだよ」いまや最も恐れていたことが現実になったのだと、小生は気づきました。「何がおまえにいちばんいいかということは、わたしが知っているんだ。

だが、おまえの言葉は大目に見ておこう」

「許していただく必要など、ありません。わたしは先生に言われたことをすべて、いや、それ以上のことをしてきました。許しを乞うのは、不当に人を責めるあなたのほうです」

それを聞いて、小生は思わず手を上げました。しかしその手を引っ込めると、とにかく不毛な議論はもうやめようと決めました。

「わたしは弁明するつもりはない。いま言えるのは、いつかすべてが話せるようになったら、おまえが自分のまちがいに気づくだろうということだけだ。さあ、マシュー。せっかく帰ってきたというのに、言い争いはやめようじゃないか。こんな再会はよくない。一杯飲んで、おまえの冒険談を聞かせてくれないか。ぜひ聞きたいものだ」

マシューはしだいに落ち着いてくると、小生のかたわらに腰かけました。われわれは以前の関係を取り戻し、その後二、三時間を、二人きりで楽しく過ごしたのでした。彼のしてくれる旅の話を聞きながら、その観察力の鋭さと、ほかのことに惑わされず核心をつく能力に、小生はうれしくなりました。彼はコーラとの別れについては触れず、こちらもあえて聞きませんでした。一方小生は、彼の留守中にどう過ごしたかを語りました。いないあいだに読んだ本のことを話し、これまでで初めて、議論がいかに大切であるかを説明したのでした。マシューが夕方に帰っていくと、小生は神に感謝しました。彼がいなければ、自分の人生は空っぽのものだということが、わかったからです。とはいえ、彼を説き伏せることに初めて失敗し、あまつさえ一緒にいてほしいと懇願してしまったことで、心は落ち着きませんでした。きょうは一緒にいてくれましたが、それがずっと続くかどうかは、わからないのです。彼が尊大にならぬよう、遠からずまた命令をして、自分が従属的な身であることを思い出させる必要があるでしょう。そう考えると気落ちして、彼の言葉を思い出すたびに、憂鬱《ゆううつ》な気分になるのでした。

コーラがもしまだイングランドに着いていないにしても、小生がその足取りをつかむ前に着いてしまうかもしれません。あのイタリア人の目的がなんであろうと、迅速に行動してくれないことを願うだけでした。翌朝、何か情報を得られないかと思い、マシューをイースト・スミスフィールドの仲間たちのところへやりました。ただ、たいして期待はしていなかったため、帰ってきたマシューが収穫なしという報告をしても失望はしませんでした。とりあえず打っておくべき手であると同時に、小生の数少ない手のうちのひとつであることも、確かなのですから。

次に貿易商の知り合いたちのところへ行き、ひとり旅の客を乗せた船がイングランドに着かなかったかどうかを、聞いて回りました。イタリア人に限らず、スペイン人も、フランス人も。コーラが何人になりすますかはわかりませんし、船乗りたちは何人だろうと注意しないからです。今回もたいして期待せず、収穫もありませんでした。確信はないのですが、コーラはすでにイースト・アングリアの小さな港に着いているのではないかという気がしていました。スペインの貨幣を持っていれば、そこから船を雇うこともできるでしょう。

小生の情報源は、ここまででした。イースト・アングリアのすべての港の責任者に手紙を書くこともできますが、それでは小生の抱いている疑惑を広く知らせてしまうことになります。

返事を受け取るまでにひと月はかかるでしょうし、情報の確かさを確認するには、それからまた個人的に手紙を出さねばなりません。では、ほかにどんな手があるのでしょう？　ロンドンの通りを歩いて、自分どころかこの国の誰も知らないような男を捜し回る？　書斎に座ったまま、相手が仕事を終える前に現われてくれるのを待つ？

気の利いた手が何もないことに失望した小生は、自分自身がなんらかの行動を起こして相手を刺激し、あるいは脅かして、姿を現わさせるしかないと決心しました。ただひとつだけの結果を生む場合のみ成功という、難しい実験。いわば小生は、自分なりの理論をもっている実験主義者であり、それを確かめる実験に着手しようとしているのでした。目で見たものだけから理論を構築できる学者のような贅沢なことは、許されないのです。

ほかに打つ手がないかどうかと、丸一日考え込んだ末、ためらっている場合ではないという結論に達しました。王立協会の会合は目前に迫っています。そこでは多くのことが議論されるほか、夕方からは犬の公開生体解剖が予定されています。この解剖は人気のあるものですが、小生にはどうも、解剖の担当者が研究のためよりも観衆を楽しませることに喜びを見出しているように見えるのでした。

しかし、つねに多くの人たちが喜んで来てくれるため、客たちはわれわれの仕事の評判を広めてくれますし、解剖のあとは、集まった人々が自由な雰囲気でつきあうことができます。小生はオルデンバーグに対し、セニョール・デ・モレディを賓客として招待してもらえないかと頼みました。協会としてぜひ来ていただきたいと伝えてほしいと。

デ・モレディというのは、スペインの代表としてイングランドに来ている人物で、スペイン領オランダの総督にして大のイングランド嫌いであるカラセーナと、親しくしていました。イングランド王暗殺の計画があるとすれば、彼としては詳細を知ることを避けるのが賢明ですが、まったく知らないはずはありません。ということは、鍋をかき混ぜようとしたら第一に近づくべきなのが、彼だというわけです。小生の介入によりなんらかの具体的な反応があれば、ついに動かぬ証拠を得たということですから、この疑惑を誰かに話しても信じてもらえるでしょう。

その日の会合にはかなりの人数が来ていましたが、オルデンバーグがけだるい一本調子で読み上げる通信には、誰も関心を抱いていないようでした。放物線の幾何学《きかがく》に関するある論文は、不合理かつ不可解なもので、とても小生には受け入れられるものでなく、著者が誰かも忘れてしまいました。一方、日時計に関するミスター・レンの論文は、いつもの彼らしく明快で科学的精密さをもった内容でしたが、特に重要な意味をもつとは思えませんでした。海外からの通信は毎回みんなの興味を引くものの、誇張と考え違いに満ちているのもまた、いつものことです。唯一記憶に残っているのは（会合の中身に関して記憶はいいほうなのですが）、自作の顕微鏡に関する論文を読み上げたミスター・フックでした。個人としては大嫌いな男なのですが、緻密な観察と正確な記録のできる彼は、われわれの小グループの中でも最高の職人と言えましょう。彼が、一滴の水の中にすばらしい世界があることを示してわれわれ全員を驚かしたあと、ミスター・ゴダードが、涙を流さんばかりの調子で説教を行ないました。彼は主の創世をほめたたえ、主の創りたまいし生き物が主の御業《みわざ》をまで含めることをお許しになる優しさをほめたたえたのです。祈りのあと本来の会議は終了し、一同の気持ちは犬の解剖へと移っていきました。

デ・モレディの表情を見ていると、どうやら小生と同じく、苦しむ犬の鳴き声など聞きたくはなさそうです。そこで彼に近づくと、あなたが席をはずしても、失礼にはあたりませんよ、と言ってみました。わたしも実は退席するつもりですので、よろしければワインなどご一緒にいかがでしょうか、と。

彼が賛同したので、レンがグレシャム・カレッジで使っている部屋に案内しました。そこには前もって、上等なカナリー・ワインを用意しておいたのです。

「わたしたち学問を志す者の仕事に、不快感をもたれなければいいのですが。ああいったことは確かにおかしな行為に見えるので、不信心者のしわざと考える人もいます」

われわれはラテン語で話をしました。うれしいことに、彼もまた、この神聖なる言語を流《りゅう》暢《ちょう》に話すことができるようです。このうえなく礼儀正しい人物で、もしほとんどのスペイン人がこうなのだとしたら、物腰の上品さを気にするミスター・ベネットのような男があの国に惹かれるのも、わかるような気がしました。ですが、小生はそうした外見に惑わされたりはしません。上品な態度の裏にどんなものが隠されているかを、よく知っているからです。

「それどころか、すばらしい気晴らしになりましたよ。学問に関心のある人たちがキリスト教世界全体から集まって、自由に論じ合ったらいいのではないかと思います。こうしたことに関心をもつ人間はスペインにもたくさんいますから、もしよろしければ、この協会にご紹介しましょう」

　笑顔で同意した小生ですが、オルデンバーグに警告しておかなければ、と考えていました。スペインでは、何かに疑問をもつ者はすべて、冷酷な迫害を受けます。そんな国にとって、われわれと交流したがることなど、笑止千万だったはずでしょう。

「あなたとお知り合いになれてうれしいですよ、ウォリス博士。こうして個人的にお話ができたのは、さらにうれしいことです。あなたのことは、いろいろとうかがっています」

「これは驚きですな、閣下。わたしのことを、どのようにして知られたのでしょう。数学に興味をおもちのようには見えませんが」

「確かに、ほとんどありません。すばらしい学問だということはわかっていますが、数字が苦手でして」

「それは残念。わたしはつねづね、純粋な数学的思考は人間にとって最高の訓練だと思ってきました」

「その点については、わたしの足りない部分であると認めましょう。わたしが最も興味をもっているのは、教会法でしてね。しかし、わたしがあなたのことを知ったのは、幾何学の論文によってではありません。暗号技術に関するあなたのお力によってです」

「何を聞かれたかはわかりませんが、かなり誇張されたものだと思いますよ。その方面の能力は、たいしたことがありません」

「いや、世界でも最高の人物という評判をうかがいましたので、その知識を分かち合えないだろうかと思いまして」

「分かち合うというと、誰と？」

「正しい意志をもったすべての人です。暗闇に光を当て、キリスト教世界全体に平和をもたらしたいと願う人たちすべてです」

「わたしに暗号の本を書けということでしょうか？」

「そうすべきかもしれませんね」デ・モレディは微笑みを浮かべました。「しかし、それには時間がかかりますし、見返りも少ないでしょう。ブリュッセルに行かれて、わたしの知り合いの若者たちに知識を与えるというのはどうでしょうか。あなたにとってきっと、いままでで最高の生徒たちになると思いますよ。それに、報酬もいいですし」

　相手の大胆な発言に、小生はいささか驚きました。あまりにも自然な口調で提案してくるため、不躾な発言に憤《いきどお》りも感じないほどでした。もちろん、小生にとっては検討する余地もない提案であり、そのことは彼もわかっているのでしょう。これまでにも小生は、似たような提案をいくつも受けてきましたが、どれも断ってきました。プロテスタントの国からの頼みも、どんなものであれ断ってきましたし、いちばん最近では、ミスター・ライプニッツに小生の技術を教えたらどうかという助言も、拒否したのでした。自分の技術は自分の国だけのものにすべきで、敵対者になる可能性のある者たちに渡してはならないと、心に決めてきたのです。

「わたしのような者にはもったいないようなお話ですね」と小生は答えました。「ですが、大学の仕事がありますので、国外へ旅している暇はないのです」

「それは残念」と相手は言いましたが、驚いた様子もがっかりした様子も、まったく見受けられません。「状況が変化することがあれば、またお願いすることにしましょう」

「ご親切にありがとうございます。お礼がてら、ひとつお耳に入れておきたいことがあるのですが」小生は切り出しました。「実は、あなたの敵対者が、悪質な噂を広めることによって、あなたの評判に泥を塗ろうという計画をたてているらしいのです」

「それはあなたのお仕事から得た情報というわけですか？」

「別のところからです。わたしには政府高官の知り合いがたくさんおりまして、話をする機会がよくあるのです。率直に申し上げましょう。あなたには、このばかげた噂話から身を守る必要があると思います。こちらへいらしてあまり長くないので、ご存じないでしょうが、噂話を通じて強く堅固な政府に鍛え上げてきたこの国では、噂は大きな力をもっているのです」

「ご心配いただいてありがとうございます。で、わたしが注意しなければならない噂とは、どんなものなのですか？」

「あなたがわれわれの王と友好関係にないため、王に不幸がふりかかるだろう。遠からず国民は、その不幸の元凶を知るはずだ、というものです」

デ・モレディはうなずきました。「なるほど、ひどい中傷だ。われわれがあなたがたの国王とまったくの友好関係にあることは、知られているはずです。無一文で追放された亡命中の王に救いの手を差し伸べたのは、われわれではありませんでしたかな？　王とそのお仲間に家や金をさしあげたのは。クロムウェルとの戦争の危険を冒しても、そうしたことをやめなかったのです」

「過去に受けた親切をきちんと覚えている人間は、えてして少ないものです。相手の悪いところばかり見てしまうのが、人間の本質でしょう」

「あなたのようなかたも、そうした疑いを抱いているのですか？」

「信義を重んじる人物が、神に愛されている人を傷つけることなど、わたしには考えられません」

「そのとおりですな。嘘というものが扱いにくいのは、反駁《はんばく》するのが難しいからです。特に、悪意をもって広められた場合は」

「それでも反駁しなくては。率直に申し上げてよろしいですか？」

彼はうなずきました。

「宮廷におけるあなたの関係者やご友人たちは、何も知らずにいれば、この話を聞いて傷つくことでしょう」

「そしてあなたはわたしの手伝いをしたいと？　いや、言い方が悪かったかもしれません。あなたの主張はよく知られていまして、そのようなかたから親切にされるとは思ってもいなかったのです」

「あなたのお国をそれほど愛しているわけではないことは、正直に認めましょう。お国には深く尊敬できる人物もたくさんいますが、あなたの国と我が国の利害がぶつかり続けているのも、事実です。しかし、同じことはフランスにも言えるでしょう。イングランドの安寧《あんねい》は、我が国に対してどの国をも支配的な位置につかせないということで、得てきました。それが代々の賢き君主たちの方針であり、今後も続く原則です。フランスが強くなれば、ハプスブルクの面倒をみる。ハプスブルクが強くなったら、今度はフランスを支援する」

「それはミスター・ベネットも言っているのですかな?」

「わたしは自説を述べているだけです。わたしは数学者であり、聖職者であり、イングランド人です。ですが、ミスター・ベネットがあなたの国をほめたたえていることは、ご存じでしょう。そういった発言が彼の地位にいい影響を与えるとは言えませんが」

デ・モレディィは立ち上がると、丁寧にお辞儀をした。「あなたのようなかたには、言葉以外にお礼のしようもないと思いますので、そのようにさせていただきます。いまこの部屋から出ていくのは、ご好意をいただいて別人になった男だということだけ、申し上げておきます」


こうして、表向きはデ・モレディィへの助言というかたちをとりながら、警告を与えたわけでした。そして、視力が衰えてからずっと続けている習慣ですが、小生は彼と会ったことについて簡単に書き留め、記憶の助けとしました。その覚書はいまでも持っていますが、小生が彼にした助言は、実際的にして賢明であったと思います。しかし、その助言が入れられるとは、ほとんど期待していませんでした。国とは、無数の乗組員を乗せた大型船のようなもの。いったん針路を決めてしまったら、どんな速度であろうとも、たとえ変えることが妥当だとはっきりわかるときですら、変更するのは困難なのです。

ところが、小生の会話に対するデ・モレディの反応は、迅速でした。予期していたよりはるかにすばやく、予想以上に決然としたものだったのです。翌日の夜、ミスター・ベネットの召使いのひとりが小生宅を訪れて、至急会いに来てもらいたい旨の手紙を、小生に手渡しました。

前回の対面のとき以来、華々しく出世した彼は、南部担当国務大臣としてのみずからの権力をすべての者に知らしめたいと願っていました。どんな人間であれ、不用意にクロムウェルと比較するなど今日ですら分別の足りないことですが、あの偉大なる悪人には、未熟で見たままの人物であると言い切ってしまうには、あまりにも素朴で純真なところが、あったものです。クロムウェルは、真に偉大な人物でした。この国にかつて現われたなかで、最も偉大な男だと小生は信じています。ジェントルマンとして生まれた彼は、頭脳の明晰さと精神の強さ、そして信念をもってして、自分自身を王としたのでした。王家に生まれていたら、帝王となっていたことでしょう。彼は、自分に徹底的に反目していた三つの国家を、すっかり服従させました。彼の破滅を願う軍隊によって支配し、大陸とそのかなたにわたって恐怖をかきたてたのです。そして、国を支配する身でありながら、しばしば客にみずから挨拶し、手ずからワインを注ぎました。

ミスター・ベネットは、似たような資質をもつものの、人物としてははるかに及びません――彼の価値は、全部まとめてクロムウェルの親指の爪に納まるほどではないでしょうか。それなのに、なんと虚栄を張っていることか。いくつもの控えの間を配したさまが、ますますあからさまなスペイン風の大空間になっています。また、召使いたちのこびへつらう態度があまりにはなはだしくなっていて、小生のような気取りのない人間には、そうした誇示に対する嫌悪感が抑えがたいほどでした。続き部屋の入り口から彼自身のいるところまで進むのに、たっぷり十五分かかったのです。あの荘厳きわまりないフランス王ルイ十四世にしても、当時のミスター・ベネットよりは、そばに近づくのが難しくないだろうと思われたほどでした。

何もかもが、見栄でした。作法においてはスペイン風なのに、しゃべるのはイングランド風です。遠慮のなさはほとんど無礼と言っていいほどで、小生は面会のあいだじゅう、立たされたままでした。

「いったい、何をしているつもりなんだ、ウォリス博士?」と、一枚の紙を小生に向かって振りながら、怒鳴りつけてきました。遠くて見えません。「このわたしの特命に従わないとは、気でもちがったか?」

小生は、質問が理解できないと答えました。

「ここに強硬な言い回しの手紙をもらっておる」その怒りが触覚と視覚と聴覚にいちどきに伝わってきそうな、激しい息づかいです。「はなはだご憤慨《ふんがい》のスペイン大使からだ。ゆうべ、キリスト教界の平和について、僭越《せんえつ》にも大使に一席ぶったうえ、かの国の対外政策がいかにあるべきか注進したというのは、本当か?」

「まったく話が違います」と小生は答えました。ことの成り行きへの好奇心のほうが、後援者が見せているあらわな怒りへの警戒心を上回っていました。ミスター・ベネットのことはよくわかっていて、彼が腹を立てることはめったにないと知っています。そのような様子を見せるのはジェントルマンにふさわしくないと、彼は固く信じているからです。来訪者を威圧するために怒っているふりをしてみせるというのは、彼の手ではありません。この場合、まったく偽らざる態度であって、正真正銘、激怒しているのだという結論に達しました。もちろん、その寵愛をなくしてはやっていけないのですから、小生自身の立場は危険になります。しかし、一方でこの会話が興味深かったのは、彼の怒りが何に由来するものなのか、すぐにはわからなかったからでした。

「では、大使の感情を害したことをどう釈明する?」

「何がご不快なのかわかりません。ゆうべセニョール・デ・モレディとお話しして——たいへん楽しい会話でした——互いに好意を表わしてお別れしました。先方の魅力的なお申し出を拒んだことでお怒りなのかもしれませんが、よくはわかりません——あたりさわりのないようにお断りしたつもりですが。どんなふうにおっしゃっているのか、うかがってもよろしいでしょうか?」

「そなたは国王暗殺の陰謀を助長していると、彼を非難してばかりいたとのこと。そうなのか?」

「違います。そのようなことは口に出してもおりませんし、しようと思いもしません」

「どんなことを言ったつもりなのだ?」

「大使のお国はイングランドをよく思っていないと、頑固に考えている者がたくさんいる、と申し上げただけです。会話のなかの重要な部分ではありませんでした」

「しかし、実際にそう書いてあるのだぞ。そなたは、よく考えもせずにものを言う人間ではない。だからこそわけを知りたい。ここ数カ月にそなたがよこした報告は、あまりにも欺瞞《ぎまん》やはぐらかしだらけなのが目立つものだから、うんざりしはじめておる。ここで、本当のところをはっきり申し述べるよう命じる。警告しておくが、わたしが満足ゆくまですべてを率直に話さなければ、はなはだ不愉快だ」

そんなふうに最後通牒を突きつけられては、ほかになすすべがありませんでした。そして、それが小生の犯した最大の過ちだったのです。ミスター・ベネットをとがめてはいません——小生は自分の弱さを責めているのです。過ちゆえに小生に与えられた罰は、あまりにも圧倒的な重荷で、それ以降の生涯に一日たりとも苦しまない日はありませんでした。小生は、母方、父方ともに強壮で長命な家系に生まれるという名誉に浴していますから、まだこの先長い年月にわたってこの世に生き続けることが、大いに見込まれます。あの日以来、この恵みが小生から取り去られんことを、数え切れないほどの機会に祈ってきました。小生を苦しめる自責の念は、あまりにも大きいのです。

小生はミスター・ベネットに、自分の抱いている疑いについて話しました。必要以上に詳細を盛り込みすぎてしまったと、いまでは信じています。マルコ・ダ・コーラのこと、より合わさっておのずと彼に結びついていく疑いの糸について。まだ到着していないかもしれないが、彼はこの国に向かっているはずだということも話しました。そして、到着したときに彼がどんなことを企《たくら》んでいるのか、小生の確信するところも。

ベネットは、当初もどかしげに、そのうちにはだんだん真剣さを増して、小生の報告に耳を傾けていました。そして小生が話を終えると、立ち上がってかなりのあいだ、いつも仕事に精を出している狭い部屋の窓から、じっと外を眺めていました。

やがてこちらに顔を向けると、その表情から怒りが消えているのがわかりました。それでも、小生はさらなる叱責から逃れられないのでした。

「国王への敬愛から生まれた努力は誉むべきであるな。そなたがまさに最善の意図をもって行動してきたこと、そなたの願うところがひたすらにどこまでもこの王国の安泰《あんたい》であることを、いささかも疑うものではない。そなたは最も優秀なる僕《しもべ》である」

「ありがとうございます」

「だがこの件においては、そなたは深刻な過ちを犯しておる。外交においては、見かけどおりのことなどひとつもないし、常識と見えるものが往々にして正反対だということを、知らなくてはならない。戦争をするわけにはいかないのだ。戦うべき相手は誰だ？　スペイン人か？　フランス人か？　オランダ人か？　まとめて全部か、それとも組み合わせてか？　それに、どうやって軍隊を賄《まかな》うつもりだ？　議会には、国王の頭上の屋根を維持するために出費するつもりなど、ほとんどないだろう。わたしがスペイン人びいきで、フランス人を最大の敵とみなしているのは、そなたも承知のはずだ。にもかかわらず、わたしとしては、スペインに不利な協定を支持できないのと同じように、スペインとの同盟に賛成することもできない。ともかくも当面は、こういうじゃま者たちのあいだの微妙な経過を見守らなくてはならんし、何ものにも国王をどちらかの側に押しやらせてはならないのだ」

「しかし、閣下、スペイン人諜報員が横行して、支援を得ようとして金をばらまいていることもご存じですね」

「もちろん。そして、フランス人もオランダ人も同じことをしている。それがどうしたというのだ？　同じように金を使っていて、優位に立つ者がないのである限り、害にはならぬ。そなたの論評自体、たいして害にならないのだ。どうかそのことは考えないでくれ。だが、そなたが疑っていることがもし広まったなら、フランス人の関心が強まるだろう。若きルイ十四世には財源がたっぷりある。たとえ災厄になるかもしれなくとも、国王陛下はすでに誘惑されている。この国のことを気にかけて関心を寄せる人々が生み出したバランスが、何ごとにも乱されないことが肝要なのだ。さて、ところで、そなたがこういう疑いをもっていることを、誰かほかにも知っている人間がいるか？」

「まったくおりません。十分にわかっているのは、わたしだけです。召使いのマシューは知性ある少年ですから、多少は理解しておりますが、彼ですら全体の話は知りません」

「その者はどこにいる？」

「いまはイングランドに戻っています。しかし、彼のことでご懸念は無用。全面的にわたしに奉公しております」

「けっこう。話をして、きちんとわからせておくように」

「この件につきましては、喜んでご希望に添います。ただ、繰り返し申し上げますが、わたしの見る限り、それでもなお、これは深刻な問題です。スペインの王冠の強制力があろうとなかろうと、その男はこの国に来ようとしています。わたしたちにとって非常に危険な存在になると確信します。わたしはそれについて何をなすべきでしょうか？　閣下はこの男をそっとしておこうとお考えのようですが」

ベネットは笑顔を見せました。「そのことで案じる必要はないぞ、博士。本当に陰謀があるにしても、陛下の説得に成功したので、王の身辺の護衛を昼夜とも強化することになったところだ。どんなに命知らずな暗殺者の手も、王に届く隙はないだろう」

「この男は並の兵士ではないのです、閣下。クレタ島のトルコ人を狙う、豪胆《ごうたん》にして非情な殺し屋との評判です。見くびることはできません」

「そなたの心配はわかる。しかし、言っておこう。もしそなたの言うとおりだとしたら――わたしはそうは思わないが――そなたがデ・モレディにした話は、大いに注目されているはずだ。そして彼は、われわれを彼の最大の敵のもとに押しやるようなことが起こらないよう、細心の注意を払うだろう。つまり、そなたの言うようなことがあれば、フランスとの同盟に結びついてしまうからだ。したがって、この計画は、計画を立てたのが本当は誰であるか知られない場合にだけ有効となる。だが、そなたはそんなことはありえないと保証したわけだ」

会見は終わりでした。小生はかろうじて地位を保ったわけです。立場が弱くなったことは確かですが、取り返しのつかないほどでは、ありませんでした。まだミスター・ベネットの愛顧をなくしてはいませんし、制裁を加えられる恐れもないのですから。そんなことよりも重要なのは、小生の自信が揺らいできたことでした。あのときのデ・モレディは、まさに無邪気な者が驚き、かつ抗議しているといった感じでしたから、彼のその後の反応は、予期せぬものでした。しかし、ミスター・ベネットの言ったことは、正しいと言わざるをえません。イングランドをフランスの手に渡すことが目的だとしたら、いまの段階で王を暗殺することなど、無意味である、と。

若干の疑いはもちはじめたものの、小生には、自分の結論が誤った情報をもとにしているのだとは、どうしても思えませんでした。疑いが消え去ってしまう前に、もっともっと、さらに強固な証拠が必要だったのです。

第七章

マルコ・ダ・コーラが正確にはいつ、いかなる手段でイングランドに到着したのか、それはついにわからずじまいでした。小生がスペイン大使に話をする以前に、とっくに上陸していたという確信はあるのですが——この考えはのちに、ジャック・プレストコットに尋問してみて裏付けられたのです。五月の第三週目にはコーラはロンドンにいて、彼の目的のある程度を小生が察知しているとの警告を、受けていたものと思われます。マシューが小生の召使いであることや、この若者もまた危険なほど知りすぎてしまったことも悟ったに違いありません。

あの朝、マシューに会いました――手柄に顔を輝かせて小生宅を訪れ、ロンドンでコーラを見つけた、会いにいくつもりだと言うのです。とっさに、そんなふうに会うのは阻止しなければならないと思いました。

「だめだ。それはならん」

彼の顔は落胆を示し、ついで怒りに曇りました。いままで見たこともないような表情です。彼が小生のもとに戻ってきたからには何もかもまたうまくいくという希望のもとに、それまであらゆる懸念を首尾よく寄せつけずにきたのですが、ここへきてそれが再来しました。「なぜです？　そんなばかなことってありますか？　先生はあの男を捜してらっしゃいました。なのに、先生のためにとわたしが彼を見つけてきたら、居場所をきちんと突き止めにいくことはならんとおっしゃる」

「あいつは殺し屋なのだ、マシュー。実は、非常に危険な男なんだよ」

マシューは持ち前の屈託のない笑い声を上げ、小生にいったんは大いなる喜びをもたらしたものの、それも長続きはしませんでした。「イタリア人はロンドンの子供にだって、たいして危険ではないと思いますよ。彼も危険な男なんかじゃありません」

「ああ、だが危険なのだ。おまえは表通りも裏通りも知っているし、街のどこへ行く道も、あの男よりはるかによくわかっている。それでも、あいつを過小評価するでない。ほうっておくと約束しておくれ」

彼の顔から笑いが引いていき、小生がまたもや感情を害してしまったとわかりました。「それをおっしゃりたかったんですか？　よくしてくれた、さしたる見返りも要求せずに惜しげもなく引き立ててくれた友人を、信じさせたくないということでしょうか？　どなたになら、わたしの言うことに耳を傾け、あら探ししたり自分自身の考えを押し付けたりするばかりでなく、わたしの意見を尊重してもらえるのでしょう？　聞いてください、先生、あの人はわたしに親切で優しかった――彼はわたしを叩いて罰したりしませんでしたし、ふるまいはいつも好意的でした」

「黙れ」気がつくと小生は叫んでいました。かくも辛辣《しんらつ》に他人と比較され、ただ小生の心を傷つけるためだけにそうしたコーラの長所を突きつけられたことが、たまらなかったのです。

「わたしが言うことは事実なのだ。彼に近づいてはならん。あの男がおまえに手出しをする、なんらかのかたちでおまえに害をなすと思うと、耐えられない。おまえを守りたいのだよ」

「自分の面倒は自分で見られますよ。わたしができるってことを、先生はわかっちゃいない。わたしにとっては、盗《ぬす》っ人《と》も殺し屋も狂人も、生まれたその日からのなじみなんです。いまはこうして無傷で無事でいますけれどね。それなのに、先生はそんなことにはおかまいなし、わたしを子供扱いしてる」

「さんざん世話になっておきながら」小生は、彼の腹立ちに怒りがこみあげ、彼の言葉に傷つきました。「敬意と礼儀を忘れるんじゃない」

「でも、先生からは、なしじゃないですか。わたしだって敬意と礼儀に値するときがあるのに。いつまでたってもそうだ」

「もうたくさんだ。出ていってくれ。謝る気になったら戻ってこい。おまえがなぜあいつに会いたいのかは、わかっている。あいつが何者なのかも、あいつがおまえをどうしたがっているのかもわかっている――わたしにはおまえよりも状況がよく見えているんだ。あいつのような男がおまえのような若造を味方につけておくとすれば、ほかにどんなわけがある？　自分の才覚のせいだとでも思うのか？　おまえに才覚はあまりない。金か？　一文なしじゃないか。知識か？　わたしが教えた知識はあるな。家柄か？　わたしがどん底生活から拾ってやったんだったな。いいか、もしも今晩あの男のところに行くなら、この家の敷居は二度とまたがせないぞ。わかっただろうな？」

あの子をこんなに脅しつけたことは、いまだかつてありませんでしたし、そのときもそんなつもりではなかったのです。しかし、彼は小生の手中からとっとと抜け出していこうとしています。放蕩《ほうとう》への誘惑の魔手が彼に伸び、あの男によって煽《あお》られている。ただちに止めなくてはなりませんでした。あの言葉は命令であると、そして小生は主人であると、わかってしかるべきだった。そうでなければ、彼はすっかり道に迷ってしまうでしょう。

しかし、手遅れでした――小生が手をこまぬいているあいだに、堕落はすでに取り返しのつかない深さに及んでいたのです。それでもなお、ごくごく最近まで覚悟を決めてそうしていたように、あの子が許しを乞い、みずからの過ちを認めるものと、考えていました。ところが、小生が本気なのかそうでないのかなど意に介さず、彼はこちらをじっと見つめています。その凝視に気持ちのくじけた小生は、すべてを台無しにしてしまいました。

「マシュー、ねえ、おまえ、ここにおいで」生涯で初めてのことでしたが、神が哀れに思し召《おぼしめ》したのでしょう、初めて夜ごとの夢の中でではなく、小生は両の腕にあの子を抱き、優しい反応が感じられることを願って固く抱擁したのでした。ところが、マシューは身体をこわばらせたかと思うと、両腕で小生の胸板を思い切り突いて振りほどき、よろめきながら退《しりぞ》いてそそくさと離れていくではありませんか。

「ほっといてください」と、押し殺した声で言います。「先生から命令されることも、何かを禁じられることも、ごめん被《こうむ》ります。いまここでまちがったことをしたのはわたしではないし、不純な動機からわたしを引き留めているのは、あのイタリア人ではない。そう思います」

そして彼は出ていき、残された小生は、痛烈な怒りと悔やみ切れない悲哀にさいなまれました。

生きているマシューを見ることは、二度とありませんでした。まさにその晩、マルコ・ダ・コーラが暗い裏通りで冷酷非常に彼の喉をかき切り、放置して、出血多量により死に至らしめたのです。

いまなお、どんなことをしてもけっして償《つぐな》えないのだと知った、あの日の記憶を細かくたどることには、およそ耐えられません。我が家の家政婦の夫が（小生はその前年、その女が結婚することを許し、その誠実さを慮《おもんぱか》って、追い出すのは適当でないと考えたのです）、みずからグレシャム・カレッジまでやってきて、そこでミスター・レンと会食中だった小生に不幸を告げました。図体の大きい、のろまでぼうっとしたこの男は、小生の怒りを買うことを恐れていましたが、自分自身で凶報を運ぶだけの勇気は、持ち合わせていました。

小生の前に立った彼は、震えながら、事の次第を話します。いくらかは気がきいたのでしょう、知らせを受けて現場にまで赴き、近隣の住人に何ごとが起きたのか聞いてきていました。流血の惨事があったのは、その数時間前だったようです。マシューは背後から襲われて口を塞《ふさ》がれ、一刀のもとに喉を切り裂かれたのでした。物音も立たなければ叫び声も漏れず、乱闘や強奪が進行中と知れるようなつきものの騒ぎは、まったくありませんでした。犯人は誰にも姿を見られず、マシューはそこに転がったまま、死にました。決闘でもなく、名誉を賭けた闘いでもなく、せめて人間らしくふるまうという自覚のうちに死ぬチャンスは、与えられなかった。このうえなく卑劣なやり方で成し遂げられた、純然たる単なる殺人。夢に警告されていたにもかかわらず、小生はそれをむざむざ、現実となるに任せてしまったのです。

コーラの手記では、正当防衛だったように装《よそお》っているものの、不敵にも自身の犯罪を暗に示しているふしさえ、うかがえます。複数の刺客に追われていた、それは（彼の言う）父親の元事業提携者が放った刺客だと思われる、という主張です。そんな血に飢えた悪党たちから、なんとりっぱに勇敢に我が身を守ったことか！　いかに孤軍奮闘して刺客を追い払ったかを、なんと謙虚に詳述していることでしょう。彼の言う襲撃者が、たかだか二十歳の、人生で大の男と闘ったことなど一度もない、危害を加えるつもりなど毛頭ない少年だったことは、当然のことながら、言わないのです。その少年のあとをつけて、少年が自衛するチャンスを残さず慎重に襲いかかったことは、言っていません。このひとつの罪を犯したことに口を拭って、のちのちさらに大《だい》それた犯罪に、思うさま手を出すことになったのです。

そして彼は、あの行為によって小生の人生にともった灯を消し、すべてを闇の中に投じ、あらゆる喜びにそれっきり終止符を打ったことに、口をつぐんでいます。マシューの死は小生の肩にのしかかりました。小生の不信からむこうみずな行動に走らせてしまったのですし、その誤りによる最大の痛手を被ったのは小生ではなかったということが、重大でした。大いなる栄光を神にもたらす者、我がアブサロム、自分自身を最も精巧な創造物へと形づくってきた我が粘土。「嗚呼われ汝《なんじ》に代りて死にたらん者をアブサロムわが子よわが子よ」（サムエル後書十八章三十三節）。

あの子の従順さはその敬虔《けいけん》さに匹敵し、敬虔さは誠実さに、誠実さは美しさに匹敵していました。小生は彼をかたわらに置いて年老いていき、どんな女性からも望めないほどの慰めを得る自分を思い描いていたのです。ただ彼のみが、昼を輝かしいものに、朝を希望の喜びに満ちたものにしてくれました。サウルがダビデに抱いたような愛情です。自分の受ける懲罰の苦しさに小生は涙を流しました。

「我よりも息子または娘を愛する者は、我に相應《ふさわ》しからず」（マタイ伝福音書十章三十七節）。この語句が全人類の双肩《そうけん》にかける重荷を理解することなく、いくたび読んできたことだったでしょう。それまでの小生は、いかなる男も女も愛したことがなかったのです。

いきなり過酷なものを課せられた小生は、それに背《そむ》こうとしました。全能の神に、そんなことがあっていいはずがないと懇願したのです。小生の召使いだというのは何かのまちがいです、彼の代わりに誰かほかの者が死んでいたはずです、と。

自分ではなくほかの人間が苦しむよう、別のもうひとりの父親が自分の代わりに嘆き悲しめばいいと望むのは、ひどいことだとわかっています。主《しゅ》はみずから十字架を負われましたが、主ですら、その重荷が取り除かれるよう祈ってこられた。そこで、小生も祈りました。

すると主が、小生はあの少年を愛しすぎたのだとおっしゃって、あの子が小生のベッドに眠り、目覚めたまま横になっている小生が、手を伸ばしてあの子に触れたいと願いつつその寝息に耳をそばだてていた夜々の記憶を呼び起こされました。

かくして、思い出したのです。小生が、欲望から解放されたいとどんなに請い求めていたか、そしてまた、欲望が遂げられることをどんなに願っていたか。

これは小生の罰なのでした、あまりにも当然の。死ぬほどの苦しみをなめ、この喪失感からは二度と立ち直れないと思いました。

そのうち、胸の奥で怒りが激しく、抑えがたくなってきました。最愛の少年をそそのかして小生から引き離し、ナイフが鞘から抜かれたのにも気づかないまでにたぶらかしたのは、マルコ・ダ・コーラであるとわかっているのですから。

神に、ダビデにおっしゃったのと同じ言葉を小生にもおかけくださるよう請いました。「我汝の敵を汝の手にわたし汝をして善と見るところを彼になさしめん」（サムエル前書二十四章四節）。コーラがこの残忍な行為で身を滅ぼすことになろうと、小生は誓いを立てました。いわく、「凡《おほよ》そ人の血を流す者は人其《その》血を流さん」（創世記九章六節）。

ありがたいことに、小生は感情を誰にも見せませんし、強い義務感をずっともち続けてきています。強《し》いて意を奮い起こし、目的に再び献身するようにさせるよすがは、それしかないのですから。それゆえに、小生は祈り、いま一度、自分のなすべきことに向かいました——かつて経験したことのない、さらにつらい行為です。人が冷静さと呼ぶ、いつもの態度を維持する一方で、小生の真の心は絶えず悲嘆に血を流していたのですから。この一件については、もう付け加えますまい——人に聞かせるようなことではありません。しかるに、こう申し上げましょう。そのとき以来、小生の頭にはひとつの目的、ひとつの狙い、ひとつの願望があり、夢の中でも日中目覚めているあいだのどんな瞬間にも、それが頭を離れることはなかった、と。すべての欲望をなげうって卓越した暗号解読技術を見せつけ、他者の追随を許しませんでした。リウィウスの書物、コーラ宛ての書簡はいまや、小生の重要な証拠の鎖のうちの単なる環《わ》のいくつかにすぎなくなっています。それらは既知のものであり、前者を小生の手元にとどめておく必要もなければ、後者の正確な意味を理解するまでもない。いずれもそれぞれの目的にかない終えたのであり、小生の目の前には、知的なパズルを解くことよりももっと差し迫った仕事がありました。

マシューは、低地帯諸国の国にいたとき、コーラに疑われていないはずだと言っていました——あのイタリア人が疑っていたなら、少年はきっとイングランドの土を踏む前に死んでいたことでしょう。ゆえに明らかなのは、コーラはロンドンで気づいたということであり、したがってまた確かに言えるのは、彼に情報が届いたのは、小生がミスター・ベネットに自分の疑いを語り、そのための内偵としてマシューの名を挙げたからであるということです。口の堅い廷臣などというものは存在しないし、ホワイトホールでは誰にも秘密は守れないのだと、小生は当然知っておくべきでした。ミスター・ベネットに進捗状況をそれ以上報告はすまいと決心しました。コーラにさらなる警告となるようなことを漏らさないのはもちろん、自分の命を落としたくないとも願ってです。このイタリア人が、わずかばかりのことを知られたといってマシューを虐殺したのであれば、同様に小生の命を狙わずにすますはずがあるでしょうか?

とはいえ、好奇心旺盛な若きジェントルマンがオックスフォードに到着し、しばらく滞在するつもりだと表明したとき、ちっとも驚きはありませんでした。

しかし、このジェントルマンが事実上真っ先にとった行動が、ブランディ家と連絡をとることだったのには、少なからず驚いたのです。

第八章

ここで話の流れを中断して、あの一家の話をしなくてはなりません。コーラ自身が語ったものは、どこをとっても信用がなりませんし、もしプレストコットが彼の駄文の中でこの話題に触れるとしたら、途方もなく誤解を招くこと以外には、何も書かないでしょうから。プレストコットは、あの娘のために奇妙な感応状態になっていて、彼女が自分に危害を加えようとしていると信じ込んでいたのです。ただ、娘がどうやってそんな離れ業《わざ》をしてのけたのか、あえて理解しようという気は小生にありませんし、そんな必要もありません。プレストコットは自分自身に対して害を及ぼすことに余念がないのですから、ほかの誰かがそこに付け加えたところで、ほとんど意味がないのです。

軍における煽動者《アジテーター》としてのエドマンド・ブランディの評判は知っていました。彼は死んでしまったと聞いていましたが、同時に、その妻が娘とともにオックスフォードに引っ越してきたことも、当然知っていました。情報屋を通してしばらく監視を続けたものの、この二人のことはほうっておきました。彼女たちが法を守って生活しているなら、たとえあからさまに国教に反対しているとしても、しつこくつきまとう理由は見あたらないからです。これまでもはっきりさせておきたいと思っていましたが、小生の関心は社会の秩序を正すことであって、国教信奉の様子が表面上維持されている限り、あら探しにはあまり興味がありません。寛容の教義（信教の自由という主義）に執着する人間も多いことは、承知しています（中にはミスター・ロックのように、小生がほかの面では惜しみなく尊敬する人物もいます）――ただし、それが英国国教会の外における信仰を意味するとしたら、小生にはとうてい賛成できるものではありません。政治の共通目的がない場合と同じく、宗教上の総体的な結束なくしては、国事は長続きしません。教会を否定することは、つきつめれば、公の権威をことごとく否定することです。ローマカトリック教会の俗悪なけばけばしさと、狂信的非国教徒たちのむさくるしいだらしなさを兼ね備えている、高潔ぶった凡庸な人物の補佐を小生が務めているのも、このためなのです。

ブランディ母娘については、野心がくじかれたことによる教訓が活かされているようで、小生は喜ばしく思いました。オックスフォードおよびアビンドンにいる、あらゆる種類の急進派たちと連絡をとり続けていることはわかっていたものの、当人たちのふるまいはさほど関心を引くものではありませんでした。三カ月に一度教会に参列して、うしろの席に表情のない顔で座り、歌おうともせずに不承不承つっ立っているだけだとしても、小生の知ったことではありません。二人は教会への服従を表明しており、その黙従は、服従拒否を企図していたかもしれぬ者たち全体への教訓なのでした。かつてはグロウスターの大攻囲で兵士たちに王党派軍に対する射撃を指揮したほどの女性ですら、もはや抵抗する意志をもっていないのだとしたら、それほど熱烈でない人々が彼女の逆のことをするはずがあるでしょうか。

いまでは、この話を知っている者はほとんどいません――小生がここで言及するのは、この話がその人となりをわかりやすく示すからであり、また、この話が記録に残すに値する、ミスター・ウッドのような人間ならいかにも喜ぶようなたぐいの逸話だからでもあります。ネッド・ブランディは、その段階ですでに議会の軍務についており、その妻は彼に同行してほかのすべての軍人夫人たちの列に加わり、夫は前進中にきちんとした食事と恥ずかしくない身だしなみをさせられていました。エドワード・マッシー軍の一員だった彼は、イングランド王チャールズ一世が攻囲したときのグロスターにいました。その凄まじい交戦については、多くの者が知っています。双方の決心と覚悟がぶつかり合い、いずれの側も勇気の点で不足はありません。しかし街の防衛は取るに足らぬうえ、ろくな備えもしていなかったので、王の側が優位であることは確かでした。それなのに、国王陛下はいつものように、高貴ではあっても賢明とはとても言えぬ王子とともにあったため、迅速な行動をとり損ないました。議会派は、自分たちの側があとわずか踏みとどまれば救援部隊がやって来るという望みを抱きはじめたのです。

とはいえ、一般市民や現場の一兵卒にそのことを納得させるのは、容易ではありません。将校たちがその勇猛さゆえに部下を減らし、多くの小隊や中隊が指揮者を失ってしまっているとあれば、なおさらです。その戦いでは、王党派の一個中隊が街の防衛線のうち力の弱まった区画のひとつを突破しようと試みました。そこを守る兵士たちの士気が落ち、決断力もなくしていると知っていたのです。当初は、その大胆な急襲が功を奏したかに見えました。多数の兵が防壁にとりつき、意気阻喪した防衛側が退却をはじめたのです。まもなく防壁は王党派の手に落ち、全包囲軍が殺到してくると思われました。

そのとき、くだんの女性が前に進み出て、ペチコート（現代のような下着でなくスカート状ドレス）にベルトを巻き、倒れた兵士の銃と剣を拾い上げたのです。「あとに続く者なくば、わたくしひとりで死ぬまで」と叫び声を残して攻撃側へ突進していき、手当たりしだいめった切りにしていったということです。たったひとりの女性に自分たちの臆病ぶりを暴かれた議会派の面々は深く恥じ、またその新たに生まれたリーダーの様子があまりにも堂々たるものだったので、気をとり直して彼らもまた突進していきました。屈することのないその獰猛《どうもう》な突撃に、王党派は後退を余儀なくされたのです。攻撃側が自分たちの防御戦まで退《しりぞ》こうとしたとき、この女性は自軍の兵士を一列に並ばせ、相手の背中に向けてマスケット銃の銃弾をまさに最後の一発まで浴びせたのでした。

すでに申し上げたとおり、この女性こそ、血も凍るような狂暴さをもつという評判の、エドマンド・ブランディ夫人、アンでした。彼女が乳房をあらわにして王党派の軍勢に突っ込んでいったため、女だてらの勇ましさゆえに相手の攻撃の手が緩んだということを、小生は必ずしも信じているわけではありません。しかし、いかにもありそうなことですし、不謹慎で乱暴という、彼女が不動のものとしていた評判にふさわしいものでした。

そんな女性ですから、きっと気性も行動も夫より激しかったことでしょう。彼女は、自分の母親もその母親も聡明な女性だったので、自分もそうであると称していました。兵士たちの集まりにしゃしゃり出て演説をし、畏怖《いふ》と嘲笑《ちょうしょう》を等しくかきたてることさえ、何度もありました。夫をますます危険深い信条へ駆り立てたのは、きっとこの妻であったと思います。なにしろ、自分が進んで認めるものでない限り、どんな権威もことごとく徹底的に拒絶していたのです。妻が夫を支配下に置くべきでないのと同様、夫も妻を支配下に置くべきでない、と彼女は主張しました。そのままいけば、人間とロバは対等な関係で暮らすべきだなどと、公言するようになっていたでしょう。

そして、彼女とその娘が、そうした信条を放棄していなかったことは、揺るぎない事実でした。時勢が移って王政復古となったとき、大多数の人間がいやいやながら、あるいはいそいそと昔の信条を打ち捨て、宗教偏重が撤回されたのは一目瞭然にもかかわらず、過ちに固執する者もいたのです。王の帰還は、自分たちの信仰が神に試されているのだと、つまり王たるキリ《キング・ジー》スト《ザス》が再臨して神の千年期の統治を樹立するまでの短い中断なのだと見る人々です。あるいは彼らは、王政復古を神のご立腹のしるしと、それまでにも増して熱狂的に信仰して神の是認を勝ち取るべしとの激励と、みなしました。もしくは、さまざまな出来事の成り行きを嘆きつつ、神と神のすべてのみ業《わざ》を軽蔑して拒み、底知れぬ落胆という倦怠感《けんたいかん》に浸ってしまうのでした。

アン・ブランディの信条が厳密にはどんなものなのか、小生には計り知れませんでしたし、もちろん知りたいという興味もありませんでした。重要なのは、彼女が相変わらず活動を休止していることと、穏やかに暮らす彼女が、ただ人をありがたがらせるのをいとわずにいるだけでないと思えることでした。このことについては一度、ミスター・ウッドに質問してみたことがあります。彼の母親が、家の雑用係にあの娘を雇ったと知ったからでした。

「あの娘の素性は知っているんだろうな」と小生は尋ねました。「生まれや信条のことを」

「知っていますとも。あの母娘が何者だったか知っていますし、いまどんな人間なのかも知っています。なぜそんなことを?」

「きみに好意をもっているからだ。きみの家名に、あるいは母上の顔に泥を塗るようなことが起きなければいいと思ってね」

「お心遣い、ありがたく存じます。でも、ご心配なく。あの娘はあらゆる法律を完璧に遵奉《じゅんぽう》していますし、よく本分を尽くしていて、ひとことの意見表明も耳にした覚えがありません。ただし、国王陛下が帰還なさったときだけは、純粋な歓喜の涙を目にいっぱいためていましたが。ご安心ください。わたしの母は長老派といえども家の中に置いておきはしないでしょうから」

「娘の母親は？」

「数えるほどしか会ったことはありませんが、とりたててどうということもない女だと思いました。洗濯屋をできるだけの金をかき集めて、生活のために必死で働いています。関心があるのは娘のサラの結婚持参金に十分な金を貯めることだけで、それはサラにとっても主な関心事なのだと思います。さらに、わたしの調査員を通じて彼女の評判もいくらかは知っていますが、きっと派閥抗争の狂気がこの国からすっかりなくなったのと同じで、彼女からも闘争心が拭われたんだと思います」

小生は、ミスター・ウッドがこうした問題を深いところまで見抜けるかどうかについて疑問を感じていましたので、言葉どおりに受け取ったわけではありません。ただ、報告を聞いて心が落ち着き、もっと興味深い情報源に目を向けました。あの娘が時たまアビンドンやバンベリーやバーフォードに出かけていくこと、忠誠心の疑われる男たちが――前述したアイルランド人司祭のような連中が――母娘のささやかな家をちょくちょく訪ねていることに、注目していたのです。とはいえ、さほど心配はしていませんでした。彼女たちは、イングランドを自分たちの理想郷のようにつくり直したいという以前の望みを、放棄すると決めたように思えました。自分たちの境遇と能力で稼げるだけの金を稼ぐことに甘んじているように見えたのです。そうしたあっぱれな目標に対して小生が異議を唱えることはできませんでしたし、マルコ・ダ・コーラが老女の怪我の治療を口実にいきなりその小さな家に赴くまで、二人にはほとんど注意を払っていなかったのです。

当然、小生はこの問題についての彼の言葉を、細心の注意を払って読みましたが、すべてを罪のない慈善行為のように見せかける熟練の技に、ほとんど敬服しています。小生が注目した彼の技巧は、あらゆることについてある程度の事実を語りながら、虚偽を何層にも塗り重ねて、ほんのひとかけらずつ真相を隠すというものです。人がわざわざそんなことをするとは考えにくく、ことの真相を知らなかったなら、小生も彼が正真正銘、率直に語っていると、また彼はたいそう寛大なのだと、まちがいなく納得していたことでしょう。

しかし、もっと広い視野から、ミスター・コーラが進んで提出したものよりも、もっと豊富な情報を活かして、この一件をご覧ください。低地帯諸国の国で急進派仲間と親交のある彼が、オックスフォードにやってきて数時間のうちに、この国ではほかの誰よりも多くそういった者たちを知っている家族と知り合いになる。そして、自分の社交の範囲からかけ離れたところにいる家族なのに、日に三、四回訪ねていく。その付き添いぶりは本物の医者が、まさに裕福このうえない顧客を相手にしている以上です。常識あるいは理性のある人間なら、そんな行動はとらないものですが、一読した者に、そういう非常識でありえないふるまいが完璧に理解できるように思わせるのが、ミスター・コーラの話の恐ろしいところなのです。

かつてミスター・ボイルから、あの男がハイ・ストリートの学者たちにも興味をもっていたと聞き、小生には彼の動向や考えをもっとよく知る、少なくともある程度の見込みがあるとわかりました。

「こんなふうに彼をかばうのを悪く思わないでいただきたいのですが」その話を持ち出したと

きのボイルは、そう言いました。「あなたから聞いた話がひどくおもしろかったので、当の本人がコーヒーハウスに現われたとき、自分の目で確かめずにはいられませんでした。その結果、あなたは彼をまるっきり誤解しているんじゃないかと言わざるをえません」

「わたしの主張に反対しなかったではないですか」

「しかし、あのときは抽象概念に基づく平易な考察でしたから。彼に会ったいまとなっては、同意していません。当然ながら、つねに人柄というものを考慮に入れなくてはなりません。それが最も確実に、その人物の魂へ、ひいてはその意図や行ないに導いてくれるものですから。彼の人柄に、あなたが彼の動機について疑っていることと符合するようなものは何も見あたりません。それどころか、逆です」

「しかし、あの男は狡猾《こうかつ》なのですよ。それを信用しているんですか。あなたの話は、ニワトリにそっと優しく近寄るキツネは害がないというようなものです。一撃に出るときがひたすら危険なのに」

「人間はキツネとは違いますよ、ウォリス博士。わたしもニワトリではない」

「それでも、まちがっている可能性は認めてもらえますね？」

「もちろん」そしてボイルは、彼独特のかすかで尊大な笑みを見せました。これ以上納得させるのは無理だと思っているしるしです。

「では、今後も彼から目を離さずにいるのが賢明です」

ボイルは不快そうに眉をひそめました。「そんなことをするつもりはありません。あなたのお役に立ちたいとは思いますが、情報屋はやりたくない。あなたがそういう流儀で物事をなさるのは知っていますが、わたしを巻き込むのは勘弁してください。あなたが口になさったのは、下劣でさもしいことですよ、ウォリス博士」

「その慎重さには大いに敬意を払います」彼がこんなに強い言い方をすることはめったにないので、小生はその言葉に動揺しました。「しかし、この王国の安泰《あんたい》のためには、そういう潔癖なことばかり言っている余裕がないことも確かです」

「この王国には、りっぱな紳士たちのあいだのあさましい行為で価値を落とす余裕などありません。用心なさい、博士。善き社会の高潔さを守りたいと願っておられるはずが、そのために最低のやり方をとっておられますよ」

「わたしは人に理を説いて善きふるまいをさせたいだけです」小生は切り返しました。「なのに、人はそういう説得を頑として受け入れられないらしい」

「人をあまり急かしすぎないよう、気をつけることです。普段なら賛成しそうにない無分別なことをさせてしまわないように。危険ですよ」

「普通ならば同意するところです。しかし、わたしはミスター・コーラのことをあなたに話し、あなたはわたしの懸念がもっともだと同意した。そして、わたし自身がひどい痛手を被《こうむ》ったいまとなっては、この男のまとう危険を確信しているのです」

マシューの死に同情したボイルは、小生に慰めの言葉をかけました。彼はこのうえなく寛大な男であり、あなたが喪ったものの重大さに自分は気づいているとほのめかして、小生に反発される危険も、いといませんでした。ありがたいとは思いましたが、小生の狙いから気をそらせようとして、キリストの忍従の教えを口にしたのは、許せませんでした。

「あの男を徹底的に追うおつもりらしいが、彼があなたの召使いを殺したという確証はないのでしょう?」

「マシューはずっとあの男を追っていました。犯罪を犯そうとしてこの地にいる、殺し屋と知られている男をです。あなたのおっしゃるとおり、確かな証拠は何もない。実際に手をかけたところをわたしは見ていないし、ほかにも見た者はいないのです。だとしても、あの男に責任はないというどんな理由でもいい、はっきり示すことが、あなたにできるのでしょうか」

「あなたのおっしゃるとおりなのかもしれません」とボイル。「でもわたしなら、もうちょっと確信がもてるまで有罪判決は下しません。わたしの忠告を聞いてください、博士。怒りのあまり目が曇ってはいないか、怒りに引きずられて彼のところまで行き着いたのではないか、いま一度お考えを。『わが眼はわが心をいたましむ』(エレミヤの哀歌三章五十一節)と、哀歌に申します。逆は必ずしも真ならずということをお忘れなく」

彼は立ち上がって、去ろうとしました。

「あなたは手を貸してくれないにしても、わたしがミスター・ローワーに話をもちかけることに、異存はないのですね」このような重大事を簡単に片づけようとする彼の傲慢《ごうまん》なやり方に、小生は立腹していました。

「それはあなたと彼とのあいだのことです。ただし彼は、友人を大事にしており、友人に代わってすぐ怒りますがね。あなたの欲するところがわかったとしても、あのイタリア人のことをずいぶん好いていますし、自分は人を見る目があると誇りにしていますから、手伝うかどうか」

このような経緯のあと、小生は翌日に会ってほしいとローワーに頼みました。彼には、ある程度の敬意を抱いていました。そのころの彼は、軽薄でのんきな態度をひけらかしていましたが、彼が名声を願って身を焦がし、何よりも世界的な成功を切望していることは、この小生ほど鋭くない者にすら見えすいていました。オックスフォードにくすぶって動物を切り刻んだり助手を務めたりすることに、いつまでも甘んじてはいないでしょう。自分の研究が認められ、最も偉大なる実験主義科学者たちに立ち交じる地位を得たいと思っているのです。そして、誰しもが知っているように彼もまた知っていました。ロンドンに出ていく機会をつかむには、幸運と、非常にいい友人たちが必要なのだということを。それが彼の弱点であり、小生のつけこむ隙でもありました。

小生は健康状態について助言を乞うことを口実にして、彼を呼び出しました。そのときの小生はどこも具合の悪いところはありませんでしたし、視力が弱いのを別にすればいまも体調は悪くありません。しかし、腕が痛むふりをして検査をしてもらいました。ローワーは腕ききの医者です。もったいぶったお題目を唱え、何やら複雑な診断法を見つけ出して金のかかるばかげた治療を処方するような、よくいるやぶ医者とは違います。彼はひどく困惑していることを認めたうえで、小生の身体にはまったく悪いところがないのだがと言いました。そのうえで、彼は休養を勧めました――安あがりな治療であることにはまちがいありませんが、たとえ必要だとしても、小生にはするわけにいかない治療でした。

「コーラという男と知り合ったと聞くが、本当なのかね？」落ち着いた彼に、労をねぎらってワインのグラスを渡しながら聞いてみました。「それどころか、世話をしているとか？」

「ええ、そのとおりです。シニョール・コーラはジェントルマンで頭の切れる研究者ですよ。ボイルは彼を非常に有用だと思っています。魅力的で博識な男でしてね、血液に関する彼の考えは、実におもしろい」

「それを聞いてすっかり安心した。こういう問題においては、きみの判断に一目置いているからね」

「なぜ安心などなさる必要が？　彼とお知り合いではありませんよね？」

「まったくつきあいはない。この話題はもう忘れてくれたまえ。海外通信員の言葉は疑ってかかるというのを、わたしはつねに原則としている――もちろん、彼らの意見がイングランド人の意見とぶつかる場合は、喜んで無視する。耳にしたあの話も喜んで忘れよう」

ローワーが眉をひそめました。「どんな話ですか？　シルヴィウスはたいへん好意的な人物評を書いてよこしましたが」

「そうだろうとも、彼の知る限りでは、的確な評だろう。人のことは自分の知っているがままの人物だとみなさなくてはならないという。矛盾した噂を自身の経験に鑑《かんが》みて査定することはいけないのだろうか？『されど誰も舌を制すること能はず、舌は動きて止まぬ悪にして死の毒の満つるものなり』（ヤコブの書三章八節）」

「彼のことを悪く言う者が、誰かいるのですか？　どうか、わたしには腹蔵のないところをお聞かせください。先生のようなりっぱなかたが中傷などなさらないとは存じていますが、悪意ある噂が広がろうとしているならば、その主体を知るのがいちばんですよ、みずから抗弁することができますから」

「もちろん、そのとおり。ただわたしが躊躇《ちゅうちょ》するのは、いささかの注意も向けるのに値しないような、ひどく不確かな噂だというだけなのだ。わたしは疑っていない。まったくの偽りだろう。ジェントルマンにかような下卑《げび》たことができるとは、まったくもって信じがたいのでね」

「どんなふうに下卑ているのです？」

「シニョール・コーラがパドヴァにいたころのことだ。わたしが手紙をやりとりしていた当地のある数学者が、そのことに触れていた。われわれの協会のミスター・オルデンバーグの知り合いで、誠実さは請け合える。彼が言ってよこしたのは、ただ決闘があったということだけだった。ひとりの男が血液に関する何やら独創的な実験をいくつかして、そのことを全部このコーラに話したらしい。コーラはそこで、その実験は自分がやったものだと主張した。正当な創始者の知るところとなって、その男は挑戦状を突きつけた。幸い、勝負は当局に止められた」

「そういう誤解は実際に起きています」と、ローワーは考え深げに言いました。

「そうだな、もちろん」小生は熱意を込めて言いました。「そして、おそらくきみの友人のほうが正しいのだろう。その人物がきみの友だちだったら、彼は正しかったと、わたしは思っている。だが、名声を渇望している者もいるのだ。科学においては、そんなふうに人につけこむようなことがまったくないのが喜ばしい――友人を疑いの目で見て、当然自分のものである栄誉を盗まれはすまいかと言葉に気をつけるなど、耐えられないことだろうね。とはいえ、発見がなされさえすれば、その発見が誰に帰《き》するかなど、いかほどのことだろう？　われわれは我が身を名声に導こうとしているのではない。神の仕事にいそしんでいるのであって、その真実は神の知るところとなろう。ならば、他人の思惑を気にかけることなどあろうか」

ローワーが非常にしっかりとうなずきましたので、小生はまんまと彼に警戒心を抱かせたことがわかりました。

小生は続けて言いました。「それに、ボイルのような人物にわざわざ論争をもちかけるほど愚かな者はいない。彼のような人物の言葉に逆らう主張を信じる者がいるだろうか？　非難を受けやすいのは、評価がしっかりと固まっていない者だけだ。ゆえに、問題はない、よしんばコーラがわたしの文通相手の述べているような人間であったとしても」

このようにローワーに話したときの小生の理論は、たとえ策略の部分があろうと、まったくもって正しいものでありました。小生が真に懸念していることを話すわけにはいきませんでしたが、コーラがローワーの信頼を利用して、思いのままに詐欺を働くようなことがあってはならないのです。「自ら警《いまし》むることを為ばその生命を保つことを得ん」（エゼキエル書三十三章五節）。コーラの誠実さに対するローワーの危惧をかきたてて、あの男のいったいどこが二枚舌なのかを彼が見つけ出せるように仕向けたのでした。ローワーには、このことを口外しないように言い含めました。噂が本当であればよい結果にはならないし、嘘であれば、つくらずにすんだはずの敵をつくってしまうだけだと言って。帰っていく彼は、来たときよりもずっと冷静な様子で、ずっと懐疑的になっていましたが、それもまたけっこうなことでした。ところが残念なことに、彼が度を越してしまったため、驚いたコーラは離れていってしまいました。ローワーは率直にすぎて感情を隠せないのです。その疑いと心配がたちまち表面にふつふつと湧いて、怒りや素っ気ない態度となって表われるさまは、コーラの手記が余すところなく語っています。

そのときの会話の中でローワーは、監獄の独房にいるジャック・プレストコットに面会する彼に、コーラが随行したという話も持ち出しました。あのイタリア人は青年にいそいそとワインを差し入れ、しかもみずから届けたものらしく、独房でかなり長いこと話し込んでいたそうです。これまた、慎重に調べてみなくてはならない、興味深いことだと思いました。コーラはヴェネツィア人であり、サー・ジェイムズはかの地で服務していたのですから、自分の祖国のために尽力した人物の息子に敬意を表しただけだという可能性もあります。もうひとつのつながりは、リウィウスの本でした。一六六〇年にサー・ジェイムズが手紙の暗号化にそれを使い、その三年後にはコーラが同じ本で隠蔽を施《ほどこ》された手紙を受け取っているのですから。それを突き止めることがまったくできなかった小生は、プレストコットの息子にもう一度会って話を聞かなくてはならないだろうと思っていました——今度は真実を聞き出せるでしょう。彼がいま置かれている状況では、小生に頑固な態度をとる理由はほとんど残されていないのですから。

いま思えば、理解しているはずだったコーラの狙いについて、疑問を抱きはじめていたのかもしれません。というのも、彼が当然目論んでいるはずのことと、行動が符合しなかったのです。小生は（また繰り返しになりますが）ひとりよがりに確信していたわけではありません――小生の達した結論は、公正なる原理と、合理的で偏《かたよ》りのない理解から導かれたものでした。単純に申しますと、そのころホワイトホール、タンブリッジ、そしてニューベリーの競馬場を行き来するのに時間を割《さ》いておられた国王を襲いたいと思っているのなら、オックスフォードで生活するのはおかしい、という考えが芽生えたのです。おまけに、コーラはここにいて、いっこうに出ていく気配を見せません。そういうわけですから、あの日あのイタリア人がカレッジで食事をすることになっているとグローヴ博士が知らせてくれたとき、嫌悪感を乗り越えて、同席しなくてはならないと結論したのでした。そうすれば、あの男のことを自分の目と耳で確かめられる、と。

おそらく、このあたりでグローヴ博士という人物についてざっと説明しておいたほうがいいでしょう。その最期は悲劇でしたが、マイケル・ウッドワード学寮長とともに、ニュー・カレッジの理事の中で唯一小生が関心をもてない人物でした。上級聖職にあるということ以外に、彼と小生のあいだにはなんの共通点もありません――新時代の科学において彼はまったく功績を残せず、教会内における完全な国教信奉が必要であるという信条において、彼は小生よりもずっと厳格でもありました。にもかかわらず、厳格さに似合わぬ思いやり深いたちで、その獰猛な方針が寛大な精神と奇妙に同居している男でした――彼のひどく嫌う要素がそろっている小生に、好意をもつ理由はありませんが、彼の主義とするところは一般的人間性についてであって、個々の人間を判断するには少しも影響を及ぼしません。

神学者であることとは別に、彼は在野の天文学者を自任していました。それまで何も発表したことがなく、気の毒なことに何も残せずじまいでしたが。生きていても、その骨折りの成果が日の目を見たかどうかは怪しいものです。グローヴにはうまく立ち回ろうとするところがなく、大勢から喝采を浴びることに無関心で、発表など大《だい》それた生意気なことであると思い込んでいましたから。むしろ、慎ましやかに黙々と神と大学をあがめ、学問とはそれ自体が報いであるべきだと信ずる、このうえなく希有な人種に属していたのです。

国王が玉座に戻られたときに、彼ももとの大学に戻り、そのころは、後任が見つかったら大学を離れて、田舎で自分自身の生活をはじめたいと言っていました。彼がそうできる見込みは十分ありました。なぜなら、彼に対抗しているのはトマス・ケンという、ほんの取るに足らぬ若造くらいであり、その主張もせいぜい、カレッジの陰鬱《いんうつ》な存在から自分たちも逃れたいというだけのことだったからです。彼がすぐにでもいなくなるかもしれないのは、ある点では悲しいことでした。グローヴとのつきあいを、小生は奇妙に伝導性のあるものと思っていたからです。友人どうしだったというのではありません――それは言いすぎもはなはだしい。また彼の話し方は、そこに含まれている善良さに気づかぬ人々にはたやすく不快感をもよおさせるものでした。みずからの弱点でもある鋭い口ぶりと辛辣《しんらつ》な機知を、彼はどうしても抑えることができませんでした。矛盾をはらんだ人間であり、彼の言うことはきちんと評価されたためしがなかったのです――このうえなく親切な男だったのか、きわめて意地が悪い男だったのか。実のところ、同時にその両方でいる手法に長《た》けていたのでした。

建築工事のため小生が自宅に住めなくなったとき、ニュー・カレッジに寄宿するよう招いてくれたのが、グローヴです。物故者を埋める理事の選任に手間どって部屋に空きができたため、大学が慣例にしたがって、新たな理事が権利を主張するまで、そのスペースを賃貸することに決定したのです。小生が共同生活を楽しめたことは、学生時代でさえありませんでしたし、最初に官職を得たときには、それをもうすんだこととして忘れるようにしていました。教授職について、当然ながら、結婚して自宅をもつ資格が与えられましたが、他人と緊密な関係で生活していた時代から二十年がたっていました。すると、あのころの体験を不思議におもしろく感じるようになりはじめました。若いころを悔やみ、何もかもこれからで、確実なことは何もないというあの年頃の、無責任さよ再びとさえ願いました。しかし、気持ちはじきに通り過ぎ、ニュー・カレッジの魅力は急速に失せていきました。グローヴを別にして理事たちはみな水準が低く、堕落して職務怠慢きわまりない者も多かったのです。小生はしだいにひきこもるようになり、できるだけ彼らの中で時間を過ごさずにいました。

グローヴは、話し相手を求めてよく小生のところに来ました。議論をしたくてたまらず、夕方に訪ねてくるのです。初めのうち小生は、なんとか来させないようにしようとしていたのですが、彼は訪問をやめようとせず、そのうちに気づいてみると、じゃまされるのをほとんど歓迎するようになっていました。彼がいるあいだは、無駄に考え込むことが不可能だったからです。それに、突然意見がかみ合わなくなることがしばしばだったとしても、二人でした論議は質が高いものでした。グローヴは学問的討論に鍛えられており、小生は想像力を圧縮してそれを突き崩すのに最善を尽くす。小生が彼に指摘しようと努めたように、定義、公理、定理、アンチテーゼその他、すべての因襲的アリストテレス哲学の装置によってでは、新しい科学は単に表現することができないのです。グローヴにとってこれはインチキであり欺瞞《ぎまん》でありました。論理学の美にも機微にもあらゆる可能性があり、ある事例がその形式を踏まえて議論できない場合、その事例には欠陥があるという証明になるのだということを信条としていたのですから。

「きっと、ミスター・コーラはおもしろい議論相手だと思われることでしょう」その晩、あのイタリア人が夕食に来ると彼から聞かされて、小生はそう言いました。「ミスター・ローワーの話からすると、実験主義に並々ならぬ熱意をもっているとか。あなたのユーモアのセンスを解するかどうかは予測できませんが、わたしも食事をご一緒にして、どんなことになるのか見てみたいものです」

グローヴはうれしそうに顔を輝かせました。小生は彼が真っ赤になった目を布で拭ったのを、覚えています。「すばらしい」と彼。「三人集まれるのなら、食後にワインを一本あけて本物の議論を戦わせてもいいですな。わたしが一本注文しましょう。メイナード卿の晩餐《ばんさん》では、彼をネタに楽しませてもらいますよ。わたしの議論の腕前をご披露します。そしてこのメイナード卿は、自分がどんな人間を相手にしているのか、やっと知ることになる」

「そんなふうにあしらわれて、このコーラなる人物が腹を立てなければいいですが」

「気づきもしないに決まっています。彼の場合、多くのイタリア人の評判とはまったく違って、卑屈で追従的《ついしょうてき》だと言われるのを、しょっちゅう耳にしますよ」

「彼はヴェネツィアの人間だということですが」と小生。「彼らはあそこの運河のように冷たく、総督の地下牢のごとく秘密主義だと言われていますね」

「彼はそうだとは思えませんな。さぞかし頭が混乱していて、若さゆえの過ちだらけでしょうが、冷たいとか秘密主義とかからは、ほど遠い。だがまあ、ご自分の目で確かめられるがいいでしょう」そこで彼は言葉を切ると、顔をしかめました。「しまった、忘れていた。たったいましたお誘いを、引っ込めなくてはなりません」

「なぜまた?」

「ミスター・プレストコットです。ご存じですか?」

「話には聞いておりますが」

「彼から会いたいという手紙がきているのです。わたしが彼の教育係をしていたことがあるのは、ご存じですか? 知性も学ぶ能力もない厄介な少年でした。ついいままで喜んでいたかと思うと、次の瞬間には不機嫌な顔ですねているという、おかしな性格です。しかも、意地悪く暴力的な傾向もあり、かなり迷信に囚《とら》われているところがあります。それはともかく、わたしに会いたいというからには、吊し首になる可能性が出てきたことで、自分の人生と罪を考え直そうと思ったのでしょう。行きたくはありませんが、しかたがありません」

ここで小生は、突然思いつきました。どうせプレストコットと取引しなければならないのなら、すぐにするのがいちばんではないかと。単なる気まぐれか、それとも天使に導かれたのか、それはわかりません。ただ単に、つい一日前には悔悛の情もないと聞いたプレストコットが、いきなり敬虔《けいけん》な態度を見せるなどとは、信じられなかっただけなのかもしれません。ですが、それはどうでもいいことでした。小生は重大な決心をしたのです。

「行く必要はありませんよ」と、小生はきっぱり言いました。「あなたの目はかなり赤くなっている。夜の冷たい風にさらされたら、もっとひどくなりますぞ。わたしが、あなたの代わりに行きましょう。彼が望んでいるのが司祭だとしたら、わたしでも大丈夫です。彼が特にあなた個人に会いたいのだったら、また日を改めて行けばいいでしょう。急ぐことはありません。巡回裁判は二週間以上来ませんし、時間がたてば彼ももっと素直になるだけでしょう」

この助言を聞き入れさせるのに、たいした苦労はいりませんでした。哀れな人物がほうっておかれることにはならないと安心して、グローヴは心底から小生に感謝しました。そして、実験主義者をからかう夕べというのは、自分のこのうえない楽しみなのだと告白したのでした。彼の目の状態がかなり悪そうなので、ワインは小生が注文しました。なじみのワイン業者がそれを運んでくると、小生の名前を書いて、階段のいちばん下に置きました。コーラが毒を仕込んだのはその瓶であり、それが小生を狙ったものであることも、こうした事実からわかるのです。

備忘録で確かめたところ、その日の小生はいつもどおりに過ごしています。街に出ているときは必ずユニヴァーシティ・チャーチへ行くことにしていますので、いつものようにセント・メアリー聖堂の礼拝に出て、マタイ伝第十五章二十三節についての単調で退屈な（そしてまったくまちがっている）説教を我慢して聞いたのです。どんなに熱心な信者でもなんらかの価値を見出せないようなものでしたが、それでも小生は、説教のあとで議論を試みてみました。そんなふうに座っていることは、これまでにもよくあり、そのたびに小生は、ローマカトリック教徒の信仰にいくぶんか共感を覚えるのでした。そういう考えは不敬で異端、戒律に背《そむ》くことかもしれませんが、少なくともカトリックの場合は、その信徒たちを、主《しゅ》のお声よりも自分自身の声を響かせることを愛する尊大な愚人たちのたわごとにさらしたりは、しないのです。

それから、身を入れて仕事にかかりました。その日は返事をすべき手紙が何通もあって通信事務に一時間かそこらかかったあと、午前中の残りの時間は、代数学の歴史についての自著に取り組みました。議論の余地のない証明でヴィエト（フランソワ・ヴィエト、フランスの数学者。一五四〇～一六〇三）の主張が正しくないことを論証してみせるくだりを、すらすらと書き進めました。彼が創案したことはすべて、実は、三十年ほども前にミスター・ハリオット（トマス・ハリオット、英国の天文学者、数学者。一五六〇ころ～一六二一）が思いついていたものだったのです。

些細なことながら、それですっかり頭がいっぱいだった小生が、やっと正服《ガウン》を身につけて玄関広間に下りていくと、グローヴがマルコ・ダ・コーラを引き合わせたのでした。

マシューの命をあれほど無造作に、まさに血も涙もなく奪った男を初めて目にしたときに小生の感じた、息が止まりそうな嫌悪を言葉にするのは、とても無理なことです。その外見のことごとくに胸がむかつき、嫌悪のあまり喉が塞《ふさ》がりそうな気がして、一瞬すっかり吐き気に打ち負かされてしまうのではないかと思いました。愛想のよさは、ただただひどい冷酷さを際だたせるだけで、洗練された礼儀作法《マナー》は凶暴性を、金のかかった服装は迅速にして冷徹な行為を思い出させるのです。ああ、いやらしい香水をぷんぷんさせたあの身体がマシューのそばに寄り、肉づきのいい手入れの行き届いたその手がまだ若すぎる彼の頬を一撃したかと思うと、耐えられませんでした。

そのとき、表情から何かを気取られ、彼が何者であって何をしようとしているのか小生にはわかっていることを、コーラに知られてしまったに違いないと思いました。実のところ、彼が予想外に早く行動を起こして、その晩のうちに小生を殺そうと企《くわだ》てたのは、小生の顔に表われた恐怖の色のせいだったかもしれません。それはよくわかりませんが、小生も彼もできるかぎり好意的にふるまっていました。また、それ以降は何も顔に出していないはずですし、はた目には、その会食の様子に何も変わったところはなかったに違いありません。

コーラ自身もその夕食のことを記しており、そこには彼自身の会話をめぐって、もてなした側への侮辱が、誇張されて交じっています。ああ、あのすばらしい話しぶり、あの筋の通った受け答え、逆立った毛を撫でつけては年上の老いぼれたちの言語道断なまちがいを正す辛抱強い態度！　その機知、その賢明さを正しく認識していなかったことを、遅ればせながら、ここで謝らねばなりますまい。実を言うと、そうしたりっぱな資質には、小生はあのとき微塵《みじん》も気づかなかったのですから。それどころか、小生が目にしていたのは（あるいは、きっと見まちがえたのでしょうから、目にしたと思ったのは）、作法《マナー》というよりは型どおりのふるまい《マンネリズム》を身につけ、バタンインコ（羽冠のあるオウム類）のような服装で、皮相的な知識しかないことをまったく隠せていない厳粛な対応ぶりでうまく取り入ろうと思い上がった、ぎこちないけちな男でした。おもねったふりをしながら、親切にもてなそうとしている人間たちを軽蔑していることは、不運にも彼のそばに座った者なら誰でもあからさまにわかります。小さな布きれを出して洟をかむときのこれ見よがしの態度は、みんなの嘲笑《ちょうしょう》を誘い、あてつけがましい言葉は――ヴェネツィアでは誰でもフォークを使います、ヴェネツィアではワインをグラスで飲みます、ヴェネツィアではかくかくです、ヴェネツィアではしかじかです、と――いとわしさを呼ぶものでしかありません。中身がほとんど空っぽの人間にありがちなように、多弁にすぎ、礼儀をわきまえずに口を挟んだり、望んでもいない者相手にためになる知識を押し付けたりするのでした。

　グローヴは目を輝かせながら、まぬけな雄牛さながらの彼を煽《あお》り、こっちへ引っ張りあっちへ引っ張りして、彼にこのうえなくばかばかしい発言を促していました。彼がみずからのばかげた言葉をいやでも熟視せざるをえなくなるので、小生は気の毒な気もしました。問題となるようなことは何ひとつありませんでした。小生の見る限り、このイタリア人はしっかりとした揺るぎない意見をもっていないし、いくぶんかでも正しくあるいは深く考え抜かれた意見はただのひとつもありませんでした。それは実のところ、驚きでした。小生が心の目に思い描いていた彼は、それとはかけ離れていましたので。そんな男は、相手を死ぬほど退屈させる、あるいは身体から発散する香水の香りで窒息させるほかに、誰かに害を及ぼすことなどできないし、道化以外の何者になれるというのか、理解に苦しみます。

たった一度、彼が警戒を緩めたので、ほんの束の間にすぎないながら、小生は仮面の下にあるものを見透かしました。小生の疑いがことごとく戻ってきて、どんな警戒もみな骨抜きにするという彼の狙いが成功しかけているのだと悟ったのです。小生がフリート監獄で面会したあの商人に前もって警告されていたのですから、軽々しく侮《あなど》るべきではなかったとはいえ、覚悟が足りませんでした。カンディアの鍛えられた兵士たちがその男に最大の敬意を払っていたと、あの商人は驚きを口にしていました。小生自身もまんまとだまされていたのです。

しかしそれは、グローヴとトマス・ケンのあいだに意見の対立が起きて、コーラが舞台の背景に押しやられるときが来るまでのことでした。コーラは、我がもの顔に舞台を闊歩《かっぽ》し、観客の注目を浴びていると得意がる俳優のようなものだったからです。人目を引きつけているあいだ、そういう俳優たちはそこで扮している人物であり、その場にいる者はみなまさに、アジャンクールのヘンリー五世（百年戦争時、長弓の威力をもって自軍よりはるかに多数のフランス軍を破った）、あるいは城内にいるデンマークの王子ハムレットを目にしているのだと思い込むのです。しかし、ほかの俳優が台詞《せりふ》をしゃべっているあいだ背景に引っ込んでいるときに観察してご覧あれ。彼らの内なる輝きが消え、再びただの俳優にすぎなくなっていて、もう一度自分の台詞の番が回ってきてもかりそめの姿を装《よそお》うだけだとわかります。

コーラはそういう俳優そっくりでした。ケンとグローヴがいくつも引用をやりとりし、完膚なきまでに打ち負かされたケンが重い足取りでうなだれながら立ち去ったとき――現職の者を対象とした選任が翌週に予定されていて、グローヴの勝利が確実になったのでした――コーラはそれまで巧みにかぶっていた仮面がはがれるままにしていました。初めて背景に退《しりぞ》いた彼は、上体をうしろに反《そ》らして、目の前で演じられている場面をじっと見ていたのです。小生はひとり彼を観察しました――カレッジの理事たちの口論など、すでにいやというほど見てきたのですから、なんの興味もありません。そして、小生はひとり、おもしろがるような表情がちらつくのを見て、その論争で言ったことも言わなかったこともすべて彼には即座に理解できたであろうということが、わかりました。彼はわれわれを相手にゲームを楽しんでいたのです。自分の手並みに自信をもっている彼は、小生が彼を見くびっていたのと同様、いまや観客を見くびっていました。その瞬間に小生が彼の魂を覗き込んで、そこに潜み、とぐろを巻いて、周りがみな懐柔されて彼のことをばかだと思うようになった暁《あかつき》に解放されるのを待ち構えている悪魔のような意図に感づいたことには、気づいていません。小生にはこの一瞬の理解が頼みの綱であり、そのようなしるしを見せてくださった主に感謝しました――そのときにコーラがどんな人間であるかわかった、つまり小生には彼を負かすことができるとわかったのです。彼はまちがいをする人間であり、彼の最大の過ちは自惚《うぬぼ》れなのでした。

彼の会話はグローヴでさえもが飽き飽きするほど長ったらしく続きましたが、この食事のあとまた一緒に酒を飲もうという、お行儀のいいやりとりが合意に達して、食後の祈りが捧げられました。コーラがどんなに違ったことを言っていようとも、小生はこれが真相であると知っています。彼の話では、グローヴがまっすぐカレッジの門まで送っていき、そこで彼らのあいだの接触はすべて終わったということですが、そんなはずはありません。丁重さが身上のグローヴのような男は、そんなふうにふるまわないものです。きっとあの軽食はさっさと切り上げられたのだと小生は思っていますし、プレストコットを訪ねていかねばならないというのは、きっとあの男を追い払うためのグローヴの嘘だったと思いますが、あの晩の幕引きがコーラの言ったとおりだったとは思えません。これまた、小生が彼の話の中に見つけた意図的な偽りです。ただし、ここまでにあまりにたくさん指摘してきたので、これ以上こんなことを続けてもほとんど意味がないとは思いますが。

確かなのは、小生が自室に向かい、階段の下で毒入りブランディを見つけることをコーラが期待していたことと――階段の上にはほかにグローヴしかいないし、彼はその晩留守にすると思われていたのですから、小生でなくしてほかの誰のためのブランディでしょう――そして小生がそれを飲むと期待していたことです。そうしておいて彼は、夜遅くに舞い戻り、小生が死んでいるとわかったわけでもないのに部屋をくまなく捜して、小生が押さえていた例の手紙ばかりか、一六六〇年にサミュエルがよこした手紙まで手に入れたのでした。邪悪な計略であり、のちには喜々として傍観しているところでブランディの娘を自分の身代わりに死なせたことによって、すべてはますますひどくなりました。彼はあの砒素《ひそ》を低地帯諸国で調達し、自分の薬物類の中には持っていなかったと公然と嘘をついたに違いないと、小生は思います。よくよく考えるとぞっとしますが、愚かにも自分たちの力の及ばない虚偽などないと言って事態を悪化させる人間もいるのです。

コーラが予想しなかったのは、殺したいと思うほどの悪意の対象に、自分の手が届かないかもしれないということです。なにしろ小生は、プレストコットに会いにいって、あの悲惨な若者のおかげできわめつきの憤《いきどお》りを感じなくてはならなかったにせよ、ともかくもその無礼に見合っただけの有用な情報は見つけたのですから。その晩は冷え込みましたので、小生は面会に備えてできるだけしっかり着込みました——プレストコットにも、毛布や暖かい服を差し入れてくれる友だちがこの世にいました。ただしその気前のよさも、暖炉の火、あるいは、パチパチいって悪臭を放ちながら細々ともるいちばん安いブタの脂肪の蠟燭《ろうそく》以外のものを、与えてくれるまでには及んでいませんでした。小生はうっかり自分の蠟燭を持ってくるのを忘れたため、事実上の暗闇の中で会話することになりました。小生の愚かなほど寛大な精神ももちろんですが、このためにプレストコットがその行動で小生を驚かせることができたと言えます。

この面会は、プレストコットの拒絶にはじまりました。彼を壁につないでいる、太くて重い鎖——必要な拘束だと、小生はのちに学びました——の枷《かせ》をはずすと約束しない限り、話を聞くことさえ断るというのです。

「わかっていただかなくてはなりません、ウォリス博士、もう三週間近く、こんなふうにつながれているんです、ほとほと疲れました。くるぶしは傷だらけ、身体の向きを変えるたびに鎖がガラガラうるさくて、気が狂いそうだ。わたしが脱走するなんて、誰か思っているんですか？　四フィートもある石造りの建物を外の世界まで掘り進んで、六十フィート下の濠に飛び降りて逃げるとでも？」

「鎖をはずしてはやれない」と小生。「協力してもらえるという期待を、いくらかでももてぬ限りはね」

「そして、わたしは協力するつもりはありません、次の巡回裁判のあとも生き続けられるという期待を、いくらかでももてぬ限りは」

「それに関しては、してやれることがあるだろう。きみの回答にわたしが納得したら、王の特赦を請け合おうじゃないか。コンプトン家を侮辱したことは、あまりに大《だい》それていて勘弁してもらえないだろうから、無罪放免とはいかないだろうが、アメリカ行きの罰を受けて、そこで人生をやり直すことはできる」

彼は鼻を鳴らしました。「願っている以上の自由ですね。ピューリタンたちのものうげなおしゃべりに死ぬほど退屈しながら土地を耕し、こう言ってはなんですが、この国でも真似するとよさそうな方法でインディアンたちに死ぬまでめった切りにされる、農夫みたいな自由。そういう人たちの中には、どんな分別ある人間にも斧に手を伸ばさせてしまうような連中がいるんでしょう。ご親切にどうも、博士、寛大なご配慮に感謝しますよ」

「それがわたしにできる最善のことだ」そうするつもりがあったのかどうか、いまでもよくわかりませんが、小生はそう言いました。それでも、もし過大な申し出をすれば彼が信用しないだろうとはわかっていたのです。「もし受け入れれば、生きていられるのは確実だ。あとで救済措置を勝ち取って帰国を許されるかもしれない。しかも、きみにとってはそれが唯一のチャンスだ」

簡易寝台の上で前かがみの身体を毛布の中でちぢこめて、彼は長いこと考えていました。「いいでしょう」と、不承不承の返事。「わたしに選択の余地はないようだ。ミスター・ローワーからの申し出よりはましです」

「やっと道理をわかってもらえて喜ばしい。それでは、ミスター・コーラのことを話してもらおう」

この質問に彼は正真正銘驚いたようでした。「いったいどうして、彼のことを知りたいなどと？」

「聞かれているというだけで喜ぶべきだ。彼がこの国にやって来てきみに会ったのはなぜだ？」

「丁重で礼儀正しいジェントルマンだからですよ」

「わたしの時間を無駄にしないでくれ、ミスター・プレストコット」

「本当です、それ以外に言うべきことを知らないのですよ、先生」

「彼は何か要求したのか？」

「わたしがあげられるものが何かあったでしょうか？」

「父上のもので、ひょっとしたら何かあるのでは？」

「たとえば？」

「リウィウスの本とか」

「またそれですか？　ねえ、博士、なぜそれにこだわっていらっしゃるのです？」

「きみの知ったことではない」

「そういうことでしたら、お答えしなくてもかまわないんですよ」

どのみちプレストコットはその本を持っていないのですから、話しても小生の害にはならないはずだと思いました。「その本はわたしが取り組んでいる、ある仕事の鍵なのだ。さあ、コーラはその本のことを聞いたのか？」

「いいえ」プレストコットは狭い簡易寝台の上に転がって、小生をからかううまい冗談だとでも思ったのか、おもしろそうに身悶《みもだ》えして笑うのです。小生はそんな彼にひどくうんざりしはじめました。

「本当に、彼は聞きませんでしたよ。残念ですが」と言って、彼は目を拭っています。「埋め合わせに、わたしの知っていることを申し上げましょう。ミスター・コーラは、わたしの後見人の客として、サー・ウィリアムが襲われたときあそこにいたのです。彼の腕がなかったら、サー・ウィリアムはあの夜の傷がもとで死んでいたところだと思いますし、彼は疑いなくすばらしく器用な外科医で、サー・ウィリアムの身体をとてもきちんと縫い合わせてくれました」

彼は肩をすくめました。「言うべきことはそれだけです。これ以上お話しできることはありません」

「彼はそこで何をしていたのだ？」

「貿易の問題で共同して利益を得ていたのだと思いますが。コーラの父親は商人で、サー・ウィリアムは兵站部《へいたんぶ》の長です。一方は物資を売り、他方は政府の資金を使ってそれを買う。双方ができるだけ金を儲けたいと望み、当然のことながら、クラレンドン卿の逆鱗に触れるのを恐れて、提携を表ざたにしたくないと思っていた。ともかく、わたしはそう理解しています」

「どうしてそう思うのだ？」

プレストコットは小生に軽蔑の眼差《まなざ》しを向けました。「いいですか、ウォリス博士。いかにわたしといえど、サー・ウィリアムとクラレンドン卿が犬猿の仲だってことぐらい知っていますよ。そして、サー・ウィリアムが任務でしていることに贈収賄《ぞうしゅうわい》の気配がかすかでもまといついたら、クラレンドンがそれを口実に彼を放逐するであろうことは、わたしにもわかる」

「きみ自身の推測は別として、クラレンドンの逆鱗に触れるのを恐れていたからコーラとサー・ウィリアムとの提携が秘密にしておかれたと、そう考える理由が何かあるか？」

「彼らはクラレンドンのことをひっきりなしに話していましたよ。サー・ウィリアムはクラレンドンが大嫌いなあまり、会話が彼のことばかりになってしまうことがあります。ミスター・コーラは非常に礼儀正しかったと思いますね、不平不満を辛抱強く聞いていました」

「どんなふうに？」

プレストコットは、小生がコーラの言動のいちいちに興味があることを悟るでもなく、非常に天真爛漫《てんしんらんまん》でした。あのイタリア人が口にして彼が聞いた言葉、あのイタリア人が示して彼が見た身振りのひとつひとつを話す気にさせるのは、子羊を相手にするように苦もないことでした。

「わたしがいる場で三度、サー・ウィリアムはクラレンドン卿の話題に戻り、そのたびに彼がいかに有害な実力者であるかについて、くどくどと繰り返しました。国王陛下を掌《しょう》中《ちゅう》に握り、国王陛下の放蕩《ほうとう》を助長し、手前勝手にこの王国を略奪しようとしていると。善良なるイングランド人はみな、彼を追い出したいと思いながら、断固たる行動をとる決意も勇気も奮い起こせないでいるのだと。きっと、ご存じのことばかりとは思いますが」

小生はうなずくことで彼を勢いづかせ、さらに腹蔵のない話を盛り上げるような共感を抱かせました。

「申し上げたように、ミスター・コーラはじっと聞きながら、あまり激することのない分野に話をそらそうと、あれこれ試みましたが、早晩また話はクラレンドン卿の不実な行為に戻ってしまうのです。サー・ウィリアムをとりわけ怒らせているのは、コーンベリー・パークにあるクラレンドン卿の大邸宅でした」

小生はここで眉をひそめることになりました。その意味がわからなかったのです。王政復古以来、クラレンドンのところに山をなした富は、もちろんのこと大きな妬《ねた》みを煽っていましたが、ここでコーンベリーだけを持ち出す特別な理由があるとは思えません。プレストコットは小生の当惑を見てとると、このときばかりは親切に教えてくれました。

「クラレンドン卿は、コンプトン領深く、すぐそこがチッピングノートンという土地の大部分を獲得しています。サー・ウィリアムは、サウス・ウォリックシャーにおける彼の家の権益を狙う一斉攻撃が進行中だと思い込んでいるのです。いわく、少し前のコンプトン家だったら、そんな生意気なことにどう対処すべきか知っていたはずなのだが、と」

プレストコットの唇からこぼれ出るひとことごとに、この大きな謎への洞察力が深まっていくものですから、小生は厳《おごそ》かにうなずきました。この若者への約束を守ろうとさえ考えはじめたのです。この証言はどうやら将来有用になりそうであり、彼が縛り首になったら小生は証言が得られないのですから。

「ミスター・コーラは、うまくほかのことに話をそらしましたが、安全な話題などありませんでした。イングランドの街道における体験を持ち出したりもしましたが、その話さえも、サー・ウィリアムをクラレンドンの話題に引き戻しましたね」

「どんなふうに?」

プレストコットの言葉が途切れました。「ごくごくつまらないことです」

「そうだろうとも」小生は同感を示しました。「それでも話してくれないか。話し終わったときには、きみの枷がはずされ、その後ここにいる短期間も枷がはずされたままになるのは確実だ」

同じような状況に置かれた人間は誰でもそうでしょうが、彼はきっと思い出せないところはでっちあげたに違いないと思います。そういういかさまはよくあることですし、小生はそれを予測していました。小麦と籾殻《もみがら》を分け、風を通して貴重な種からくずを吹き飛ばすのが、熟練した尋問者の仕事なのです。

「ウィトニーからチッピングノートンへ北上する道での話でした。コーラはその経路でコンプトン・ウィニエイツに来たんです。なぜなのか想像もつきませんね、いちばんの近道というわけではありませんし。まあ彼も、おかしなジェントルマンのひとりなんでしょう。そういう人を、知りたがり屋さん、とわたしは呼んでいます、人ごとなのにいちいち覗き見てせんさくし、それを調査とか称する連中をね」

小生はため息を抑え、共感しているように見えることを願って青年に笑顔を向けました。プレストコットは、ともかくそう受け取ったように見えました。

「どうやらそれは、我がクラレンドン卿がコーンベリー行きに使う道らしく、コーラは冗談を飛ばしていましたよ。サー・ウィリアムの運がよければ、クラレンドンはその道中で死ぬほど揺さぶられるか、水たまりで溺《おぼ》れるんじゃないかって。道路の状態があまりにひどいのに、その地方は道の保守にだらしなさすぎる、と。こんなこと、本当にお聞きになりたいんですか、先生？」

小生はうなずきました。「続けてくれ」もうじきたどり着く、これ以上引き延ばされるのはもうたまらないと、ふつふつと血がたぎるのが感じられました。「話してくれ」

プレストコットは肩をすくめました。「サー・ウィリアムは笑い声を上げ、彼に話を合わせようと、追いはぎに撃たれることもありうる、いつも少数の供の者しか連れずに移動していると知られているから、と言いました。そのときに殺された人も大勢いて、襲撃者は逮捕されずじまいでした。それから、会話は別の話題に移りました。それでおしまい。この話は終わりです」

わかりました。何層にも重なったこの問題をほぐしていって、奥深く核心まで見抜いたとわかったのです。それは数学者たちが競争試験でライバルに挑むために出す難問に似ていました。いかに手ごわそうに見えようと、いかにわざわざ悩ませたり混乱させたりするよう目論んであろうと、その核には必ずひとつの明快なものがある。勝利する技術は、細心の注意を払った思考と、その中心に到達するまで一貫して冷静に外部の広がりに取り組むことにあります。城を攻囲中の軍隊の場合のようなもので、巧みな攻めとは外辺部のあたりを広範囲に襲うことではなく、防御の弱点が――必ずひとつはあるものですから――見つかるまで外堡《がいほ》を丁寧に厳密に調べることにあるのです。そうすれば、攻撃の総力を、崩れるまでその一点に結集することができます。コーラはプレストコットを訪ねるというまちがいを犯した――小生はプレストコットを説き伏せて、彼とのつながりを聞き出したのです。

さて、小生は陰謀の全体像をほぼ手中にし、以前の誤りがはっきりしました。コーラがここにやって来たのは、小生がそれまで考えていたように国王を亡きものにするためではなかった。ここにいるのはイングランドのクラレンドン伯爵を殺すためなのです。

ただし、この愚鈍なジェントルマン、サー・ウィリアム・コンプトンが、何カ月もあのスペイン人と策を練って雇った殺し屋を後援するなどという、それほど巧緻で遠回しなことができるとは、まだ信じられませんでした。そうです、小生は彼をよく知っていました。挑戦状を叩きつける、あるいはそのたぐいのむこうみずなことをするのでしたら、わかります。しかし、これは違う。小生は成功しました——しかし、まだ十分ではなかったのです。コンプトンの背後に黒幕の人物が控えていることを、小生は確信しました。絶対にいるはずでした。

そこで、小生はさらにプレストコットに質問し、彼がとった連絡のひとつひとつ、サー・ウィリアムやコーラが口にした、たったひとつの名前も漏らさず捜し出そうとしました。彼は役に立たない返事を繰り返していましたが、そのうち、もっと答えるのは交渉次第にしようと決めたのです。

「さてと、先生」と言って両足を動かしましたので、くるぶしの周りで鎖がカチャカチャ音をたて、床にあたってチャリンと鳴りました。「たっぷりお話ししてきました。誠実なかただと信じて、代償もなしで多くを提供してきたのです。そろそろこの足枷をはずしてください。この狭い部屋の中を、わたしも人並みに歩き回れるように」

なんたることか、小生は頼まれたとおりにしてやりました。ほとんど害はないように思えましたし、彼の気を引き立てて協力的な態度を続けさせたかったのです。看守を呼ぶと、枷を解錠して鍵を小生によこして、帰るときにまた鍵をかけてもらえるとありがたいと頼みました。賄賂《わいろ》は一シリング。

看守が独房を出ていくと、プレストコットは、小生には悲しげに押し黙っていると思えるような様子で、石造りの階段を彼の足音が下っていくのに耳をそばだてていました。

その足音が聞こえなくなるやいなや、あの血迷った男の手で小生が受けた屈辱を、詳しくは語りますまい。プレストコットはすてばちの悪知恵を働かせていたのですが、彼から聞かされたことに心を奪われていた小生は、うかつにもその関心事に注意していませんでした。簡単に言うと、再び二人きりになった短いあいだにプレストコットが小生に暴力を働いて、口を塞ぎ、両手を縛り、簡易寝台にしっかり枷でつないだので、小生は動くことも危険を知らせる声を上げることもできなかったのです。憤激のあまり、まともに考えることさえおぼつかず、彼が最後に自分の顔を小生の顔の間近に寄せてきたときには、怒りに全身煮えくりかえりました。

「いい気分はしないでしょう、ね？」と、彼が小生の耳もとでやじります。「何週間もずっとこれに耐えてきたんだ。よかったですね――ここにはひと晩だけいればすむでしょうよ。お忘れなく――殺すことはいくらでもできるのに、殺さずにいてやるんだ」

それだけでした。そのあと十分かそこら平然と座って時機を見計らい、小生の分厚い外套《がいとう》と帽子を身につけて、小生の聖書を――父の手から小生の手に渡された、我が家に伝わる聖書を――拾い上げると、小生への下卑《げび》た挨拶のまねごととしてお辞儀をしました。

「素敵な夢を、ウォリス博士。二度とお会いすることもないでしょう」

その五分後、小生はもがくのをあきらめ、朝が訪れて解放されるときまでじっと横たわっていました。

主の徳は幸いなるかな、下された天罰が最も苛酷に思えるときに神は最も寛大なのであり、神の見識を疑うことは人間のなすべきにあらず――人間にできるのは、真実の僕《しもべ》を神がお見捨てにならないことをただひたすらに信じて感謝を捧げることのみです。翌朝、かすかなむずかり声だった割には小生の訴えが聞き届けられ、神の徳が余すところなく小生に示されたのでした。主は善なるもの、神を信じる者すべてを愛しておられると、いまでも申しましょう。神の手によらずして、あの晩の小生の命が保護されえたでしょうか?

深い淵に落ちないように小生を進め、小生を守ることによって、この王国が災禍《さいか》を免れられるようにできたのは、ひとり、天の高みにある手に導かれた守護天使のみでしょう。神の目には微小な塵《ちり》のひと粒にも等しい小生自身のつまらない命ゆえに、それほどの恵みを受けたのではないと思うからです。それでも、神はかたときも絶えることなく神の僕《しもべ》たちに寵愛《ちょうあい》を示していますから、僕《しもべ》たちを保護する手先とすべく神が小生を選ばれ、小生は歓びつつ謙虚にその責任を引き受けました。神のご意志によって、うまくやれるでしょう。

夜が明けはじめてまもなく小生は解放され、その足でまっすぐサー・ジョン・フルグローヴ治安判事のところへ赴いて、何が起きたのか報告しました。判事が急を報じて逃亡者の捜索を開始しましたが、その段階では、あの若者への小生の興味のことは報告しませんでした。できることならば、捕らえられたとしても彼が命を落とすことのないよう、判事に念を押したいのはやまやまでしたが。それから、宿屋で腹ごしらえをしました。囚《とら》われの身でいるのは腹の減る仕事だったうえ、骨の髄まで凍《こご》えていたのです。

それからやっと、深く考え込み、ニュー・カレッジに戻って、あの晩起こった恐ろしい出来事を発見したのでした。グローヴが息絶え、小生の部屋がひっかき回されて書類が紛失しているではありませんか。

この非道がコーラのしわざであることは、あたかも小生がこの目で彼があの瓶に毒を盛るところを見たかのように、明らかでした。そして、平然とカレッジに戻ってきて、自分自身の邪悪な行ないの結果の第一発見者となった（たいした衝撃の表情で！　苦しそうに、恐ろしそうに！）彼の大胆不敵さには、ぞっとしました。ウッドワード学寮長から、鋭い推理と意味をぼかした言葉で、カレッジの人々がグローヴは発作で死んだのだと思うように仕向けておいたと聞かされました。また、それが、ローワーに事件を調査させるよう小生がウッドワードに頼んだという嘘を持ち出すためだったとも。

ローワーはもちろん、その要請を喜び、いそいそと求めに応じました。小生は理由なくして彼の技量を信頼しているわけではありません。グローヴの死体をひと目みるなり、彼は絶句して、ひどくうろたえた顔をしました。

「これが単なる発作によるとは、わたしだったらおいそれとは言えません」と、不審そうに言います。「そんな症例でこんなふうに泡を吹いているところなんか、見たことがない。唇と、それにまぶたも青くなっているのは、そういう診断と矛盾しないとしても、どうも我が友はこの兆候に急いで飛びつきすぎたと思います」

「何かを食べたということは？」と学寮長が尋ねました。

「ホールで食事をしたからだと？　もしそのせいだとしたら、あなたがたみんなが死んだはずです。彼の部屋を調べて、そこで何か見つからないか見てみましょう、もしよろしければ」

かくして沈澱物のあるあの瓶を発見したローワーは、たいそう興奮して学寮長の公舎に戻ると、その物質が何かということを示すための実験について説くのでした。ウッドワードは実験の詳細にまったく興味がありませんでしたが、小生はそれに引きつけられ、自分自身がミスター・シュタールとたびたび話をしてきていたので、ローワーが尽力しようと申し出ていることはまったく正しいとわかりました。そしてもちろん、こうした行為はコーラに結びつくものです。真っ向から問題に直面するのが最善の道だと心を決めた小生は、ローワーに対し、つねにあのイタリア人のことを念頭に置き、その言動が彼の考えていることの一端でもほのめかしていないか見守ろうと提案したのです。あの場ですぐに彼を逮捕することもできたでしょうが、小生がまだ謎の全体像を見抜いていないことも確かでした。もっと時間が必要です。あと少しのあいだ、コーラを泳がせておかなければなりませんでした。

わかりやすく説いたわけではありませんが、ローワーは小生の勧めに含まれた意味を理解しました。

「まさか、この件でミスター・コーラを疑っていらっしゃるのではないでしょうね?」と聞いてきました。「確かあなたは、彼の悪い噂を聞いたけれども、そんなことをするはずなどまったくありえないと言っていましたね」

小生はそのとおりだと再度請け合いましたが、おそらく彼はグローヴ博士を最後に見た人間だろうから、当然なんらかの疑いをかけなくてはならないのだと指摘しておきました。とはいえ、こんなことを知らせるのは客人にとって失礼なので、疑っているような気配を彼に悟られることのないようにと頼んだのです。

「母国に帰った彼がわれわれのことを悪く言うのは、断じて避けたい」と小生。「だからこそ、解剖に立ち会ってもらえるよう彼に頼めばいいと思う。死体のそばにひとりで立たせて触れさせれば、罪の意識があるかどうかを見られる」

「そんなことで正確な判断が下せるとは思いませんが」と彼。

「わたしだってそう思う。しかし、この手の問題では推奨されている手順であり、何世代にもわたって採用されてきているんだ。一流の弁護士たちにも、審理の一環として有用であると認める者が多くいる。コーラが近づいたときに死体からどっと血が噴き出しでもすれば、わかるだろう。そうならなければ、そこで彼はなかば汚名を晴らしたことになる。ただし、そんなふうに試されていることを知られてはならない」

第十章

小生には、他人が言ったことを繰り返すつもりも、自分がその場にいたわけでもないことを語り直すつもりも、ありません。お話しすることはどれも、小生がじかに出くわしたこと、あるいは人格的に申し分のない人間の証言に基づくものです。コーラは自分がとっくに疑われているとは知らずにいたのですから、彼とローワーとロックがウッドワード学寮長の厨房でグローヴ博士を解剖したその晩の話を、ゆがめるわけはありません。ですから、それについて彼がした話は、概ね真実であると考えます。

ローワーが小生に報告したところによると、メスを入れる前にコーラが裸の死体のそばにひとりで立つように仕向けて、グローヴの魂が復讐を叫び求めることも、自分を殺した者の行為を責めることもしないことを、しかと確かめたということでした。そういった調査が実際にはなんの価値もないのか、それとも適切な祈禱《きとう》をしなければならないのか、あるいはまた（一部で言われているように）きちんと試すには神聖な場でやらなくてはならないのか、小生には推測しかねます。しばらくのあいだともかくも、ローワーは友人だと思っている男への疑惑を肩からおろし、小生はゆっくりと自分の考えを追求してブランディの娘の最初の調査に取りかかったのでした。

その翌日の午後、家で雇うために面接をしたいとかこつけて、小生の部屋に娘を呼びました。大工連中は話にならないほど怠慢ではありましたが、やっとその仕事を終えようとしており、小生が再び自分自身のものと呼ぶべき家庭をもてる見通しが、はっきりしてきたのです。その前年に多少は贅沢ができるようになっていましたので、使用人をそれまでどおりの三人ではなく四人抱え、四六時中しつこくせがむ妻に折れて、小間使いの娘を付けてやろうと決めていました。そんなふうに先のことを考えると、悲痛な気持ちでいっぱいになりました。マシューの代わりを見つけなければとも、同時に考えていたからです。面接にやってきた、薄汚れて無知で愚かな、哀れな青年たちのことをつくづく考えるにつけ、彼を失ったことはますます重さを増しました。マシューの残した靴を履くどころか、その靴を磨くにもふさわしくないような連中なのです。

サラ・ブランディに職を与えようなどと考えていたわけでは、ありませんでした。とはいえ、表面的な様子からだけなら、小生はもっとずっとよくないことをしていたかもしれないのです。小生は、善きキリスト教徒たる妻がフランス人売春婦に髪を梳《す》いてもらうのを許すような男ではありません。そうではなく、まじめで一生懸命働く、分別と清廉《せいれん》を備えた娘、性質に曇りがなく不注意なふるまいをしない娘でなくてはならないのです。そういう娘はなかなか見つからないもので、素性や信条が異なっていれば、サラ・ブランディはあらゆる点でりっぱなものだったでしょうに。

それまで彼女とじかに会ったことがない小生は、入室の際の威厳あるへりくだり方、遠慮がちな口のきき方や言葉のセンスを、興味深く心に留めました。コーラでさえ、まさに同じ資質について評していたと記憶しています。しかし、その彼もやはり見破った無礼さは、長くは隠されていませんでした。仕事を与えるつもりがないことを小生が率直に伝えたとたん、彼女は顎をきっと持ち上げて、挑むように目をきらめかせたのです。

「では、こちらへお呼びになって、わたしの時間を無駄になさったのですか」

「おまえの時間は無駄にするためにあるのだ、わたしがその時間を割《さ》いてもらうと決めたからにはな。横柄な態度はやめてもらおう。質問に答えてもらう。さもないと、困ったことになるぞ。おまえがどういう人間で、どこからやって来たのか、よく承知しているのだから」

　申し上げておかねばなりませんが、あの娘の生活など小生の知ったことではありませんでした。彼女が何者であるか知らない、疑うことを知らない人間に自分を売りつけたとしても、小生にはたいした心痛にもならなかったでしょう。しかし、過去を知ったうえで彼女を雇うのをいとわない人間は、小生の知り合いにはいませんでした。そんなことをすれば、世間に不面目をさらすことになるでしょう。これを思い起こさせることによって、小生は彼女を強《し》いて従わせることができたのです。

「最近、確か、イタリア人の医者に母親を診察してもらったはずだ。その世界でたいそうな経歴と高い名声のある男だそうじゃないか。その報酬をどんな手段で払ったのか聞きたいのだが?」

　上気した顔で、彼女は非難するように頭を突き出しました。

「あんなに気前よく診《み》てもらえるなど、驚くべきことではないか?　イングランドにはなかなかいないと思うぞ、時間にも腕前にもあれほど気前のよい医者は」

「ミスター・コーラは善良で親切なジェントルマンでいらっしゃいます」と彼女。「治療費のことなど頭にないのです」

「そんなはずはあるまい」

「本当です」と彼女。「わたし、お支払いすることができないと、正直に申し上げました」

「金では無理だろう、どのみち。それでも、彼はおまえの母親のために力を尽くす」

「あのかたは、ただひたすら善良なるキリスト教徒なのだと思います」

「ローマカトリック教徒だ」

「善良なるキリスト教徒は、どこにでも見出すことができます。おそれながら、あのかたよりずっとあこぎで狭量なかたが、英国国教会にはたくさんいらっしゃると存じます」

「口のきき方に気をつけろ。おまえの意見を聞きたいのではない。彼はおまえの何に関心があるんだ？　それと、おまえの母親の何に？」

「存じません。母の身体をよくしたいと思っていらっしゃいます。それ以上のことを知りたいとは思いません。きのう、あのかたとローワー博士が、不思議なすばらしい治療をなさいました。二人がかりで、たいへんなお骨折りでした」

「うまくいったのか？」

「母はまだ生きています、ありがたいことに。回復を祈っております」

「アーメン。しかし、質問に戻ろう。今度は、はぐらかそうなどとしないことだ。彼のためにおまえが伝言を届けた相手は誰だ？　おまえが、アビンドンの守備隊、それに非国教徒の秘密会合と、つながりがあるのはわかっているんだ。誰のところに行った？　伝言を伝えたのか？　手紙か？　誰かが連絡をつけているはずだ、彼は郵便では何も送っていないんだからな」

　彼女は首を振りました。「わたしは何も」

「わたしを怒らせるな」

「とんでもありません。本当のことを申し上げているのです」

「アビンドンに行ったことを否定するんだな……」——小生は手帳を調べました——「先週の水曜日、その前の金曜日、その前の月曜日だぞ？　バーフォードまで徒歩で行って、火曜日までそこに滞在したことも？　この町で、秘密会合の一環としてティドマーシュとも会っているのにか？」

答えはありませんでした——自分のことを小生に知られているのが衝撃だったのです。

「何をしていた？　どんな伝言を運んでいた？　誰に会ったんだ？」

「何も」

「二週間前、グレイトレックスなるアイルランド人もおまえを訪ねた。その男はなんの用があったんだ？」

「用があったわけではありません」

「わたしをばかにするつもりか？」

「どんなつもりもありません」

小生は思わず娘をひっぱたきました。いかに辛抱強いとはいえ、横柄さも度を越すと小生も我慢はしません。口もとの血を拭った彼女は、それまでよりおとなしくなったように思えました——それでも、知っていることを何も言わないのは相変わらずだったのです。

「ミスター・コーラのために伝言など運んではおりません。あのかたはわたしにあまりものをおっしゃいませんし、母に対してはもっと口数少なでした」と、娘はささやくような声で言いました。「一度だけ、母にずいぶんたくさんのことをお話しになりました——わたしが薬種屋《やくしゅや》に、薬を買いに行かされたときです。二人がどんな話をしたのかは存じません」

「考えて答えを出すのだ」

「なぜそんなことをしなくてはならないのです？」

「わたしがそうしろと言っているからだ」小生は話を中断しました。この娘の良心に訴えるのは無駄だと悟ったので、机からコインをいくつか取り出して、彼女の前に置いたのです。彼女は驚きと侮蔑の目でそれを見てから、押し戻しました。

「もう申し上げました。何もございません」そう言う彼女の声はかぼそく、話しながら頭《こうべ》が垂れていきました。

「もういい。いま言ったことをよく考えてみるがいい。嘘をついているのはわかっている。そのうちもう一度、あの男について本当のことを話すチャンスをやろう。さもなければ、黙秘したことを後悔することになるぞ。それと、警告しておく。ミスター・コーラは危険な男だ。過去にたびたび人を殺してきたし、またこれからも殺すだろう」

それ以上は何も言わず、娘は出ていきました。まだ目の前にあった金には手をつけず、それでも小生をぎらぎらした憎悪の目で睨《にら》みつけてから背中を向けたのです。脅えていることはわかりました。だとしても、脅しが十分きいたかどうか、心もとないところでした。

自分のしたことをいま一度考えてみると、無知な人間が小生のことをひどい男だと思うのは、すぐにわかります。いまにも抗議の声が聞こえてきそうです。身分に上下がある者のあいだにも礼節は欠くべからず、といった弁です。そうしたことすべてに、小生は無条件に同意するものです――ジェントルマンたるもの、神がすべての者にお与えになった立場は公平でりっぱであることを、日々身をもって示す義務を当然負っています。子供たちに対して、愛情をもってたしなめ、優しく誤りを正し、断固とした遺憾の念を込めて懲罰を与えてしかるべきなのと、同じことです。

しかしブランディ母娘の場合、話はまったく違います。目上の者たちから容認されることをすでにことごとく意に介さなくなってしまったこの家族を、好意をもって遇することに意味はありません。夫と妻がともに、互いを世間のすべてに結びつける絆を軽蔑し、神の明白なる意志に逆らって、聖書そのものからの引用にも反感を見せてきました。真正平等派《ディガーズ》も水平派《レヴェラーズ》も再洗礼派《アナバプティスツ》もみな、彼らは神の祝福された束縛の鎖をはずそうとしているものと考えたのです。その代わりに、人間たちを調和のうちに保つような絹の紐で間に合わせようとしている、いずれはそれをきわめてがっしりした鉄の枷《かせ》に取り替えるつもりなのだ、と。愚かなことに、そういう人たちには、彼らが何をしているのかわかっていません。小生は、サラ・ブランディであろうと誰であろうと、好意と尊敬をもって接したでありましょう。その甲斐があったならば、それが報いられるものならば、そうすることが危険でなかったならば、です。

この段階で、小生のいらだちは手に負えないほど膨れ上がりました――プレストコットと話をしたとき、この件の全体像をこの手に掌握したはずが、みずからの愚かさのためにそれは手をすり抜けていってしまいました。小生自身の命も惜しかったし、今度は小生を狙った攻撃がはじまるのを恐れていたことも認めます。私見ではロバート・グローヴ博士は殺されたようであると、小生が治安判事に知らせるという処置をとったのは、このためでした。

判事はこの知らせに仰天し、小生が告げたことに含まれる意味に狼狽《ろうばい》しました。「学寮長は、犯罪がからむとは疑っておられませんし、わたしがこうして疑義をお伝えすることをありがたくは思われないでしょう」と、小生は話を継ぎました。「それでもわたしの見るところ、疑うに十分な理由があるとお伝えするのが、わたしの義務です。そして、遺体が埋葬されないのは、だからこそしかたがないことなのです」

もちろん、遺体がどうなろうと小生にとって問題ではありませんでした。コーラとの対面はもうすんでしまい、有用な結果は生みませんでした。小生が気になっていたのは、自分のやったことが少しずつ露見していくのをコーラが知って、自分の狙いを小生が妨害していると感づくことのほうだったのです。運がよければ、彼が自分の雇い主たちに連絡をとって、起きたことを全部報告するかもしれないと、小生は考えました。

束の間ですが、小生はいまにもあの男を逮捕させるところでした。考えを変えたのは、ほどなくしてオックスフォードまで小生に会いにやって来た、ミスター・サーロウのせいです。コーラが手記の中で、彼が芝居の席で小生に近づいたときの様子を述べていますし、それを繰り返すつもりはありません。彼が見てとった、小生の衝撃の表情はあからさまでした——驚いたのは、サーロウにはもう四年近くも会っていなかったからばかりではなく、彼が見違えるようになっていたからでもあります。

高い地位についていた時代から、彼はなんと変わってしまったことでしょう！　かつて知り合いだった人物をしのばせることすらない、まるっきり知らない人と会ったようなものでした。若いころには老けて見え、歳をとってからは若く見えるような人でしたから、外見にとりたてて変化があったわけではありません。けれどもその物腰に、かつてはあれほどがっちり握っていた権力の名残《なごり》はありませんでした。権威の喪失を苦々しく恨む人間は大勢いますが、サーロウは重荷を免れて晴れ晴れするような人間らしく、取るに足らない身分への降格に安んじているように見えました。その頭や顔の構え、そして心を深く煩《わずら》わせることがきれいさっぱりなくなったという表情のせいで、ほんのちょっとしたいくつかの変化なのに、全体としてはもとの面影もないほど変わってしまっていたのです。彼が近づいてきたとき、小生はしばらくの間を置いてやっと挨拶をしたものです――いかにも、小生の戸惑いを目にして、その原因は承知しているとでもいうように、彼は穏やかな微笑みを返してきました。

人生のあの時期をしっかりと自分の背後に置いてきた彼は、たとえ申し出があろうとも、どんな公職につくことも断っただろうと、小生は信じて疑いません。その後の彼が小生に語ったところでは、祈りと瞑想のうちに日々を送り、それを自分が国のために尽くした努力のありったけよりも価値が重いとみなしたそうです。自分の仲間たちの世界に彼は概して無関心でしたし、もう取り返しのつかない過去となってしまったことを呼び戻そうとする連中に悩まされたくないと、はっきり言っていました。

「きみの友人、プレストコットからの伝言を預かってきた」と、彼が小生に耳打ちしました。

「話ができないだろうか?」

芝居がはねるとすぐ、小生はまっすぐ帰宅し(その日の午後、気楽な我が家に戻ってきたところでした)、彼を待ちました。ほどなくして訪れた相手は、彼にとっては標準のふるまい方ですが、何ものにも動じない様子でどこまでも平静に腰をおろしました。

「権力や威光を好むところは相変わらずのようだな、ウォリス博士」と彼。「わたしにはいささかも意外ではないがね。聞くところによると、あの若者を尋問したとか。それに、その気になれば彼を赦免させられるほどの力があるそうじゃないか。いまはミスター・ベネットのもとにいるんだったな、確か?」

小生はうなずきました。

「プレストコットと、彼に尋ねたあのイタリア人ジェントルマンの、何に興味があるのだ?」と、彼が聞いてきました。

もはや幻影でしかないサーロウの権威には、それでもミスター・ベネットのような男が目いっぱい誇示する権力によりも目がくらむ思いでした。なんと、口をつぐんでいることも、いったいぜんたいどんな権利があって小生を尋問するのかと指摘することも、いっこうに思いつかなかったのです。

「この国を内戦状態に引き戻しかねないような陰謀があると、確信しているのです」

「当然あるとも」サーロウは例によって落ち着き払っていました。いかに深刻な内容であろうとも、どんな問題をも、そうして迎える人なのです。「過去何年かに遡《さかのぼ》って、どこかに陰謀

です」

「それで、今度はどういうことになる？　第五王国派の一斉蜂起か？　謀反《むほん》近衛兵たちが突然、連続砲撃に出るのか？」

「ひとりの男です。目下は研究者で通っているヴェネツィアのジェントルマンですが。すでに二度、人を殺しています。わたしの召使いとグローヴ博士を。そして、わたしのところから、最も重要性の高い手紙を盗みました」

「それが、プレストコットに尋ねた医者なのか？」

「医者ではありません。兵士であり、名高い殺し屋であり、この国にいるのはクラレンドン伯爵を殺すためなのです」

サーロウがうなり声を漏らしました。生涯で初めて、小生は彼が驚いたところを見たのです。

「では、何よりも先にその男を殺してしまうのがいちばんではなかったのか？」

「そうすると、あの男を雇っている者たちが再び、しかも即座に、計画を遂行しようとするでしょう。このたびはともかくも、わたしには相手が誰だかわかっています。この次となると、それほど幸運ではないかもしれません。この機会を活かして陰謀のイングランド側の末端を見つけ出し、きっぱりと陰謀の根を絶たねばならないのです」

サーロウは立ち上がって炉から火掻《ひか》き棒《ぼう》をとると、燃えている薪を並べ替えては、煙突のほ

う へ盛んに火の粉を舞い上がらせました。彼は時々そんなことをしていました――何か考えているあいだの手すさびに、身体に何かちょっとした仕事をさせるのが、彼のいつもの癖だったのです。

やがて、彼はもう一度小生のほうを向きました。「わたしだったら、その男を殺すだろうな」と、また同じことを口にします。「彼が死ねば、陰謀は終わりだ。陰謀は蘇《よみがえ》るかもしれないが、蘇らないかもしれない。もし彼がきみの手をすり抜けたら、きみは死者に対して責任を負うことになるだろう」

「では、もしわたしがまちがっていたら?」

「イタリア人旅行者がひとり死ぬまでのことだ。道中、追いはぎに遭ってな。たいへんな悲劇だ、むろん。だが、彼の身内の者以外は、何週間かのうちに忘れてしまうだろう」

「この状況で、あなたであってもご自身の助言に従われるだろうとは、とても思えません」

「きみは従いたまえ。オリヴァーに目を配っていたときのわたしは、彼の身を危うくする陰謀の噂を耳にするたび、必ず即座に行動を起こした。謀反、陰謀、それに類するたいしたことのない件は、ちょっとだけやらせておけばいい。必ずぐじぐじことができるのだから。暗殺は別だ。ひとつの過ちで二度と取り返しのつかないことになる。いいかね、ウォリス博士――策を弄《ろう》して策に溺《おぼ》れることなかれ、だ。ここできみが相手にしているのは人間だ、幾何学《きかがく》ではない――人間というものは幾何学よりも予測しがたく、意外なことを引き起こす傾向が強い」

「心の底からあなたに賛同するところです」と小生。「この件で信用の置ける人間がわたしにはひとりもいない、そして、へたな手出しをすればあの男をさらに慎重にさせてしまうだけだという事実がなければ、ですが。それに、相応の助力を得るためには、ミスター・ベネットにもっと綿密な報告をしなければならないでしょう。ほんの少しだけ話しはしましたが、全部というにはほど遠い」

「ふむ、そうだな」サーロウは考え深げに答えました。「あの野心的で尊大なジェントルマンか。全面的に信頼できる相手ではないと思うのだな?」

小生はしぶしぶうなずきました。コーラがどうやってたちまちのうちにマシューを見つけ出したのか、まだわかっていませんでした——ベネット本人が情報を伝えていたかもしれない、そして、クラレンドンを狙った陰謀にも連座しているかもしれないというのは、確かに可能性はあるものの、考えるだにぞっとすることです。

サーロウは椅子の背にもたれて考え込み、長いことじっと黙って座っていましたので、火の温もりにまどろんでいるのではないかと、小生はちょっと心配になったほどでした。ひょっとして、もはや以前のように頭が働かないのではないか、こんな問題にはもう取り組めないのではないか、と。

しかし、それは杞憂《きゆう》でした——やがて目を開けた彼は、自分で自分にうなずいてみせました。

「彼が関わっているとは思わないな、もしそれをきみが懸念しているのなら」と彼。

「そういう結論につながるようなことを、何かご存じなのですか?」

「いや——あの男のことは、きみほどは知らない。人となりから推し量っていった、それだけだ。ミスター・ベネットは有能な男だ――もちろん非常に有能だ。それは周知のことであり、国王はわかりすぎるほどよくわかっておられる。欠点はあれ、ここは、取り巻きがばか者ぞろいの王子との違いだな――王子は父君《ちちぎみ》に似ていらっしゃらない。ミスター・ベネットは、クラレンドンがいなくなった暁《あかつき》には政府を牛耳ることになるだろうし、それも遠からずのことだ。権力は手の届くところにある――しなくてはならないのは、官職という果実が惜しみなく膝の上に降ってくるのを待つことのみ。さて、そういう人間がいきなり、こんな途方もなく無茶な、ちっとも自分の見通しを明るくしてくれるはずのない行動に、首を突っ込むなどということがありそうだろうか？　じっと待っていれば欲しいものが何もかも向こうからやってくるというのに、すべてを賽《さい》の目に賭けて？　そんなのは彼らしくない、そう思うね」

「そうお考えとは、うれしく存じます」

「だが、後ろ楯となっている者がイングランドにいるというのは、まぎれもない事実だ。それが誰だかわかっているのか？」

　小生は力なく肩をすくめました。「何十人といるうちの誰であってもおかしくないのです。クラレンドンには、もっともな理由があるなしに関わらず、敵が無数にいます。いまさらあなたに申し上げるまでもありませんが。活字の上でも直接本人にも、庶民院《ハウス・オブ・コモンズ》でも貴族院《ハウス・オブ・ローズ》でも、家族や友人たちを通じても、攻撃されてきています。誰かが彼の身体を攻撃するのも、ただ時間の問題だったと思います。そのときが迫っているのではないでしょうか」

「軽率なやつに違いない」というのが、サーロウの意見でした。「そんなすてばちなことをするとはな。きみの言うヴェネツィアの男がいかに優れた兵士であろうと、狙い損なったり捕らえられてしまったりする可能性が、つねにあったはずだ。彼は援軍として待機させられていて、クラレンドン卿を倒すほかのいろいろな手だてが失敗に終わったいざというときに援助を求められるということも、当然ありうる」

「たとえばどんな?」そう尋ねる小生は再び、あらゆる年代の高位の従者がいたころのサーロウに、教えられているような気がしました。「そんなことまで、どうしておわかりになるのですか?」

「わたしはいつも耳をそばだてて、聞いている」内心おもしろがっているようにサーロウは答えました。「きみにもお勧めの方針だよ、博士」

「では、別の陰謀のこともお聞き及びなんですね?」

「おそらく。クラレンドンの敵たちは、彼を反逆罪に関わらせて力を弱めようとしているらしい。とりわけ、一六五九年の反乱の際、ジョン・モーダントがわたしを敵に売ったというあの裏切り行為に。この件で彼らは、あの遺憾な出来事の責めを負った男の息子であるジャック・プレストコットに、けっこうな官職を与えようと努力している」

「モーダントですって?」小生は容易には信じがたく、聞き返しました。「本気でおっしゃっているのですか?」

「ああ、まったくの本気だよ、恐縮だが。死ぬ少し前のクロムウェルにこのわたしが一対一で会見したところ、彼は死期を悟っていて、それをたいして先に延ばすことはできないとわかっていた。歩くこともままならなかった。死に至る病にあまりにもひどく侵され、おかかえの医者たちが彼に処した治療はあまりにも負担が大きかった。もちろん、残された時間がわずかしかないことも知っていて、たじろぐことなく先をじっと見通し、ひたすら、地上での自分の務めが安定することを確実にしてから主のもとに召されたいと願っていた。

彼は、事の進行のしかたをわたしに指示した。たとえ自分がもうそこにいて強制しなくとも、命じたことが守られると確信して。護国卿政治は息子のリチャードに一時的に引き継がれ、それで、君主制回復を果たすに最善の道について、チャールズ二世と交渉するのに十分な時間が稼げるだろう、と言った。国王の帰国が許されるのは、父王のような行動をけっしてとらないよう、行ないを制限する数々の鎖の枷をはめるという条件のもとでのみだった。

当然、何もかもごく限られた者たちのあいだで慎重に秘密扱いされた——会見の記録はいっさいなし、書簡もなし、その話に内々関与する双方の内輪以外では、ひとことも漏らすことまかりならなかった。

わたしが言われたとおりにしたのは、彼が正しかったからだ——クロムウェルだけが内戦を寄せつけず、彼がいなくなると、国内の不和が癒えない限り内戦はまた繰り返された。そして、イングランド人は君主制主義者の集まりで、自由よりも服従を好む。たいへんな難題だった。どちらかの側の狂信者がそれを知ったら、われわれはみんな退《しりぞ》けられていたようなものだった。それでも、両者が歩み寄って再び政権をとるようになり、わたしはしばらく公職を追われた。だがそのときでさえ、わたしは協議を続けていたのだ。国王陛下代理のジョン・モーダントとな。条件のひとつは、もちろん、反乱の計画や陰謀をすべてやめるということだった。そして、もし王党派が自分たちで身内を止めることができないのなら、十分な情報をもらってわれわれが止めると決めた。その結果、モーダントは一六五九年の反乱の事細かな情報をよこし、反乱は少なからぬ人命を犠牲にして鎮められたのだ。

まったくの戦争状態に再度なってしまったら、もっと多くの犠牲者が出ていたところだったが、この取引の詳細が知れるところとなれば、モーダントは無事ではいられない。困ったことに、このプレストコットの若造が自分の父の無実を証明しようとしたのだ。本当の責任の所在が誰にあるのか知るに十分な話を彼は聞かされているのだから、このままでは、必然的にモーダントの罪が明かされてしまう。そこでは、クラレンドンがモーダントに命令をしたものと思われているようだ」

「クラレンドンが?」

サーロウは笑顔を見せました。「実は違う。命令は国王陛下みずからがなさった。ただ、国王陛下が非難されることのないよう、クラレンドンが責任を引き受けるということだろう。彼は忠実なる僕で、この王にはもったいないくらいの存在だな」

「このことをプレストコットはすべて知っているのですか?」

「そういうわけでもない。あの若者は、モーダントが裏切り者で、私利私益のために行動したと確信しているのだ。サミュエル・モーランドが彼と結託していたという考えを、わたしは焚きつけておいたよ」

「それではますます奇怪な話になります」と、小生は言いました。「なぜそんなことを?」

「そうでもしないと、わたしに責任があると考えて、わたしの喉を切り裂くという挙に出ただろうという、明白な理由からだ。ついでながら、この次ロンドンに行くとき、サミュエルに会って、こういう若者が殺しにこようとしていると、わたしに代わって警告してやってくれないか」

「それで、誰かがプレストコットに手を貸しているということですか?」

「きっとそうだと思う」

「誰です?」

「彼はそれはそれは狡猾《こうかつ》でね、正当な代償がない限り口を割らない」

「いずれにせよ、彼の証言は役に立ちません」小生はあの恥知らずな若造が生意気にも自分に対し、しかもあんなことで駆け引きをもちかけてきたことに、憤慨を感じていました。

「法廷でということか? もちろん役には立たない。しかし、きみは司法よりは行政に造詣が深いではないか、博士」

「彼の望みは何なのです?」

「父親が無罪であるという証拠だよ」

「わたしはそんなもの、持っていません」

サーロウがにっこり笑います。

小生はうなるように言いました。「彼の望みを聞かないわけにはいかないのでしょうね。彼に証言してもらったからには、当然……」

サーロウが小生の鼻先で人差し指を立てて振りました。「そうとも。ただし、あの若者をばかだと思ってはいけないぞ。いくらか機知を持ち合わせている、正気かどうか疑わしいものだとは思うがね。人を信用する男ではないし、まずはきみの誠意を示してほしがっている。彼のために何がしかのことをしてやれば、報いてくれるだろう。あの若者は誰も信用していないのだ」

「何を望んでいるのですか？」

「彼に不利な告訴が棄却されることだ」

「わたしにできるかどうかわかりません。治安判事との関係は、願いを聞き入れてもらえるほどのものではありません」

「その必要はない。ミスター・プレストコットは、ブランディとかいう女がグローヴなる男を殺したという、のっぴきならない証拠を提出するにやぶさかでない。どうやってそれを手に入れたのか、殊《こと》にきみからあのイタリア人のせいだと聞かされては、よくわからないのだが。だが、われわれに与えられたこんな幸運をみすみす逃す手はない。殺人事件で有罪判決が確実なほうが、暗殺で有罪判決の見込みがあるよりもましだと、治安判事を説得することならできるのではないか。その女が裁判にかけられること、すなわち彼が解放され協力するということになる」

小生はなかなか意味が呑み込めずに彼をまじまじと見ていましたが、そのうちに、彼がひどく深刻なことを言っているのだと気づきました。「不当な死刑宣告を黙認してほしいと？　わたしは暗殺者ではないのですよ、ミスター・サーロウ」

「暗殺者である必要はない。治安判事に話をして、それから口をつぐんでいればいいだけだ」

「あなたは、そんなよこしまなことをなさる人ではなかった」

「実は、したのだ。それも、喜んで。お仕えする王子の安全のためなら、みずから罪を背負うのが、僕たる者の義務だ。クラレンドン卿に尋ねてみるがいい。これも社会秩序をりっぱに保護するためなのだ」

彼は顔をうつむけました。「確かにそうだ。しかるに、状況は違うと思う。いずれにせよ、きみに選択肢がないというわけでもあるまいし。あの女が死ななくてもいいのだ。しかしそうすると、きみはあのイタリア人の後ろ楯が誰なのか見つけ出せなくなるだろう。彼を裁判にかける見込みもあまりなくなるだろうな。だが、きみの望みはそれにとどまらないような気がするぞ」

「ポンティウス・ピラト（キリストを処刑したローマ領ユダヤの総督。処刑判決に際し、みずからに責任のないしるしとして手を洗った）もそう言ってみずからを慰めたのでしょうね」

「コーラには死んでもらいたい。そして、彼をここによこした人間たちを壊滅させたいのです」

小生のこの言葉にサーロウが目を細め、返事の語気の強さ、声にこもった憎悪が彼に余計なことまで教えてしまったとわかりました。彼は言いました。「こういう場合、感情に振り回されるのは賢明ではない。あるいは、復讐の念に振り回されるのは。欲ばりすぎると、何もかも失うことになりかねないぞ」そして立ち上がりました。「では、これで失礼する。伝言は届けたし、助言もした。気の毒だよ、きみがそんなにも辛く感じているのが。気が進まないのはよくわかるんだがね。もっと穏当なところで手を打つようにわたしがミスター・プレストコットを説得できたら、まちがいなくそうしていただろう。だが、彼ときたら若いだけに強情でね、頑として譲らないんだ。言わせてもらえば、きみにも同じところがある」

第十一章

その夜、小生はお導きを求めて祈りましたが、救いとなるような、あるいは慰めとなるような言葉をかけてはいただけませんでした。すっかり神に見放され、見捨てられた小生は、ただただ心を決しかねていました。サーロウが介入してきたのは彼なりの理由あってだということを忘れるほど、理性を失ってはいませんでしたが、どんな理由があるものかはわかりません。確かなのは、必要だと思えば小生を欺《あざむ》くこともいとわないであろうことです。彼に残された権力はあまりありませんが、当然その残りわずかでも行使するものと思えました。

せいぜい、進めそうな道はすべて確保しておくのがよさそうだという気がしましたので、数日後に治安判事に話をしたところ、たちまちのうちに彼はサラ・ブランディを拘禁しました。すでに尋問を受けて、彼女が危惧しているだろうことは当然です。ふっと姿をくらまされて、何もかも水泡に帰してしまっては、たまりませんでした。逃げられでもしたら、彼女に隠れがを提供してくれる人間が十分すぎるほどいて、小生が捜し出す見込みはほとんどなくなることでしょう。

そのころには、コーラはローワーとともに医療巡業に出かけていました。その話を耳にした小生は、頭にかっと血がのぼり、すぐに、その旅で彼の陰謀が最高潮に達するのではあるまいかと思ったものでしたが、ミスター・ボイルがロンドンからの手紙で、クラレンドン卿は田舎の私有地をもう数週間は離れるつもりがないと知らせてくれて、改めてひと安心したのです。小生が待機しているあいだに、コーラはただのらくらと時間をつぶしているだけに違いないと気づき、ロンドンの通りでいまにも待ち伏せして襲われるという悪夢、馬車が次々と略奪され、何もかもは追いはぎと化した古つわものの兵士たちのせいだという悪夢は、しだいに見なくなっていきました。ひょっとしたら、実はサーロウの言ったとおり、もっとおとなしいやり方でクラレンドンを失脚させようとする手立てがあり、しくじった場合の仕事が欲しくて、ただそのためにイングランドにいるだけなのかもしれません。

さらにうれしいことには、その情報によって、ひと息つく余地が生まれました。小生はきわめて重大な決定をいくつか下さなくてはならず、我が身の破滅に続くか、それとも国いちばんの大物のひとりの足を引っ張ることになるかという道に、いましも足を踏み出そうとしていたのですから。誰であろうと気楽にはできないことです。

そこで、コーラが地方を旅していた、心穏やかなその週のうちに（ローワーから、彼が患者に取り巻かれてせっせと働いていたと聞いていますから、彼の話はここでもある程度の詳細にわたって正確であるようです)、小生の前にある可能性のことごとくを考慮して、このコーラという男が見せている危険性について小生の出した結論が正しいと示す、あらゆる証拠を検討しました。そこに過ちは認められず、ほかの誰にも疑う余地がないとも思えました。かくも罪深い行ないが無害であったためしなどありません。このことに加えて、小生はサラ・ブランディを改めて攻めてみました。彼女を説き伏せて、ジャック・プレストコットがごとき頭のいかれた青二才の願いなどに屈服してしまった屈辱を、味わわずにすむかもしれないのです。コーラが母娘の何に関心をもっていたのか言わせることができれば、

普段はその館の看守がいる狭い部屋で待つ小生のもとに、娘が連れてこられました。拘禁されていてもその様子にあまり変わったところはなく、小生はたちまち見抜きましたが、拘禁状態もその横柄さを衰えさせることはけっしてなかったのです。

「きっと、以前に話し合ったことをじっくり考えてみてくれたことと思う。わたしはおまえを助けてやれる立場にいる、助けさせようという気にさせてくれさえすればな」

「わたしはグローヴ博士を殺してなどいません」

「わかった。だが、おまえがやったと思っている人が大勢いて、わたしが助けてやらない限りおまえの命はないだろう」

「わたしが無実だとおわかりなら、きっと、とにかく助けてくださるはずですね? 神に仕えるかたですもの」

「ひょっとしたら事実はそうなのかもしれん。しかるに、おまえは国王陛下の忠実なる臣民であるにもかかわらず、わたしがほんのわずかばかり力を貸してくれるよう頼んだ際に、手助けするのを拒んだ」

「拒んだのではありません。聞きたいと思っていらっしゃったことを、わたしは何も知らないのです」

「じきに縛り首になるかもしれない身であるわりに、そのひどい運命を避けることにあまりにも気乗り薄のようだな」

「もしもわたしが死ぬことが神の思《おぼ》し召《め》しなのでしたら、喜んで死にましょう。もしもそうでないなら、わたしの命は助かるでしょう」

「神は、われわれがみずからのために困難を排していくことを期しておられる。いいか。それほどたいそうなことを聞いているわけではないのだ。おまえはきっと何も知らずに巻き込まれたんだな、想像もできないくらいきわめて残酷な計画に。わたしに力を貸してくれれば、おまえが自由の身になれるばかりでなく、報酬もたっぷりはずもう」

「どんな計画なのです?」

「それをおまえに言うつもりはない」

娘は黙り込みました。

小生は話を促しました。「確か、恩人のミスター・コーラが、おまえの母親と何かの折に話をしたと言っていたな。どんなことを話していた? 考えてみるということだったが」

「母は病気が重くて、話を聞ける状態ではありません。わたしが母から聞かされていたのは、ミスター・コーラが母に対していつもとても礼儀正しい、そして母が話したいと思ったことはなんでもたいそう根気よく聞いてくれるということだけです。あのかたご自身はあまりお話をなさいませんでした」

小生は腹に据えかねて首を振りました。「よく聞け、ばかな娘だ」怒鳴りつけんばかりの勢いでした。「あの男がここにいるのは、恐ろしい犯罪を犯すためなんだぞ。その男がここにやって来て最初にしたのが、おまえたちに接触することだったんだ。おまえたちがあの男を手伝っていないというのなら、その目的はなんなんだ?」

「存じません。わたしにわかるのは、母が病気で、あのかたが母を助けてくださったということだけです。ほかに手を差し伸べてくださるかたはありませんでしたし、あのかたのご親切がなかったら、母は死んでいたことでしょう。それ以外のことをわたしは何も存じませんし、知りたいとも思いません」

娘は小生の目をまっすぐに見て、話を続けました。「あのかたが犯罪者だとおっしゃいましたね。きっと、もっともな理由があってそうおっしゃるのでしょう。でも、わたしにはもったいないくらい最大限の礼儀を尽くしてくださっている以外には、どんなふるまいも見聞きしたことはありません。犯罪者であれローマカトリック教徒であれ、わたしはあのかたのお人柄をそう判断しています」

改めて述べますが、もしできるならば、小生は娘を救いたかったのです。あの娘がそういうことを残らず話してくれることを、心の底から望んでいました。運がよければ、あの娘のおかげでプレストコットの証言など無用のものになったでしょうに。そうすれば、小生は彼との取引を拒否できたでしょうに。小生は何度も何度も、ほかの誰を尋問したときよりもしつこく時間をかけて促しましたが、娘は折れようとしないのでした。

「あの晩、おまえはニュー・カレッジにいなかったし、家で母親の看病をしてもいなかった。コーラの遣いで出かけていた。どこにいて、誰に話をしたのか聞かせてくれ。そのほかにも、アビンドンやビスターやバーフォードで、あの男のためにどんな遣いをしてやったのか教えてくれ。おまえに不利な証拠に反論することにも、わたしの助力をとりつけることにもなって、一挙両得ではないか」

娘は小生に向かって、またも傲然と顔を上げてみせました。

「わたしが存じていることでお役に立てるようなことは、いずれにせよ何もありません。ミスター・コーラがなぜここにいらっしゃるのか存じません――キリスト様の博愛の心に導かれてでないなら、なぜ母を助けてくださったのでしょう」

「おまえがあの男のために伝言を運んでいた」

「運んでいません」

「グローヴが死んだ晩に運んでいたではないか」

「運びませんでした」

「では、どこにいた？　おまえの本分だろうに、母親の看病をしていなかったことは確認済みなんだぞ」
「申し上げることはございません。でも、神がご照覧くださいますように、わたしは何も悪いことはしていません」
「神は裁判で証言してはくださらないだろう」小生はそう言って娘を独房に帰しましたが、不気味なユーモアを味わっていました。その瞬間、小生はプレストコットと取引することになったのです。主《しゅ》よ、許したまわんことを、小生はあの娘にあらゆる機会を与えて救おうとしたのですが、娘のほうが自分の生を放棄しました。

翌日、至急便でミスター・サーロウからの手紙を受け取りました。小生自身は目撃していない出来事を直接証言するものとして、それをここに引用しましょう。

謹啓

貴兄には早急に知る権利がある事態の展開について、謹んでお知らせしたく。好機を逸してしまわぬよう、迅速に行動しなくてはならないだろう。貴兄が非常に関心を寄せるあのイタリア人ジェントルマンが、この村に来ている。ミスター・ローワーの一行とはいまはもう別行動だが（きっとオックスフォードへ戻っているところだろう）、ミスター・プレストコットが彼に脅えること尋常ならざるものがあった。血も涙もないというコーラの噂がこの若者の印象に相当深く刻まれていて、彼がここにやって来た目的についてひどく気にしているのだ。

その企《たくら》みが発見できるかもしれないという思いと、それに劣らず好奇心もあって、彼とかなりの時間をかけて話をしたところ、非常に人好きのする魅力的な若者ではないか。こう認めたからといって、急襲に対していつもどおり警戒することを怠りはしなかったが。しかしながら、具体的にわかったことは何もなく、勝手ではあるが、サラ・ブランディ逮捕を知らせてみた。もしそんな懸念を抱えているのだとしたら、オックスフォードに戻ることを恐れずにすむように。きみにも是認してもらえると信じている。プレストコットとコーラが話しているあいだ、さしでがましくも、ローワー博士に会って、くれぐれもコーラの行方がわからなくならないようにと念を押した——博士は狼狽《ろうばい》することはなはだしく、本当のところ、自分が欺かれていたと考えて非常に怒っていたが、最終的には、わたしの願いに従って疑惑の片鱗《へんりん》をのぞかせないようにすると同意してくれた。とはいえ、彼は感情が手にとるようにわかりやすい男だから、そういう芸当をうまくやってくれると大いに信頼するには至らないが。

その夜の小生は、心を決めかねて長いあいだ悩み苦しみ抜いた末、免れがたい結論に達したのでした。プレストコットは高い代償を要求して、そのために魂は地獄に落ちて火に焼かれることになりましょう。しかし、小生には値切ることのできない代償でした。あの証言がどうしても必要であり、クラレンドンを狙った陰謀の黒幕が誰なのかどうしても知らなくてはならなかったのです。ここに述べることから、小生がいかに手を尽くしたかを汲んでいただきたいものです。少なくとも三度、苦境にひと筋の道を見出そうと最善の努力をしました。もう一週間あまり、別の道があって決心したことから逃れられるのではないかと虚《むな》しい望みをかけて、小生は行動することを避けてきていました。先延ばしにして、事態をますます危うくしてしまったのです。小生は憂《うれ》いに沈みながら、もうそれ以上先延ばしにはできないと結論しました。

サラ・ブランディは二日後に死にました。この件について、これ以上付け加えることはありません——小生が何を言おうと虚しいだけでしょう。

問題の日の午後、ジョン・サーロウが、小生に会いにきました。「お祝いを申し上げるべきかどうかわからないが、博士。きみはあくまでも正しいことをした。きみにわかっているよりも重要なことだよ、もっとずっとね」

「自分のしたことの意味はわかっているつもりです」と小生。「そして、その代価も」

「いや、わかっていないと思うね」

そこで、小生にはなじみの無情なまでの冷静さで、サーロウはこの王国の最高機密を語りました。彼やサミュエル・モーランドのような連中がいかにして国王陛下の帰国以来のあれほど厳しかった制裁を楽々と免れてきたのか、小生は初めて存分に理解したのでした。そしてまた、サー・ジェイムズ・プレストコットの背信行為が本当はどういう性質のものだったのかも教えられました。実質よりも軽い反逆罪として隠蔽せざるをえなかった、あまりにも危険な裏切り行為であり、真相はけっして表ざたにされなかったのです。

「わたしの任務で使っていた男がいるんだがね、兵士だ」とサーロウ。「あらゆる種類の問題において、特に信頼の置ける密使だった。とびきり危険な手紙を届けたい、あるいは囚人を安全に保護したいと思ったときには、いつだってこの男が頼りになったものだ。とことん狂信的に君主制を憎悪し、共和国こそ地上に神の国をつくるために必須の第一歩だと考えていた。彼が望むのは、女性や財産のない者の投票も含め、投票で選任された議会と、土地の分配、そして無制限の信仰の自由。そのうえ彼は、非常に聡明にして機知に富み、有能だった。いささか考えすぎるところが玉に疵《きず》だったがね。彼がそれに代わりうるものと考えていた別の体制はことごとくはるかにひどいものだったから、共和国には全身で忠誠を捧げているとわたしは思っていた。

だが残念なことに、わたしの評価はまちがっていた。彼はリンカンシャーの男で、何年か前から、そのあたりの者を沼沢地の工事人たちの略奪行為から守った、地元の地主に愛着をもっていた。危機に接すると、このときの忠誠心が蘇《よみがえ》って彼にとりつき、分別も理性もすべて呑み込んでしまう。まったく、サミュエルが足を運んでいってきみに解読を頼んだあの手紙を見つけるまで、われわれは何も知らなかったんだからな」

「そのことはどういう関係があるのですか？　謎かけはおやめください、自分のものだけで手いっぱいなのです」

「その地主というのが、むろん、サー・ジェイムズ・プレストコットであり、兵士とはネッド・ブランディ、つまり、アンの夫にして二日前に死んだ娘の父親だ」

小生は驚愕のあまり彼を凝視していました。

「先日訪ねてきたときに、ジョン・モーダントが一六五九年の反乱の情報をよこしたいきさつを話しただろう。もうひとつ、小規模な陰謀のことも教えてくれたんだが、それが、サー・ジェイムズ・プレストコットがリンカンシャーのために目論んだ局所的なひと悶着《もんちゃく》だった。深刻なものではなかったが、ラドロウ将軍は一連隊を派遣して、面倒なことが引き起こされる前にその問題を片づけてしまおうとした。その件に関する急報を運ぶよう頼まれたためにそれを知ることになったネッド・ブランディは、あの沼沢地への忠誠心から、プレストコットの命を救おうと警告を伝えた。そうでもしなければ、彼の命がないことはほぼ確実だったから。

こうして復活した結びつきは、次から次へと秘密を暴露することにつながっていった。二人とも狂信者で、平和を求める連中が大嫌いという共通の主義を見出したんだからな。ブランディは、王の復位に関する話から、ありとあらゆる秘密をかぎつけることに専心した。口が堅く慎重であるべき人間がそうだったためしはない。本来の姿でいるよりも彼にはたやすかったのではないだろうか。彼を通じてプレストコットもやはり、秘密を知るところとなった。王の側のどのメンバーが故意に情報を政府側に流しているか、どの陰謀が害を及ぼすことなきようにあらかじめ裏切られているか、知ったのだ。

そして、復讐を決意して、彼は猛烈に怒れる男となった。わたしとの最終的な話し合いのため、王みずからが極秘にイングランドに赴いてくることを耳にした彼は、もうじっとしていられなかった。王が到着する予定だった一六六〇年二月のあの日、ディールまで行って待ち伏せた。彼がそこにどのくらいいたのかは知らないが、ある朝、進行中だった話し合いのあとで、われわれが使っていた屋敷の庭に王が散歩に出たところ、サー・ジェイムズが王の前に現われて剣で殺そうとした」

　小生はそういう話し合いのことも、ましてや暗殺未遂のことなど、何も知りませんでした。関係者一同、その件を非常にうまく隠してきたものでしょう。そして、それを知ったことと、サーロウがこの期に及んで小生に話していることの両方に驚いたのです。

「なぜ未遂に終わったのです?」

「間一髪だった。王は腕に切り傷を負い、激しくショックを受けておられた。もうひとりの男が彼の目の前に身を投げ出して、みずからの心臓を深々と突かれていなかったら、きっと命を落とされたことだろう」

「勇敢であっぱれな男だ」

「おそらくは。比類ない男だったのは確かだ。そんなふうに我が身を犠牲にし、嫌いでたまらない人間のために死に、生涯を通じて反対してきた君主制の復活を許してしまったのは、ほかならぬネッド・ブランディなのだからな」

　この途方もない話に、小生は呆然《ぼうぜん》と相手を見つめるばかりでした。不可解そうな小生を見てサーロウは微笑み、肩をすくめました。

「志操堅固な男で、正義を信じて疑わず、殺すことは何にもならないと思ったんだろう。いずれにせよサー・ジェイムズが、自分の意図するところを彼に相談していなかったのは確かだと思う。彼の動機についてはそれ以上説明できないし、たぶんその必要などないだろう。ブランディは優秀な兵士にして誠実な同志であったが、無用の殺しをしたり敵にいささかでも残虐を働いたという噂は一度も耳にしていない。喜んでプレストコットを救おうとはしただろうが、たとえそれが王であろうが、ほかの誰かをプレストコットが殺す手助けはしなかったはずだ」

「それで、サー・ジェイムズは？　あなたはなぜ彼を殺さなかったのですか？　かくなる場合は、あなたはむしろその解決法を選ばれるように思えますが」

「たやすく殺せる相手ではなかった。その会合にはぎりぎり最小限の人員しか居合わせていなかったし、護衛兵もいないに等しかったから、追跡できなかった。保安のための兵力よりも秘密保持に重きを置いていたのだ。サー・ジェイムズは難なく逃げおおせ、われわれは日々、彼が自分の得た情報を流布させたと聞こえてくるのを待ち設けることとなった。両方の側をやっきになって狩りたてたものの、収穫はなかった。彼が何をしでかしたのか口にすれば、われわれの深刻な話し合いが露見することにつながりかねないため、それはできない。もし彼が実際に情報を漏らしても誰にも信用されないよう、あらかじめ彼に汚名を着せることだけが頼みの綱だった。サミュエルが日頃の能力を海外への通信に遺憾なく発揮し、王の配下には賄賂《わいろ》で、ろくに調査もせずにその状況を受け入れさせておけば十分だった。プレストコットは国外に逃れて、死んだ。皮肉なものだ。王に背《そむ》く反逆者の最たるものであるにもかかわらず、彼は告発された犯罪についてはまるっきり無罪なのだからな」

「ともかく、あなたの頭を悩ませていたことは終わったわけですね」

「それが、そうではないのだ。彼は、ネッド・ブランディの言葉だけでそんな死に物狂いの行動に出たわけではなかった。証拠を見せろと迫って、ネッドがそれを渡したのだ」

「証拠とは、どんな？」

「手紙、覚書、議事予定表、会合の日時、会合の出席者名。膨大な資料だ」

「彼はその資料を利用しなかったのですか？」

サーロウは痛ましげな笑いを浮かべました。「実はそうなのだ。つまり、彼が持っていたのではないと結論せざるをえなかった。資料の意味を隠した暗号の鍵と一緒に、ネッド・ブランディが保管していたのだとな」

「サミュエルが言っていたのは、この男のことだったのですね？」

「そうだ。死ぬ少し前のこと、それが最後になったが、ブランディは家族のもとを訪ねている。そこに資料を残してきたに違いないと考えるのが妥当だろう――その手のことに関しては、ほかに彼が信用できる相手はいない。軍隊でつきあいのいちばん長い仲間でさえ、彼は信用しないはずだ。家族の住む家を何度か調べさせたが、何も見つからなかった。だが、あの娘か母親のどちらかが、絶対にありかを知っているはず。そして知っているのはあの二人だけしかいないはずだ。あれほど思慮深いブランディが、他人を信用して秘密を預けたりするものか」

「二人は死にました。もう、そのありかをあなたに教えることはできない」

「まさしく。そして、ジャック・プレストコットに教えることもできない」サーロウは笑顔になりました。「それが皆にとっていちばん安心なのだ。なぜならば、もしあの資料を手にすれば、彼は伯爵位だろうが一国の半分だろうが要求できるし、国王陛下はそれをお与えになるだろうからだ。そして、クラレンドンはぐうの音も出せずに失脚だ」

「わたしからもらえるだろうとプレストコットにお話しになったものが、それですね？」

「ただきみから情報がもらえるだろうとしか言っていないよ。もう、くれてやってもいいだろう、わたしからきみに情報を渡したからには」

「プレストコットがどんな情報をつかんでいるのか、すでにご存じなのですか？」

「いや。しかし、腹蔵ないところで、どんなものか見当はつくと言っておこう」

「そして、わたしに教えてくださるおつもりはなかったのですね、わたしがあの娘を死なせることになるように」

「そのとおりだとも。あの文書類を手に入れて破棄することができれば、それに越したことはなかったのだが。しかし、それは無理なことと思えたので、ほかの誰の手にも渡らないようにするのが最善だったのだ。あれは、あまりに多くの者の立場と安全を損なう、もちろんわたし自身を含めて」

「ご自分の目的のために、わたしに殺人の罪を犯させたのですね」なんという非情な男だろうと愕然とした小生は、はっきりと言ってのけました。

「権力とはきれいごとのためにあるのではないと、わたしは言ったはずだよ、博士」彼はたじろぐことなく言いました。「それで、きみは何を失ったというんだ？　コーラとその黒幕に復讐したいんだろう？　プレストコットがそうさせてくれるさ」

　そこで彼はプレストコットを招き入れる合図をし、自分の手並みに満足して得意になっているあの若者が入ってきました。それも長くは続くまいと、小生にはともかく確信がありましたが。彼が裁判を受けずにすむようしてやることに同意はしましたが、小生の口から彼にもたらされる情報が、それにまさる懲罰になることでしょう。それに、彼を斟酌してやる気分でもありませんでした。

　彼は口を開くなり、小生の好意と慈悲に心から感謝するという、長々と偽善たらしい主張をはじめ――小生はそれをぞんざいに遮りました。自分が何をしたかはよくわかっており、喜びの言葉など欲しくありませんでした。それが避けがたいとしても、小生にそれを強要した男に対する憎悪と軽蔑は、ほとんど際限がなかったのです。

　サーロウはきっと小生のいらだちと怒りを見てとったのでしょう、憤激が爆発する前に割って入りました。

「問題なのはだ、ミスター・プレストコット、きみが誰の導きで結論に達したかということだ。モーダントの罪を確信するに至ったのは、誰がくれたヒントや示唆による？　きみの調査についてはさんざん聞かされたが、すべてを話してもらってはいないし、だましてもらいたくない」

　こう非難されて赤面した彼は、サーロウの冷静で穏やかな声に込められた威嚇《いかく》を恐がってはいないふりをしようとしました。小生の知るところ、誰にも増してことなげに、誰よりも人を震え上がらせることのできる男、サーロウは、怒鳴り声とは無縁なのです。

「もう一度言うが、話してもらっていないことがある。きみ自身の話したことによると、サー・サミュエル・モーランドのことは聞いたことがなかったという。それなのに、彼のこともその利害関係も、いやにあっさりと詳しく探り出したものではないか。紹介されてもいないベドフォード卿の収税官に歓迎され、彼があらゆる種類の情報を随意にできると知った。そうすべきだと、どうやって知った？　そんな男がきみに話をしてくれたのはなぜだ？　あれがきみの探索の決定的瞬間だったはずだ。そうだな？　それ以前は暗中模索ですべてが曖昧、それ以降は何もかもがはっきりと明瞭になった。誰かがきみにモーダントは裏切り者だと教えた。きみに彼とサミュエル・モーランドとのつながりを教え、ぜひとも追及しろと勧めた者が、誰かいる。そのときまでは、疑惑であり、はっきりと形をなさない考えがあるだけだった」

プレストコットはまだ答えることを拒んでいたものの、宿題のごまかしを見つけられた生徒のようなざまで頭《こうべ》を垂れていました。

「でっちあげ話を聞かせたりはしないだろうな。こちらのウォリス博士は、きみのためにかなりの危険を冒して、きみとの取引に手を染めたのだ。きみの側の約束を果たしてもらえなければ、契約は無効になるぞ」

やがて顔を上げた彼が、奇妙な、そして（こう言ってかまわないでしょう）、いまにも狂気がのぞいてきそうな笑いを浮かべてサーロウを見つめました。「友人からです」

「友人だと？　どういう男だ。その友人の名前を出すのがはばかられるのか？」

小生は、その答えを見越して身体が前のめりになりそうな気がしました。小生がそのために大きな危険を賭してきた疑問に、彼の次のひとことが答えてくれるはずだと思ったのです。「キティといいます」という返事に、まったく面くらった小生は、彼をまじまじと見つめました。小生にはなんの意味もなさない名前でした。

「キティ」変わらぬ冷静さで、サーロウが復唱しました。「キティとな。で、その男は……？」

「女です。娼婦です、と申しますか、娼婦でした」

「やけに情報通のようじゃないか？」

「いま、けっこうな上客を相手に、うまくやっているのです。幸運が味方するってことがあるのは、すばらしいことですね、そうじゃありませんか？　初めて会ったときの彼女は、タンブリッジまで歩いていってはせっせと商売していた。六カ月後には、国いちばんのお偉いさんの情婦にぬくぬくと収まっていましたよ」

サーロウが、持ち前のもの柔らかな微笑みで先を促しました。

「とてもよくものをわかっている娘です」プレストコットは話を続けました。「出世する前の彼女にわたしはよくしてやっていた。ロンドンで偶然出会ったとき、気前よく借りを返してくれましたね、自分の聞きつけた噂話を教えてくれて」

「偶然だったのか？」

「ええ。ぶらぶら歩いていると、あちらがわたしに気づいて近づいてきたのです。たまたま通りかかったとかで」

「なるほどね。さて、問題は彼女を囲っている偉いやつだ。その名前は……？」

プレストコットは椅子の上でさらに背筋をぴんと伸ばしました。「ブリストル伯爵閣下です。ただし、わたしから聞いたということは口外なさらないよう願います。わたしは慎重さを見込まれているのですから」

小生は深々とため息をつきました。小生の抱えている問題が計り知れないほど先送りにされてしまったからばかりでなく、プレストコットの答えが事実であることは明らかだったからでもあります。ミスター・ベネットがいちかばちかの賭けに出るような人物ではないのとまさに同様、ブリストルはいかにも、どんなに無謀であれチャンスさえあれば飛びつくような人ではありませんか。実際にはなんの官職もなく、権威もほとんどないにもかかわらず、彼は自分のことを国王のいちばんの相談相手だと思っているのです。おおっぴらにカトリック教を信仰して役職から締め出され、政策の面ではクラレンドンにことごとく出し抜かれました。誰よりも長く王のおそばにいて亡命生活や劣悪な境遇をともにしてきた、人一倍度胸と忠誠心あふれる男であることはまちがいありませんから、現状にうずうずしていることでしょう。並みはずれた能力の持ち主であり、同年代の誰にも劣らぬ教養を身につけた、品格あるりっぱな人物で、人を動かす能弁もたいしたものです。どんな問題にかけても参画するのにひけはとりませんが、指揮をとるのにこれほど向かない人もいません。文句なく有能ではありながら、虚栄心と野心がそれをも凌ぎ、自分の能力に自信があって、それに酔いしれ、我を忘れ、馬脚を露わしてしまうことしばしばなのです。慎重さは最小限で運任せの要素が最大限の方針に傾倒していましたが、それは、とるべき道はそれしかないと思えるという、あまりにお粗末な理由からなのです。その彼がクラレンドンの命を狙っているということは、他人にも難なく納得させられるでしょう。いかにもそんなばかげたことを考え出しかねない人物なのですから。

「安心してもらっていいぞ、われわれはきみの信用を裏切らない」とサーロウ。「きみには感謝しなくてはならないな。非常に役に立ってくれた」

プレストコットはきょとんとしていました。「それでおしまいですか？　わたしはもうお役ごめんなのですか？」

「そのうちにまた。だが、いまはこれでけっこうだ」

「そういうことでしたら」と、彼は小生のほうを向きました。「もうひとつの情報もいただけるのでしょうね。ミスター・サーロウからきっとあるはずだとうかがっている、モーダント有罪の証拠を。どこを捜せばいいんです？　誰のところにあるんですか？」

陰険な気分ではあったものの、小生はそのときの彼を憐《あわ》れんでやれるような気がしたものです。愚かにも勘違いをしており、残酷さとだまされやすさをこもごもにもち、行ないも魂も狂暴な、不機嫌と妄信だらけの、倒錯症の怪物を。それでも、父親に対して抱く敬虔《けいけん》なる愛情だけはまぎれもないものであり、父親が潔白だと頑なに信じるあまり、彼は長くさすらっては困難をくぐってきたのです。その美点も怨恨によってひどく捻じ曲がってしまい、核に美徳があるとは見えにくいけれども、それでもあることはあるのです。それを失わせてしまうのも、彼の残酷さがもとで自分自身が最後に不運を被る《こうむ》張本人になったのだと言ってやるのも、気が進みませんでした。

「そのありかを知っている者が、ひとりだけいた」と小生。

「その名前は？　すぐにそこに行ってみます」彼は若々しい顔つきに疑うことを知らない期待の表情を浮かべ、熱っぽく身を乗り出しました。

「その名は、サラ・ブランディ。おまえが死を強要した人物だ。おまえがあの娘の口を確実に封じた。あの娘はきっとしっかり隠したはずだから、あの証拠はもう、永久に隠されたままになるだろう。これで、おまえが父親の無実を証明することも、財産を取り戻すことも、叶わなくなった。おまえの名前は永遠に反逆者の汚名を着せられたままになる。それもおまえの犯した罪に対する罰だな。みずからの不幸の種を蒔いたのは自分だと思い知らされながら生きなくてはならない」

　プレストコットはにやにや笑いとわけ知り顔で、椅子の背にもたれ直しました。「わたしを慰みものにしようとしてらっしゃいますね。それがあなたの流儀なのかもしれませんが、もっとはっきりものを言っていただくようお願いしますよ。どうぞ本当のことを教えてください」

　小生は同じ話を繰り返しました。詳しいことを付け加えていき、さらに詳しく語っていくうちに、とうとう彼の顔からつくり笑いが消え、その両手がぶるぶる震えはじめたのです。改めて申し上げますが、小生は気が進みませんでした。正当なことではあれ、そこで彼に科せられた忌《い》まわしい追加懲罰に溜飲を下げたわけでもありません。彼の父親が国王に背《そむ》いたいきさつをはっきりと教えるに際して、王を殺そうとまでしたくだりにさしかかると、彼の声はうなりと化し、ゆがんで捻れた顔に不気味な悪魔の形相がかぶさってきて、それにはサーロウすら、ぎょっとしたようです。

彼が昔ながらの用心の習慣を捨てずに、起こりうるあらゆる事態に備えて召使いをひとり控えさせていたのが幸いしました。話し終えると、プレストコットが小生の喉を目がけてつかみかかり、あと数秒もあればきっと小生の命はないと思われた、すんでのところで、手荒くねじ伏せられたのです。

司祭の身であれば悪魔憑きを信じることを余儀なくされていますが、それまでの小生はずっと軽率で配慮の行き届かないその概念の使い方をしてきたのだと思います。あれほど邪悪なものはありません。そんなものを信じないという懐疑主義者たちは、悪魔憑きの虚飾に惑わされているのです。悪魔は確かにいます。人間の肉体と魂を乗っとって、その人間を悪意と破壊の狂気に追い込むのです。プレストコットの例だけで、小生はすっぱり懐疑と縁が切れて、それ以上の証拠は二度と必要のないほど納得しました。人間のままで、小生があの部屋で目にした獣《けもの》のような狂暴性を出せる者はいないでしょう。プレストコットの姿を借りたぞっとするような悪魔が、何カ月にもわたって彼の頭と身体を操ってきた、しかしそれがひどく油断ならない巧妙さだったために、悪魔の存在を疑ってみる者もなかった、そう小生は信じています。

いよいよ、欲求不満をついに抑えかねた悪魔が、猛りたった狂暴な行動を忌まわしいまでに激しく爆発させ、彼を床の上に転げ回らせました。爪で床板をかきむしったあとには、指先からほとばしった血が、板の木目に沿って何本も赤い筋を引きました。その彼を制止するにはたいへんな労力を要しました。自分の頭を、それこそ何度も繰り返し家具に打ち付けることも、うっかり手をそばにもっていこうものなら、やみくもに噛みつこうとするのも、やめさせることができなかったのです。そして、ありがたいことにほとんどの言葉は聞き分けることができなかったものの、その間ずっと、ぞっとするほど汚らわしい叫び声を上げながら、手足を振り回し続け、とうとう縛られてさるぐつわをかまされ、大学の拘置所に連れていかれました。そこで彼は、身柄を引き受けてくれる身内の者の到着を待つことになったのです。

第十二章

サラ・ブランディが死んだと知ってコーラがオックスフォードから逃げたということは、人もあろうにミスター・ウッドから聞かされました。しかしそうでなかったとしても、小生はすぐにロンドンへ向かっていたことでしょう。娘も母親もすでに亡く、どんなに少なく見積もっても、彼の陰謀のいくぶんかはくじかれたとの感触がありました——力を貸してもらえそうな人間たちと連絡をとる能力がはなはだしく減じ、それ以上オックスフォードに逗留は無用となったのです。それよりも重要なのは、プレストコットが狂気に冒されたとの噂を彼が聞きつけたに違いないと思えることでした。もしサーロウの説が正しくて、あの若い狂人を使ってしようとしていたことがクラレンドンへの企《たくら》みの第一弾だったとしたら、その行動が失敗に終わったいまこそ、自分の出番だと悟ったことでしょう。ほかの何にも増してこの考えが、できるだけ迅速に出発しなくてはと小生を駆り立てました。

いつもながらうんざりするような旅で、小生の狙う敵がたかだか数時間しか先んじていないと思うと、道々《みちみち》気が急《せ》きました。しかし、チャリング・クロス駅に到着していろいろと尋ねてみたところ、彼の人相に合致するような人物を見た覚えのある者はいませんでした。そこで、小生はまっすぐ、ミスター・ベネットをいちばん見つけられそうなホワイトホールに赴き、できるかぎり速やかに会っていただきたいとの伝言を取り次いでもらいました。

一時間以内に面会が叶いました――すぐではなかったことに憤然としてはいましたが、小生はもっと待たされることも覚悟していたのです。

「本当に重大な件なのであろうな、博士」ミスター・ベネットの部屋に入っていくと、そこには彼のほかに誰もいなかったので、小生は胸を撫でおろしました。「こんな騒ぎを引き起こすとは、そなたらしからぬことだが」

「重大と存じます、閣下」

「しからばすぐに聞こう、何を考えている？　まだ陰謀のことを気にかけているのか？」

「もちろんです。ご説明申し上げる前に、最も重要なるご質問をさせていただかねばなりません。数週間前にわたしの疑っていることをお知らせいたしましたとき、そのことをどなたかにお話しになりましたか？　まったくどなたにもお話しにはなりませんでしたか？」

その言葉に含まれた非難の調子に、彼は肩をすくめ、顔をしかめました。「話したかもしれん」

「そこが重要なのです。他意があってうかがっているのではありません。お話し申し上げてから二日とたたないうちに、あなたの前で名前を挙げた、わたしの最も信頼する召使いをコーラは殺害いたしました。その後はオックスフォードにやって来て、わたしをも殺そうとしました。わたしが彼の手紙の写しを持っていることを知っていて、それを盗みました。わたしが何年も保管していた、もう一通の手紙とともにです。そこで、この国にいる彼を牛耳っているのはブリストル卿であると確信するに至りました。わたしが知らなくてはならないのは、あなたが卿にわたしの疑いをお知らせになったかどうかなのです」

ミスター・ベネットは長いことひとことも言わずにいました。明敏にして回転の速い彼の頭が、小生の話のありとあらゆる側面と、小生の言葉に含まれるありとあらゆる意味をもまた、査定していたのです。

「まさか、そなたの言わんとするのは……」

「そのまさかです。こういう話題をあなたの前で持ち出そうとしたことは、ほとんどありません。しかし、あなたがご友人に対して誠実でいらっしゃることは、つとに知られています。そして、どんな人間であれ、その利益に反するような挙に出るほど国王に恩義があるとはお考えにならないでしょう。わたしは、コーラの標的は国王ではなく、大法官閣下に違いないと考えています」

これには彼も驚いて、その頭の中で、それまでにはなかった構図ですべてのことが意味をなしはじめたのがわかりました。「質問に答えよう。ブリストル卿に、あるいは少なくともその側近のひとりには、確かにそのことを話したと思う」

「そして、彼とクラレンドン卿の関係は相変わらずよくないのですか？」

「よくないな。ただし、彼がそんな挙に出るかもしれんとすぐに思い至るほど、悪くはない。とんでもない計画を好みそうではあるが、たいしたことのできる力はないとずっと思っておった。彼を見くびっていたのかもしれんな。なぜそういう結論に達したのか、詳しく聞かせてもらうのがいちばんだな」

小生は詳細を語りました。ミスター・ベネットは始終きわめて厳粛な面もちで耳を傾け、ジョン・サーロウと相談したことを告白したときにも、口を挟むことすらありませんでした。話し終えると、彼は再び、長いあいだひとことも言いませんでした。

「やれやれ」彼がやっと口を開きました。「ひとりの伯爵の首を吊る一本の紐か。信じがたい話だが、それでも信じないわけにはいかん。問題は、かくなる状況にどう対処するべきかだ」

「コーラを阻止して、ブリストルを罰しなくてはなりません」

ミスター・ベネットが小生に軽蔑の眼差《まなざ》しを向けました。「ああ、当然のことだ。しかしながら、言うは易し、行なうは難し。コーラの計画がどんなものか、わかっているのか？」

「詳しくは存じません」

「ブリストル卿とどうやって連絡しているかは？」

「わかりません」

「手紙なり、連絡をとっているという確たる証拠は？」

「ありません」

「それで、わたしにどうしろと？　ひょっとして、伯爵閣下を大逆罪に問えとでも？　忘れたわけではあるまいな、わたしがそなたの後援者であるのとまったく同じように、彼はわたしの後援者なのだぞ。関わりを絶とうとするならば、よくよくの正当性をもってせねば、背信の責めを負うは必定。ブリストル卿が失脚すれば、廷臣の半数はともに失脚、クラレンドン卿への抑制はほぼ働かなくなるだろうし、国王への抑制はなおさらだ。政府全体の秩序が粉砕され、無力化してしまう。いいか、ウォリス博士、あの男にそれほどの危険を冒すことができるとは、わたしには信じがたいのだよ」

「彼は危険を冒しているのです。阻止しなくてはなりません。あなたが代わって彼の地位につかなくてはなりません」

　ベネットが小生を見ました。

「あなたにおもねっているのでも、ご自身の胸にまったく覚えのないことを申し上げているわけでもありません。国王陛下にとってあなたが貴重な存在であることは周知の事実です。クラレンドン卿の利害関係の平衡を保っておられるあなたの有能さもまた、同様に明らかなところでしょう。穏健さを欠くブリストル卿には、そんなことはできません。あなたにはおできになるし、それは愚かなあのかたと手を切れば、なおさらのこと。あのかたと縁を切って、ご自身の手であのかたを引きずり下ろされなくては。もしそうなさらなければ、いずれにせよあのかたは失脚すると確信なさったはず、あなたもご一緒に落ちていくことになるのですよ」

依然として彼は小生を凝視していましたが、こちらの言葉が彼の琴線に触れたことがわかりましたので、思い切って先を続けました。「育ててもらい、地位を引き上げてもらった恩を感じていらっしゃるのはわかりますが、あなたは誠実によく報いてこられたではありませんか。しかし、そのかたの悪事に手を貸す義務はありません。相手がかくなる企《たくら》みに手を染めたからには、どんな絆も解消されます」

とうとう彼は小生の言葉に触手を動かし、顔を両手に預けて机に肘をつきました。小生が目にした中で、いちばんくだけた態度でした。「賽《さい》を投げろ、と考えるのだな、博士？　もしとにかくクラレンドンが殺されたとすれば、本当にブリストルが後釜に座ることになると？　その場合、わたしはどんな恩恵を被り、どんな恩恵を施《ほどこ》せる？　そなたは、自分がどのくらい長く地位を失わずにいられると考えたのだ？」

「たかだか数週間ではありますまいか。ただ、いずれにせよわたしは長く生きてまいりましたから、官職を失ったとて、たいした問題ではないのではとも思います」

「宮廷で自分が本来どういう身分にあるべきかと、わたしは長いこと考えてきた。そなたはきっとわたしのことを野心家だと思うだろうが、そのとおりなのだ。ただし、国王陛下の忠実なる僕《しもべ》でもある。わたし自身の信念に関わらず、つねに最善の結果となるよう王に助言をしてきたのだ。わたしはこの国で最高の地位に値する。それを、自分より若くて鋭敏な者をみな妨害するクラレンドンに、いつもじゃまされてきた。それでも、そなたは言うのだな、いつもわたしに目をかけてくれた男を見捨てて、わたしの示す態度からして気にくわないという男に権力を維持させるべきだと?」

「権力を維持させるべきとは申し上げておりません。あのかたを殺すことに、いかなるかたちでも関わりをもってはならない、口をつぐんでいること、すなわちかような関わりをもつことだ、そうご指摘しているまでです」

ミスター・ベネットはじっと考え、そして、やがてそうなるだろうと小生にはわかっていましたが、考えることをあきらめました。

「ブリストル卿と対決なさるおつもりですか、それともクラレンドン卿にお知らせになる?」

と、小生は尋ねました。

「あとのほうだ。非難を浴びせるのはごめんだ。それは、ほかの連中に任せよう。さあ、ウォリス博士。そなたにも来てもらうぞ」


小生はそれまで、もちろん数え切れないほどたびたびお見かけしてはいましたが、大法官本人に直接お目にかかったことはありませんでした。グロテスクな肥満ぶりに驚きはしなかったものの、かくもやすやすと面会できたことには驚きました。形式ばったことにあまりこだわらないかたでした——きっと、その日暮らしで使用人すらいない生活を余儀なくされたことも多かった亡命生活から、質素という美徳を教えられたのでしょう。ただし、同様の窮乏生活から、ミスター・ベネットにはそのような教訓が伝わらなかったようですが。

間でした。その国王は、廷臣を粗末に扱ってきたことおびただしい回数にのぼり、今後もやはりもっと粗末に扱うでありましょう。それでも、クラレンドンは断固として国王のそばに立ち、できうるかぎりそのような愚挙に出ることのないよう舵をとるのです。亡命中は国王陛下の帰国のために疲れを知らない働きぶりを見せ、その大義が果たされた際に自分が王とともにあるようしっかりと地歩を固めたのでした。彼の大きな欠点は、年輩者にありがちなものです。年の功をあまりに重んじすぎました。年長者の知恵に敬意を払うのは美徳には違いありませんが、無条件にそれを頼みにするのはたいへん愚かなことであり、憤懣《ふんまん》をかきたてるもととなるだけです。ミスター・ベネットもあらぬ反感を買ってきたひとりでした。共通の良識においては相通ずる味方どうしなのですから。ところが、クラレンドンはベネットの友人たちをことあるごとに妨害し、公務の役得を自分の仲間うち以外の誰にもめったなことでは渡さなかったのです。

　しかしながら、この両者間の反目はほとんどそれとは知れませんでした。ミスター・ベネットの堅苦しさとクラレンドン持ち前の厳粛さから、小生のように鋭く観察して察知しようとしない者は誰もが、この二人の関係にはまったく問題がないと思い込んでいました。だが、それは心の通う間柄とはほど遠く、落ち着き払った態度の下で、ミスター・ベネットがこの会見の結果に痛いほど気をもんでいたに違いないことも、小生にはわかっていたのです。

　本当に重要な問題を扱うときには、ミスター・ベネットは、本意をくるみ込んだ微妙な言い回しや意味深長に中途半端な語り方をする人ではありません。彼に仕える者と紹介されて小生がお辞儀をすると、彼は素っ気なく、小生がきわめて重大なことをお知らせすると告げたのです。小生が何者であるか思い出したクラレンドンが、目を細めました。

「このような組み合わせでそなたに会うとは意外だな、博士。そなたはさまざまな主人に仕えることができるようだ」

「わたしは、神と政府にお仕えしております、閣下」と、小生は答えました。「前者には、それがわたしの本分であるゆえに、後者には、そう依頼されましたゆえに。わたしの働きの必要も需要もなければそれに越したことはございません、喜んで世に知られない暮らしを楽しみますところです」

彼はこの言葉を無視して、小生たちが訪ねた部屋の中を重々しく歩き回りました。ミスター・ベネットは、不安を隠し切れない顔つきで黙って立ち尽くしています。彼の将来がすべて、この場での小生のふるまい方いかんにかかっているとわかっていたのです。

「わたしは太っていると思うかね？」

明らかに小生に向けられた質問です。大法官が目の前にじっと立って、足を数歩運んだだけでゼイゼイ息をしながら、両手を尻に置いて話しているのでした。

小生はひるまずにその目を見ました。「いかにもそう存じます」

彼は満足げにうなり声を漏らし、よたよたと自分の席に向かって腰をおろすと、小生たちもかけるようにと身振りで示しました。

「大勢の人間がそなたと同じようにわたしの目をまっすぐ見て、びっくりするほどアドニス

（ギリシャ神話の、女神アフロディーテに愛された美少年）に似ているなどと、厳粛に誓ってきたものだ」彼はそう述懐しました。「高位の官職にある権力とはそうしたもので、目に映るものをゆがめることさえできるらしいな。そんな人間はお断りだ。さて、ミスター・ベネット、大嫌いなわたしのところにあえてやって来たのはなぜか、うかがおうではないか。このジェントルマンを連れてきたわけもな」

「もしあなたさえよろしければ、ウォリス博士に話をさせたいのですが。問題の情報のすべてに精通しているので、博士から話を聞いていただくのが最善でありましょう」

　大法官は小生のほうを向き、小生はもう一度、できるだけ簡潔に語りました。ここでもまた、小生は自分のどうしようもない弱さを告白しなくてはなりません。イタリア人の流儀に倣って、自分の利益にならないことを省いてしまっては、ここで語ることはなんの役にも立たないのですから。小生は、クラレンドン卿にサラ・ブランディのことは話さなかったのです。

　長いことその事実とともに生きてきた以上、それに胸を騒がされることすらもうなくなっていました――もっと平凡な人間が（大法官を一時的にもそんなふうに称していいものならば）、小生がそのときには軽く見るようになっていた罪にどう反応するか、確かめれば有益でした。小生が自分の調査と結論を展開していくに従って、クラレンドンの顔つきは無表情に青ざめていき、怒りに顎を食いしばっていたかと思うと、とうとうそんな知らせをもたらした者を見ることすらできなくなりました。

　話を終えると、長い、非常に長い沈黙が訪れました。ミスター・ベネットも口を開こうとはしませんでした――大法官は口をきくことができずにいるようでした。小生はというと、自分の役目は終わったものと思っていました――務めを果たし、自分の見解を、行動する権力をもつ人々に報告したのです。きわめて重要なことをやり遂げた気で、高いところから人を一瞬にして失墜させられる、全軍をあげた一年がかりの軍事行動にもまさるほどのことをほんの数センテンスでしてのける、言葉のもつ強大な力を、改めて知らされた思いでした。人間が仲間から抜きん出ているのは、ひと息で吹き飛ばされそうなほどはかなく脆い、評判という蜘蛛の巣の支えによるのです。

やがてクラレンドンが口を開き、小生をそれまでの人生で耐えたことのないほど徹底的な尋問にかけました――彼は法律家であり、法律家なら誰でもそうであるとおり、自分の質問の技量を見せつける機会を何よりも好んだのです。尋問は小一時間にも及び、小生は精いっぱいの努力をして、冷静に憤慨《ふんがい》しないように答えました。ここでもまた、隠しだてはしないことにしましょう――小生の答えはだいたいにおいて彼を満足させました。しかし、彼の巧みな質問は小生の言い分に容赦なく探りを入れ、何であれ論拠に弱いところがあれば、たちどころに彼の前に広げて検分を受けることになったのでした。

「すると、ウォリス博士、ミスター・コーラの軍人としての能力を確信するに至ったのは……」

「カンディアからヴェネツィアまで彼を運んだ商人の話からです」と、小生は答えました。

「その商人はわたしがその男に興味をもっていると知りませんでしたから、嘘をつくはずはありません。家柄はありませんが、それでも彼は信用の置ける証人だと思います。自分の見聞きしたことを報告してくれたのであって、わたしの出した結論は彼の意見にいささかも依るものではありません」

「では、コーラと急進派とのつながりは？」

「低地帯諸国にいるわたしの情報提供者たち、そしてわたしの召使いが、しっかり立証しております。彼はまた、オックスフォードの悪名高き一族と、奇妙な関係を結んでいました」

「サー・ウィリアム・コンプトンと、か？」

「サー・ウィリアムの屋敷で、信頼の置ける証人に目撃されており、何日もそこに滞在していました。何回かあなたのことを話し合っていました。数週間のうちにあなたが通る予定の道のことを話し、あなたがその道で待ち伏せされるかもしれないという希望を口にしたのです」

「ブリストル卿とは？」

「サー・ウィリアムはブリストル卿と利害関係があります、きっとご存じだと思いますが……」

「それで、ミスター・ベネットがここにいるのだな」

「コーラの雇い主が誰なのかうすうす感づく前に、わたしはミスター・ベネットに疑っていることをお話ししました。ミスター・ベネットはブリストル卿にお話しになり、それから二十四時間もたたないうちにわたしの召使いがコーラに殺されたのです。わたし自身も数日後に命を狙われました」

「それでは証拠不十分だな」

「不十分ですが、皆目足りないわけでもありません。ブリストル卿はスペインとの同盟に賛成なさっていることで知られていますし、コーラもオランダ総督と強いつながりをもっている

——彼はローマカトリック教徒ですから、王の権威も議会もこの国の法律も認めていません。そして、彼が愚かな企《たくら》みに手を出すのはこれが初めてではないのです。さらには、彼の手に誘導された若者が、ここ何カ月にもわたって、モーダント卿の評判を地に落とすことによってあなたを攻撃しようとしていました」

とうとう話すことが尽きてきました。クラレンドンが納得しようとすまいとに関わらずです。人に、命が狙われていることをわからせようとするとは、妙なものです——自分に納得がゆくまでもっともな理由を求めたのは、クラレンドン卿が優れた人物であるしるしです。彼ほどの人物でなければ、してやったりとばかりに疑惑に飛びつき、政敵を蹴落とすために余分な証拠のひとつもでっちあげていたところでしょう。

「だが、二人が会ったことはないのだな？　一緒にいるところを見た者はいないのだな？　手紙もない、二人が交わした会話を耳にした者もいない、と？」

小生は首を振りました。「ありません。しかし、いかにももっともだと思います。連絡はすべて第三者を通じるというのが常識です」

クラレンドンが椅子の背に身体を預け、その圧力に継ぎ目がきしる音が聞こえてきました。ミスター・ベネットは始終身じろぎもせず黙って座り、顔にそれとわかる感情をいっさい表わさず、小生を援護することも妨害することもありませんでした。クラレンドンが自分のほうを向くまで、ひたすら無言を貫いていたのです。

「あなたは、これが確かな話だと思うのか？」

「おそらくあなたが危険だというのは確かだと思います。そして、できるかぎりの手を尽くして、あなたに害が及ばないようにするべきだ、と」

「わたしをあまり好きではないご仁が、寛大なことだ」

「違います。あなたは国王陛下の側近中の側近たる大臣、あなたを守ることは、国王ご自身を守るに等しい、すべての者の義務です。もしも国王があなたを罷免するというのでしたら、あなたを失脚させないよう努力したりはしません。それはよくご存じでしょう、きっと。しかし、誰であれほかの者が国王からあなたを力ずくで奪うのが背信行為であるのは、法律にはずれて人を殺すのが犯罪行為であるのと変わりません。ブリストルがそう願っているのなら、わたしは彼を拒否します」

「彼がそう願っていると思うか？　それが問題だ、そうではないか？　背中にナイフを受けてウォリス博士が正しいことが証明されるかどうか、座して待つつもりはない。ブリストル卿をわたしの職権濫用だと思われるだろうからな。わたしもそんな強行手段をとるつもりはない」

「過去にとられたことがありましたが」とミスター・ベネット。

「確かに。今回、そのつもりはない。ブリストル卿はずっと国王の側について、それ以前は国王の父君《ちちぎみ》の側に二十年あまりもついてきた。わたしも一緒だった。亡命も絶望も窮乏もともにしてきた。兄弟のような親愛の情をもったし、いまでも同じ気持ちでいる。彼を傷つけることはできない」

二人のあいだの話は、そんな流れでした――表に出た情緒や感情は、穏健と機微と遺憾の念だけです。それが、小生の日々敵対しているけちな陰謀者たちの暗号などよりずっと底知れず不可解な暗号で話をする、廷臣の流儀なのです。二人は、すべてを吐き出したつもりであろうとは思います。しかし、言わずにおいたこともあり、互いにその言葉の下に潜むものを理解していました。水面下ではずっと無慈悲な会話がやりとりされていて、小生が生み出した状況をいかに自分の有利なほうへもっていこうかと、それぞれに駆け引きし、策略を練っていたのです。

かといって、小生は二人を軽蔑するものではありません――彼らはそれぞれに、自分の勝利こそが普遍的な善であると信じていたことは確かなのです。そういう臨機応変が過ちであるとも思いません――過去何年かのあいだにイングランドは、考えを曲げようとせず変わることのできない、主義一辺倒の男の手に大いに苦しめられてきました。クラレンドンとミスター・ベネットが競って王の寵愛を得ようとすることは、国王陛下の栄誉に光彩を添えるものでした。そういう寵愛を無理やり奪い、王の選択権を剝奪するとは、過去には議会の犯した罪、目下はブリストル卿が犯している罪でした。そのせいで両者は対立せざるをえなかったのです。

小生はまた、この二人がともに、ブリストル卿失脚によって自分たちが被《こうむ》るかもしれない痛手を残らず知っておきたいと思っていることを、意外には思いませんでした。強力な利害関係を崩そうとすれば必ずや、その結果の及ぼす影響は重大になるでしょうから。彼の率いるディグビー一族には、庶民院および西部地方に強力な支持者がいます――友人や身内にも、宮廷内の地位や国事の公職についている者が大勢いました。ブリストル卿を解任することと、その一族を根こぎにすることは、まったく別の話でした。

「あのイタリア人は阻止しなくてはならない、それはそのまま理解していいだろうな」大法官が、小生の話を聞いてから初めてかすかな笑みをのぞかせながら言いました。「手はじめはそれだ。もっと深刻な問題は、もしそう言ってよければだが、ブリストル卿だ。わたしは彼を罪に問いたくないし、ましてこのわたしから彼を弾劾する起訴状を送ることはしたくない。あなたがやってくれるか、ミスター・ベネット？」

彼は首を横に振りました。「できません。彼の従者とわたしの従者を兼ねている者が多すぎます。そんなことをすればわたしたちは決裂、わたしは二度と信用してもらえないでしょう。彼に手を貸すつもりはありませんが、その背中に向かってナイフを投げることはできない」

そして、結末を望みつつ、しかし手を下すことは避けつつ、二人とも黙り込みました。ついに小生は黙っていられず、頼まれもせずこのお歴々に知恵を貸すなど恥ずかしくもありましたが、老練さにおいては自分は彼らといい勝負だという自負もあって、口を開きました。

「ひょっとしたら、あのかたが自分で自分の失脚を招く、ということもありえるのでは」と小生。

二人とも小生を厳粛な目で見て、口をきいた小生を叱責したものか、それとも先を促したものかと迷っていました。やがてクラレンドンがうなずいてみせ、小生は彼の許しを得て話すことになりました。

「ブリストル卿はむこうみずなかたで、虚飾や体面を衝かれると傷つきやすく、もったいぶったそぶりがことのほかお好きです。それを誇示してこられました。きっと、度を過ごして愚かしい行動に駆られ、王からもご不興を買うようなことになるに違いありません」

「して、どうやってそれを仕組めばよいというのだ?」

「わたしの考えでは、彼は一度、プレストコットなる若者を通じて謀《はか》りごとを仕掛け、すでに失敗しています。そして、コーラのほうも必ずや阻止できるはずです。その後はきっと、いきりたって怒りのあまり正気ではいられなくなる。別の殺し屋を調達するには、なまなかではない時間がかかることでしょう、少なくとも数カ月は。もう一度手出しできないよう、早急に彼の地位を切り崩さねばなりません」

「たとえばどうやって?」

「手だてはいろいろあります。彼はわたしの務める大学の財産管理人です。ローマカトリック教徒であることを理由に、そのポストからはずすことを提言なさってもよろしいのでは。彼の支持者たちを何人か、その地位から追放するのです」

「それくらいでは怒り狂うことはないだろう。せいぜい、いらだつ程度で」

「では閣下、率直に申し上げてもよろしいでしょうか?」

クラレンドンはうなずきました。

「お嬢さまは、あなたの意志に反して、あなたに無断で、ヨーク公とご結婚なさいました」

いまにも怒り出しそうなクラレンドンが、のろのろとうなずきました。ミスター・ベネットはひたすらじっと座って、それまで口にしたことのないほど危険な言葉を持ち出してきた小生をまじまじと見ています。悪名高いこの縁組の話を大法官にするだけでも、ひとりの人間の経歴がおしまいになりかねないのです。それが世に知られたときには、大法官自身の経歴が危うくおしまいになるところだったのですから。ほのめかすことさえ無分別であり、小生がまさにしようとしていたようにその話題を持ち出すなど、さらに無分別なことです。小生は精いっぱい、大法官の冷ややかで身のすくむような表情を考えないようにして、ミスター・ベネットからの助け船はないと一目瞭然だとは気づかないふりをしました。

「かくなる方針をお勧めするのは気がひけますが、王妃にお子さまは望めないのだと、そして、あなたはそれをよく知っていてあの縁組を擁護したのだと、ブリストル卿閣下に思わせるのです」

小生のこの言葉に、その場がしんと静まり返り、小生はいまにも激しい怒りを浴びせられるものと思いました。またも驚いたことには、怒りを爆発させるどころか、彼は落ち着いた冷淡な声でこう尋ねただけだったのです。「それがなんになる?」

「ブリストル卿はあなたの優勢に嫉妬しておられます。王妃にはたてられない功績によって実の娘が玉座につくことをあなたが黙認したと信じ込めば、あなたの将来への妬《ねた》みで身も細る思いをするでしょう。庶民院であなたを弾劾しようという気になるやもしれません。その重要な局面で、ミスター・ベネットがそういう処置を支持なさらなければ、弾劾はならず、公の場でその首席大臣を排斥しようとすることによって王の権威を侵害した人物を、王は処罰せざるをえなくなるでしょう。王冠の名望を失わないよう行動しなくてはなりませんので」

「この話をどうやって流布するというのだ？」

「オックスフォードにいるわたしの若い同僚、ローワー博士が、たいそうロンドンに進出したがっています。あなたが目をかけてくだされば、彼はきっと、極秘に王妃の診察を請われて不妊の動かぬ証拠を発見したと、噂がたつようにすることでしょう。当然のことながら、宣誓の場では、ミスター・ローワーは真実を語り、そんな診察をしたことを否定するでしょうが」

「なるほど」と、ミスター・ベネットが話に加わってきました。「この案を受け入れるなら、あなたは、わたしがその重大局面であなたの支持に回ることを信じるほかない。わたしは喜んでお約束します。ただし、こういう問題ですから、それだけで十分とはお考えにならないでいただきたい」

「わたしが思うに、約束を守っていただくことが、あなたの利益につながることとなるはずだ」

ベネットはうなずきました。「それだけをうかがっておきたかったのです」

「この案にご賛成なさるのですか？」ほとんど反感を買わず、異論も挟まれなかったことに、小生はびっくりしていました。

「確かに。わたしはブリストル卿の失脚を梃子《てこ》に、王の首席大臣としての地位を固めるよう努力する。ミスター・ベネットはその地位を強くして、やがてはわたしを引きずり落とすようになるかもしれない。いずれにせよ、それは後日の話——いまは共通の、そして避けられない目的のもと、手を結ばなくてはならないときなのだからな」

「そして、あのイタリア人に面倒を起こさせるわけにはいかない」とベネット。「捕らえて、ひとことでも発言のできるような場に出すことはならない。王のご友人がたにあまりに近しい反逆罪の話で、政府を震撼《しんかん》させている余裕はありません」

「殺してしまわなくては」と小生。「兵士たちをわたしにお貸しいただければ、確実にしとめてご覧にいれます」

これにも賛同を得ました。しばらくして会合の場をあとにした小生は、自分の責務を果たしたと、また、もう自分の私的な復讐に専念できるようになったと、確信していたのです。

第十三章

この二人の接近の後、クラレンドンは屋敷の周りを護衛兵たちに常時警戒させ、痛風がまた悪化したと発表しました（彼は数年来のこの持病の激痛に無残なほど苦しめられていましたので、偽らざる訴えでした）。コーンベリー行きは中止され、国王に伺候《しこう》するためピカデリーからホワイトホールへちょっとした移動をするだけで、あとは自宅でおとなしくしていたのです。

そして小生は、コーラの居所を捜し出すために与えられた権限を駆使して、追跡を開始しました。五十人の兵士はいつでも出動させられる状態で、情報提供者はみな便宜をはかってくれるよう圧力をかけられていました。小生の手が及ぶ限りの急進派たちは、問題のイタリア人をかくまわぬよう、用心のために、かたっぱしから捕らえられました。例のスペイン人大使の屋敷は、前後を慎重に監視され、小生は情報を求めて居酒屋、宿屋、宿泊所をしらみつぶしに調べて回らせたのです。船着場も見張らせたうえで、貿易商の友人ミスター・ウィリアムズに、渡航させてくれと頼む外国人がいたらすぐに知らせがくるよう、広く言いふらしてくれと頼みました。

警察《ポリス》と名づけたものに自分たちの町の秩序をしっかり守ることを要求できるフランス人なら、こうしたことをもっと効率よくやってのけることと思います。コーラの捜索という経験をしたあとの小生は、そういう組織はロンドンでも有用であろうと考えるようになりましたが、警察制度など創設される見込みはなさそうです。あるいはそういう戦力があれば、コーラはもっと早く発見されたかもしれません——おそらく、彼が目的達成にあれほど接近することはなかったのではないでしょうか。小生にわかったのは、三日間の捜索も虚《むな》しい、期待はずれのものだったということだけでした。普通にしていてもあれほど人目を引く男なのに、その噂すら出てこないのは信じられない思いでした。ほかに行くべきところはありませんから、ロンドンにいることは確かです。それなのに、あの男はまるで精霊さながら、空気に溶け込んでしまったかのようだったのでした。

もちろん、クラレンドン卿とミスター・ベネットには、進捗状況を定期的に報告しました。一日一日と不首尾を告げるにつれ、二人の信任が薄らいでいくのが感じられました。ミスター・ベネットから、じかに聞かされることはありませんでしたが、小生自身の立場も危うくなったと見ていること、彼の援助を失わないようにするには速やかにあのイタリア人を見つけなくてはならないことは、わかりすぎるほどよくわかっていました。捜索第四日目に訪ねたときは最悪で、またもや面会のあいだじゅう立っていなくてはならないはめになり、ますます冷淡になっていく彼の態度に苦しめられて、その後宮殿の中庭を川のほうへ向かう小生に重くのしかかりました。

そのとき、小生は足を止めました。何かきわめて重要なことにぴんときたものの、それがなんなのか、すぐには思い出せなかったのです。虫の知らせを感じ、心に浮かんだ考えがなんなのかを必死に見つけ出そうとするのですが、不吉な予感が拭えないだけなのでした。うららかな朝だったことを、よく覚えています。小生は元気を取り戻そうと、ミスター・ベネットの居所からコットン・ガーデンを抜け、セント・スティーヴンズ・コートへの細い通路を通ってウェストミンスター・ステアーズまで歩くことにしたのです。最初に胸騒ぎがしたのは、両方の突き当たりが分厚いオーク材の扉で仕切られた、その狭い通路でのことでしたが、小生はそれを振り払って歩き続けました。船着場で歩みを止めて自分の船に乗り込もうとしたときになってやっと、はっと気づいて、すぐさま最寄りの衛兵たちのところまで、できるだけ急いで引き返したのです。

「警報を発するんだ」自分の権限を認めさせるやいなや、小生は言いました。「建物内に暗殺者がいる」

衛兵にあのイタリア人の人相を伝えるのももどかしく、ミスター・ベネットのもとにとって返し、このたびはいっさいの手続きを無視して駆け込みました。「あの男がいます。この宮殿内にいるのです」

ミスター・ベネットは疑わしげでした。「その目で見たのか?」

「いいえ。あの男の匂いがするのです」

「なんだと?」

「あの男の匂いがします。廊下で。あの男は独特の香水をつけていて、まちがえようのない匂いなのです。イングランド人のつけそうもない香水です。その匂いがしました。本当です、あの男がここにいるのです」

ベネットがうなるように言いました。「で、そなたはどうした?」

「衛兵たちに知らせました。彼らが捜しはじめています。王はどちらに? 大法官は?」

「王は祈禱式《きとうしき》、大法官はここにはいらっしゃらない」

「護衛を強化なさらないと」

ミスター・ベネットはうなずき、ただちに何人かの官吏を呼んで指示を与えはじめました。国王陛下が彼を重く用いているわけを、初めて理解できた気がしました。いささかも不安を表に出さずに冷静な行動でありながら、その手際のよさはみごとなものでした。数分もすると衛兵たちが国王を取り囲んでおり、祈禱式は早めに切り上げられました——かといって慌ただしすぎはせず、列席の廷臣たちを動揺させることはありませんでした。そして、衛兵たちが小部隊に分かれて宮殿中に散開し、何百とある部屋や、中庭や廊下で侵入者を捜索したのです。

「そなたの考えが正しいことを願うぞ」とミスター・ベネット。見ていると、ひとかたまりの官吏たちが止められて細かく調べられていました。「そうでなかった場合、申し開きは無用だ」

そのとき、何日ものあいだ捜し求めていた男を目にしたのです。ミスター・ベネットは建物の角にあたる、一対《いっつい》の窓はテムズ川を、もう一対は議事堂階段に通じる通路を見下ろす、ひと続きの部屋を使っていました。この窓から、オールド・パレス・ヤードから王の公邸のほうへ静かに歩み寄る、見覚えある人影があったのでした。まごうことなきコーラの姿です。服装こそあまり人目を引かないものでしたが、相変わらずのあつかましさで、どこから見てもやましいことなど微塵《みじん》もなくそこにいるふうに見えました。

「あそこです！」小生は叫びながら、ミスター・ベネットの肩をつかんでいました。この挙動を、彼はその後長いこと許してくれませんでした。「あそこにいます。さあ、早く！」

待ち切れずに小生は部屋を飛び出し、階段を駆け下りると、大至急ついてくるようにと衛兵たちに向かって叫びました。そして小生は、ホラーティウス・コクレス（エトルリア人侵入に対して、テヴェレ川の橋を壊してローマを守った英雄）その人のように立ちはだかり、議事堂階段と待機している船への行く手、つまりコーラの唯一の逃げ道を塞《ふさ》いだのです。

次にとるべき行動は考えていませんでした。小生はまったくの丸腰でただひとり、殺しの手腕をたっぷりと実証済みの男から身を守るすべを何ももっていなかったのです。しかし、情念と義務感に衝き動かされていました。この手から彼を逃すまじ、きっと果たすはずの復讐のときをみすみす逃しはしないという決意だったのです。

目の前に小生が立っているのを見たとたんに、コーラが武器を抜いてこちらに突きつけていたなら、彼はまちがいなく逃げることができ、同時に小生の死も確実だったことでしょう。唯一、不意をついたということだけがこちらの強みですが、それがなんとも頼りない武器であることは、重々わかっていました。

ところが、それが威力を発揮しました。小生に気づいたコーラが、驚きのあまりとっさの反応に詰まったのです。

「ウォリス博士！」そう言った彼は、喜びと言っていいほどの笑顔をとりつくろおうとさえしました。「こんなところでお会いしようとは」

「そうですな。何をしているのかうかがってもよろしいか？」

「観光中なのです」との答えが返ってきました。「国に帰る旅の前にと思いましてね。明日出発するつもりです」

「そうはいくまい」中庭をこちらへやって来る兵士たちが見え、小生は安堵《あんど》しました。「きみの旅はもう終わりだ」

小生の視線のほうを振り返って見て、彼の顔が当惑と狼狽《ろうばい》にゆがみました。

「どうやら、陥れられたらしい」と言う彼に、はりつめていたものが解けた小生は大きなため息をついたのです。

悪態をつくでも大騒ぎするでもなく、彼はフィッシュ・ヤードのはずれの一室へ連れていかれ、小生もついていきました。ミスター・ベネットは事の顚末《てんまつ》を報告すべく国王陛下に拝謁しに向かい、それとともに、クラレンドン卿にも危険が去ったことを知らせにいったことと思います。小生はといえば、自分の上首尾に目がくらむような思いで、何かしでかしたあとではなく、未然のうちにあの男を発見したことに感謝していました。彼が監禁されるのを見届けたところで、綿密な尋問を開始しました。情報はすっかり収集していたとはいえ、余計な口出しはせずにいたほうがよさそうではありましたが。

コーラの虚勢には面くらいました。自分の置かれた状況にもかかわらず、小生の姿を見て大喜びのふりをしてみせたのです。懐かしい顔に会えてうれしい、そうのたまいました。

「あなたのいらした、あの素敵な町を離れてからというもの、すごく寂しかったんですよ、ウォリス博士」と彼。「ロンドンの人々にはあまり歓迎されなかったみたいで」

「それはまた、なぜだろうな。だが、出ていったときにはオックスフォードでも、きみはあまり人気者でなかったがね」

この言葉に、彼は悲しげな顔をしてみせました。「そのようですね。そんなケチな言われようをされるほどのことを、した覚えはまったくないのですが。ミスター・ローワーと言い争いになったことを、お聞きになったのでしょう？　あなたにはお話ししてもかまわない、彼にはずいぶんつらくあたられたのですよ。困ったことに、理由を説明しかねるのですが。自分の知識を何もかも彼に伝えたところ、手ひどいしっぺ返しをくらいましてね」

「おそらく、きみの知識以外のことも知って、そういう人物をかくまいたくないと思ったのだろう。欺《あざむ》かれるのが好きな人間などいないし、それが育ちのいい人間でおおっぴらには異議が唱えられないとすれば、いやがるそぶりを見せたとしても無作法ではない」

向かい合って座る彼の無頓着で放縦な顔に、悪賢い警戒の表情が表われて、どことなくおもしろがっているような目で小生を観察しました。

「あなたにお礼を申し上げなくてはならないようですね。ミスター・ローワーがおっしゃるには、あなたは他人事《ひとごと》に鼻を突っ込んでばかりいて、あなたの知ったことではない問題で頭がいっぱいなのだとか」

「それは名誉なことだと申し上げておこう」小生は、彼の侮辱的な口調に引きずられまいとしました。「この国およびその正当な政府の利益のために行動しているのだ」

「そうかがって、うれしいですよ。人間誰しも、かくあるべきです。このわたしも、あなたに負けず劣らず忠誠心をもっていると思いたいですね」

「きっと、もっているのだろう。カンディアでそれを証明したのではなかったかね？」

知っていることを披露する小生に、彼は目を細めました。「こんなに遠くまでわたしの勇名がとどろいているとは」

「そして、サー・ジェイムズ・プレストコットとも知り合いだったな？」

「ああ、そうか」と、彼は誤解しはじめました。「あの人の変わり者の息子からお聞きになったんですね。あの若者の言うことは信じないことです。尊敬する父親につながりのあるものや人間にならなんでも、このうえなく奇想天外な妄想を抱くのです。あの哀れな男に栄光をもたらすためになら、わたしのことだってどんな話でもでっちあげることができますとも」

「そうですか？　わたしが彼に会ったのは、債権のために剣を売るところまで身をやつし、ほとんど一文なしだという特別な状況下ででした。惨《みじ》めな没落ぶりでしたよ。仲間たちは誰も、彼に救いの手を差し伸べようともしないし。あなたがたに、あれほど彼を糾弾することが本当にできるのですか？　あのときまでに、どれだけ忠誠を尽くしてきたことでしょう。彼は最も勇敢な男であり、最も勇気ある同志であって、その死を悼《いた》む気持ちに負けず劣らず、わたしは彼の過去をあがめていますよ」

「それで、きみ自身イングランドへ乗り込んできて、みずからの勇敢さについては誰にも語らなかったと？」

「きっぱり終止符を打った、人生の一時期のことです。思い出したくもありません」

「きみは行く先々で、国王に敵対する者たちと関わりをもっている」

「わたしの敵ではありませんから。わたしのことを気に入ってくれる人なら誰とでも、つきあいますし、そういう人はいい友だちになります」

「わたしの手紙を返してほしい。きみがわたしの部屋から盗んだ手紙を」

彼はしばらく黙っていてから、にっこり笑いました。「手紙とは、なんのことでしょう。お望みとあらば身体検査でも荷物検査でもしてくださってけっこうですが、盗っ人の汚名を着せられるのは不愉快だと申し上げておきます。そんなこと、ジェントルマンどうしのあいだで軽軽しく口にすべきじゃない」

「ブリストル伯爵閣下のことを話してもらおう」

「ご指摘のジェントルマンとはまったく面識がありません」

彼の顔にはぴくりとも動じる様子がなく、この否定の言葉を口にしたときのままの視線で、淡々としてひるまず小生を見ていました。

「なるほど」と小生。「クラレンドン卿のことも聞いたことがないのだろうな」

「あのかたですか？　存じていますとも。大法官のことを聞かずにすまされる者などいるでしょうか？　当然聞いたことはあります。ご質問の意味するところはわかりませんが」

「サー・ウィリアム・コンプトンのことを聞かせてくれ」

コーラはため息をつきました。「なんとまあ、質問攻めだ！　ご存じのとおり、サー・ウィリアムはサー・ジェイムズの友人でした。わたしがイングランドに旅することにでもなれば、サー・ウィリアムが歓待してくれるだろうと、彼から聞かされていたんですよ。そのとおり、彼は心からもてなしてくれました」

「そして、その骨折り賃に襲われた」

「襲ったのはわたしではありませんよ、そういう意味を含めておっしゃったようですが。プレストコットの息子のしわざでしょう。わたしは彼が死なずにすむようにしただけです。わたしがそれをみごとにやってのけたことを、否定する者はいないでしょう」

「サー・ジェイムズ・プレストコットはサー・ウィリアム・コンプトンを裏切り、彼に忌《い》み嫌われていた。その彼がきみを喜んで家に迎え入れたと、わたしが信じるとでも思うのか？」

「迎え入れてくれましたよ。忌み嫌っていたということについては、わたしにはちっともそんなふうに見えませんでしたね。どんな反目があったにせよ、きっとその相手の死とともに消えたのでしょう」

「きみはサー・ウィリアムと、大法官を亡きものにすることを話し合った」

小生がこう言ったとき、このイタリア人の様子に表われた変化には、目をみはるものがありました。身の危険など微塵も感じていない人間がするように、のんきに愛想よくしていた彼が、身体をこわばらせたのです。ほんのかすかにではありましたが、その差は顕著でした。この時点から、彼がそれまでよりも自分の言葉に慎重に気を配るようになったのを、小生は察知しました。ただし、それと同時に、たいした危険が身に及ぶことなどあるまいと、いかにもなめてかかっているような、ある種の楽しそうな様子は変わりませんでしたが。

「お聞きになりたかったのは、そのことですか？　わたしたちはいろいろなことを話し合いました」

「コーンベリーへの途中で待ち伏せをすることも、だな」

「イングランドの道というのは、油断していると危険だらけだとは思いますが」

「あの晩ニュー・カレッジで、わたしに飲ませようと、毒入りの酒の瓶を置いておいたことを否定するか？」

そこから、彼は不快感をつのらせはじめました。「ウォリス博士、もうそろそろ、たまらなくうんざりしてきました。あなたはサー・ウィリアム・コンプトンが襲われたことについてお尋ねだ。ジャック・プレストコットがあの犯罪の嫌疑をかけられ、逃亡したことからほぼ犯人と目されたというのに。グローヴ博士の死についてもお尋ねです。あの娘が罪に問われて縛り首になったばかりか、まったく自発的に罪を認めたというのに。クラレンドン卿の身の安全を話し合ったことについてお尋ねです。わたしが大手を振ってここロンドンにいて、大法官はぴんぴんしていらっしゃるというのに。あのかたのお幸せな状態が続きますように。それで、あなたは何を目論んでいらっしゃるんです？」

「きみは、五月にロンドンでわたしの召使いのマシューを殺したことも、否定しないな？」

ここで彼は、またしても困惑したふりをしてみせました。「またまたわけのわからないことを。マシューとは何者です？」

小生の顔は怒りで凍りついていたに違いありません。彼が初めて面くらった様子を見せました。

「マシューとは誰のことか、おまえは知りすぎるほどよく知っているではないか。低地帯諸国で、実に気前よく面倒をみてやった、あの若者だ。おまえがごちそうしてやってたらしこんだではないか。ロンドンで再会して、彼のほうはおまえの友情と愛情が欲しかっただけだというのに、血も涙もない殺し方をしたではないか」

コーラの軽薄な様子があとかたもなく消え、魚のように身をくねらせました。自分では不誠実で卑怯だと重々わかっていることに直面するのを、避けているかのようです。

「ハーグで会った若者のことなら、覚えています」と彼。「マシューという名前ではありませんでしたが、わたしに本名を名乗らなかったのかもしれない。たらしこんだなどという、とんでもない言いがかりには、ばかばかしくてお答えする気にもなりません。どこからそんなことが湧いて出たものやら。殺人については、ただ否定するだけです。ロンドンに着いてすぐに、スリに襲われたことは認めます。精いっぱい自分の身を守って、できるだけ早く逃げたことも認めます。わたしを襲ったのが誰だったのか、別れたときの状態がどうだったのかを立証はできませんが、さしてひどい傷を負ってはいないと思いました。もし誰かが死んだのなら、気の毒なことです。それがその少年だったというのなら、併せて気の毒に思います。本当に彼だとは思いも寄らなかったし、彼がどんなにわたしを欺《あざむ》いていようとも、もしもわかっていれば傷つけることもなかったでしょうが。しかし、ご忠告申し上げておきますが、今後は、もっと慎重に召使いの人選をなさることです。賃金に盗みという夜間労働手当てを上乗せするような輩《やから》には、職を与えないほうがよろしいでしょう」

あまりにひどいこの言い方は、コーラの剣がマシューの喉をかき切ったように、小生をばっさり切り裂きました。その刹那、自分にもナイフが、あるいはもっと行動の自由が、それとも他人の命を奪ってのけられるような気魄《きはく》があれば、と願ったものです。しかし、小生には制約があることを、コーラはよくよく承知していました。小生がやって来たとたんに、それを感じとったに違いありません。知っているのをいいことに、こちらをなぶり、苦しめたのです。

「くれぐれも言葉に気をつけるがいいぞ」小生はかろうじて声を抑制しました。「その気になれば、わたしはおまえをひどい目に遭わせることもできるのだからな」

当面のところ、それはこけおどしであり、彼もそう感づいたに違いありません。のんきに嘲《あざけ》りの笑い声を上げました。「ご主人さまのおっしゃるとおりのことをなさるんでしょう、博士。わたしたちはみんなそうですけどね」

第十四章

そろそろ話も終わりに近づいてきました——ここに述べた以外はすべて、また聞きしたこと、あるいは傍観者として見たことであり、ほかの人たちの話に譲ったほうがいいことがらについて、くどくど論じようとは思いません。とはいえ、あの翌日、コーラがあの船に連れていかれるとき、小生は船着場にいました。馬車がやって来て、あのイタリア人の姿が見えました。のんきそうに弾む足取りで、甲板へとタラップをしっかり渡っていきます。小生に気づいて笑顔を見せ、下のほうへ姿を消す前に、こちらへ向かって皮肉っぽくお辞儀さえしてみせたのです。小生は船が発進するのを見届けるまで待たずに、馬車を拾ってうちに帰りました。そして、コーラとその荷物が十五マイルばかり沖で海中に放り出され、あれほどの悪天候の中で彼は長く生きていられなかったはずだという、船長の言葉を聞くとすぐに、オックスフォードへ発ったのです。たとえ復讐が果たされたとしても、満足感はほとんどもたらされず、もとのような平静をいくぶんなりとも取り戻すには、何カ月もかかりました。そして、幸福は二度と戻りませんでした。

やがて、現アーリントン卿、ミスター・ベネットに、また仕事を迫られました——小生の不本意も嫌悪も、彼からのたっての願いの前には、ひとたまりもありません。中に挟まれた数カ月間には、さまざまなことが起こりました。利害で手を結んだクラレンドンとベネットの関係は、双方が目的を達成するに足る期間続きました。暗殺計画の崩壊、いずれはクラレンドン卿の娘がイングランドの玉座につくことになるだろうという公然の噂、そして関係者への絶え間ない冷遇に直面したブリストルは、すべてを賭けて、大法官を反逆罪で弾劾することを議会の場で試みました。嘲《あざけ》りと軽蔑以外の何ものも引き起こすことなく、ベネットはその動きに加担しませんでした。自分が支持してもらえるという確証をブリストルに抱かせ、その行動をそそのかした方法については、小生の知るところではありません。側近の大臣を無理やり解任しようという企《くわだ》てに、国王陛下はたいそうご立腹なさり、ブリストルは大陸へ追放となったのです。クラレンドンの立場は強くなり、多数のブリストル一派を自分の傘下に迎えることで、ベネットも見返りを得ました。さらに重要なことには、スペインとの同盟の見通しが致命的な打撃を被《こうむ》り、再び論じられることはありませんでした。

しかし、二人の男の協調が末永く続くはずはありませんでした。二人ともそれは承知のうえでしたし、関係がどんなふうに終わったかは、世界中が知っています。国王が召し抱えた中で最高の家臣、クラレンドン卿は、ついにはみずからも亡命を余儀なくされ、フランスでの困窮から、自分が仕えた王の忘恩や、同志たちの無慈悲、実の娘によるローマカトリック教の公然たる是認を、かこつことになったのです。格が上がって彼の地位を継いだベネットもまた、最後には権力の座からころげ落ち、かつて自分がクラレンドンにてのひらを返したように、ほかの者たちからてのひらを返されました。政治というものはそうしたものですし、政治家もそうしたものなのです。

しかし、小生の努力が、ともかくも一時的にこの王国を守りました。不満をもってスペインからの潤沢《じゅんたく》な資金援助を受けた一派は、採決によって足並みをそろえた政府の前に、手も足も出なかったのです。長い年月を経てなお、このときの大成功に伴った途方もない犠牲を、小生は思い知らされてばかりいます。

何もかも、あれほどの悲痛を味わわせた男を罰してやりたいという、小生の思いから引き起こされたことでした。いまになって、マシューーに対する愛情に釣り合うほどの憎悪を抱いたその相手が、小生の目を巧みにかいくぐり、小生の怒りの鉄槌《てっつい》を免れたことを知りました。小生は見下げ果てたことをしたうえ、さらに復讐にまで失敗したのです。内心では、裏切られたのだとわかっています。コーラが溺《おぼ》れるところを見たとあっさり告げたあの船の船長は、さらにいっそうの力をもった別のところから脅されていたからこそ、わざわざ小生に嘘をついたのでしょう。

ただ、わからないのは、コーラの命を救ってそれを小生に隠すという決定をしたのが誰なのか、さらには、なぜそういうことになったのかです。いまとなっては、探り出すすべもほとんどありません。サーロウもクラレンドンもブリストルも、みなこの世の人ではなくなりました。ベネットは不機嫌で陰鬱《いんうつ》な隠遁生活をしており、誰とも話をしません。ローワーとプレストコットが知らないことははっきりしていますし、ミスター・コーラがご親切にも教えてくれるだろうとは、思いも寄りません。まだ話をしてみていない唯一の人間といえば、あのウッドですが、きっと半端で意味のない些末事以外に、知っていることはほとんどないでしょう。

小生は自分のしたことを隠蔽はしておりませんが、自分の行ないをひけらかしているわけでもけっしてありません。あの手記が到着しなければ、いまさらそんなことはしなかったでしょう。自分のしたことを、小生は認めます。ともかくも、実質的には小生が正しかったと、さまざまな出来事が証明しています。それでも小生を非難しようとする人々には、次のことを考慮していただかねばなりません。小生が行動していなかったら、クラレンドンは死に、この国はまたも焼き尽くされることになったのです。その事実、ただそれがあるだけでも、小生のしたことすべて、小生の被った傷、そして小生が他人に負わせた傷は、十二分に正当化できます。

にもかかわらず、しかたのないことだとは思いますが、あの娘の思い出が脳裏を離れなくなってきました。あの娘から手を引いて、死に追い込まれていくのをむざむざほうっておいたのは、小生の罪でした。それがいつも頭にありながら、これまでその罪を引き受けようとはしなかったのです。サーロウの策略にひっかかってあのような恐ろしいことをしてしまったのであり、動機といえばただ正義を求める願いだけだった、そしてそれだけで弁解に足ると、いつも考えていたのです。

すべては、最高絶対の審判者、小生の魂を委ねなくてはならない神が、ご存じです。小生は、何をするにつけても、自分のもてる力を最大限尽くして神にお仕えしてきたのですから。

とはいえ、このごろの夜更けにはまた、横になっても眠れないことや、祈りの言葉が浮かばずに焦燥感を抱くことが多く、小生が救済される一縷《いちる》の望みは、自分の存在よりも神の慈悲のほうが偉大であると明かされることのみではないかと思うのです。

しかし、もはやそれが明かされることは、ないのでしょう。

指差す標識の事例
An Instance of the Fingerpost

池央耿訳

何であれ、自然の探求において、理解が保留されているとなれば、指差す標識とも言える事例が正当にして等閑にすべからざる設問のあり方を提示する。事例はいずれも眩《まばゆ》い光を投げかけるゆえ、探索の過程は時として、その事例をもって終結する。それのみならず、すでに記述されている証拠の中にそうした事例が顕現《けんげん》することもある。

フランシス・ベーコン『ノウム・オルガヌム』第三十六部　箴言《しんげん》十一

第一章

　つい先頃、旧友リチャード・ローワーがこの厖大《ぼうだい》な文書を送ってよこした。飽くことを知らぬ古文書、稀覯書《きこうしょ》の蒐集家である私こそ、これを手許に置くにふさわしかろうという趣意である。ローワーはすんでのことに丸ごと打ち捨てるところだった。ローワーの目からはそれほどまで虚偽に満ち、覆い難い矛盾を孕《はら》む反故《ほご》の山である。今はドーセットに引き籠もって悠々自適の暮らしを送っているローワーはその手紙に、かかる胡乱《うろん》な記述はうんざりだと述べている。二人の男が同じ出来事を目《ま》のあたりにしながら、いずれも事実を誤って記憶しているかのごとくであるという。しかも、ローワーは何ごとであれ、これによって確信に達することがあり得ようかと懐疑的である。善意の解釈を心がけてもだ。ローワーは自身が直接かかわったいくつかの事例に触れ、実際はここに記されているところとはおよそ異なる経緯を辿ったことを指摘している。当然ながら、わけても見過ごしならないのは鵞《が》ペンの軸を用いて寡婦ブランディの体内に新しい血液を注入する前代未聞の試みで、セニヨール・コーラはこれを自分の考案であると主張している。ローワーの正直一途《しょうじきいちず》な人柄を私はよく知っているが、その潔癖なローワーが、コーラの主張に真っ向から異を唱えて譲らない。

見ての通り、ここには三巻の手稿があるのだが、ローワーは二人の筆者、コーラとウォリスだけに言及を限っている。ジャック・プレストコットの論稿を対象外としたのは故ないことでなく、ローワーはまっとうに判断したまでで、首を傾げるには当たらない。法律は常軌を逸した男を罰することは疎《おろ》か、要注意人物と扱うことすら認めない。現在のふるまいが条理に欠ける男であってみれば、どうしてその記憶を信じることができようか。プレストコットの手記は病に歪《ゆが》んだ支離滅裂な饒舌《じょうぜつ》でしかない。気の毒なプレストコットの乱心は精神病院を領主の館に変えた。剃髪は、当人が言うように鬘《かつら》のためではなく、錯乱による自虐を避ける処置である。患者を拘束する医療現場の関係者は下働きにされ、プレストコットが迷惑に思っている大勢の客は、土曜日ごとに押しかけては鉄格子にたかって病者の異様なありさまを笑う市民たちである。かく言う私も過日、面談の目的でプレストコットを訪ね、獄舎も同然の病室を覗いたが、面白くもおかしくもなかった。

とはいえ、いくつかの点でプレストコットの発言は聞くに値する。私がプレストコットに好意を寄せるいわれはないが、これは事実であって、認めざるを得ない。ローワーによれば、プレストコットは自身の遺恨がその宿望と努力をことごとく無に帰《き》せしめた証拠を突きつけられ、アイルランド人占星術師の警告が正しかったと知って発狂した。なるほど、その通りかもしれないが、私が言いたいのは、それまでプレストコットは曲がりなりにも正気であり、従って、記憶もある程度は正確であろうことである。そこから引き出した解釈が誤っていようとも、この点は動かない。いったい、あれだけの主張を展開するには相当の知力がなくてはなるまい。正気を失わずにいれば、プレストコットは弁護士として成功したはずではなかろうか。親交のあった者たちはみながみな、口を揃えて父親を断罪した。だが、息子は端倪《たんげい》すべからざる知略をもって無罪の証拠を並べ立て、かつ、父親の邪念の深さを物語る事実いっさいを抜かりなく伏せ通した。その主張が虚偽の塊であることを知りつくしている私ですら、いつかプレストコットを信じる気になりかけたほどである。

だがしかし、あの憐《あわ》れむべき男の論述は、果たしてほかの二人の言葉とくらべて信ずるに足りないものだろうか。心情こそ違え、二人もまたプレストコットに劣らず詭弁極論《きべんきょくろん》を弄《もてあそ》んでいるではないか。プレストコットは精神異常者かもしれないが、コーラは偽り者である。思うに、コーラはただ一点の虚偽において罪であり、それがなければ少なからぬ遺漏や言い抜けもさしたる問題ではない。だとしても、コーラが言を偽っていることに変わりはなく、ローマの史家アミアヌス・マルケリヌスの言う通り、真実は沈黙と欺瞞《ぎまん》によって歪曲《わいきょく》されるのだ。虚偽はおよそさりげない文章に潜んでいるため、ウォリスさえもがこれを見逃したところで無理はない。だが、その虚偽ゆえに真実の言葉を含めて手稿に記されたすべてが意味を失う。何となれば、手稿はスコラ哲学者の議論に似て、誤った前提から水も漏らさぬ論理で結論を導き出しているからだ。「ヴェネツィアの紳士《ジェントルマン》、マルコ・ダ・コーラが、ここに謹んでご挨拶を申し上げる」とある劈頭《へきとう》の一文にはじまって、続く言葉のことごとくに周到な吟味が求められよう。何よりもまず、この手稿の存在からして疑問なしとしない。コーラはなぜ、久しい年月を経た後にこれを記したのだろうか。一方、コーラに虚言癖があるからといって、ただちにその動機や行為に関するウォリスの発言が正しいことにはならない。ヴェニスの住人、マルコ・ダ・コーラは上辺《うわべ》を装《よそお》い、自ら名乗るところとはまったくの別人だが、そもそものはじめから、王国の安泰《あんたい》も、クラレンドン卿の身の安全も眼中になかった。かつまた、ウォリスはわれとわが手で築き上げた隠微な暗黒世界におさまり返っているために、事実と仮構、真実と虚偽を見分けることができない。

ならば、誰の主張を信じ、誰の言い分を斥《しりぞ》けるか、何をもって判断したらよかろうか。シュタールが薬物によってグローヴ博士の死を検証したように、微妙な差異を加えながら一つの事象をくり返し語ることは私にはできない。仮に可能だとしても、血の通わぬ事物とは異なる生きた人間のふるまいが問題となると、絶対確実な哲学的方法論も十全とは言われまい。かつて一度、シュタール氏の化学の講義を聴いたことがあるが、正直な話、何ら得るところなかった。ローワーによる輸血の試みは、当初、これぞ万病に効く究極の医術ともてはやされたが、その後、フランスで多数の死者が出るにおよんで学界は信念を翻《ひるがえ》し、輸血は人を危める許し難い処方であると決めつけた。両方であるはずはない。今の考えが正しいとしたら、以前の誤りは何としたことだろう。神学者が意見を変えれば信仰薄弱の証《あかし》であり、科学者が立場を変えるなら方法論の正当な裏付けだとはうなずけない。私ごとき一介の年代記編者に、これらの文書に見られる誤謬《ごびゅう》の鉛を真実の黄金に変えることが、いったいどうしてできようか。

これらの手稿について発言する私の資格は、我関せず焉《えん》と傍観する立場によっている。傍観は公平な理解の大前提である。ここに記されたことどもに、私はほとんど何のかかわりもない。それに、憚《はばか》りながら私はいくらかものを知っている。生涯オックスフォードに暮らして、私のことをよく言わぬ向きすらも認める通り、この街についてはどこの誰よりも詳しい。また、ことさら言うまでもなく、私はこのドラマに登場する人物を一人残らず知っている。とりわけ、ローワーとは昵懇《じっこん》で、少なくとも週に一度はマザー・ジーンの店で食事をともにする間柄だった。セニヨール・コーラも含めて大勢の学者たちと、ローワーを通じて知り合った。大学の公文書館に足繁く通った私は館長、ウォリス博士とも付き合いが長い。ボイル氏と同座する栄に浴したこともあり、不幸にして言葉を交わす機会こそなかったが、アーリントン卿とともに謁《えつ》見式《けんしき》の座に連なった経験もある。

それのみならず、私は悲惨な目に遭う以前のサラ・ブランディを知っている。謎かけや判じものは好まざるところで、私はすべてを包み隠さず語るつもりだ。サラは絞首刑に処せられた上、解剖されて焼かれたが、その後のことについても私はいささか事情に通じている。当時のありさまを正確に伝えることのできる人間は私を措《お》いてほかにいまい。酸鼻を極める残虐行為に弾みをつけた善意や、瞋恚《しんい》の炎を煽《あお》った恩寵《おんちょう》について私は語らなくてはならない。ローワーとは数々の秘密を共有しているために、時としてその言行を引き合いに出すかもしれないが、核心の知識は私一人の頭の中である。私独自の判断と話術がここでものを言う。奇妙なことに、信用されなければされないだけ、自分は正しいと前にも況《ま》して深く確信する。ミルトンは神が人間に向かってすることの正しさを説く狙いであの優れた詩を構想したという。だが、ミルトン漁史《ぎょし》は肝腎《かんじん》な点で思慮に欠けていた。察するところ、神は人間が御心を解することを禁じたのではあるまいか。神の御旨《みむね》を知った上、これを拒む自分たちの大《だい》それた態度に思いを致すとなれば、人間は失意のあまり救済の望みを捨て去り、悲嘆のうちに死ぬしかない。

私は歴史家である。一部の評者からは貶称《へんしょう》の含みで古事研究家と呼ばれているが、私は飽くまでも歴史家をもって自ら任じている。真理は事実の堅固な基礎の上にはじめて成り立つと考えて、私は弱年の折りから土台の構築に取りかかった。断っておくが、世界の歴史を記述する体《てい》の遠大な企図ではない。宮殿を築くにはまず地均《じなら》しが必要である。そこで、優れた筆をもってこの国の自然誌を著したプロット氏の顰《ひそ》みに倣《なら》い、私は文化史に視野を定めた。これが思いのほかの難題だった。はじめは高々数年を費やすのみと思っていたが、今では仕事の完成を見ぬまま高齢で死を迎えるだろうことを予感している。聖職を志して望みを果たさず、私は手はじめに近時の内乱について記すことにした。内乱の砌《みぎり》、国王と対立した議会派はオックスフォードの街を包囲し、次いで、いささかたりとも議会派に同調しない分子を大学から一掃した。ところが、いくばくもなく、私はこれに輪をかけて重要な課題が待ち受けていることを知った。誰かが保存に努めぬ限り、大学の歴史が永遠に抹殺されてしまう虞《おそれ》なしとしない。それ故、私は当初の考えを捨ててこの大仕事に着手した。すでにその頃、私は一書を著すに足る厖大な史料を蒐集し、上梓すれば赫奕《かくえき》たる名声と、ついぞ恵まれなかった有力者の後ろ盾を二つながら獲得するであろうこと疑いなかったが、そのような栄光には関心がなかった。キケロは「富をもたらすのは人の才知であって、金蔵ではない」と言っているが、これをかの哲人一流の逆説と取るならば、すなわち、最盛期のローマは当今と変わらず、迷妄と腐敗に満ちていたということにほかならない。

この初期の仕事を通じて、私は物語の主人公、サラ・ブランディとその母親に出逢った。サラの父親、ネッドは私が意図した内乱の記録に目立って登場することもないが、史料を漁《あさ》る間にちょくちょく名前を見かけ、毀誉褒貶《きよほうへん》の激しさには関心をそそられた。腹黒い無頼漢、悪魔の裔《すえ》、殺人者にも劣る悪党、見るも穢《けが》らわしい卑劣漢、と毛嫌いされる一方で、末日聖徒《まつじつせいと》、選民の現化、性温厚で心優しく、懐深い善人、と崇《あが》められ、評価は両極端で中間がない。どちらもが正しいはずはなく、私はこの裏腹を解明したかった。ネッドが一六四七年の反乱に加わったことはわかっている。国王軍がオックスフォードで降伏して第一次内乱がおさまった後、ネッドは街を離れ、同時に私の視野からも姿を消した。以来、生死のほどは知れなかったが、世間の耳目《じもく》を驚かせた騒乱に一役買った男で、じかにその体験を聞く機会を得られないのは残念だった。本人に会えないなら、誰なりとせめて知る辺の筋から話を聞くだけでもいいと思っているところへ、一六五九年の夏、私はネッドの妻子がすぐ近くに住んでいることを人伝《ひとづて》に聞いた。

私は勇を鼓してその家を訪ねた。アン・ブランディは、憎からず思う者たちの間では賢い女と噂され、疎《うと》み嫌う者たちからは魔女と呼ばれていた。娘のサラは気性の激しい変わり者ともっぱらの評判だったが、当時はまだ、癒やしの才を具《そな》えているという聞こえはなかった。ボイル氏が、それによって得たものを貧者に融通できないものかと考えるにいたったのは後のことである。それはともかく、私の見る限り、コーラの描く惨《みじ》めな姿も、プレストコットの悪《あ》しざまな言い方も、アン・ブランディの為人《ひととなり》を正しく捉えてはいない。五十に手が届く年齢とはいえ、炯々《けいけい》たる眼光は旺盛な活力を物語って、これはそっくり娘に受け継がれている。なるほど、賢い女かもしれないが、世に言う才走った狡猾屋《こうかつや》とはわけが違う。物言いはきはきと歯切れよく、その口から怪しげな呪文が零《こぼ》れることもない。私に言わせれば、アン・ブランディは聡明で、宗旨こそ違え、敬虔《けいけん》な態度と相俟《あいま》って、不思議に人を逸《そ》らさないところがある。ウォリスの言う女面有翼《にょめんゆうよく》の怪物、血に飢えたハルピュイアの妖気を匂わせたことはただの一度もない。とはいうものの、ウォリスが真実を語っていることは火を見るより明らかだ。人間、自分が正しいと信じれば言語に絶する邪悪なふるまいもしてのけることを、ほかならぬウォリスが身をもって示した。その狂気の確信がすべてを呪縛して長きにおよんだのである。

アン・ブランディの信頼を勝ち得るのは容易でなかった。果たして本当に信用されていたかどうか、今もって判然としない。連れ合いが亡くなり、国王が玉座に返り咲いて後の対面であれば、すでに私はウォリスを知っていたからブランディは私を体制側の手先と見たに違いない。新政府を支持するはずはなし、とりわけウォリスに対しては恐怖を懐《いだ》く理由があって、私とウォリスの間柄を胡散《うさん》臭く思うのは蓋《けだ》し当然と言える。無理もない。私自身、ほどなくウォリスを警戒するようになったではないか。

しかし、この時、私はまだウォリスと近付きではなかった。リチャード・クロムウェルは依然として権力の座にしがみつき、スペインの属領ネーデルラントに亡命中のチャールズ二世は王位継承の意欲を胸に秘めながら逼塞《ひっそく》に甘んじていた。国情は安定せず、軍隊はまたしても議会と対立を深めていた。その春、私の家は武器改めの捜査を受けたが、周囲の知友もみな同じ目に遭った。オックスフォードでは内外の情勢について散発的な情報しか伝わらず、後年、人々の話を聞き集めるほどに、世の中で何が起きているか、事実上、誰一人知る者はなかったことが明らかとなった。すべてを見通しているジョン・サーロウだけが例外であることは言うまでもないが、そのサーロウすらも、ついには意のままにならぬ力に呑まれて失墜した。これ一つ取ってみても、当時この国がいかに不穏な情況にあったかわかろうというものだ。

アン・ブランディに対してはことさら辞を卑《ひく》くするまでもなかった。文字が読める相手とも思えず、自己紹介の手紙を書くことも躊躇《ためら》われて、じかに出向いてドアを叩いた。応対に出た年頃十七、八の娘はかつて見たこともないような美形だった。いささか痩せ気味とはいえ均整がとれて姿よく、歯並びもきれいで、その肌は病を寄せつけぬ色艶《いろつや》を誇っていた。髪を無造作に垂らしているところは玉に瑕《きず》ながら、装いは慎ましく、これが麻の粗布なら、さぞかしよく似合うと思われた。が、何よりも心を惹かれたのは、烏羽《からすば》をも欺《あざむ》くばかりの漆黒《しっこく》の瞳だった。彼女の目で、黒い瞳に勝るものはない。ギリシアの詩人ヘシオドスはヘラクレスの母アルクメネの黒い瞳を愛と美の女神アフロディーテのそれに比し、ホメロスはヘラの黒い円《つぶ》らな目を牛の目に譬《たと》えた。ジョヴァンニ・バッティスタ・デッラ・ポルタはその著『観相学』でイギリス人の灰色の目を嘲《あざけ》り、モリソンともども、ナポリ女の物憂げな秋波《しゅうは》を褒めちぎっている。

何をしに来たかも忘れてその場に立ちつくした。ややあって、娘は慇懃《いんぎん》ながら卑屈には堕さず、冷ややかながら不遜な気色はさらさらなしに用向きを尋ねた。来意を告げると、娘は言った。「どうぞ、お入りくださいまし。母は買いものに出ておりますが、もう間もなく戻ることと思います。よろしかったら、お待ちください」

これを相手の人柄に関する警告と取るべきだったかどうか、私は判断を控えたい。先方が高貴の女性なら、これ幸いと二人きりになることを嫌って、私は踵《きびす》を返したはずである。が、その時は、母親が戻るまで、この娘を相手に時間を繋ぐのが何よりと思われた。母親の戻りが遅いことを、半ば本気で願ったのも事実だった。私はおこがましくも、下々《しもじも》をあしらう貴紳よろしく暖炉の脇の粗末な椅子に腰をおろした。肌寒い日だったが、あいにく暖炉に薪はなかった。

こうした場面で、人は何を話すだろうか。世間一般にはさほどでもないことが、私にはなかなか骨だ。あまりにも長いこと書物や古文書に埋もれて過ごしたためだろう。もっとも、日頃は間の悪い思いをすることもない。友人たちとは食事の席で蟠《わだかま》りなく言葉を交わし、自慢ではないが、まんざら不人気というわけでもない。だが、時と場合で対応に窮することがある。目もと涼しい賤《しず》の女と親しく話すなどは、とうてい私のよくするところではない。伊達《だて》を気取って娘の頬を撫で、膝に抱いて尻をさすることもできたろうが、もとより私の流儀ではなし、娘の方でもそれを望んでいないことは目に見えていた。ならば、眼中にないもてなしでそっぽを向ければよかったかもしれないが、その実、私は心惹かれていた。そんな次第で、結局は狎《な》れず拒まず、ただぼんやりと顔を見やって相手の出方を待つしかなかった。

「何かお困りのことがおありで、母に相談にお見えですのね」沈黙に堪《た》えかねてか、やがて娘の方から口を切った。

「ああ」

「失せものですかしら。でしたら、母が占えばきっと出ます。それとも、どこか加減がお悪くて、でも医者に診《み》せるのはおいやですとか」

私はぷいと脇を向いた。「いやいや、そんなことではない。母御の千里眼は、むろん耳にしているがね。私は几帳面な質《たち》で、ものをなくさない。すべて、置き場所がきちんと決まっているから。そうしないと仕事ができない。体については、おかげさんで、無病息災だ」

このぶっきらぼうな科白《せりふ》は困惑のせいとしておこう。娘が私の仕事に何の興味もないことは知れていた。人が私の仕事に関心を示すことはめったにない。が、それはともかく、仕事は私の避難所で、何かのことで困ったり、気持が沈んだりすれば、私はきっとそこへ逃げ込む習癖だ。この物語が終盤に向かう頃、私は何週間も古記録の筆写と註解に明け暮れて、世の現実を意識から閉め出した。それが一番だ、とロックは言った。おかしなもので、ロックとは反りが合わないにもかかわらず、いつの場合も私は助言を請い、ついぞ裏切られたことがない。

「それはそれは」娘は言った。「でしたら、母に何のご用ですかしら。恋の悩みではありませンね。母は媚薬《びやく》だの、呪いだのは認めません。その手の子供騙しがお望みなら、ヘディントンの何某《なにがし》のところへいらっしゃればよろしいわ。私の目からは、いかさま師ですけれど」と強く言った。

私は、来訪の目的は別で、そんなことで母親の知恵を借りるつもりは毛頭ない、と強く言った。あらためて用向きを説明するところへ、折りよく母親が戻った。娘サラが駆け寄って手を貸し、母親は隅の組木の椅子にへたり込むと、額を拭って汗のおさまるのを待ってから、上目遣いに私を見た。着ているものは粗末ながら清潔で、骨太な手は長年の労働に節くれ立ち、赤ら顔は丸みを帯びて陰りがなかった。寄る年波は隠せなかったが、後々の窶《やつ》れ果てた衰残にはほど遠く、その身ごなしには安楽に暮らしている同年配の婦女子には見られない生気があった。

「お見受けしたところ、どことといって悪いところもないそうな」母親は私のすべてを見透かすような目つきで臆せず言った。やがて私も知ることになる通り、娘のサラもこの目で人を見る。人々が母子とは間合いを隔てて、鼻持ちならないと言うのはこれがためだろう。「ここへは、何しにお見えですか」

「こちら、ミスター・ウッド」サラが隣の小部屋から戻って言った。「歴史家とやらで、何かお訊きになりたいそうよ」

「歴史家が悩む煩いというと、さて」母親は眉一つ動かすでもなかった。「健忘症ですか。癖字、悪筆、あるいは書痙《しょけい》といったことでしょうか」

私は苦笑を禁じ得なかった。「いずれもままあることですが、幸い、私には当てはまりません。いや、実は包囲戦の歴史を書いているところで、当時この土地においでだった……」

「それでしたら、私どものほかに何千という人がおりましょう。その全部に、一人一人お会いなさいますか。歴史を書くのに、それはまた、とんと変わったなさりようですこと」

「ですから、その、ツキディデスを範として……」私はもったいぶって言いかけた。

「ツキディデスは書き終えずに世を去りました」ブランディは先回りした。驚きのあまり、私は危うく椅子から転げ落ちるところだった。即座の応答もさることながら、この年寄り女は古代ギリシアの偉大な歴史家の名のみならず、文業についても何ほどかは知っている。私は関心を新たにブランディの顔を覗き込んだが、不覚にも驚嘆は隠しきれなかった。

「夫は本の虫でして。私に読んで聞かせるのが楽しみで、また、時々は私に読ませて、自分は一晩中、聞き役にまわります」

「今、ここに?」

「いいえ、まだ軍隊で、ロンドンのはずです」

失望は言わずもがなだったが、いずれは当のネッド・ブランディが戻っても来よう。妻女の口から聞くだけのことを聞いておこうと心に決めた。

「で、そのご主人ですが、この街の歴史上、極めて重要な役割を……」

「不正と戦う決心でおりました」

「おっしゃる通りです。ただ、困ったことに、ご主人の言行について、これまでに私が会った人々の話がおよそまちまちで、一貫しないのです。本当のところが知りたくて、それで、こうしてお邪魔に上がりました」

「私の言うことを、信じなさいますか」

「ほかで聞いた話と突き合わせれば、そこに自《おの》ずと事実が浮かび上がりましょう。そのように、私は確信しています」

「だとしたら、まだ了見がお若いわ、ミスター・ウッド」

「それは違う」私はきっとした。

「あなた、ご宗旨は？　忠誠を誓っておいでの党派は？」

「信仰を言うなら、私は歴史家。政治の上でも、同じく歴史家です」

「私のような年寄りには、まるで捉えどころのないお答ですことね」ブランディは嘲りを声に出した。「護国卿には従順ですか？」

「現政権には、忠誠を誓いました」

「教会は、どちらへ？」

「いろいろです。あちこち転々としましたが、今はマートンです。大学の教会なので。また捉えどころがないと言われる前に断っておきますが、私はもともと、監督教会派です」

ブランディは思案に深く項垂《うなだ》れた。目を閉じたところは、眠りこけているのと変わりなかった。私はブランディが潤《じゅん》色《しょく》を疑って口を閉ざすことを何よりも恐れた。当人にしてみれば、私が連れ合いのような男に同調しようはずがない。それまでにネッド・ブランディについて知り得たことからも、その点は疑いなかった。が、私は胸中の丈高い企てを伝える何らの術《すべ》もないではないか。幸いにして、金を摑ませようと考えるほど私は愚かではなかった。そんなことをすれば信用失墜は免れまい。母子にとって喉から手が出るほどの金であってもだ。ここははっきり言っておかなくてはならない。その惨めな境遇を思えば意地汚い欲望が疼《うず》いたとしても不思議はなかろうが、母娘とも、とかくの噂にあるような物欲しげな態度はいっさい見せなかった。

「サラ」ややあって、母親は顔を上げた。「あなた、この四角張ったお若い方をどう思って？何者かしらね。王党派の回し者か、世間知らずのお人好しか。または、どこぞの悪党か。以前のことを蒸し返して、人に難儀をかける魂胆《こんたん》かしら」

「たぶん、名乗った通りよ。話をしたところで大事ないわ。だって、そうでしょう。何があったかは神がご存じ。たとえ大学の歴史家だとて、神の目を欺くことはできないわ」

「おやまあ、賢いことね。この方が、そこへ気がつかないとは情けない。ええ、そう。でしたら、またあらためて。間もなく、ここへ人が来ます。家の権利書をなくしたとかで。その在処《ありか》を占わなくてはなりません。出直しておいでなさい。何なら、明日にでも」

私はその好意に感謝し、翌日、間違いなく訪ねると約束した。自分が必要以上にへりくだっているようで気になったが、何かが私にそんなふるまいを強《し》いた。相手の身分ではなく、人柄が礼節を求めたと言ったらよかろうか。泥濘《ぬかる》んだ砂利道を行きかける背後に口笛を聞いてふり返ると、サラが駆け足で追ってくるところだった。

「ちょっと、お話ししたいことが」

「何なりと」私はうなずいた。われながら、この成り行きを喜んでいることは否むべくもなかった。

「居酒屋ではいけないかな？」当時、これはお定まりの問いだった。国教会を否定する下層の新教徒は居酒屋をひどく嫌ったからである。悪口雑言《あっこうぞうごん》を浴びないためにも、あらかじめ誰を相手にしているか知っておくに越したことはない。

「いいえ、居酒屋で構いません」身内が営むフルール・ド・リスへ行けば安上がりとわかっていたが、よからぬ評判が立つことを嫌って、ブランディ母子の荒《あば》ら屋と変わらない安酒場を選んだ。サラが快く思われていないことは、店の空気ですぐに知れた。私が一緒でなかったら、出て行けがしに言われたに違いない。挨拶は丁寧だが、店の女は蓋つきの大ジョッキを二つ差し出すと、私の顔を見て厭味に笑った。腹の底でどう思っているかわかったものではない。何を恥じることもなかったにもかかわらず、私は頬が火照《ほて》るのを感じた。小癪《こしやく》にも、サラは目聡く気づいて私の困却をからかった。

「何のこれしき」私は憮然として声を尖らせた。

「気になさらないで。私、もっとひどい目に遭っていますから」サラは如才《じよさい》なく先に立って、人目につかない奥の席へ進んだ。その心遣いがありがたく、私はなおのこと浮ついた。

「それで、歴史家先生」大ジョッキを傾けて、サラは切り出した。「正直におっしゃってください。悪気がおありではありませんね。この上、迷惑をこうむりたくはありません。母はさんざんつらい思いをして疲れ切っています。ここしばらくは、ようよう気持も落ち着いてほっとしているところです。どうか、そっとしておいてください」

決して迷惑はかけないと請け合って、私は目当てのあらましを語った。長期におよんだ包囲戦を記録に残し、軍隊の宿営が地元の学界に与えた影響を分析する狙いだった。サラの父親が内乱でどれほどの働きを見せ、どこまで議会軍の士気を鼓舞したか知らないが、そのことにさしたる意味はない。私が知りたいのは、議会軍はなぜ命令を拒否したか、そして、そこで何が起きたかだ。私はその一部始終を、人々の記憶から消え去らないうちに書き綴《つづ》っておきたかった。

「でも、あなた自身、その場にいらしたじゃありませんか」

「ああ。ただ、当時、私はまだ十四で、勉強にかまけて世の中の騒擾《そうじょう》にはおよそ関心がなかったよ。ニュー・カレッジが回廊に沿った講堂から追い出されて、えらく不愉快だったことは憶えている。生まれてはじめて兵隊を見るような気がしたよ。陣地の兵士らに、頭から煮え湯をぶっかけてやりたかった。そこまでやれば、立派な勲功だ。国王は恩に着て、爵位を授けると言い出すかもしれない。王党派が降伏した時は、誰もがひどく怯《おび》えたと思う。が、それはともかく、重要な事実を私は何も知らない。材料が乏しくては、本など書けるものではない」

「事実ですって？　人はみな、自分勝手に作り上げた事実で間に合わせるではありませんか。父についてもそうです。世間では、父のことを心の曲がった悪たれ者と言っています。それではいけませんか？」

「それでいいのかもしれない。事実、世間で言う通りかもしれないよ。しかしね、私はなおかつ疑問に思う。そのような人物が、どうして大勢の仲間から信頼されたのだろうか。それほど卑劣な男が、その一方で英傑たり得るだろうか。仮に高貴という言い方をするならば、そのような高貴の士が、素姓賤《いや》しい有象無象《うぞうむぞう》と手を携えるものだろうか？　それに……」私はここではじめて、男気を見せて一歩踏み込んだ。「これほどの器量よしを娘に持っていようとはねえ」

この一言を嬉しく聞いたかどうか、サラはあっぱれ色にも出さなかった。控えめに顔を伏せるでもなく、頬を染めるでもなくただまっすぐに見返す黒い目に、私は気圧《けお》される思いだった。

「何としても」私はいささか間の悪い気持を包み隠して言葉を継いだ。「事実を確かめたい。悪気があってか、善意か、と問われれば、どっちでもない」

「それでは道徳に反します」

「真理は常に公正だよ。神の言葉の顕示だから」またしても逸脱を意識しながら、私は厳しい態度を装った。「君の父親に代わって事実を語ろう。それができるのは、この私を措いてほかにいない。君の父親は、私の口を借りて語るか、さもなければ、永遠に沈黙を守るかだ」

サラはジョッキを干して、悲しげに首をふった。「父も気の毒に。あれほどの雄弁家が、あなたの口を借りるまでに成り下がるなんて」

これがいかに非礼な言い種《いぐさ》か、サラは思ってもいない顔だった。だが、ここで叱りつけて身のほど相応に懲らしめるにはおよばない。まずは打ち解けることが肝腎だ。それによって、何はともあれ、母親には私のことをよく言うのではなかろうか。私は黙って先を待った。

「一度、父が祈禱会《きとうかい》のあとで、小隊を相手に話すのを聞いたことがあります」しばらくして、サラは言葉を接いだ。「まだ九つにもならない頃ですから、ウースターの戦いだったと思います。兵士たちは合戦が近いことを知っていました。父はみんなに勇気を与える一方で、気持を静めようとしたのです。まるで音楽を聞くようでした。兵士たちは父の言葉に打たれて、体を前後に揺すりました。中には涙を浮かべる兵士もいたほどです。戦いになれば死を覚悟しなくてはならない。あるいは、捕虜となって残る生涯を牢屋で過ごすことになるかもしれない。それは神の意志であって、人の計り知るところではない、と父は言いました。神の御稜威《みいつ》を照すたった一つの明かりを、父はみんなに与えたのです。その明かりとは、人の正義感です。耳を澄ませば、それぞれの魂に語りかける正義の声です。じっと心に向き合えば、人は何が正しいか知ることができます。正義のために戦うとは、神の意志に従うことです。この大地を、万人共有の宝とするための土台を据える戦いです。この世に生まれたすべての人々が大地の糧《かて》に恵まれて、老若男女、貴賤都鄙《きせんとひ》、健やかな者も、病める者も、神の前には平等であるように、寝て、食べて、戦って死ぬ間も、それを忘れてはならない、と父は言いました」

私は返す言葉を知らなかった。父親の話を穏やかに淡々とくり返すサラの低く丸みを帯びた声は快く私の耳を掠《かす》めた。と、そこで私は、いかにも安穏に聞こえる思い出話が、その実、邪悪の極みだと気づいて愕然とした。ネッド・ブランディが何を訴え、いかにして人の心を捉えたか、遅ればせながらわかりかけた気持だった。たかがまだほんの小娘でしかないサラにしてこれだけの口をきく。父親の弁舌はどれほどだったろうか。生きる権利と言われれば、敬虔なキリスト者はこれを否定できまい。が、実のところ、ブランディの狙いは主人が雇い人に命令を下す権利を剝奪し、財産をその正当な所有者から盗み去り、人みなすべてを結びつける諧和《かいわ》を根底から覆すことではないか。ブランディは無知蒙昧《むちもうまい》な貧者の手を取って、おためごかしに丸め込んだのだ。思わず身ぶるいする私を見て、サラは微かに頬を歪めた。

「変人の戯《ざ》れ言《ごと》とお思いでしょう、ミスター・ウッド」

「当たり前の人間なら、ほかに思いようがあるものか。知れたことではないか」

「変人の家に生まれた私、少しばかりものの見方が違います。あなたは父が非道な目的に、罪もない人たちを利用したと思っているのです。そうですね」

「まあ、そんなところだ」私は不機嫌に言った。「非道の証拠は何よりも、嬰児《えいじ》を食ったり、囚人を焼き殺したりしたことだ」

サラは声を立てて笑った。「嬰児を食った？　囚人を焼き殺したですって？　どこの誰ですか、そんなでたらめを言ったのは？」

「ものの本に書いてある。世の噂にも聞いている」

「それを真に受けるのですか。あなたが信じられなくなりました、歴史家先生。海に百の頭を持って火を吐く怪物がいる、と本に書いてあったら、やっぱり信じますか？」

「信ずるに足る理由があれば」

「あなたのように学問のある方にとって、信ずるに足る理由とは何ですか？」

「この目で証拠を見るか、信頼できる誰かの話を聞くことだ。ただ、それも、ことと次第による。太陽は目に見えるから、間違いなくそこにある。地球が太陽の周りをまわっていることも、論理的に証明されているし、事実、その証明は目に映るところと矛盾しない。私は一角獣を見たことはないが、自然界にそのような生き物がいて不思議はないし、信頼の置ける人間が見たと言っているから、いるに違いない。だが、百の頭を持って、火を吐く怪物がいるとは思えない。血の通った生き物が火を吐いて焼け死なないとはおかしな話だ。ことと次第によるとは、それを言うのだよ」

今思っても、この答はわれながら上出来だった。サラの理解はおよぶまいと知りつつも、込み入ったことをできるだけかみ砕いて話したのだから。だが、私の思い遣りを感謝するどころか、サラは干涸《ひから》びたパン一切れに涎《よだれ》を流す飢えた物乞いのように身を乗り出して、なおも厳しく私を問いつめた。

「イエス・キリストは救い主です。信じますか？」

「ああ」

「どうして？」

「イエスの降臨は聖書に予言されている通りだし、奇蹟はイエスが神の子である証だよ。おまけに、復活という、もう一つの証拠がある」

「奇蹟を働く人はほかにもたくさんいます」

「加えて、私には信仰がある。これこそ、何よりも確かな証ではないか」

「では、もっと世俗のことを訊きましょう。王権神授説を信じますか？」

「証明できるかと言われれば、それはできない」私は距離を保って答えた。「揺るぎない信仰とこれとは話が別だ。しかし、私は信じているよ。何となれば、国王には、それぞれに定められた身分があるからだ。国王が地位を追われれば、自然の秩序が乱れる。ここ数年にイギリスを襲った厄災を見れば、神の怒りは明らかではないか。チャールズ一世が処刑された後の大水害は、秩序の崩壊を物語って余りある出来事ではなかったかな」

この明らかな事例にはサラも一歩譲ったが、すぐに開き直って反論に出た。「打ち続く天変地異は、国王が臣民を裏切ったためだとしたら？」

「その考えには賛成できない」

「ならば、誰が正しいか、何によって判断しますか？」

「それは、然るべき地位にあって双方の主張に耳を傾ける、人格者の意見の重みで決まることだ。くどいことは言いたくないし、いわれのない非難を浴びたくもない。が、失礼ながら、君は地位ある人格者とは言い難い」私はここで、二人の間でもっとふさわしい向きに話題を転じようと試みた。「それに、その美貌では、間違っても男と見誤られる気遣いはない」

「おや」サラは、分《ぶ》をわきまえろとやんわり諭した私の言葉に耳も貸さずに肩をそびやかした。「国王が神から主権を与えられたか、少なくとも国王たるにふさわしい人物か、それは殿方の判断一つですか？　多数決で？」

「いいや」私はこの退屈極まりない会話を打ち切れずにいる自分に腹が立った。「そんなことは言っていない。君も困ったわからず屋だね。国王に主権を与えるか否かは神が決めることで、人間はただ神の意志を受け入れるかどうか選択するだけだ」

「何が神の意志か知り得ないとしたら、その選択に意味がありますか？」

どこまで行っても切りがない。このあたりが潮時と、私は格の違いを見せつける思い入れで腰を上げるると、問答無益ときっぱり言った。「そのような口をきく君は、愚かな上に心のねじけた小娘だ。賤しい育ちは争えない。なるほど、君の父親は、世上に言われている通りの外道だな」

私の剣幕にしゅんとなるかと思いきや、サラは椅子の背にのけ反って弾けるように笑った。人を人とも思わぬ態度が腹に据えかね、何やらうそ寒いものを感じながら、私はふり向きもせずにその場を去り、書見に没頭して午前中を過ごした。これをはじめとして、以後、私は何度サラに鼻であしらわれたかしれない。私は若かったと、言って済むことだろうか。サラの眼差《まなざ》しが私の心を惑わせ、たおやかな髪が私の舌を縺《もつ》れさせたのは若さ故と弁解して許されるだろうか。

第二章

節度の原則を枉《ま》げて、私はサラ・ブランディについて多くを語る所存である。必要の命ずるところだ。臆面もなく他人の心事に立ち入って顰蹙《ひんしゅく》を買う気は毛頭ない。心の問題をいたずらに公の目に晒《さら》すべきでないことは、一部の廷臣を別として、人みな誰もが承知していよう。とはいえ、ブランディ一家に対する私の関心や、サラの運命を気遣う胸の内、サラの末路についていささか事情に通じているわけを説明するためにも、私は語るしかない。個人の記憶が大きな意味を持つ場面で、私は信頼に足る証人でなくてはならず、そのためには事実の裏付けが欠かせない。裏付けのない言葉はいかがわしい。それ故、私は事実を語るほかはない。以下に述べるすべては、ただあるままの事実である。

当時、ウッド家はまだ零落《れいらく》にはいたらず、私は母と姉とともにマートン街で暮らしていた。屋敷の最上階が書斎と書庫だった。母がそれまでいた小間使いに、不品行を理由に暇を出して、わが家は人手が足りなかった。私はブランディ母子の困窮を察してサラを雇うことを提案した。ブランディ家のよからぬ噂を聞き知っている母にしてみればとうてい受け入れ難いことだったが、私は自分の乏しい懐から手当の何分かを支弁する決心で、サラを使えば安上がりであることを説いた。加えて私は、サラのどこがそれほどまで毛嫌いされなくてはならないかと問うたが、これに対して母は確たる答を持ち合わせてはいなかった。

結局、週半ペンスの倹約の心が動いて母は折れ、サラと面接することに同意したのみか、不承ながらも、わが家で雇うにふさわしく控えめで素直な娘だと認めざるを得なかった。さりながら、母は獲物を睨《にら》む鷲の目でサラを監視する意思を明かし、わずかなりとも非礼、粗暴、不徳のふるまいがあれば、その場で叩き出すと明言した。

かくて、サラと私は間近く接することとなった。ただし、主人と小間使いの間に然るべき隔てがあることは言うまでもない。が、それはともかく、サラは並みの小間使いではなかった。何と驚くなかれ、雇われていくばくもなく、サラはほとんど有無を言わせずわが家で支配的な立場にのし上がったではないか。衝突があったのはただ一度だけだった。私のほかに男のいない家で、常に家長をもって任じていた母は、ある時、サラに折檻《せっかん》を加えようとした。小娘が分相応におとなしく懲らしめを受けるであろうことを母は疑わなかった。何が母の癇《かん》に障ったかつまびらかにしないが、どうせ取るに足りないことだろう。それに、母の癇癪《かんしゃく》はサラの不始末よりも、数年来、踝《くるぶし》が腫《は》れて痛みに悩んでいるためと思われた。

サラにしてみれば、それしきのことで折檻されるいわれはない。両手を腰にあてがい、昂然と顎を突き出すと、頑として低頭を拒んだ。母は箒《ほうき》を構えて詰め寄った。サラは母が指一本だに触れようものなら、容赦なく仕返しする気でいることを隠そうともしなかった。ならば、即刻、家を追われたろうか。いや、そんなことにはならなかった。私がその場に居合わせれば、そもそもいざこざが起きようはずもなかろうが、あいにく私は留守だった。姉の話では、三十分足らず後、母とサラは暖炉の前に椅子を並べて打ち解けていた。母はまるで小間使いに詫びる態度だったという。この家で、後にも先にもついぞなかった光景だ。以来、母はサラに対していっさいきついことを言わなくなった。それどころか、サラが獄中で逆境に喘《あえ》ぐ破目になった時、手料理を差し入れる労すらも厭《いと》わなかった。

いったい、どうしたことだろう。サラのいかなる言行が、この時に限って母を心優しい有情の人に変えたかは知る由《よし》もない。私が問いつめても、サラはただ頬をほころばせて、母は峻厳な見かけとは違う、温かい心の持ち主だと答えるほかは何一つ話さず、母もこの件については黙して語らなかった。母は温情を見透かされると口を閉ざす常である。何のことはない、たまたま踝の痛みが去って、母は心が和《なご》んだというだけの話かもしれなかった。そうした些細なことで人柄ががらりと変わる例はままあるではないか。思えばウォリス博士にしても、ちょうどこの頃から視力の衰えを意識して失明の憂《うれ》えに怯《おび》えることがなかったら、あれほど邪険にふるまいはしなかったろう。かく言う私自身、歯痛に悩んでいる時など、やたらと人に辛く当たったりもする。クラレンドン卿の失墜に繋がった過《あやま》てる決断が、いずれも痛風の苦難に身を悶《もだ》える中で下されたものであることは周知の通りである。

先に述べたように、私は屋敷の最上階に二部屋を占め、ここへは家族の出入りを許さなかった。室内は書物と執筆中の原稿で身の置き場もないほどで、誰かが心得違いの親切で片付けをしたばかりに仕事が何ヶ月も後戻りするようなことにでもなったら目も当てられない。立ち入りを認めたのはサラ一人で、それも、私が見ている前でしかものに手を触れてはならない約束だった。日を経るにつれて、私はサラがこの学究の砦を訪《おとな》うのを心待ちにするようになり、言葉を交わす時間も増した。気がつけば、サラが階段を軋《きし》らせてやってくる気配に私は胸の高鳴りを押さえかねつつ耳を澄ませているありさまだった。はじめの頃はよくサラの母親のことを話題にしたが、やがて、それはサラを引き止める口実になった。私は世間知らずで、女性に関してはそれに輪をかけて初心《うぶ》だったから、どうしても口実は必要だった。

相手が女性であれば、どこの誰だろうと、私は心を惹かれたと思う。が、サラはたちまちにして私を虜《とりこ》にした。楽しみは苦痛に変わり、歓びは苦悩にところを譲った。悪魔は絶えずつきまとって、夜は眠りを妨げ、書斎で机に向かっている時も、図書館で書見の最中にも、私の意識を掻《か》き乱《みだ》しては浅ましく淫《みだ》らな思いに誘った。眠りを奪われ、仕事は滞り、私はひたすら救いを求めて祈ったが、通じなかった。誘惑を斥《しりぞ》けてほしいと願う私の祈りを、思うところあってか神は聞き入れず、あまつさえ、魔物、妖鬼を差し向けて私の意志薄弱と偽善を嘲《あざわら》った。私はサラを思って目を覚まし、サラを思って一日を過ごし、夜はサラを思って輾転反側《てんてんはんそく》した。やっと寝入っても、サラの瞳や、紅唇や、笑顔を夢に見て、おさおさ心が安まらなかった。

　堪《た》え難い苦痛だった。まっとうな付き合いを求めるには、隔《へだ》たりがありすぎた。それに、サラが私の慰み者に甘んずるはずがない。生まれは賤《いや》しくとも、貞淑の何たるかをわきまえている。私はかつて恋を知らず、女性に対しては、ボドレアン図書館の片隅に置かれた端本《はほん》ほどにも関心を懐《いだ》いたことがない。はじめて恋に落ちた時、すでにしてならぬ恋とあって、私は心中、神を呪った。この時ほど、アダムと己が運命の類比を強く意識したこともない。相手は財産も家柄もなく、賊徒の張本《ちょうほん》を父として、居酒屋でも爪弾《つまはじ》きされる小娘である。

　そんなわけで、私は言いたいことも言えぬまま、惨《みじ》めな心を持てあましていた。サラが傍《そば》にいること自体が苦痛だったが、いなくなればそれ以上に胸が塞《ふさ》いだ。私が情愛の機微などにまるで感応することのないプレストコットや、温情を受けつけず、血も涙もないウォリスのように鈍な我武者羅《がむしゃら》だったらどれほどよかったかしれない。サラの方でも、まんざら私を憎からず思っていたことは間違いない。私の前では行儀よくふるまっていたが、そこは魚心、水心である。本や草稿を見せてやると、乗り出して覗き込むその仕種《しぐさ》に慕わしい気持が仄《ほの》めくのを私は感じた。サラは私と話すのを楽しみにしていたと思う。父親に可愛がられて育ったから、男と口をきくことに馴れていたし、もとより女向きの話題だけで満足する質《たち》ではなかった。私は惜しまず仕事の話を聞かせるばかりか、何なりとその場次第で呼吸を合わせるとあって、サラはこっちの期待に劣らず、部屋の片付けを大切な機会と心得ているふうだった。何か言いつけるか、毒のないからかい以外のことで声をかける男は私を措《お》いてほかにいなかったろう。サラが多少とも私に好意を示したのはそのためでしかあり得まい。が、それはともかく、幼い頃のことや、家の躾《しつけ》、父親の素顔などについて、私はほとんど何も知らぬままだった。サラは時に口を滑らすほかは自身を語らず、真っ向から尋ねれば、決まってそれとなく話をそらせた。私は守銭奴が小金を貯めるようにたまさかサラの口から零《こぼ》れた言葉の端々《はしばし》を拾い集め、頭の中でくり返しては継ぎ接ぎして、貯金箱の硬貨がいつかまとまった額に達すると同様、胸裏にサラの人間像を描きあげた。

はじめのうち、サラの寡黙は落ちぶれた身の上を恥じてのことと推量したが、今は違う。進んで自分を語ろうとしないのは、誤解を受けまいための用心に過ぎない。サラは何を恥じるでもなく、それ以上に、何を悲しんでもいない。ただ、自分たちが新しい世界に希望を託す時代の去ったことは不本意ながら認めている。努力は空しく、結果は無残だった。この観察を裏付ける証拠として、私はある忘れ難い場面について語らなくてはならない。王政復古が宣言された直後、私は一回り、祝典の準備に沸く街の様子を見て歩いた。新たな忠誠を表明する必要に迫られた議会派の街も、心底から王政復古を歓迎するオックスフォードのような街も、等しく慶祝に賑わって、この日は国中が浮き立っていた。誰言うとなく、夜には古代ローマの祝祭におけるごとく、噴水や側溝に歓喜のワインが溢れるという噂が広まった。家に戻ってみると、サラが私の椅子に身を沈めて嗚咽《おえつ》に肩をふるわせていた。

「どうした？　このめでたい日に、何を泣くことがある？」私は口を尖らせた。サラが答えるまで、ややしばらくの間があった。

「ねえ、アントニー。私にはめでたくなんてないんですもの」二人だけの秘密で、私は書斎に限ってサラがこのような物言いをする心安だてを許していた。サラの涙を女の僻目《ひがめ》と咄嗟《とっさ》に思ったが、憂いははるかに深刻と知れた。サラは不用意に出過ぎたことを言う女ではない。

「だといって、何がそんなに悲しいね？　折りしも空は五月晴れ。今日ばかりは大学の奢《おご》りで飲み放題、食い放題だ。国王が支配の座に返り咲くのではないか」

「何もかもが水の泡」サラは言った。「浮かれ騒いでいる人たちも、この空しさを思うなら、どうして泣かずにいられるかしら。神の王国を築こうと、二十年近くにおよんだ戦いが、一握りの欲深い特権貴族の意志で葬り去られてしまうなんて」

叡知《えいち》をもって王政復古の成就に尽くした偉人たちを、このように悪《あ》しざまに言うとは穏やかでない。忠義の臣たちの働きで王政復古は成ったとされていたし、私自身、ウォリスの手記を読むまではそのように信じて疑わなかった。サラの一言にもっと神経を配るべきだったが、この時、私は有頂天だった。

「神の意志は計り知れない」私は屈託なしに言った。「意志を実現するために、時として神は不思議な手段に訴える」

「神は身を粉《こ》にした下僕《しもべ》たちの顔に唾をしたのだわ」サラの声は絶望と憤怒《ふんぬ》に低くかすれていた。「何が神の意志なものですか。人の下に人を作ることが、どうして神の意志かしら？　宮殿で豪奢《ごうしゃ》な暮らしをしている一方で、下々《しもじも》が道端で野垂れ死にする世の中が、一部の支配に大衆が服従することが、どうして神の意志かしら？」

私は返すに言葉なく、あったにしても言う術《すべ》を知らず、ただ漫然と肩をすくめた。こんなサラを見るのははじめてだった。胸を掻き抱くようにしながら、怨嗟《えんさ》の眼差《まなざ》しで体を前後に揺する姿に不快を覚えると同時に、なぜか私は強く惹かれた。気圧《けお》されつつも、そのまま立ち去るわけにはいかず、私は投げやりに言った。「どうしてもこうしてもない。知れたことだ」

「だとしたら、そんな神に用はないわ」サラは軽侮に口を歪《ゆが》めた。「あるのは憎しみだけ。神の方でも、私やこの世の有象無象《うぞうむぞう》を憎んでいるでしょうけれど」

私は腰を上げた。「もういい」棘《とげ》を孕《はら》んだ言い分もさることながら、それ以上に階下の誰かに聞かれることを私は恐れた。「この家で、そういう口をきくことは許さない。身のほどをわきまえてものを言うことだ」

サラは軽蔑しきった顔で私を見返した。一瞬にして信頼を失った、これがはじめてのいざこざだった。サラの瀆神《とくしん》を憂えて私は深く傷ついたが、喪失の痛みはもっと大きかった。

「ええ、ミスター・ウッド。どうやら、わかりかけてきました」サラは言い捨ててついと出ていった。侮蔑を込めてドアを叩きつけるように閉じるでもなかった。私はすっかり落ち込んで、何としても気持が片付かず、午後中、跪《ひざまず》いて神に祈った。

王政復古を祝うその夜の祭典は、生粋《きっすい》の王党派が望み得る限りの盛大な饗宴《きょうえん》だった。街と大学は対抗意識を剝《む》き出《だ》しにして国王への忠誠を競い合った。当時すでにローワーとその一党の知己《ちき》を得ていた私はいつもの面々に交じってカーファックスでワインを呷《あお》り、クライスト・チャーチで腹を満たしてから、さらにワインと佳肴《かこう》のあるマートンへ場所を移した。歓楽の一夜であるべきはずだったが、サラの悲嘆に毒されて、私は鬱々《うつうつ》として楽しまなかった。ダンスの輪には加わらず、歌は不調法で、もとより演説や乾杯には出る幕もなし、山のように用意された料理にもまるで食欲が湧かない。このようなめでたい夜に、何たることだろう。わけても、久しく国王の帰還を待望していた私がこのありさまとは情けない。心ここにあらず、浮かぬ顔の私は周りにとって迷惑な足手まといだった。

「おい、どうした?」ローワーは息を乱してダンスから戻ると、勢い込んで私の背中をどやしつけた。早くもいささか酩酊の気味である。私は傍《かたわ》らの側溝にうずくまっている細面《ほそおもて》の男を指差した。男は泥酔状態で涎《よだれ》を垂らしていた。

「見ろよ。知っているか? この十五年、選《え》り抜《ぬ》きの権威を笠に王党派を迫害して、狂信を煽《あお》ってきた男だ。それが、どうだ。今では誰よりも忠義な国王の臣下だそうな」

「権勢をふるった報いには、どうで早晩、地位を追われる身の上だ。束の間、憂《う》さを忘れさせてやれ」

「はあて、それはどうかな。世の中がぎくしゃくしたところで、きっと立ちまわって生き延びるやつがいる。こいつもそんな一人だ」

「いやはや、君は呆《あき》れ返った拗《す》ね者だな、ウッド」ローワーはにんまり笑った。「史上、かつてないこの輝ける日に、そうやって苦虫を嚙みつぶしたような顔で、眉間に皺《しわ》はいただけない。さあ、ぐっと飲んで、余計なことは忘れてしまえ。さもないと、人から隠れ再浸礼派と思われるぞ」

私は無理にもグラスを重ねた。ほどなく、ローワーたちはうち連れてどこかへ繰り出したが、とうてい付き合う気にはなれなかった。私には浅はかと見える一同の陽気なふるまいに、ますます胸が塞いで、不覚にも涙が頰を伝い落ちた。私はカーファックスへ引き返した。思えば、これが運命の分かれ目だった。独りでワインを傾けていると、路地裏で哄笑《こうしょう》が弾けた。街中が浮かれ騒いでいる夜のことで、別段、不思議はなかったが、ただ、その笑い声には何とも名状し難い、それでいて底意地の悪い、紛れもない威嚇《いかく》の響きがあった。何ごとかと路地を覗くと、無頼の若者一味が壁に向かって半円陣を作り、口々に罵声を発しては笑い立てていた。いかさま大道芸人か辻芸人が化けの皮を剝《は》がれて吊し上げを食っているのかと思ったが、何とこれはしたり、追い詰められて壁を背に、髪ふり乱し、目を爛々《らんらん》と光らせているのはサラではないか。若者どもは口を極めて罵った。淫売、売国奴《ばいこくど》の妾腹、魔女の娘……。

じりじりと詰め寄る若者どもは、悪態の種が尽きれば手を上げるだろうことは目に見えていた。サラは私に気づいた。目が合ったが、救いを求める嘆願の色はなく、悪罵《あくば》は耳を素通りして、サラはただ何かをじっと待っているふうだった。当人が求めていずとも、ここは救いを必要とするところで、躊躇《ためら》っている場合ではない。私は人垣を分けてサラの肩を抱き、こじくるように路地口へ引き向けた。咄嗟のことで、暴徒らは度を失ってなす術もなかった。

幸い、表通りは目と鼻の先だった。楽しみを奪われて、暴徒らが黙っていようはずがない。これが寂しい場所だったら、歴史学者という私の肩書きも何ら護身の役には立たなかったろうが、すぐそこに、酔っても本性を違えぬ群衆が溢れていたおかげで、遺恨が暴力に発展する前に、私は危険を脱した。祝祭の歓喜に沸く人波に揉まれているうちに、暴徒らは別の獲物を求めて散り散りに去った。私は息切れがして、心臓はでんぐり返っていた。恐怖と酔いが重なって、冷静を取り戻すのは骨だった。土台、こんな場面で体を張る柄ではない。サラよりも私の方がよほど狼狽《うろた》えていた。

危ないところを助けられて、サラは礼を言うでもなく、ただ諦めとも悲しみともつかぬ顔で私を見上げるばかりだった。と、そこで肩をすくめて、サラは踵《きびす》を返した。釣られて私は小走りに後を追った。家に向かうと思いのほか、ブッチャーズ・ロウのはずれから、ますます足を速めて宮殿の裏手の荒れ地を突っ切った。私は心臓が口から飛び出すかと思うほど胸苦しく、頭はくらくらして、ついていくのがやっとだった。

そこはパラダイス・フィールズの名で知られ、かつては豊かな果樹園だったところだが、今は打ち捨てられたまま荒れるに任せて見る影もない不毛の地だ。サラは足を止めて向き直った。私が追いつくと声を立てて笑ったが、頬は涙に濡れていた。手を差し伸べると、浮木に縋《すが》るかのようにむしゃぶりついてきた。

エデンの園のアダムと同じく、パラダイス・フィールズで、私は罪を犯した。

サラが何と思って肌を許したかは知る由もない。私には与える何もないことを心得ていたろうに。金はもちろん、夫婦約束など思いも寄らない。おそらく、私はほかの男どもより優しく、それがサラにとっては救いだったろう。サラの方でも、多少の温もりを求める気持があったかもしれない。私はふり返って、それ以上と自ら驕《おご》る筋はなし、だといって、それ以下と自分を貶《おとし》める気はさらさらない。なるほど、サラは処女ではなかったが、断じて商売女ではない。その点、プレストコットはてんから間違っている。貞淑なサラをあのように悪しざまに言うとは、男の風上にも置けない卑劣漢だ。終わって涙がおさまると、サラは身繕《みづくろ》いをして静かに歩み去った。私は後を追わなかった。翌日、サラはやってきて、何ごともなかったようにキッチンを掃除した。

私はどうしたろうか。このことは、私の祈りに対する神の答だったのだろうか。私は思いを遂げて満足し、心の瘧《おこり》が落ちたろうか。いや、現実はその逆で、情炎はますます燃えさかり、私は体のふるえや蒼ざめた顔から心中を見透かされることを恐れて、サラとまともに目を合わせる勇気もなかった。私は部屋に閉じこもり、罪深い意識にさいなまれつつ神に祈って許しを請うことをくり返した。数日後、サラが部屋に上がってきた時の私は、まるで幽霊かと紛《まが》うほどだったに違いない。階段を踏む耳慣れた足音を、私は激しい恐怖と舞い立つ歓喜の入り交じった気持で聞いた。後にも先にもないことだった。いきおい、舞台を勤める役者のように、私は四角張って横柄にふるまい、サラは小間使いを演じながら、互いに口を開くことを念じた。

少なくとも、私は待っていた。サラの胸の内は察する術もない。部屋の片付けを念入りに、と言えばサラは黙って従った。火を熾《おこ》すように命ずれば、おとなしく粗朶《そだ》を焚きつけた。とど、私は一人にしてくれと言った。サラはバケツを提げて戸口へ向かった。

「ちょっと、ここへ」私は呼び止めたが、その先が続かなかった。ありていは、言うことがありすぎて言葉にならなかったのだ。私は床を跨いでサラを抱きすくめた。サラはまっすぐに立ったまま身じろぎもせず、仕置きに堪える態度で私のするに任せた。

「そこへかけてくれないか」抱擁を解くと、今度もサラは言う通りにした。

「言われたように、こうして椅子にかけました」私の沈黙をもどかしく感じてか、サラは言った。「何か用がおありかしら」

「君が好きだ」私は焦って声が上ずった。

サラは首を横にふった。「まあ、嘘ばっかり。どうしてそんな」

「しかし、一昨日の……あれは何でもないことかな？　あのことに意味もないほど、君は世間ずれしているのか？」

「それは、何でもないとは言いません。でも、私にどうしろとおっしゃるの？　あなたを慕って、焦がれ死にすればいいの？　週に二度、部屋の掃除をする代わりに、あなたの女になれって言いなさるの？　でも、そちらは？　私を妻にする気がおありかしら？　間違っても、そんなつもりはありませんよね。だったら、どうなるものでもなし、こんな話、するだけ無駄というものだわ」

　サラの現実主義には閉口した。ともに悩み苦しみ、二人を隔てる運命の非情を恨むことを私は願っていたのだが、サラの固陋《ころう》な性癖がそれを許さなかった。

「そういう君は何さまだ？　男は大勢知っているから、そこへ一人、私が加わったところで、何ほどでもないか」

「大勢？　ええ、あなたがそう思いたければね。でも、あなたが言う意味とは違ってよ。私が寝るのはただ愛のため。それも、私の気持一つだわ」

　こうあっけらかんと言われては、話の持っていきようがない。私がサラの純潔を穢《けが》し、サラが堕落を悔いて涙に暮れているのであれば、理解を示して慰めることもできたろう。多少は知恵も貸せる。これで伊達《だて》に本を読んではいない。だが、サラにとって喪失は取るに足りないことで、私以外の誰かに惜しげもなく処女を与えたと聞かされるのは穏やかでなかった。どう考えても神の意志に悖《もと》るふるまいで、風の吹きまわしでは済まされない。が、私は努めて大目に見た。それはそうだろう。サラにはサラの生き方がある。主従の分はさることながら、しょせん、私の思い通りになる女ではなかった。

「アントニー」サラは私のもやもやを察して静かに言った。「あなたはいい人よ。キリスト者たろうと努めていることもわかるわ。でも、あなたの心は見え透いているの。あなたにとって、私は憐《あわ》れみをかける格好の相手でしょう。あなたの前で、私はお行儀のいい素直な女でなくてはいけないの。でも、あなたはパラダイス・フィールズで私を玩具にした挙げ句、もっと似寄りの、良家の娘を結婚相手に選ぶのね。私は酔ったあなたを誘惑して罪に落とした娼婦だわ。そう思えば祈るにも楽だし、疚しい心も慰むでしょうから」

「私のことを、そんなふうに思っているのか？」

「そうよ。仕事の話を聞かせてくれる時は、何の衒《てら》いもないけれど。あなたは私が何者かも忘れて、ただ話す喜びに目を輝かせているわ。そういうあなたは誠実だし、思慮深くて、言葉に厭味がないの。これまでそうやって私をまっとうに扱ってくれたのは、あなたのほかに一人だけ」

「その、一人というのは？」

「父よ。とうに亡くなっていることが、最近になって知れたけれど」

サラの目に悲しみの色を見て、私は深い同情の念に駆られた。私自身、十になるやならずの頃に父を失って、その嘆きは痛いほどよくわかる。思うに、その間の事情は悪意に歪められてサラの耳に伝わったろうが、じかに話を聞いて、私はますます心が痛んだ。父親は不服従を掲げるかつての扇動家に立ち返って処刑されたという。

詳しいことはわからず、しょせんは闇から闇であったろう。こうした場合、軍が遺族に誠意を示した例《ため》しはかつてない。が、それはともかく、扇動はようやく目に余るまでになり、逮捕されたネッド・ブランディは軍事裁判もそこそこに絞首刑に処せられた模様だった。遺体は無名戦士の墓に葬られた。故人が従容《しょうよう》として死についたことはサーロウの知るところで、ウォリスも後にこれを語っているが、家族にとってはせめてもの慰めであったに違いないその事実も、ついに伝えられぬままだった。それどころか、サラも母親もネッド・ブランディの墓所を知らず、訃音《ふいん》に接したのは処刑から数ヶ月を経て後のことだった。

家の者には不快と偽って、私はサラを母親のもとへ帰した。サラは私の好意を徳としたろうが、翌朝、常の通りにやってきた。以後、父親のことはいっさい口にせず、悲嘆を胸に秘めていたが、誰よりもサラをよく知っている私は、忙しく立ち働く小間使いの目に、時折り孤絶の寂寥《せきりょう》を見て取った。

かくてサラに対する恋慕の情は私の心に深く根をおろした。私の苦悩についてはこれ以上、何を語ることもない。相変わらず、私はサラと顔を合わせる週に二度の機会を待ち焦がれ、その間、折りを見てはパラダイス・フィールズで逢瀬を重ねた。人に知られぬ用心は、サラとの交際を恥じたためではない。ただ、ひたむきな心情が居酒屋で物笑いの種にされるのは堪えられなかった。私は人からどのように見られているか知っている。私に恩義を感じて然るべき朋輩も含めて周囲の嘲弄《ちょうろう》は、生涯かけて私が負い通した十字架である。コーラはその手記で再三、ロックやローワーの発言にも触れているが、二人とも面と向かって私を鼻であしらうことはなかったし、今なお私は二人を友人として遇するに吝《やぶさ》かでない。プレストコットは私の助けに縋ってておきながら、陰へまわって私を嘲罵《ちょうば》した。ウォリスもその点は同じである。私は募る恋情を他人の冷笑に晒したくなかった。サラと私の関係が知れ渡れば、口さがない酔客らの笑い種になることは目に見えている。

とはいえ、情事はほんの一幕に過ぎない。日々、あらかたは仕事で塞がっていた。折りしも自分の方法に懐疑が深まり、私は次第に歴史の解釈を離れてただ事実を蒐集することに傾いた。包囲戦の史実はひとまず措いて、石碑や真鍮《しんちゅう》の銘に刻まれた記録を辿り、世代を遡《さかのぼ》ってこの州の礎《いしずえ》を築いた郷紳諸家の系譜を集成したのである。今でこそありきたりと思われていることの方法は私をもって嚆矢《こうし》とする。

私はわずかながらも収入を得て、かつ学問に貢献すべく、処々方々《しょしょほうぼう》の記録保管所を経巡《へめぐ》って久しく放置されている古文書の目録を作った。過去のないところに果たして何があろう。過去を失えば、人間、何の価値もない。古文書をただちに利用する考えはなかったが、心ある史家の役に立つように資料を整理することは私の務めであり、歓びでもあった。訪ねてみれば、オックスフォードの図書館はどこもかしこも目を覆うばかりのありさまである。人々が党派心にかまけて学問を忘れ、新しい目でものを見ることができずに先人の知恵をないがしろにした数十年、貴重な文献は埃《ほこり》をかぶって眠っていた。私は古記録の保存と目録作りに微力を尽くして学問の大海に足を踏み入れたが、人の寿命はその水底に待ち受ける法悦の一端に触れるにも短すぎることを思わずにはいられなかった。知りたいと願う心を授かりながら、充分に知るだけの時間を与えられていないとはいかにも酷ではないか。人はみな知に飢え渇いて一生を終える。これこそは、われわれの学ぶべき最大の教訓である。

この仕事を通じて、私はウォリス博士と知り合った。教授の身で、本来その地位を許されるべきでなかったにもかかわらず、ウォリスは私が何を措いても分け入ろうとした宝の山、大学公文書館の館長だった。ウォリスの偏執が、久しく惨憺《さんたん》たる状態のまま打ち捨てられていた古文書の類従になにがしかの秩序をもたらしたことは事実としても、私なら人知れず、ウォリス以上に手際よく、年俸三十ポンドにふさわしい仕事をしおおせたに違いない。

ウォリスの並はずれた器量については、むろん、噂に聞いていた。古文書を解読する能力は大方の知るところで、自信のほども一通りではなかった。が、それはともかく、舞台裏で政府のために動いていたとは、手稿を読むまで私は知らなかった。知っていれば、何もかもがもっとすっきり割り切れる展開に終始したであろう。ウォリスは自分の知略と秘密主義に足を掬《すく》われた。よしんば自身、コーラの手記を読んではじめてそうと気づいたにせよだ。ウォリスは目をやるところ必ず敵がいて、いっさい人を信じない。誰しもが胡乱《うろん》な動機から近づいてくると見ていることは言葉の端々にも明らかである。いったい、ウォリスが多少とも人のことをよく言った例しがあるだろうか。人間はすべて愚者か偽り者、人殺し、または詐欺師か裏切り者だ。こともあろうに、ウォリスはニュートン氏を嘲《あざわら》い、ボイル氏の名誉を傷つけ、ローワーの弱みにつけ込んだ。

ウォリスにとって、他人はみな無理《むりじ》強いに曲がったことをさせてでも自分のために利用するまでの相手なのだ。同胞をそのように見做《みな》すとは、何と心貧しい男であろう。教会がウォリスごときを宮廷牧師に迎えるとは嘆かわしい。国を守るのにあのような人物を恃《たの》んだイギリスは浅ましい。誰だろうと口を極めて人を罵《ののし》るが、果たしてあんなにも多数の同朋を死に追いやり、破滅させた悪党がいるだろうか。だが、そのウォリスにしても、情愛のかけらもない人非人とばかりは言えなかった。さりながら、唯一、目をかけた相手を失った時、ウォリスは悔い改めて神に祈るどころか、それまでにもまして悪逆非道に走り、この世は何の目的に叶うものでもないと考えるにいたった。私はウォリスの思い者だった少年、マシューと顔を合わせる都度、心から同情を禁じ得なかった。ウォリスの執心は傍目《はため》にも明らかで、一つ部屋にいれば絶えず少年を見つめ、口の端《は》に上る言葉は常にマシュー絡みだった。それにしても、ウォリスが心情を訴えているくだりを読んで、私はほとほと驚き入った。邪険な態度は目に余るばかりで、マシューがよくもあの虐待に堪えていると周囲は眉を顰《ひそ》めていたのである。

雇われの身で、実の子供にくらべればまだしも心の傷は浅かろう。子供はしばしば人前で口汚く不首尾を詰《なじ》られる。年嵩《としかさ》の子供が叱責に堪えかねて泣き崩れるのを見たことがあるが、マシューはなおかつ際限もない厭味や悪罵を忍ばなくてはならなかった。これが親愛の表現たり得るのはウォリスならではのことだろう。ある時、どす黒い怒りに顔を歪めてマシューを責めるウォリスの乱心を見て、私は言いようのない嫌悪を憶えた。それを話すと、サラはやんわり私をたしなめた。

「あの人を、そう悪く言うものではないわ。愛情を見せたいのに、どうしていいかわからないのだから。あの人にとって神聖なのは理念だけ。理念に届かない現実は、厳しく非難するしかないのよ。完全を求めていながら、精神が曇っているから、数学を通してしかそれを感じることができないし、人を受け入れる心のゆとりがないのだわ」

「それにしても、ひどすぎる」

「そうには違いないけれど、あれも愛の形よ。わからない？　あの人にとっては、あれが救いにいたるただ一筋の道なのよ。微かながら、神が与えた命の火花を、罪なものと決めつけてはいけないわ。裁くなかれ、でしょう」

はっきり言って、そんなことはどうでもよかった。私はただひたすら記録保管所に出入りしたい一心で、そのために、文字通り鍵を握っているのがウォリスだった。チャールズ二世が亡命先のオランダから帰国して王位に返り咲き、国中に策謀と、これに対抗する計略の嵐が吹き荒れている最中、私はマートン街の家を外にして図書館へ通いつめた。古文書を分類整理して、目録を作り、注釈をつけて、薄暮の闇に文字が霞《かす》むまで仕事にふける毎日だった。冬は午後も半ばを過ぎるとあたりが暗くなり、体は芯まで冷えきった。夏は鉛葺《なまりぶ》きの屋根に日が照りつけて、喉の渇きは耐え難かった。しかし、照り降りも、世上の波風も、仕事に障るものではなく、いつか私は身のまわりで起きていることにすっかり疎《うと》くなっていた。昼は一、二時間の休みを取って、時たまローワーをはじめ、親交のある誰やらと食事をともにした。夜は生涯を通じて常に無上の歓びであり、慰めであった音楽に興じて疲れを癒やした。ジェイスン・プラテンシスは言っている。音楽は心を楽しませ、頭を寛《くつろ》げ、激情を鎮める。レムニウスも、音楽は血の流れをよくして動物精気を宥《なだ》めることを言った。バートン氏によれば、木々はオルフェウスの竪琴《たてごと》を聞きたいばかりに根を引きちぎってまで近づいた。アグリッパは、アフリカの象がことのほか音楽を好み、曲に合わせて踊ると言っている。どれほど打ち沈み、草臥《くたび》れきっていようとも、気の置けぬ仲間とヴィオールをいじって過ごす一時は、まず間違いなく満足と安らぎを約束した。私は一人の時も、相手がいる時も、毎晩、祈りの前に欠かさずヴィオールを奏《かな》でることにしていたが、これが安眠を誘う何よりの方法だった。

週に二度、時には三日にあげず集まって連奏する顔ぶれは五人だった。楽興これに優《まさ》るはない。ほとんど口もきかず、深く知り合った同士でもなかったが、音楽に親しむ一夕は、お互い、何をもってしても絶ち難い友愛の絆に結ばれていた。私は抜きん出た弾き手でもなければ、同衆の足を引っ張るへぼでもなかった。ただ、弛《たゆ》まず稽古に励んだ甲斐あって、腕前を見せることも稀にはあった。はじめの頃はどこと言って決まった場所もなかったが、一六六二年にクイーンズ・カレッジの隣にコーヒーハウスが店開きして、その二階が練習場になった。ハイ・ストリートを下ったボイル氏の下宿の向かいである。

ここで私はトマス・ケンと出逢い、その縁でジャック・プレストコットと知り合った。プレストコットも言う通り、今やケンは主教の身で、押しも押されもしない存在である。威風堂々として悠揚迫らず、その賤しい出自を聞くならば、以前を知らない者はみな目を丸くして驚くに違いない。ひたすら精進を旨として痩せ細り、イエス・キリストとの交わりのほかは念頭になかった禁欲の求道者は、年を経て、でっぷり太った宗門の泰斗《たいと》に成り上がり、公邸に住んで四十人の下僕にかしずかれつつ、市井の民に慈善を施《ほどこ》し、体制がどうであれ、現在自分の収入源を握る権力には忠誠を誓っている。己が良心を庶民の安寧《あんねい》に資する意思は、それなりに心情の表現ではあろう。が、当人の満足は知らず、私は感心しない。ニュー・カレッジの特待生だった若き日のケンが懐かしい。当時、唯一の慰みは私たちとヴィオールを合わせることだったが、音楽の才に乏しく、技量は拙《つたな》く、どうにも話にならなかった。しかし、熱意だけは人一倍で、頭数《あたまかず》が足りない折りから、私たちはやむなく迎え入れたのだ。そのケンが、悪辣《あくらつ》な言葉でサラを絞首台へ押しやったと知った衝撃は大きかった。右を見ても左を見ても、サラの死を待望するばかりで、この私すら、底意地の悪い運命は何故あってかサラの破滅を逸興として、手当たり次第に人をサラの敵にしている、と感じたほどである。

私の取り持ちで、サラはグローヴ博士に雇われることになった。一夜、音楽仲間が集まった席で、トマス・ケンが何の他意もなく、仕事を探している小間使いを知らないか、と言ったのがきっかけだった。特別研究員として大学に戻ったばかりのグローヴが人を捜しているところから、ケンはここぞと張り切った。グローヴが目をかけて後ろ盾になってくれたら願ったりで、ケンは歓心を買うことに急だった。だが、不幸にしてグローヴはケンのような素姓賤しい男は自分の学寮にふさわしからずと、ことごとに撥ねつける態度を示した。ケンの好意も空しく、教区をめぐる険悪な諍《いさか》いを待つまでもなく、対立の溝は深まった。

私はケンに心当たりがある旨を伝え、次にサラに会った折りにそのことを話した。週に一度、部屋の掃除をして、水と石炭を運び、便器の始末と洗濯をして六ペンスという条件である。

「別に不足はないけれど」サラは言った。「その人は誰？ 召使いに手を上げることを何とも思わないような人なら、ごめんこうむりますからね。言うまでもないでしょう」

「付き合いがないので、人物は保証できない。久しい以前に大学を追われて、つい最近、復帰したばかりだ」

「じゃあ、王権神授説を信奉するロード派かしら。私は筋金入りの王党派に雇われるの？」

「再浸礼派がいるものなら紹介もしようが、今時、働き口を捜すとしたら、グローヴのところしかない。引き受けるかどうかは君次第だが、とにかく、会うだけ会ってみるといい。存外、君が恐れているような悪者ではないかもしれないだろう。それはともかく、この私自身、筋金入りの王党派だ。にもかかわらず、私の前で君はどうにか嫌悪を隠しおおせているではないか」

ここで私を見返したサラの愛くるしい笑顔は今も記憶に焼きついている。「あなたみたいに優しい人はなかなかいないわ。残念だことね」

サラはあまり乗り気でなかったが、背に腹は替えられず、グローヴに会って、仕事を引き受けた。私はささやかながらも人のためになる喜びを知って満足した。これによってサラは暮しが立ち、切りつめればいくらか蓄えもできるようになった。生まれてはじめて安定したまともな境遇に恵まれて、サラは心が和む様子だった。私にとっても、それは前途を照らす光明に思われて、喜ばしいことだった。私はサラの幸運を祈り、この国もまた、往く道のなだらかなることを期待した。悲しいかな、私の楽観はおよそ見当違いだった。

第三章

私は先を急ぎすぎている。すべてを書き記そうと逸《はや》るあまり、少なからず肝腎《かんじん》なことが脱落する虞《おそれ》なしとしない。ここは事実の取捨選択と配分を考え、本稿を読むであろう諸賢の目に一部始終の成り行きが明らかとなるように努めなくてはなるまい。それこそが歴史本来のあり方ではないか。歴史の目的は、優れた先人の高貴な行いに光を当て、堕落した当代の凡愚が学ぶべき規範を示すことであると、哲学者は言う。だが、思うに偉人とその徳行は自《おの》ずから顕《あらわ》れるものであり、それとても、厳密な検証に耐え得る例は極めて稀である。どのみち、かかる哲学者の見解が不問に付されようはずがない。神学者は指をふり立てて主張する。その説くところ、歴史の真の目的は、人間の営みに介入する神の御稜威《みいつ》を顕示することである。世の実情を見る限り、これもまたいかがわしい解釈と言わざるを得ない。列代の王が定めた法律や、政治家のふるまい、主教の言葉に、果たして神の意志が正しく示されているだろうか。

世にはびこる偽り者、卑劣漢、偽善者どもを、選ばれた神の代理人と無邪気に信じられようか。とうてい信じるわけにはいかない。われわれがヘロデ王の政治を研究するのは教訓を学ぶためではなく、歴史のどこにも記述されていない数ならぬ市民の声を聞こうがためである。ローマの史家スエトニウスや、同じくローマの将軍アグリコラの著作を繙《ひもと》いてみるがいい。プリニウス、クインティリアヌス、プルタルコス、ヨセフスらの述作を熟読玩味するがいい。何と、これら賢人の叡知《えいち》と学識をもってしてなお、人類の歴史を通じて最も重要、かつ重大な出来事がまるで等閑視されているではないか。ベーコン卿も述べている通り、ローマ皇帝ウェスパシアヌスの時代、ユダヤに生まれた男がやがて世界を支配するであろうことが預言された。救い主イエス・キリストの降臨を指した預言であることは言うまでもない。にもかかわらず、タキトゥスはその『歴史』において時の皇帝、ウェスパシアヌスその人を救い主に擬しているのである。

加えて、歴史家たる私の務めは真実を提示することである。これについては、過去の出来事を第一原因、事件の経過、要約、寓意と、一般に認められている順序に従って述べるならば、その時代の特異な情況を誤りなく伝え得るであろう。時あたかも一六六三年、国王は失墜の危機に瀕し、数多《あまた》の非国教徒が投獄されて、北海に風雲急を告げ、大火とそれに続く疫病大流行の前兆か、打ち重なる厄災や凶事が国中を脅かした。これらはすべて二の次で、ただ何にもまして重要な事件、グローヴの死の背景に過ぎないとみるべきだろうか。それとも、翌年の戦乱に契機を与え、またしても市民に辛苦の消耗を強《し》いた廷臣どもの策謀こそが由々《ゆゆ》しい大事であって、グローヴの不幸な死も、この街で起きた出来事も、いっさい無視すべきだろうか。

回顧録作者は前者、歴史家は後者の立場を取るだろう。が、おそらくは、いずれも誤りだ。自然哲学者と同様、歴史家はややもすれば理知の十全なることを信じ、あたかもすべてを視野におさめて理解しているかのように自身を欺《あざむ》く嫌いがある。あまつさえ、その苦労の過程で重要な事例を黙殺し、自身の知恵の重みをもってこれを深く埋没せしめる。不備を補わずしては、人間の理性は何ものをも把握し得ず、ただ幻影と虚構を生むしかない。幻影と虚構は、もはやこの上はないまでの確信を与え、これに取って代わるものがない限り、飽くまでも真実である。ここにおいて理性は柔《やわ》で無力な武器に過ぎず、他愛ない小児の玩具と選ぶところない。トマス・アクィナスも言うように、利得にあらず、報償にあらず、理知を超越した天啓のみがよく人間の頭脳の遠くおよばぬ明知の光あまねき場にわれわれを誘う。

それはともかく、神秘主義者の饒舌《じょうぜつ》は本稿の趣意に沿うものではない。歴史家は天職を忘れず、厳密正確に事実を記述しなくてはならない。それ故、ここは王政復古の前夜、一六六〇年代初頭に立ち返るとしよう。私はまだパラダイス・フィールズを知らず、サラは母の家で働きだして間もない頃である。回りくどい話は抜きにして、少しく反乱の内実を聞いておきたいと、ある日、思い立ってブランディ母子の陋屋《ろうおく》を訪ねた。狭い路地に沿っていくと、目指す家から背の低い痩せぎすな男が現れて向こうへ遠ざかった。男は旅行者が用いる雑嚢を背負っていた。私は何の気もなく後を見送ったが、多少とも好奇心が疼《うず》いたとすれば、それはただ相手がサラの家から出てきたからでしかなかった。若者ではなし、かといって、年配でもないその男はいかにも用ありげな足取りで、ふり向きもせず立ち去った。一瞬、私の視野をよぎった横顔は精悍《せいかん》で陰りがなかったが、生涯の大半を雨に打たれ、風に曝《さら》されて暮らしてきたかのように皺《しわ》が濃かった。髯《ほおひげ》はきれいに剃って、ブロンドに近い明色の蓬髪《ほうはつ》に無帽の拵《こしら》えである。背は高からず、小作りながら強靭《きょうじん》なバネを感じさせる体軀《たいく》は艱難辛苦《かんなんしんく》をものともせず、眉一つ動かすでもなく耐え凌ぐ人物であることを語っていた。

ネッド・ブランディの姿を目にしたのは後にも先にもこの時だけである。ほんの一足違いで機を逸したと思うと今もって悔やまれてならない。しかし、会ったところで時間の無駄、とサラは言った。ネッドはなかなか人と打ち解けず、ましてや容易に相手を信じない。家族と一生の別れとなったこの日とて、たとえ常ならず頭を悩ませていなかったとしても、ネッド・ブランディが隔てなく私に対したとは思えない。

「とはいえ、なろうことなら知己《ちき》を得たいと思う気持に変わりはない」私は言った。「この先、二度と顔を合わせまいものでもないだろう。ここへ来ることは、わかっていたのか？」

「いいえ、何の前触れもなく。ここしばらくはほとんど会うこともありませんでした。父は居どこ定めずですし、母はもう年老いて、一緒に転々と渡り歩くわけにはいきません。それに、父は私たちがここにこうして母子二人で暮らしていた方がいいと思っています。そうには違いないけれど、とても寂しくて。私にとって、父は誰よりも大事な人ですから。私、父のことが心配でなりません」

「どうしてまた？　ほんのすれ違っただけだが、自分で自分の面倒は見られる人のようではないか」

「そうですとも。その点を案じたことはありません。ただ、ここを発った時の思いつめた様子がいつもとは違って、それが怖いのです。何やら深刻な顔つきで、くれぐれも用心するようにと言いました。気にかかるのはそのことです」

「男たる者、家を留守にする間、妻子のことを気遣うのは当然だろう」

「ジョン・サーロウという人を知っていますか？　名前を聞いたことがありますか？」

「もちろん、名前は聞いている。君が知らないとは、意外だな。で、サーロウがどうしたって？」

「父が用心しろと言った中の一人です」

「私がこれを持っていると知ったら、きっと奪いに来るからと」

サラは炉端の床に投げ出されている大きな粗布の包みを指差した。太い縄を絡げて、結び目をことごとく封蠟で固めた物々しい包みだった。

「中身は何か、知りません。でも、開ければ命にかかわる、と父は言いました。ここにあることが人に知られたら、それだけで命を狙われる。どこか安全なところに隠して、父が取りに来るまで、決して人には漏らすなというのです」

「とはまた何故に？」

「パンドラの話は知っているかな？」

サラは眉を寄せて頭をふった。そこで、パンドラの匣《はこ》の話を聞かせると、半ば上の空ながらも耳を傾け、いくつか的を射た質問を発した。

「パンドラの匣になずらえて、含みのあるお話ですが、もとより父の言いつけに背《そむ》いたりはしません」

「そう言いながら、父親がまだ街を出てもいないうちに、もう私に話しているではないか」

「ここには隠すところがありません。どこかへ隠したところで、捜す方が本気なら、たちまち見つかってしまうでしょう。安心して預けられる知り合いも、この界隈にはおりません。そこで、口の堅い方と信頼して、一生のお願いです、ミスター・ウッド。これを預かってくださいませんか。こっそり隠して、私に断りなく開けないように。そして、このことは誰にも言わない約束で」

「中は何かね？」

「さっきも言ったように、私は知りません。ただ、これだけははっきり言えます。父は決して卑怯なことはしません。人に苦しみを与えたり、危害を加えたりということは断じてありません。ほんのしばらくです。何週間かしたら、お戻しいただくことになりましょう」

とど、私は包みを預かることに同意したが、このやりとりを読んで人は驚き呆《あき》れるのではなかろうか。まかり間違えば幾多の禍《わざわい》をもたらすかもしれない怪しげな包みを秘匿するに、私を信じて託したサラはいかにも愚かしい。それでいながら、この選択は賢明だった。ひとたび口から外へ出した私の言葉は神聖冒すべからずで、私自身、サラの信頼を裏切る気は毛頭なかった。包みは持ち帰って書斎の床下に隠し、人が手を触れることは疎《おろ》か、疑惑を懐《いだ》くことすらないまま歳月は過ぎた。何はともあれ、言葉を違《たが》えて包みを開ける私ではない。もとより、拒むことなど思いも寄らずに頼みを聞き入れたのではなかったか。すでにすっかり心を奪われていた私は、サラをつなぎ止め、かつ、サラも恩に着ることならば、何であれ要求に応じる考えだった。

今さら言うまでもないことながら、包みの中身はブランディがジェイムズ・プレストコット卿に見せ、サーロウがその害を憂《うれ》えて長の年月、奪回に腐心した一連の文書だった。サーロウの手の者が家捜《やさが》しに踏み込んで、アン・ブランディは致命傷を負った。ブランディが世を去り、ジェイムズ・プレストコットが逐電して後、文書探索のためにサーロウ配下の密偵らは無制限の権能を与えられて八方に散った。サラの家はくり返し狼藉《ろうぜき》に遭い、当人の知友ばかりか、両親の知る辺までが執拗に、厳しく詮議された。そもそもコーラがオックスフォードへやってきたのはこの文書のためであり、サーロウがサラの口を封じる算段でジャック・プレストコットとウォリス博士を操り、サラを絞首台へ追いやったのも、もとはと言えばすべてこの文書だった。

そうとは知らずに私は約束通り文書を預かり、まさか私の手許にあろうとは、人は思いも寄らなかった。

もし誰か、それなりのわけがあって拙稿を読むとしても、私にこれを書かせるもととなった三人の手記ほどには興味をそそらないのではないかと恐れずにはいられない。私もまた先の三人と同じく、不動の確信に身を委ねて直截明快《ちょくせつめいかい》な事実を書き連ねることができるといいのだが、現実はそれを許すほど単純ではない。加えて、これまでに記したところからすでに明らかであろう通り、三人が三人とも、真実とは似て非なる幻想を語っている。私は矛盾や混乱をすべてありのままに述べる決心である。さらぬだに、自ら重厚な存在を誇る柄ではなし、自身の見聞や言行のほかはいっさい捨てて顧みない独善は身のほど知らずの誹《そし》りを免れまい。私はただ、時の流れに弄《もてあそ》ばれ、散逸した事実の断片を綴《つづ》るまでである。

閑話休題。ここは本筋に戻って先を続けるとしよう。サラと知り合ってかれこれ四年、国は安泰《あんたい》のうちに二年が過ぎた一六六二年半ば、私は人生の成り行きにそこそこの満足を覚えていた。日々の暮らしは決まりきっていたが、その分、報われるところも少なくなかった。夜に入れば食事をともにし、音楽の歓びを分かち合う友人に恵まれ、仕事はかねてから手探りで尋ね求めていた目標がようよう見えはじめて、知識の収穫は日ごとに豊かさを増した。家に憂いの種はなく、遠縁の従兄弟《いとこ》も含めて身内の誰一人、金銭上の迷惑や、不名誉ないざこざを持ち込みはしなかった。私は些少ながらも職住の用を賄《まかな》って余りある年俸を約束された身の上である。むろん、収入は多いに越したことはない。すでに、所帯を持つだけの貯えは望みがないとわかっていたが、いくらかなりと余裕があれば迷わず書籍を購《あがな》えようし、手続きを誤らなければ、人生に光輝を添える慈善活動にも、もっと力を注ぐことができたろう。

いや、それしきの不如意《ふによい》は問題とするに当たらない。私は、周囲と同じように豊かでなくては気が済まず、貧苦を憑きもののように心得ている世の不平家とはわけが違う。当時の仲間はみな、私などおよびもつかぬ裕福な身分になった。ローワーは今やロンドンで誰よりも流行《はや》っている医者である。ジョン・ロックは気前のいい富裕な貴族の庇護を得て、敵対する勢力に追われるまでは政府の要職をいくつも兼務して桁外れの年金を保証されていた。トマス・ケンですら、主教の特権で盛大に腹を肥やした。だが、私は立場を交替したいとは思わない。絶えず俗事に煩《わずら》わされるのはまっぴらだ。世の中、ひたすら栄達を求めない限り、前途はただ零落《れいらく》である。富と名声はしょせん泡沫でしかない。いずれも私には縁がなく、よって失うこともない。

おまけに、あの三人は揃いも揃って満足にほど遠い。金の価値を知りすぎているからだ。かつて自ら志し、夢に描いた大事業を思っては人生の盛りが過ぎたことを悔やんでいる。ローワーは家族を抱え、実の子ばかりか甥や姪をも養わなくてはならず、常々家計の圧迫に怯《おび》えている。それがなければオックスフォードで名声の木に手ずからその名を刻んだことだろう。開業医の道を選んで、医者としては流行《はや》ったが、その後これといって学術上の業績は残していない。ロックは厚遇をもって報いた権力を忌《い》み嫌いながら、習い性となった贅沢が忘られず、身の保全のため、アムステルダムに蟄居《ちっきょ》を余儀なくされている。ケンはどうか。よくもまあ、あそこまで立ちまわったものよと、驚嘆のほかはない。いつの日か、信念の声に従って公然と衆目に身を晒《さら》すだろうが、それまでは、もっぱら慈善事業の拡大によって自己批判の悪魔を宥《なだ》めつつ、自ら招いた苦難のうちに生きるしかない。

かく言う私は、生き甲斐のある仕事に精を出していれば満足で、その上、何を求めることもなかった。とりわけ、当時は自分の立場に甘んじて憂いを知らず、心を乱す隠微な願望のつけいる隙などあろうはずもない。先に述べた通り、グローヴ博士という確かな雇い主にサラを世話してまずは一安心だったし、この分でいけば風向きが悪くなることもあるまいと高をくくっていた。それが、三人の手記を読むうちに、そこで語られていることどもが徐々に私の世界を侵し、やがては壊滅を仄《ほの》めかした。健全な学問と、静穏な人生に欠くべからざる心の平衡を取り戻すのにどれだけの時間を要したろうか。いや、ありていに言って、ついにそこまではいたらなかった。

満足の幻影に罅《ひび》が走ったのは秋も深まった頃だった。ボドレアン図書館の黴《かび》と埃《ほこり》を吸って一日を終えた暮れ方、私は居酒屋に寄って疲れを癒やした。何を思い煩うこともなく、頭を空《から》にして心静かに寛《くつろ》いでいる折りしも、垢染みた下層の市民連れのやりとりが耳を掠《かす》めた。盗み聞きをするつもりはなし、もとより聞きたくもなかったが、えてしてあることで、その言葉は耳に食い込んで心を抉《えぐ》り、私は嫌悪のあまり、冷水を浴びたように体が強《こわ》ばった。

「例の、水平派の淫売、ブランディの小娘よ」居酒屋の喧噪の中で、最初に耳にしたのはこの一言だった。以後、二人の会話はことごとに私の神経を逆撫でにした。「盛りのついた泥棒猫が」「部屋の掃除のたんびにな」「偉い学者先生も形なしだ。魔が差したな」「あやかりたいぜ」「司祭が聞いて呆れる。人間、一皮剝《む》けば、みな同じよ」「顔を見りゃあ、女の正体はわかりそうなものを」「グローヴ博士ともあろうお人がな」「誰だろうと、相手構わず股ぁ広げる女だとさ」「その気のない女なんぞいるものか」

今でこそ、この薄汚い低劣な会話は根も葉もない流言飛語とわかっているが、巷説《こうせつ》の出どころがサラを陵辱したプレストコットだったとは、当人の手記を読むまで知らなかった。が、それはともかく、たまさかのもらい聞きをそのまま信じる私ではない。酒の上で、ことさら猥《みだ》りがわしい話題を競うのはよくあることだ。居酒屋で耳にしたことがすべて事実なら、この国には貞潔な女性などいなくなってしまう。いや、私の確信が疑惑に変わったのは、プレストコットが接近してきた後のことである。疑惑は忍び寄る陰鬼と化して私の心を蝕《むしば》み、私は猜疑《さいぎ》と憎悪で息が詰まりそうだった。

プレストコットはその手記に、私がトマス・ケンに呼び出されて会ったはじめての場面を語っている。トマス・ケンは自分のおよばぬところを私が補って、夢のまた夢で終わるであろう望みは捨てるよう、プレストコットを説得するものと期待した。ケン自身もそれなりに努力したとは思うが、いっさいの批判を撥ねつけるプレストコットの剣幕に圧されて引き下がった。多少とも私が確かな事実の詳細を順序立てて話せば、さしものプレストコットも耳を傾けて、態度をあらためると、ケンは読んでいたけれどもだ。

知り合ってみれば、私はプレストコットに好感を懐けず、いかなる形であれ、実のない夢想にかかわるべきでないことがはっきりした。そんなわけで、しばらくして街角で声をかけられた時は何とも気が重く、私は理由を構えて頼まれた調べものが進んでいないことを弁解した。

「そのことなら、お気遣いは無用です」プレストコットは上機嫌だった。「どのみち、今はどうすることもできません。近々、旅に出るもので。家族に会って、それからロンドンです。例の件は、私が戻ってからでいいのです。それよりも、ちょっとお耳に入れておきたいことがありましてね、ミスター・ウッド。用心のために。お宅は由緒ある、たいそうなお家柄。おまけに、母上は並びない、立派なお人柄。そういうお宅の名誉が穢《けが》されるのを黙って見ているのは心苦しくて」

「それはどうも、ご親切に」私は面食らった。「そのような憂えがあるとも思えないが、いったい何の話かな?」

「お宅に小間使いがおりましょう?　サラ・ブランディでしたっけ」

私は肌に粟が生じるのを意識しながら答えた。「ああ。おとなしくて、よく言うことを聞く、気立てのいい働き者だ」

「ええ、ええ。そうでしょうとも。しかし、人は見かけによらぬものと、世の譬《たと》えにも言う通り、あれは存外、質《たち》のよくない女でしてね」

「あまり聞きたくない話だな」

「私だって、こんなことは言いたくありません。が、実は、あの女、別の雇い主と密通しています。ニュー・カレッジのグローヴ博士。知っていますか？」

私は不本意にも小さくうなずいた。「何を証拠にそこまで言うのだ？」

「女が自分の口から、得意げに言ったことで」

「信じられない」

「どうしてどうして。あの女、金を目当てに私に言い寄ってきましたからね。なりふり構わず、淫らな顔つきで。もちろん、私は断りましたよ。と、女は、自分がどれほど塩梅がいいか、たくさんの男が知っているという意味のことをしゃべりたてました。満足した馴染みは、数えたら切りがない。グローヴ博士はまだ日が浅いけれども、教会では得られない満足を味わっているとかで」

「不愉快極まる」

「気に障ったら謝ります。ただ、あなたのためを思って……」

「ああ、よく聞かせてくれた。礼を言うよ」

ざっとこんなやりとりだった。これ以上ではなかったが、私はひとかたならず衝撃を受けた。その当座、私はプレストコットの話をいっさい受けつけず、自分の知っているサラや、日ごとに募る親愛の情は、他人の証言よりもはるかに重みがあると考えて気を静めようと努めた。しかし、疑惑は私をさいなみ、ますます燃えさかって、ついには手もつけられぬまでになった。サラに寄せる私の好意は他人の実体験に優《まさ》るものだろうか。プレストコットは私が胸に懐く姿とは別のサラを知っているのではあるまいか。私自身の閲歴は、プレストコットの話を覆すものだろうか。サラは惜しげもなく私に体を許したではないか。金で買いこそしなかったが、その事実はサラの道徳観念について何を語るだろうか。サラが憎からず思う心で濡れかかったと取るのは私の自惚《うぬぼ》れに過ぎないのではなかろうか。考えれば考えるほど、私は現実を認めざるを得なかった。数ある中で私と情を交わした女は、一人、サラだけだ。それ故、私はのぼせ上がってしまい、サラにとって相手は誰でも構わないことに思いいたらなかったのだ。女の欲情は男よりも深く激しい。よく知られたそのことを、私は忘れていた。発情した女は飽くことを知らない。浅はかにも、男はそれを愛情と思い込む。

嫉妬――。剛毅の男や、高潔の士をさえ悩み苦しませ、破滅に追いやるこの感情は果たして何か。精神のいかなる錬金術が嫉妬の名において親愛を憎悪に、憧憬を反感に、願望を忌避に変えるのだろうか。たちどころに眠りを奪い、理性も温情も排除する嫉妬の炎に包まれて、何とて人は心頭滅却の術《すべ》もないのだろうか。フランスの政治思想家、ジャン・ボーダンは言った。嫉妬の恐怖と疑惑以上に人に責め苦を与える首吊り役人がいるだろうか。スペインの哲人ファン・ルイス・ビベスによれば、人間ばかりか鳩さえも嫉妬ゆえに狂い死にすることがあるという。ウィンザーのある白鳥は、番《つが》いの雌が見知らぬ雄と戯《たわむ》れたことを怒り、何マイルも追跡して女敵《めがたき》を殺した上、舞い戻って長年連れ添った雌をも嚙み殺した。一説に、星々の運行が嫉妬を誘起するとも言うが、レオ・エイファは嫉妬を気候のせいにしている。ケンブリッジのファインズ・モリソンに言わせると、ドイツの大酒飲み、イギリスのタバコ喫《の》み、フランスの意気地なしを見るに、いずれもその数はイタリアの嫉妬深い夫におよばない。そして、イタリアだけを取るならば、ピアチェンツァの男どもがどの土地の男よりも嫉妬深いという。

　嫉妬はまた症状の一定しない病であって、ところ変われば品変わる。人を狂気に走らせる嫉妬が、別人には何ら作用をおよぼさない。フリースラントの女は飲み物を運んでくれた男に口づけする。これがイタリアなら、男は生きていられない。イギリスでは若い男女が一緒にダンスをするが、イタリアでこの風習が大目に見られているのはシエナだけである。駐英スペイン大使、メンドーサは教会で男女が席を同じくすることをひどく嫌った。しかし、これをふしだらと見るのは男が神聖な場所でも淫らな心を隠せないスペインに限っての話である。

　とかく塞《ふさ》ぎ込《こ》む質の私は、それだけに嫉妬を懐きやすい。もっとも、癇癪《かんしゃく》持ちや、世に言う楽天家にしても、嫉妬に駆られるのは同じだろう。私は若かった。嫉妬は若気の裏返しである。聖ヒエロニムスは年寄りの方が嫉妬深いと言っているが、それについては、今は措《お》くとしよう。悲しいかな、こと嫉妬に関しては、病を知ったところでいっかな治療の役には立たない。発熱の原因を突き止めて症状を和らげるのとはこと変わり、嫉妬の理由がわかったからといって苦しみが去るものでもない。なお悪いことに、医術の世界では少なくとも診断が処方を定めるが、薬の効かない疫病に似て、嫉妬には治療の手立てがない。人は嫉妬の炎に焼かれて苦悩する。果ては炎が燃え尽きるか、命の綱が切れるか、二つに一つである。

半獣人ネッソスの血に染まった衣服がヘラクレスをして業苦のうちに死にいたらしめたと同様、嫉妬の帷子《かたびら》は二週間近く私にまつわりついて、もはや耐えきれぬまでこの身を責め苛《さいな》んだ。見るもの聞くことのすべてが何にもまして疎《うと》ましい疑惑を裏付け、私もまた意識してサラの一挙一動に不実の気配を窺う始末だった。ついに堪《たま》りかねた私は、きっぱりと方をつける覚悟でサラの家に足を向けた。手前にさしかかったところで戸口から見馴れぬ男が立ち現れ、さもさもらしく腰を屈めて別れの挨拶をした。馴染みの客に違いない。私は咄嗟《とっさ》に思案した。今やサラは恥も外聞もなく、自宅で大っぴらに商売をしている。あまりのことに驚き呆れ、無性に腹が立って踵《きびす》を返すと、たちまち恐怖に襲われて、私は書斎に駆け戻り、自分の体を隅から隅まで念入りにあらためた。梅毒に冒されていはしないかと思うと生きた心地もなかった。見たところ、どことといって異状はなかったが、そんなことではとうてい安心できない。この病気について私は何も知らないずぶの素人だ。思いあぐんだ末に、私は勇を鼓し、顔から火の出る恥を忍んでローワーを訪ねた。

「ディック。たって頼みがあるのだが、このことはくれぐれも内聞に願いたい」

そこはクライスト・チャーチの中庭に面した広い一室で、ローワーが住み着いてすでに久しかった。折りからロックが居合わせて、やむなく私はローワーと二人きりになるまでと腹を決め、埒《らち》もない世間話に時を移した。ようようロックが立ち去ってローワーは私に向き直った。

「何なりと、遠慮なく言ったらいい。私で役に立てることなら、喜んで力になろう。たいそう悩んでいる様子だな。どこか、加減でも悪いか？」

「そのようなことはない、と言いたいところだが、そこを君に見極めてもらいたい」

「疑っている病気は何だ？　症状は？」

「何もない」

「症状はない？　何もなしか？　となると、少々厄介だな。まずは精密に診察して、薬局方に定められているうちから最も値の張る内用薬を処方しよう。それで病気はたちどころに癒える。いやなに、ウッド」ローワーはここでにったり笑った。「私のためには、君は願ってもない患者だよ。君のような患者がもう十人もいれば、私は潤って、名が売れる」

「冗談ではない。こっちは深刻だ。ひょっとすると、人聞きの悪い病気かもしれない」

私の思いつめた態度を見て、腕のいい医者であり、親友でもあるローワーはふっと真顔に返った。「なるほど、それは心配だな。ならば、嘘のないところを聞かせてもらいたい。そっちから話してくれなくては、何とも言いようがないからな。私は医者だ。占い師ではない」

ローワーの軽蔑を買うことを恐れつつも、私は口重く一部始終を語った。ローワーは低く唸ってうなずいた。「つまり、その女はオックスフォードシャーの男という男を相手にしているのだな」

「それは私の知るところではない。ただ、噂が事実なら、病気をもらっている可能性は多分にある」

「しかし、もう二年越しだというではないか。確かに、ヴィーナスの病は症状が出るまで時間がかかるのが普通だが、こう長いことはまずない。女の方に何か異状はないか？　痛みや潰瘍《かいよう》、あるいは、膿《うみ》や、下《お》りものはどうだ？」

「いちいち見たりはしない」私はばつが悪い思いを持てあました。

「それはよくない。私は必ず自分の目で確かめるようにしている。これからは、君もよく見るように心がけなくては。なあに、あからさまに目を凝らすことはない。少し馴れれば、愛しさ故を装《よそお》うのは造作もないことだ」

「ローワー。助言は無用。聞きたいのは診断だ。病気に罹っているのか、いないのか」

ローワーは溜息を吐いた。「ズボンをおろせ。ざっと診《み》るとしよう」

私は身も世もあらぬ羞恥と屈辱に堪《た》えて抜き身を晒した。ローワーは私の陽物《ようぶつ》を摘《つ》まみあげ、揉みしだいて子細にあらためた末、顔を寄せて臭いを嗅いだ。「こう見た限り、問題はないな。言うなれば、包み紙を剝《は》いで間なしの、まっさらな状態だ」

これを聞いてほっとした。「ならば、悪い病気は引き受けていないのだな」

「そうは言っていない。特に症状は見られないというだけのことだ。用心のために向こうしばらく、薬を飲んだ方がいい。自分で薬局へ行くのが面倒なら、私がミスター・クロスから取り寄せて、明日にでも届けよう」

「ありがとう。恩に着るよ」

「その礼にはおよばない。さあ、もういいから、身仕舞いをしろ。何はともあれ、この先、その女に触れることは禁物だ。世間で言っている通りなら、遅かれ早かれ命取りだ」

「君に言われるまでもない」

「ほかに害が生ずる前に、女が何者か、周知させなくてはな」

「いや」私は首を横にふった。「それは許されない。噂が空言《そらごと》だったらどうする？　いたずらに女を傷つけるようなことはしたくない」

「とはまた見上げた心がけだな。が、正義の陰に隠れてはだめだ。この種の女がいると、世の中、そこから腐って毒がまわる。広く知らせなくてはならないというのはそれだ。どうでも潔癖を通す気なら、君は面と向かって女を問いつめたらいい。ただ、少なくともグローヴ博士には警告しておくべきだろう。その上で、どうふるまうかは博士の胸一つだがな」

私は行動を急がなかった。世間の噂や、ジャック・プレストコットの証言だけでは心許ない。私はそれまでにもまして厳しくサラを監視し、恥ずべきことながら、時に仕事を終えたサラを尾行した。何よりも恐れていたことが事実であると知った落胆は大きかった。それというのは、サラはしばしば家に戻らず、戻ったにしても、すぐまたどこかへ出かける常だったからである。そんなある時、サラは迷わずアビンドンへ向かった。アビンドンといえば、巷《ちまた》に兵士が溢れて、娼婦は引く手あまたではないか。それ以外は考えられなかった。自身の浅知恵を思うと慚愧《ざんき》に堪えないが、同じ事実を知ってウォリスは、サラがアビンドンへ出向いたのは過激勢力間の情報伝達と解釈した。あえてこのことに触れるのは、不充分にして偏《かたよ》った証拠の危険を伝えたいためである。ウォリスと私は二人ながら間違っていた。

しかし、私はこの時まだ自分の誤りに気づいていなかった。ただ、何はともあれサラの釈明には予断を交えず、こだわりなしに耳を傾ける心でいたことに偽りはない。問いつめて地獄を見る目には遭いたくないと思い悩みつつ眠れぬ夜を明かして、翌日、私は大事な話があるからと、サラに椅子を勧めた。

サラは静かに腰をおろして先を待った。その前の何日か、いつもと違って覇気がなく、仕事にも身が入らぬ様子だったが、とかく女はむらぎなものと、私はさして案じもせず、サラが心ここにない状態でいるとは思いもしなかった。その場では知る由《よし》もないことで、サラの消沈がジャック・プレストコットに乱暴されたためだったとは、件《くだん》の手記を読んではじめて悟った。サラがそれについていっさい口にしなかったのはあまりにも当然だ。女の身で誰かよく、かかる恥辱に耐えようか。それどころか、没義道《もぎどう》な仕打ちをされて恨むでもなく忘れ去ろうはずがない。サラが復讐心から色仕掛けで迫ったと思うのはプレストコットの愚かしい誤解だが、その心情はわからないでもない。翻《ひるがえ》って、非道に対するサラの嫌悪はひとかたならず、それは、さほどまで正義を求めることを叩き込まれた育ち故である。

またある時は、私の好意すらにべもなく撥ねつけた。そっと肩に触れようとした手をいかにも不快げに払いのけて飛《と》び退《すさ》ったのだ。私は傷ついたが、これはいよいよグローヴ博士が惜しみなく弾む大枚の報酬に引かれて、私から離れようとしていると思い込んだ。ここにおいても、プレストコットの手記を読むまで、私はサラの真意を知るに由なかった。

「ほかでもない、大事な話がある」意を決して、私は言った。胸塞ぐ思いで、長い距離を走り通したあとのように息が乱れたのを憶えている。「近頃よからぬ噂を耳にした。この場で真偽を確かめたい」

サラは関心のかけらもない顔で、ぼんやり私を見返した。一心の臍《ほぞ》を固めて話を続けようとした私は言葉も淀みがちだった。目を合わせたくないばかりに、書棚を仰いで本の背に視線を這わせたりもした。

「君のふるまいを、あからさまに、口さがなく言う者がいる。君は無思慮にも、大学のさる人物に未練なく体を与えて、淫らな情交を重ねているというのだな」

沈黙はやや長きにおよんで、サラは言った。「その通りよ」

疑惑と中傷はゆえないものではないとなって、私は心穏やかでなかった。サラが目に角立てて否定すれば、私は許したろうし、二人は縒《よ》りを戻したはずだった。その期待は空しかったが、私は結論を急がなかった。事実は独自に検証しなくてはならない。

「誰だ、その相手は？」

「世間では、紳士と評判の高い人。名前はアントニー・ウッド」

「ふざけるな」私は声を荒らげた。「何を言われているか、わかっているはずだろう」

「そうかしら」

「ああ。君はニュー・カレッジのグローヴ博士を誘惑して私の親切を無にしたばかりか、学生のプレストコットにも肌を許して満足を得ようとした。違うとは言わせない。本人の口から聞いたことだからな」

サラは青くなった。人の表情から性格が読めると信じる愚昧《ぐまい》の悲しさで、私はこれを、秘密を知られた狼狽《ろうばい》と取った。「聞いたですって？」サラは血の気の失せた顔で言った。「本人の口から?」

「ああ、そうだ」

「だったら、本当でしょうね。ミスター・プレストコットのように上品な若者が嘘を吐くはずはないですもの。それに、あちらは立派な紳士で、私は名もない兵士の娘でしかないし」

「ならば、話は事実だ。そうだな?」

「どうしてそんなふうにお訊きになるの? あなたはそう思っているでしょう。あなた、私を知ってどれほど? もう四年近くでしょう。そのあなたが、ほかの人の話を信じるなんてね」

「信じるほかはないだろう。君のふるまいは、相手変われど主《ぬし》は変わらずだ。いくら否定したって、どうして納得がいくものか」

「私は何も否定していません。そもそも、あなたにはかかわりのないことだわ」

「君を雇っているのはこの私だ。雇い主といえば父親も同然。君の挙措《きょそ》、進退、万般にわたって責任がある。そこで、一つ聞きたい。昨日、君の家から出ていくところを見かけた、あの男は何者だ?」

サラは一瞬きょとんとしたが、すぐに誰のことかわかった。「私に会いに、はるばるやってきたアイルランド人よ」

「何の用があって?」

「それも、あなたにはかかわりのないことよ」

「いいや。君がこの家の名誉を穢さないように見張ることは、私の責任であると同時に、私自身に対する務めでもある。ウッド家は娼婦を下働きに雇っていると世間で噂されたら何とする?」

「おそらく世間では、主人のミスター・アントニー・ウッドは折りあらばそのふしだらな女と寝ているのではなくて? 女をパラダイス・フィールズへ連れ出して、思うさま弄んでから図書館へ行って、人のふるまいについて長広舌《ちょうこうぜつ》をふるうとか」

「それは違う」

「どうして?」

「君と中身のない議論をする気はない。これは真面目な話だ。しかし、私に向かってそういう態度を取るとしたら、君はどこへ行っても同じだな。そうとしか思えない」

「なら、あなた、私のほかに淫売婦を何人ご存じかしら、ミスター・ウッド?」

私は怒り心頭に発し、以後の成り行きをすべてサラの不心得のせいにした。私はひたすら飾り気のないまっとうな答を期待していた。サラがすべてを強く否定し、私が鷹揚に聞き入れて疑いが晴れるなら、それに越したことはない。あるいは、サラが何もかも包み隠さず打ち明けて許しを請うたなら、私は進んで蟠《わだかま》りを解いたに違いない。ところが、サラはそのどちらでもなく、あろうことか、無礼にも私の詰問を投げ返した。二人の間に何があったにせよ、主人である私の和の淀みに塡まって抜き差しならなくなった。私たちはあれよあれよという間に不立場は変わらない。サラの言葉を聞けば、その事実を忘れて私の親愛につけ込もうとしていることは明らかだ。およそ思慮ある人間なら、二人の態度に類似点を見出すことはむずかしい。

仮にその言い分に理があったとしても、サラは私に恩義を感じこそすれ、私の方から頼むところは何もない。それに、あのはしたない物言いは許し難い。気持が高ぶっていたとはいえ、私は努めて丁寧に話したではないか。それを思うと、サラの無遠慮な口ぶりは我慢がならなかった。

いきなり胸を小突かれたような不快を覚えて、私は立って詰め寄った。サラはのけ反《ぞ》って背中を壁に押しつけ、遺恨に目を剝くと、まっすぐ腕を伸ばして私を指差した。何やら異様な、鬼気迫る仕種《しぐさ》だった。

「寄らないで」

私はひたと足を止めた。何を考えていたかは定かでないが、乱暴を働く意思は断じてなかった。暴力は性《しょう》に合わない。折檻を受けて当然の、素行の悪い小間使いですら打擲《ちょうちゃく》したことは絶えてない。だといって、私が温和の徳を誇っていると思うのは間違いだ。サラごときは、思い上がった口をきいた罰に、顔に青あざができるほど打ち据えてやったらさぞかし気が清々《せいせい》しただろう。が、しょせんは形ばかり威嚇《いかく》するのがやっとだった。

さりながら、サラにとってはそのわずかな威嚇が従順の見かけをかなぐり捨てるに足る加虐だった。今一歩前に出たら、果たしてサラが何をしでかしたかわかったものではなかったが、迸《ほとばし》るまでの瞋恚《しんい》の凄みに鼻白んで、私はなす術を知らなかった。

「出てってくれ」サラが腕をおろすのを見届けて、私は言った。「今日限り、出入りを差し止める。言いたいことは山ほどあるが、それはあえて口外しない。二度と顔も見たくない」

底知れぬ蔑《さげす》みの一瞥《いちべつ》を残したきり、サラはものも言わずに立ち去った。ほどなく、玄関のドアの閉じる音がした。

第四章

私がプレストコットだったなら、この対面をもってサラは悪魔に取り憑かれた外道と断じたでもあろう。実際、私に指を突きつけたサラの剣幕といい、目の奥に燃えさかる炎といい、そこには心胆《しんたん》を寒からしめるものがあった。これについては然るべき折りを見て詳しく述べるとして、さしあたっては私自身、サラを魔性とは思わなかったし、プレストコットの主張には真っ向から反論し得ると言うに止めなくてはならない。

そうとなれば、何ら学問知識は要しない。プレストコットはその手記において結論を誤り、自身の不見識と迷妄に躓《つまず》いている。例えば、プレストコットは悪魔がウィリアム・コンプトン卿の肉体に取り憑いて姿を変えたと言うのだが、これはすでに古今の文献が論破し去っている。『魔女への鉄槌《てっつい》――Malleus Maleficarum』は、そのようなことはあり得ないと正面から否定しているし、アリストテレスはそれを自然現象、なかんずく、星の運行に起因する以外にはないことと論じた。もっとも、ディオニュシオスによれば、悪魔が星の運行に影響をおよぼすはずはない。神の意志に反するからだ。プレストコットはサラの仕業《しわざ》で毛髪と血液に魔法をかけられたとする証拠を何一つ提示していない。思うに、プレストコットを悩ませた幻影は、他者が送り込んだというよりは、自身が意識のうちに招き寄せた悪魔のなせる業であろう。

しかも、プレストコットは自身が誘い込んだ変事の予兆を読み誤った。それというのは、アン・ブランディが差し出した大鉢の水に、禍《わざわい》をもたらす者の影を認めたからである。ブランディに邪気はなかった。プレストコットは水の中に実父と一人の若者が並び立つ姿をありありと見たと言うが、その若者こそは当のプレストコットにほかなるまい。プレストコット父子はその暴力と不忠によって身辺にありとあらゆる厄難を招来した。グレイトレックスが再三警告を発したが、プレストコットは耳を貸さなかった。ジャック・プレストコットは答を知っていたと、ウォリスは明言しているし、私もそうと信じて疑わない。然るに、プレストコットは己が偏見から他者を難じ、サラを破滅に追いやり、いっさいの希望を手の届かぬところへ打ち捨てたのである。

すんでのことに、私の手からも奪うところだった。サラとはその後、めったに顔を合わせることなく、私は手稿と注釈の仕事に打ち込んで数ヶ月が過ぎた。とはいえ、仕事を離れれば心は意に反して絶えずサラの面影を追い求め、悲嘆は怨恨を経て、果ては激しい憎悪に変わる始末だった。グローヴ博士から暇を出されてサラが路頭に迷っている、と人伝《ひとづて》に聞いて私は驚喜した。不名誉な噂が立つことを恐れて誰もサラを雇いたがらないとなるとますます愉快だった。一度、街角で風聞に踊る学生たちの痛罵を浴びて怒りに頰を染めているサラを見かけたが、前と違って助けはせず、はっきりと目が合ってからその場を去った。私の怒りが解けていないことを思い知らせる魂胆《こんたん》だった。セネカも言っている通り、クォス・ラセルント・エト・オデルント——人は自ら傷つけた相手を憎むのだ。ふり返ってみれば、この時すでに私は自分が正当とばかりは言えないことを薄々感じていながら、ささくれだった感情を鎮める術《すべ》を知らなかった。

このことがあってしばらくは鬱々《うつうつ》として慰まず、もともと人に好かれないことを承知している社交嫌いも手伝って、不機嫌の理由を根掘り葉掘り訊かれる煩《わずら》わしさを避けて人中へは出なかった。そこへ、ウォリス博士から呼び出しがあった。珍しいことである。博士は公文書館館長の俸給を私の働きに負っているにもかかわらず、日頃、自分からはほとんど近づいてこない。用があれば、街角や図書館でばったり会った折りに立ち話で済ませる常である。ウォリスを知っていれば察しがつくであろうように、呼ばれて私は驚いた。ことごとに意見が食い違うプレストコットとコーラでさえ、酷薄とも言えるウォリスの冷血は等しく敬遠している。ウォリスがかくも人から嫌われるのは心の内をいっさい色に出さぬためと思われるが、人格の反映たるべき表情がねじ伏せられていては本性が見えず、いきおい、人は警戒する道理である。ウォリスは笑わず、眉を顰《ひそ》めず、喜怒哀楽を示さない。意思を伝えるのはただ声だけで、物静かと言えば聞こえはいいが、陰にこもったその声は隠そうともしない蔑《さげす》みの響きを孕《はら》み、慇懃《いんぎん》な上辺《うわべ》は儚《はかな》いこと夏の朝露のごとしである。

ウォリスはかねてから捜し求めているリウィウスの『ローマ建国史』の探索を私に依頼した。その場のやりとりをここでくり返すつもりはない。私の性格を揶揄《やゆ》する当てこすりを別とすれば、ウォリスの記述はおおむね正確である。私は最善の努力を約束し、図書館という図書館、知る限りの書肆《しょし》に問い合わせたが、ウォリスはついにこの文献を手に入れようという理由を明かさなかった。この時、私は数週間後に当地を訪れるマルコ・ダ・コーラとはまだ面識がなかった。

このあたりで話をコーラに絞り、問題の核心に踏み込まなくてはなるまい。いささか遅きに失したことは承知だが、記憶を手繰《たぐ》るのは苦痛である。それほどまで、コーラからこうむった心の傷は深く重かった。

コーラのことは、会う何日か前に聞いた。コーラが当地を訪れた日の夜、私はさる居酒屋でローワーと食事をしたが、その席でローワーは興奮気味にそれまでの経緯を語った。折りしも、ローワーは何ごとによらず新奇、異風に憧れ、広く世界を旅することを夢に見ていた。金も時間もなく、出世を横目に道草を食う心のゆとりもなかったから、しょせんは叶わぬ夢だった。開業医にとって、不在は命取りである。ひとたび世間から忘れられたが最後、評判を取り戻すことはまず不可能だ。が、それはともかく、ローワーはいつか大陸に遊んで、彼の地の学究、泰斗《たいと》に会い、学問の精髄に触れたい望みを好んで話題にした。オックスフォードで親切を尽くした恩返しに、ヴェニスでコーラの家族から懇《ねんご》ろにもてなされる場面をローワーは思い描いていたに違いない。

奇矯《ききょう》な印象を懐《いだ》きながらも、ローワーはコーラが気に入った。何がさて、大らかに人を評価するところはローワーの取り柄と言える。実際、この小柄なイタリア人はなかなか憎めなかった。ジョン・ウォリスのように偏屈で疑《うたぐ》り深《ぶか》い拗《す》ね者ならいざ知らず、たいていはコーラのことをよく言った。背が低く、そろそろ腹が出はじめているが、目は明るく澄んで知性に輝き、身を乗り出して声を励ます話しぶりは真摯《しんし》な人柄を窺わせて相手を逸《そ》らさない。見るものすべてに関心を寄せて観察が細かいが、物事を悪く取らないとはもっぱらの評判である。そんなこんなで、コーラは何であれ陽の当たる面だけに目を向けて、陰の部分は見ないようにする、世に稀な楽天家と思われている。めったなことでは人を褒めないボイル氏さえ、ウォリスの忠告を他所に、コーラに好感を持った節がある。並大抵の話ではない。ボイルは何よりも静穏、静謐《せいひつ》を重んじ、雑音や混乱は痛苦でしかない男だ。心ときめく実験の場ですら、学生たちは心して静粛に努めなくてはならない。器具が触れ合って音を立てるなどもってのほかで、ものを言うには声を殺すこととされている。すべては宗教儀式の粛然たる空気に包まれていなくてはならないが、それはそのはずで、ボイルにとっては自然の探究も信仰の一端である。

といった次第で、野放図で騒々しいコーラが大方の支持を得るとは不思議だった。何しろ、弾けるような高笑いはあたり構わずだし、扁平足《へんぺいそく》で動作がぎごちないためか、テーブルや椅子に体をぶつけて大袈裟に喚き散らすのは毎度のことである。ローワーは、そんなコーラが人に好かれる理由をイタリア人特有の、ものは試しで何でもやってみる、陽気であけすけな性格に帰しているが、私個人は、傍若無人《ぼうじゃくぶじん》な中にも自《おの》ずから具《そな》わった愛すべき品のよさだと思っている。ギリシアの喜劇作家、メナンドロスの言を借りれば、コーラの人望は悪びれることのない鷹揚な性格の賜《たまもの》である。ボイル氏は生真面目を通り越してにこりともしない堅苦しさが持ち前ながら、その実、どこかで明朗闊達《かったつ》な社交家に敬服している面を覗かせることがある。健康を害していなければ、捌《さば》けた気性なのではあるまいか。私はボイルが隠された動機からコーラに注目したとは思わない。というより、ボイルは二心《ふたごころ》あって好意を装《よそお》う人間ではない。断じてあり得ないことである。裏を返せば、それだけウォリスの干渉は、かえってその分、イタリア人の成功を際立たせる結果となった。ウォリスの信条は受け入れ難いということだ。ボイルはイギリスの誰よりもコーラをよく知っているし、人を見る目がある。ウォリスの懐疑に多少ともうなずける筋があったなら、ボイルはコーラに好意を示すはずがない。おまけに、ボイルの方でウォリスを恐れる理由はなかったし、ウォリスとは距離を置いていた。それよりも何よりも、この情況を判断する上では、右顧左眄《うこさべん》しないボイルの意見に重みがあると言わなくてはならない。

一方、ローワーが次第にコーラに幻滅した背景にはウォリスが大きくかかわっている。エデンの園でイヴを堕落させた蛇と同じく、ウォリスは自分の目的のためにローワーの不安と希望を巧みに利用したからだ。ローワーが成功を焦っていることをウォリスは知っていた。邪宗に走った兄は頼むに足りず、ローワーは家族の面倒を見なくてはならなかったが、両親が存命であることに加えて、何人もいる未婚の姉妹を養い、さらにはそれを上回る数の従兄弟《いとこ》たちから厚かましく無心を請われるとあって、その苦労は一通りや二通りではなかった。大家族の必要に応えるという、ただそれだけのためにもローワーはロンドン随一の繁盛を誇る開業医を目指さなくてはならなかった。医者としての成功を目標に掲げ、ひるまず一途《いちず》に邁進した姿はローワーの責任感を物語るものである。かつまた、日を経ずしてコーラを成功の妨げと見るにいたったところに、ローワーが心に負った重荷の大きさを窺い知ることができる。

何はともあれ、ローワーは骨身を惜しまず、ボイル氏をはじめとする有力者たちが目をかけ、後ろ盾を買って出るにふさわしい働きを示した。際限もない労役や半端仕事を無償で引き受け、取り巻き上手であることも身をもって示した。究極の目当てはボイルの推挽《すいばん》を得て王立協会に名を連ねることである。志を新たにカレッジで医学を究めるとなれば、ボイルの評価がものを言う。宮廷医師の地位に空きができた時にも任命権を持つボイルを頼めるし、ロンドンで開業した暁《あかつき》にはボイルが陸続と患者を送り込んでくれるはずである。もともと腕のいい医者であるローワーは、ボイルが陰になり日向になって後押しする甲斐があったから、成功を約束されたも同じだった。

脇目もふらずに努力を重ね、気がつけばはや三十二歳、今一歩で名士の数に入るというところで、ローワーは不測の事態が宿願の栄達を妨げはしないかと恐れた。コーラは決して邪魔者ではなかったし、ローワーが脅威を感じる相手だったとしても、足を引っ張りはしなかったろう。何となれば、ボイルは能ある者に目をかけこそすれ、依怙贔屓《えこひいき》する流儀ではなかったからだ。ローワーの嫉妬と疑心に火をつけたのはウォリスである。ウォリスはローワーの野望を逆手にとって、コーラは人の知恵を盗む曰《いわ》くつきのペテン師だと吹き込んだ。私は世間一般からおよそかけ離れた道を歩いてきた身だが、ほどほどの野望は否定しない。例えば、ミルティアデスの向こうを張ろうとしたテミストクレスの栄誉心、あるいは、アキレウスの戦利品を付け狙ったアレクサンドロスの功名心などは罪が軽い方である。だが、度を越した野望は始末が悪い。過ぎた野望はやがて由《よし》ない奢《おご》りとなり、それがために、あたら有為《ゆうい》の人材が巻き添えの貧窮に喘《あえ》ぐ。善人が思慮に欠けた阿漕《あこぎ》なふるまいをする。分別ある者は須《すべか》らくこの誤りを指弾すべきである。ウォリスは意図してローワーをかかる重大な誤謬《ごびゅう》に駆り立て、あるところまで成功した。ローワーは総身に根を張った嫉妬と果敢に闘ったが、内心の葛藤《かっとう》は歓喜を失意の闇に変え、手放しの親愛を陰湿な憎悪に歪《ゆが》めた。これによって、コーラもまた大いに悩み苦しんだ。

とはいえ、はじめのうちは何もかもがいい方へ向かっていた。知り合って間もないコーラをしきりに褒めそやすローワーの口ぶりから、その間柄が真の友情に発展することを期待する胸中は明らかだった。それどころか、この時すでにローワーは、年来の知己《ちき》でなくては考えられない敬意と親和の情でコーラを遇していたと思う。

「知っての通り」ローワーは無邪気に喜んだ顔で身を乗り出した。「コーラはキリスト教徒で、かつ、有能な医者だ。なにさま、あの年老いたブランディの療治を引き受けたのだからね。薬代も、謝礼も受け取る見込みはないだろうに。もっとも、そこはイタリア人のことだから、支払いは別の形で娘から取るつもりかもしれないが。コーラに、事情を話しておいた方がいいだろうか」

私はこれを聞き流した。「年寄りは、どこが悪いね？」

「転んで脚を折ったらしい。何でもひどい怪我で、介抱も大変だという。コーラは娘が厚かましくも人前で、グローヴ博士に金の無心をしたそのあとで、療治を買って出たのだな」

「腕は確かか？　その種の怪我に詳しいのか？」

「さあ、それは。ただ、あのような患者を診《み》ることの損を意に介さず、えらく熱心に、手厚く介抱していると聞いた。どういうつもりかはともかく、見上げた親切ではないか」

「そういう君は、怪我人を診る気はないか？」

「なるべくなら、ごめんこうむりたいね」ローワーは言い淀んだ。「いやいや、むろん、診るとも。だが、まあ、頼まれなくて幸いだよ」

「そのコーラとやらに、すっかり惚れ込んでいるな」

「いかにも。実に気持のいい男で、該博な知識がまた驚くばかりだ。会ってじっくり話したい。懐中、不如意《ふにょい》だそうだが、長逗留になるようだから。君もぜひ会うといい。近頃この土地は訪《おとな》う人稀《まれ》だ。機会を逃す手はない」

旅のイタリア人についてはそれまでで、話はほかへ移った。ローワーとはその後じきに別れたが、サラの母親が怪我をしたと聞いて何やら心が騒いだ。畢竟《ひっきょう》、これは最後に会ってから月日を経るうちに、凍った心が潤んだためだろう。私は生来、人を憎まず、どれほど傷ついても恨みが尾を曳かない質《たち》である。長い付き合いを望みはせぬものの、ブランディ親子の難儀は見るに忍びず、老いた母親に対してはなおいくらかのこだわりがあった。

白状すると、私はここで仰山な役割を演じたかった。心に痛手を負いながら、情け深く寛容なところを見せつける魂胆である。これこそは、おそらくサラ・ブランディに与えることのできる最大の懲らしめだろう。自身の愚かしさを思い知らせた上に、これでもかとばかり、恩を着せて押さえつけてやれば相手はぐうの音も出まい。

そんなわけで、とくと思案の末に翌晩、ふかふかの外套《がいとう》と帽子、手袋に身を固めてブランディ母子の家へ出向いた。当夜の寒さに関するコーラの記述は正確である。知り合いのプロット氏が几帳面に測定した気温の数値を見ても、厳寒、凍てつくばかりだったと知れる。一週間ほど後に、春は突《とつ》として晴れやかに訪れたが、寒気は最後までこの国を氷の羽交《はが》いに締めつけて放さなかった。

人目を憚《はばか》る以上に、快く思っていようはずのないサラと顔を合わせたくなかった。だが、サラの姿はなく、戸を敲《たた》いてしばらく様子を窺ってから、救われた気持で部屋に入った。娘の気に障ることなく母親を見舞えるならありがたい。ブランディは眠っていた。何か薬を投与されたために違いない。無理にも揺り起こして、わざわざ出かけてきた好意を伝えたい衝動を覚えたが、すんでのことに思い止まった。病人の顔は見るに堪《た》えなかった。窶《やつ》れきって血の気の失せたところは髑髏《どくろ》そのものだ。息は乱《ま》れて力なく、部屋にはひどい異臭が籠もっていた。当然ながら、私は何度となく人の死を目のあたりにしている。父、兄弟姉妹、従兄弟、友人と、看取った数は少なくない。早死にもいれば、大往生もいた。死因も、怪我、病気、悪疫、老衰などさまざまである。人は誰しも三十を迎えるまでに、それぞれの姿で旅立っていく親近、知友を見送るはずではなかろうか。今、ここにまた一人、老いた女がその時を待っていた。

さしあたって私にできることは何もなかった。アン・ブランディは私の助けを必要としていず、心の支えになろうとしたところで鬱陶《うっとう》しく思われるだけだろう。ブランディの身を案じながら手も足も出ず、拍子抜けの失望に打ちひしがれて、頬のそげた寝顔を見つめたまま立ちつくすことしばし、戸口に足音を聞いてわれに返った。背筋に恐怖が走り、何としてもサラに会いたくない気持から、咄嗟《とっさ》に次の間へ潜んだ。奥に小さなドアがあって、いざとなればそっと逃げ出せることはわかっていた。

だが、隣室の足音はサラにしては鈍重に過ぎた。誰だろうかと首を傾げつつ、私はドアの隙間から様子を窺った。われながらはしたない行為とは承知の上だった。そこにいるのは話に聞いたコーラに違いなかった。イギリス人、そう、少なくとも当時のイギリス市民では考えられない身なりをしている。風体《ふうてい》もさることながら、それ以上に、その態度ふるまいは異様だった。好奇心に急《せ》かれて、私は恥知らずにも息を殺して盗み見を続けた。

コーラは私と同じように、まず寡婦ブランディが寝入っていることを確かめてから、傍《かたわ》らに跪《ひざまず》いてロザリオを取り出し、ひとしきり一心に祈った。先に述べた通り、私もまた私なりに新教の作法で祈ることを考えないでもなかったが、ブランディがそれを喜ばないのはわかりきっていた。次いでコーラはいよいよ不思議なことをした。小壜を開けて何やら香油らしきものを指先につけ、そっとブランディの額に触れると再び十字を切って祈り、おもむろに小壜を懐に納めたではないか。

はて、面妖な。深い信仰に発する行為ならコーラの敬神は賞賛に値しようが、あっぱれと思うのは、すなわち宗旨の誤りを難じる心の裏返しに過ぎない。と、そこでコーラががばと立ち、家捜《やさが》しをはじめるにいたって私は度肝を抜かれた。それも、ただ何となく物珍しさから当てもなくそのあたりを掻《か》きまわすのとはわけが違う、はじめから思い定めた狼藉《ろうぜき》である。さして多くもない書物を一冊ずつ棚から引っ張り出して、何か挟まっていないかと手荒にめくり返すありさまは、容易ならぬ執念を語っていた。中の一冊を懐に隠したが、手暗がりで書名は見えなかった。それから、ドアの脇の小さな衣装簞笥《だんす》に向き直り、ブランディ母子の所持品すべてであろう蔵物をほじくり返して隅から隅まであらためたが、何であれ、目当てのものは見つからず、コーラは簞笥を閉じて重苦しい溜息とともにイタリア語で悪態を吐いた。言葉は聞き分けられなかったが、その響きと抑揚から、落胆と焦燥は手に取るようによくわかった。

コーラが部屋の中央に佇《たたず》んで、どうしたものかと思案するところへサラが戻った。

「母は、どんな具合でしょうか？」久しぶりにサラの声を聞いて、私はどぎまぎした。

「どうも思わしくありません」コーラは言った。イタリア訛《なま》りが強いことを別とすれば、淀みなく熟《こな》れた英語だった。「もっと傍《そば》にいて、面倒を見るようにできませんか」

「働かなくてはならないもので」サラは答えた。「母がこんなふうで、家は困っていますから。母はよくなりますかしら？」

「今はまだ、何とも言えません。傷口が乾くのを待って、包帯を替えますが、かなり熱が高いようですね。じき下がるとは思いますが、心配です。半時間ごとに様子を見てください。それから、変に思われるかもしれないけれど、暖かくしておかなくてはいけません」

ふり返ってみれば、この場のやりとりはコーラの手稿とほぼ一致している。総じてコーラの記憶は正確だから、すでに述べられていることを重ねて語るまでもない。ただ、私はコーラが記述を避けている、あることに気づいた。何かといえば、二人が向き合う途端に部屋の空気が手を出せば触れるほどまで張りつめたことである。母親を思い遣るサラの表情に少しもおかしなところはなかったが、コーラは言葉を交わすうちにも目に見えて度を失った。いかがわしい行動を見られたかと狼狽《ろうばい》したためとも思えたが、どうやらそれはあり得ない。私は気づかれないようにさっさとその場を去るべきだったにもかかわらず、どうしても踏ん切りがつかなかった。

「本当に、私は運がいいのだわ。いえいえ、どうかお気になさらないで。身のほどはわきまえているつもりですから。どんなによくしてくださったか、母から聞いています。親子ともども、ご親切には心から感謝いたしております。人さまから親切にされるなんて、めったにないことですもの。言葉が過ぎたら謝ります。でも、母のことが気懸かりで」

「その気遣いにはおよびません」コーラは言った。「奇蹟を望まない限りは」

「またおいでくださいますか?」

「できれば、明日にでも。加減が悪いようなら、私はボイル氏のところにいますから。脈を取る都合があるもので。ところで、支払いのことですが」

コーラに倣《なら》って、私はここで交わされた言葉をほぼそのままに再現している。記憶に照らして、コーラの手稿は間然するところないことも認めよう。その上で一つだけ、何故かコーラが触れていない点を補っておきたい。支払いの件を切り出すと、コーラはついとすり寄ってサラの二の腕を取った。

「ええ、ええ。お支払いのこと。それをお忘れになるはずがありませんものね。お急ぎでしょう。今すぐにでも、きちんとしなくてはなりませんことね」

ここで、サラはコーラの手をふりほどき、先に立って境のドアを抜けた。見られては厄介と、私は暗い隅へ退《しりぞ》いた。

「さあ、先生。どうぞ存分になさいまし」

コーラ自身があからさまに語っているように、サラは横たわってドレスをまくり上げ、あられもない姿をさらけ出した。ただ、コーラはサラの剣幕について何も記していない。この時のサラは怒りに声を震わせ、蔑みと嘲《あざけ》りに顔を歪めていたのである。

コーラはたじたじと後ずさって十字を切った。「不愉快だ」これもすべてコーラの手記にあることで、私はそのままを引いているだけだ。とはいえ、この場合も受け取り方の違いは指摘しておかなくてはなるまい。コーラは腹が立ったと書いているが、私の目にはそうは見えなかった。まるで悪魔とじかに向き合ったかのように、コーラは恐怖に蒼ざめていた。白目を剝《む》いて何やら口走り、飛《と》び退《すさ》って顔を背《そむ》けたありさまは動顚《どうてん》を窺わせるに充分だった。この奇異ともいえる慌てようは何故か、私が知るのはやや後のことである。

「主《しゅ》よ、汝が僕《しもべ》を許し給《たま》え。われ、罪を犯したり」コーラはラテン語で言った。私にはわかるが、サラはラテン語を解さない。この場のことは今も記憶に新しい。コーラはサラに対してではなく、自分自身に腹を立てていた。サラはただ斥《しりぞ》ける誘惑でしかない。コーラはいたたまれず、狼狽《うろた》えのあまりドアも閉めずに宙を飛んで走り去った。

サラは粗末な藁の筵に仰向けになって肩で息をしていたが、やがて、寝返りを打って頭を抱え、藁筵に顔を伏せた。うつらうつらと寝入るかと思いきや、胸も裂ける体《てい》の嗚咽《おえつ》の波が静寂を揺すった。激しくしゃくり上げるその声は私の心を抉《えぐ》り、たちまちにして忘れかけていた親愛の炎を掻《か》き立《た》てた。

私は自分を抑えきれず、踏みとどまって行動を思案するゆとりもなかった。サラがこれほど泣くところは見たことがない。深い悲しみが胸に溢れて、嫌悪と遺恨を洗い流した。私は暗がりを離れ、屈み込んでそっと声をかけた。

「サラ」

途端にサラは跳ね起きてドレスの裾をおろし、血相を変えて反《そ》り身で後ずさった。「どうしてここに？」

弁解するとなればいくらでも口数をきくことはできたし、たまたま来合わせたように見せかけて、母親を気遣うふりを装ってもよかったろうが、サラの顔を見ると、その場を取り繕《つくろ》う気持は跡形もなく消え失せた。「許しを請いに来たのだよ。謝って済むものではないだろうけれども、君には悪いことをした。本当に申し訳ないと思っている」

かねてから機会を待ち望んでいたとでもいうふうに、言葉は自然に口を衝いて出た。肩の荷がおりたように、これですっかり楽になった。サラに許してもらえるかどうか、そんなことはもはや思慮に値しない。聞くも拒むもサラの胸一つだ。私はただ、偽りのない心が届くならそれでよかった。

「こんな時にこんなところで、不思議なことをおっしゃるのね」

「ああ。だとしても、親愛を損なって君から疎《うと》まれたら耐えられない」

「じゃあ、今の様子を?」

事実を認めることには躊躇《ためら》いがあったが、うなずかざるを得なかった。

サラはすぐには答えず、小刻みに体をふるわせた。またしても泣きだしたかと思ったが、案に相違して、それは堪えかねる笑いの波動だった。

「あなたって、よくよく変わった方ね、ミスター・ウッド。とうてい理解できないわ。何の証拠もなしに私をふしだらな女と責めておきながら、このはしたない姿を見て、許しを請うだなんて。いったい、どういうことかしら」

「私も、時として自分で自分がわからない」

「母はもう、長いことないでしょう」笑いがおさまって、サラは憂《うれ》いに眉を曇らせた。

「確かに、状態はよくないな」

「これも神の意志と受け入れなくてはいけないのでしょうけれど、なかなかそうはいかなくて。おかしな話だこと」

「何が?　従うこと、諦めることが容易だとは、誰も言っていない」

「このまま亡くなったらどうしましょう。今でも気が咎《とが》めてならないの。とても辛くて、見ていられないんですもの」

「どうして脚を折ったね？　ローワーは、転んだと言っているけど、そんなことって、あるだろうか」

「押し倒されたのよ。夕方、洗濯場を閉めて戻ってみると、男の人が衣装箪笥を掻きまわしていたんですって。それしきのことで逃げ出す母ではないのは知っているでしょう。摑みかかったろうと思うわ。そこを反対に押し倒されて、さんざん足蹴《あしげ》にされて、それで脚を折ったのよ。母は年取って、骨も弱っているし」

「どうして黙っているんだ？　表沙汰にしたらいいじゃないか」

「相手は知っている人だから」

「だったら、なおのこと」

「だからこそ、訴えて出るわけにはいかないの。父と同じ、以前、ジョン・サーロウの下にいた人よ。何をしたところで、捕まりもしなければ、罪に問われることもないわ」

「何が目当てで……？」

「この通り、ここには何もありはしないわ。少なくとも、あの人が目をつけるようなものは。ただ、前にお預けした父の文書は別よ。あれは危険だと言ったでしょう。きちんと保管してあって？」

文書が私の部屋にあることを、よしんば知っていたにせよ、おいそれと見つかるものではない。そのことを、私はきっぱり請け合った。

加えて、コーラは私が盗み見しているとも知らずに家捜ししたことも話した。サラは悲しげに首をふった。「ああ、神さま。どうしてそんなにも、あなたの僕《しもべ》を虐《しいた》げなさいますか？」

私はサラの肩を抱き、そっと髪を撫でながら、言葉を尽くして慰めた。私はおよそ無力だった。

「ジャック・プレストコットのことを話さなくては」ややあって、サラは言いかけたが、私はそれを遮った。

「聞きたくないし、その必要もない」

何だろうと、忘れるに越したことはない。正直、私は聞きたくなかったし、サラも恥を忍んで話す苦痛を免れてほっとする様子だった。

「また私のところで働かないか？　充分なことはできないけれど、家が君を受け入れたと世間に知れれば、待遇はともかく、君の汚名も雪《そそ》がれるだろう」

「お母さまは、何とおっしゃるかしら？」

「大丈夫だよ。君に暇を出したことを、母はとても怒ってね。君がいた時は家の中がどんなに片付いていたか、口を開けばその話だ」

サラは頬をほころばせた。母は間違っても、面と向かってサラを褒めはしなかった。思い上がりを戒《いまし》める心だったろう。

「そう言ってくださるなら。もう、この先、医者代もかからないでしょうから、お金の心配はないけれど」

「神の意志に従うといっても、それはどうかな。親御さんには、まだまだできるだけのことをしなくては。怪我はよくなるはずで、君は孝行を試されているとしたら、どうする？　ここで亡くなったら、君が孝行を尽くさなかった罰だ。精いっぱい、介抱に努めなくてはだめだ」

「私にできるのは、髪を梳《と》くことぐらい。それだって、厭がられるかもしれないわ。これまでも、世話を焼かれるのを嫌っているし。どのみち、私は力になれないわ」

「どうして？」

「母はもう年で、死に時が来ているのよ。私が何の役に立つものですか」

「ローワーなら、何とかしてくれるかもしれない」

「それは、その気持があればだし、あの方の療治で母がよくなれば嬉しいけれど」

「私から話してみよう。コーラが、この人はもう自分の患者ではないと言えば、ローワーも引き受けてくれるだろう。許しを得ずに患者を引き取ったからといって、同業の名を穢《けが》すことにはならないけれども、こう見たところ、コーラに否やはなかろうし、医者を替えて不都合があるとも思えない」

「薬代が払えないわ」

「そのことなら、私が何とかする。心配無用だ」

これを潮にサラと別れた帰るさは、心底、後ろ髪を引かれる思いだった。なろうことなら、夜通し寄り添っていたい。かつてないことで、何故かしきりに心が疼《うず》いた。二人の鼓動が響き合い、頻にサラの息遣いを感じる甘美の境地は捨て難い。とはいえ、あのまま居続けては弱みにつけ込むようで、私の気持が許さなかったし、翌日には街中に知れ渡るだろう。サラには回復すべき名誉があり、私には守るべき名誉がある。当時のオックスフォードには宮廷のたしなみは疎《おろ》か、今のように放埓《ほうらつ》を大目に見る空気もなかった。壁に耳ありで、誰もが人を扱《こ》きおろすことに急である。私自身、偉そうなことは言えない。

私は母に、サラは罪を悔いているし、その罪にしたところで、巷間《こうかん》の噂にはほど遠い、取るに足りないことだと言った。母はほんの形ばかり口を挟むでもなかった。悔いる心が誠《まこと》なら人の罪を許す寛容の証《あかし》で、事実、それが母の気持と見てよさそうだった。「よく働く娘だし、そういうことなら、週の手当を半ペニー差し引いても不足はないでしょう」母は抜け目がなかった。「今時、それで来てくれるとは、見つけものだわ」

半ペニーは私の懐から足し前するとして、もとどおりサラを雇うことに話は決まった。となると、問題はサラの母親である。数日を隔てて、私はローワーに会った。ローワーは脳組織の高度な研究にかかりきりで、なかなか捕まらない多忙の身だったが、やっと機会を捉えて訪ねると、論文の献辞をどうするかで頭を痛めていた。

「誰に捧げたものだろうか?」挨拶もそこそこに、ローワーは眉を寄せて言った。「ここが思案のしどころだ。研究の計画全体の中で、何よりも後々に影響することだから」

「どうしてどうして。研究それ自体が……」

ローワーは塵《ちり》を払うような手つきをした。「研究は、言うなれば、体力と根気の勝負だよ。

それにくらべたら、出版に要する経費の方がはるかに大きな問題だ。腕のいい銅版画家にどれだけかかると思う？　論文にはどうしても上質の図版を添えなくてはならない。図版が粗末では、論文そのものが形なしだ。ロンドンの銅版画家に頼んで、人間の脳と、羊の脳と、区別がつかないことにもなりかねないのでね。ロンドンの銅版画家に頼んで、少なくとも二十枚は図版を入れたいのだよ」ローワーは深々と溜息を吐いた。「君がつくづく羨ましいよ、ウッド。こういうことに煩《わずら》わされずに、好きなだけ本が出せるんだから」

「図版をふんだんに入れたいのは、私にしても同じだよ。そこで論じている人物の肖像を読者に見せることが肝腎《かんじん》だ。業績と容貌をくらべることで、私の人物描写が正しいかどうか、読者が判断できるように」

「それはわかっているとも。いや、私が言いたいのはね、君の仕事はいざとなれば文章だけで、充分、中身が伝わる点だ。私の場合、図版に金をかけないことには、せっかくの本も何が何やらさっぱりわからない」

「だったら、献辞なんぞで悩まずと、そっちの心配をしたらいい」

「図版は、つまるところ、金の問題だ」ローワーはむずかしい顔つきのまま思案げに言った。

「底は知れている。ところが、献辞となると、私の将来がこれ一つにかかっているのでね。私は野心に目が眩《くら》んで、望みが高すぎるか？　それとも、控えめに過ぎて望みが低いばかりに、骨折り損の草臥《くたび》れ儲けか？」

「論文が本になれば、それこそが報奨ではないか」

「これはまた、ご立派な学者の科白《せりふ》だな」ローワーは憮然とした。「君なんぞは、いいご身分だ。家族を養う責任もなし、一生ここに根を生やして満足していられるんだから」

「私とて、名声に憧れる気持は人並みだよ。ただ、それは純粋に書物を敬愛するからであって、名声を武器にお歴々の贔屓を勝ち取ろうとする下心は毛頭ない。それで、誰に献呈する気かね？」

「光輝を夢見るとなれば、まずは国王陛下だな。だって、そうだろう。かのイタリア人、ガリレオ何某《なにがし》は数ある自著の一巻をメディチ家に捧げて、それで生涯、王宮で恵まれた地位を与えられたのだからね。ことによると、国王陛下は私を殊勝なやつと思し召《おぼめ》して、ただちに王室つきの医者にお抱えくださるかもしれない。ただ……」と、ここでローワーは口を歪めた。「医者はすでに一人いる。慈悲の徳ある国王陛下といえども、財政逼迫《ひっぱく》の折りから、二人は雇えまいな」

「それは、ちと考えが浅くはないか？　国王に捧げられた本は山とある。イギリス中の著者にいちいち目をかけてはいられないだろう。君の名は、玉石混淆《ぎょくせきこんこう》、万巻の書物に埋もれるだけだ」

「だったら、ほかに誰がいる？」

「そうさな。裕福で、献辞を徳とする心があって、その名が大衆の耳目《じもく》を集める人物がいい。マッド・マッジこと、マーガレット・キャヴェンディッシュ……、ニューカッスル公爵夫人あたりはどうかな」

ローワーは弾けるように笑った。「ふん、なるほど。そいつはふるっているな。いっそのこと、オリヴァー・クロムウェルの霊に捧げるか。学術界から見向きもされなくなるには、一番の早道だろう。マーガレット・キャヴェンディッシュは新しがり屋の調子はずれで、一家一門の面汚し、世の女性の鼻つまみではないか。なあ、ウッド。からかうのは止してくれ」

私は頬が緩んだ。「クラレンドン卿はどうだ?」

「もう先が見えている。遠からず、権力の座から失墜するか、あるいは、それ以前に病死するかもしれない」

「ならば、政敵、ブリストル伯爵……、ジョージ・ディグビーは?」

「公然とカトリック教徒を名乗っている人物に著書を献呈しろだ? 君は私に飢え死にしろというのか?」

「じゃあ、今をときめく政界の新星、ヘンリー・ベネットは?」

「一瞬の光芒を放って消える流れ星かもしれない」

「学問畑で、ミスター・レンはどうかな?」

「レンは親友だがね、手蔓《てづる》と頼めないのはお互いさまだよ」

「となると、ミスター・ボイルだな」

「あの人には、すでに恩顧を受けている。同じ伝《つて》に縋《すが》っていては、好機を逸することにもなりかねない」

「誰かいそうなものだろうに。私も考えてみるがね。しかし、本はまだ上梓の運びにはいたっていないないな」

ローワーは唸った。「いや、それだよ。もっと脳細胞の試料を集めないことには、本は完成しない。裁判で、誰か処刑してくれるといいのだがね」

「ちょうど今、例の命運尽きた若者が牢に繋がれている。ジャック・プレストコットだ。向こう一、二週間のうちに刑が執行される雲行きだが、自業自得だな」

かくてローワーにプレストコットのことを思い出させたのはこの私である。逮捕は十日ほど前で、ひとしきり街は騒然となった。私の一言に意を強くして、ローワーは後日、死体をもらい受けに行った。コーラを同道したというのも、その通りに違いない。ウォリス博士はコーラが策をめぐらせて自分から獄舎にプレストコットを訪ねたように推量しているが、事実は逆である。ここははっきりさせておかなくてはならない。コーラには、できることならプレストコットにかかわりたくない理由があった。見知った顔にばったり出逢った驚きはいかばかりであったろう。

プレストコットの名前が出て、気持は自ずとサラ・ブランディと母親に立ち戻り、私はローワーに療治のことを持ちかけた。

「断る」ローワーは言下に撥ねつけた。「人の患者を横取りするわけにはいかない。コーラが医者ではなかったとしてもだ。これ以上の非礼はない」

「しかしだね、ローワー。コーラは母親を診る気がない。年寄りは死ぬぞ」

「コーラがそう言うなら、考えないでもないが、薬代が払えないというではないか」

ローワーとも思えない言《い》い種《ぐさ》だった。付き合いの長い私は、この友人が損を承知で、報酬を期待できない患者を何人も診ていることを知っている。私の不平顔を見て、ローワーは苦りきった。

「事情を知って私の方から申し出たなら話は別だがね。あの娘は卑劣にも、金がないことを隠してコーラに無理を言ったろう。われわれ、医者には医者の気位というものがある。私はごめんだよ。あの娘がどんな女か、君は誰よりもよく知っているはずではないか。その君が、私に話を持ってくるとは意外だな」

「どうやら、私は間違っていたよ。サラは悪辣《あくらつ》な風評の被害者だ。少なくとも、ある一面においてはさ。これは間違いない。そもそも、療治を頼んでいるのはサラではない。母親だ。必要とあれば、薬礼は私が持つ」

案の定、ローワーは気持が傾いた。根が人情に篤い上、医者の身で臨床経験は貴重である。見送るにはいかにも惜しい機会だった。

「コーラと話してみよう。後で会うことになっているのでね。さて、申し訳ないが、今日はこれまでにしてくれないか。何かと忙しいのだよ。ボイルの実験を見学したいし、君の言う獄中の青年にどうやって近づくか考えなくてはならない。ウォリス博士の診察もあるし」

「具合が悪いのか？」

「そのようだな。私が見て、よくなるならありがたい患者だよ。王立協会に顔がきく。ウォリスとボイルの後ろ盾があれば、私の王立協会入りも間違いなしだ」

ローワーは意気揚々と出かけたが、ウォリスの手記にもある通り、気心の知れ合ったはずのコーラが、実は、知恵を盗みにきたのだと聞かされたほかは、何一ついいことはなかった。ローワーの胸中、察してあまりある。後に会った折り、気を悪くしていたのも無理はない。ただ、ここはローワーのために言っておくが、あのイタリア人を貶《おとし》めるようなことはいっさい口にしなかった。ローワーは故なくして不用意に人を非難しない。悲しいかな、この心がけに徹している潔癖居士は極《ご》く稀でしかない。これまでにも私は、もったいらしくフランシス・ベーコン卿の言を引き、帰納法の利益を説きながら、何の疑念も懐かずに根も葉もない街談巷説《がいだんこうせつ》を鵜呑《うの》みにする科学者に数多く会っている。総じて「しかじかのことは道理に叶っていると思われる」などと言ったところで何の意味もないことがわかっていない。道理とはどうこう思われるものではない。何よりもそこが問題だ。道理は実証されなくてはならない。ただ「思われる」だけでは、道理とは言われない。

そんな次第でローワーはコーラと会い、私はサラに、ひとまずはイタリア人に謝罪して、引き続き母親を診てもらうしかないことを噛んで含めた。正直な話、これは容易ならぬ役回りだった。当人の命が旦夕《たんせき》に迫っていたならば、何をどう話したところで、誇り高く一筋縄ではいかないサラを説得するのはむずかしかったろう。だが、命が懸かっているのは母親で、サラはしょうことなしに聞き入れた。私はコーラがまたしてもサラに言い寄ることを憂い、これを封じるために、薬礼の負担を申し出た。そうなると、二ヶ月分の本代を節約しなくてはならないが、その甲斐はあると割り切った。

とはいうものの、懐は寂しかった。当時、私の収入は従兄弟が居酒屋をはじめた時に用立てた元手の年賦返済で、レイディ・デイ、つまり、聖母マリアの受胎告知にちなむ春季支払日に受け取る六十七ポンドがすべてだった。従兄弟は支払いを滞らせず、私自身、このささやかな投資には満足していた。なけなしの金を貸すのに、身内に優《まさ》る安心な相手はいない……。いや、そうとばかりも言えないが、それはともかく、従兄弟も前払いはできない相談で、おまけに私は先頃、新しいヴィオールに大枚を投じてしまい、日々の暮らしを賄《まかな》って、母に渡す何がしかを別とすれば、その数ヶ月は手許不如意で、惨《みじ》めな思いをしないためにも生活を切りつめなくてはならない境遇だった。コーラに払う薬礼三ポンドは私の力にあまる大金である。私は乏《とぼ》しい中からとりあえず二十四シリングを捻出し、信用してくれている友人たちから借金して十二シリング掻き集めた上、若干の蔵書を売って九シリングこしらえた。さて、そこで残る十五シリングをどうにかしなくてはならない。私は勇を鼓し、あらかじめ日を約してグローヴのもとを訪ねた。

第五章

グローヴとは面識がなく、ただ評判を耳にしているだけだった。聞くところ、えらく癇症《かんしょう》で気難しく、頭が古いことに加えて、酒を過ごすと冷酷非情に偏《かたよ》る質《たち》だという。さりながら、図抜けた知力は誰しも認めざるを得ない。不幸にして時運に恵まれず、ために、あたら優れた頭脳を持ちながら、怨念と猜疑《さいぎ》が人物を歪《ゆが》めているとはもっぱらの噂である。私見では、ウォリスはグローヴを高く評価しているし、それはコーラも同じと言える。その気になれば、グローヴが手厚く人を遇し、温情を示すであろうことは疑いない。それどころか、付き合って損はなく、身分も対等な相手と見れば、グローヴは精いっぱい愛想をふりまくはずである。とはいえ、対面が何をもたらすかは宝籤《たからくじ》に等しく、その場の成り行きでグローヴが態度ふるまいを変えることはない。信念の命ずるまま、ひたすら自分の目的のために相手を利用するのがグローヴのやり方である。

それと知りつつ、ほかに頼れる先もないところから、私はグローヴを訪ねた。裕福な友人は誰もいず、当時、周りはみな私よりなお貧しかった。あれこれの伝聞を考え合わせれば、グローヴがサラ同様、悪《あ》しざまに言われていたことは間違いなく、小間使いが由《よし》ない僻目《ひがめ》から不当に苦しめられたはずと、私は信じて疑わなかった。体面を気にするグローヴが表立って助力を拒んだとしても不思議はない。しかし、陰で支えになれるなら、それこそはグローヴにとって何よりだったろう。

かくて私は下から出て、果てはグローヴを死にいたらしめた。仮にも誤解があってはならず、いささかたりとも潤色《じゅんしょく》は許されない。三人はそれぞれの手記でこの事件が何故どのように起きたか、疑惑の根拠を示し、思考の末に結論を下している。少なからぬ証拠が援用されているが、コーラは自白に基づいてサラを犯人と断じた。当事者の証言は否定すべからず、サラが犯行を認めている以上、殺害は動かぬ事実とする考え方である。なるほど、多くの場合、自白は最も有力な証拠と言える。プレストコットは錯乱の最中にも法律家の推論で、誰よりも得をした人物を洗いだし、これと矛盾する情報がないところから、犯人はトマス・ケンと断定した。ウォリス博士は持ち前の論客ぶりで、あらゆる関連事項に目を配り、そこから揺るぎない結論を導き出す細緻な思考に自信を示した。いずれも自分の論述が法的に誤りないことを誇っているが、それは議論の余地なく問題を解決する唯一の証拠が欠けているためである。三人が三人とも、グローヴ博士のブランディに毒物を混入したのは誰か見抜いていない。何を隠そう、毒を盛ったのはこの私だ。

わがベーコン卿は、その著『ノウム・オルガヌム』でこの問題に論及し、いつもながらの明知をもってあらゆる可能性を検証した挙げ句、すべては不完全であると断案した。一つとして確実なものはない。科学者と法律家が等しく絶望するであろう結論だが、歴史家は自己の主張を内輪に修正することで、また、神学者は永遠の啓示を土台に壮麗な伽藍《がらん》を築くことで、この結論と折り合いをつけている。不確実な科学とは、虚飾を纏《まと》った当て推量以外の、果たして何か？　確かな証拠もなしに人を処刑して、良心に恥じずに済むだろうか？　証人は時に偽りの言を吐く。よく知られているように、人は無実でありながら、犯していない罪を告白することがある。

しかし、ベーコン卿は絶望せず、証拠が一つ方向だけを指して、それ以外の可能性をいっさい寄せつけない事例があることを道破した。事実を口外することで何を得るでもない独立不羈《どくりつふき》の目撃証人、観察に長《た》け、そこで見たままを品性豊かな言葉で報告できる話者がいるものならば、その証言は望み得る限り最も忠実にことの真相を伝え、信憑性に欠けるほかの証拠を圧倒して議論に決着をつけるであろう。私は自身その立場にあり、以下に述べることが向後《こうご》、この事例をめぐる紛糾を排除すると断言して憚《はばか》らない。

私はグローヴ博士に面会を請う寸書を呈し、同意の返事を受け取って、その夜、おそらくはコーラ氏が立ち去った二時間後に学寮を訪ねた。

当然ながら、ただちに来意を告げはしなかった。無心が目当てには違いないが、礼儀作法をわきまえない物乞いと一緒にされては立つ瀬がない。ひとしきり、当たり障りのない四方山《よもやま》話《ばなし》に時を移した。グローヴは盛んにげっぷと放屁をくり返し、学寮が特別研究員に供する食事を、口を極めて扱《こ》きおろした。

「いったい、料理人は何をしている」とりわけけたたましいげっぷのあとで、グローヴは言った。「凝って手をかけることもない、当たり前の肉料理があそこまでひどいとはな。あんなものを食わされていたら、早晩、私は死ぬしかない。実は、今日、来客があってね。若いイタリア人だ。年の頃は君とほぼ同じだろう。この男が、出されたものは拒まずでもりもり食べるのだが、これほどのものははじめてだとでもいうふうに舌鼓を打つのを見て、吹き出しそうになるのを堪《こら》えるのが一苦労だった。あれが外国人の情けないところだ。何やかやと、ソースに舌が鈍って味がわからず、本当の肉がどういうものか、とんと知らない。食いものを崇《あが》めること、信仰に等しいな、え?」グローヴは自分の穿った譬《たと》えに気をよくして笑った。「見てくれよく上辺《うわべ》を飾っているから、中身がわからない。大蒜《にんにく》も、薫香《くんこう》も、同じことだ」

この皮肉がよほど気に入ったと見えて、グローヴは重ねて笑った。もっと早くに思いついて、客を茶化してやればよかったと悔やんでいるのは明らかだった。私はグローヴの言うことに少なからず矛盾を感じたが、その点はあえて口にしなかった。

グローヴはまた唸って胸を押さえた。「ええ、忌々《いまいま》しい。あの肉のせいだ。ちょっと、その袋を取ってくれないか」

何やら粉末の入った袋だった。「これは……?」

「効果《こうか》覿面《てきめん》の下剤だよ。あの思い上がった小男のイタリア人は危険だと言うが、そんなことはない。ベイトが請け合っている。ベイトは国王の主治医だぞ。国王にいいものなら、私にも効くはずだろうではないか。その道の権威が折紙をつけて、私自身、薬効は体験から知っている。それを、あのコーラめは劇薬だと言う。何を馬鹿な。ほんの一つまみで、たちどころに通じがつく。こういう時に備えて、大量に仕入れておいたのだ」

「しかし、コーラ氏も医者ですね。だとすれば、なまじな知識ではないでしょう」

「いいや、私は信じない。あの男、本職の医者にしては口が巧すぎる」

「脚を折った、アン・ブランディの面倒を見ていますね」話を薬代のことに向けるいい間合いだった。

ブランディの名が出て、グローヴ博士は不快に眉を曇らせ、骨を狙う犬が競合相手を威嚇《いかく》するような声になった。

「そのことは聞いている」

「面倒を見ていた、と言うべきでしょうか。ブランディは薬代が払えず、どうやらコーラ氏は無償で患者を診《み》る気はないようなので」

グローヴはふんと鼻を鳴らした。早く用向きを片付けて引き揚げたかったばかりに、私はそれを警告とは取らなかった。

「用立てる約束をして、二ポンド五シリングはととのえました」

「それは結構」

「ところが、十五シリング足りなくて、持ち合わせがありません」

「ここへ無心に来たなら、お断りだ」

「ですが……」

「あの小娘には、年に八十ポンド近い負担を強《し》いられた。おかげで、私は楽しみにしていた後半生を危うく台なしにされるところだったぞ。母親が明日にも死のうとどうしようと知ったことではない。聞くところ、それも身から出た錆《さび》ではないか。治療代が払えないとしたら、自分の行いが悪いからだ。自分で蒔《ま》いた種の報いを逃れるのは罪というものだ」

「報いを受けているのは母親の方ですが」

「そんなことは知らない。私にはかかわりのないことだ。こう言っては何だが、君は抱えの小間使いを思い遣って、たいそう心を痛めていると見えるな。とはまた、どうして?」私は赤面するのが自分でわかった。狡《こす》っ辛《から》いグローヴは得たりと詰め寄った。

「娘を使っているのは私の母で……」

「あの小娘を私に押しつけたのは君だ。違うか？　おかげでこっちはえらい迷惑をこうむった。あの言葉には尽くせない恥辱の苦しみも、フォンス・エト・オリーゴ――もとを糺《ただ》せば君の仕《し》業《わざ》だ。違うとは言わせない。その君が、薬代を肩代わりする？　ご親切なことだな。いや、恐れ入った。見上げたものだ。してみると、とかくの噂に娘の不身持ちを詰《なじ》る声がかしましいのは、この私ではなくて、ありていは君を指しているということか」

探る目つきで私を見つめるグローヴの顔に、紛《まが》うかたなく、内心はたと膝を打つ喜色がじんわり広がった。私は眉一つ動かさずにしらを切るような芸当を身につけていない。見る目があれば、私の顔は開いた書物にも等しい。グローヴは人の秘密を盗み、それを責め道具に相手を嬲《なぶ》ることを無上の喜びとする底意地の悪い男なのだ。

「ははあ、古書蒐集家と小間使いな。研究にかまけて、妻を娶《めと》るどころではない。それで、書見の隙にみすぼらしい売女《ばいた》で間に合わせている。そうだな。違うか？　あのふしだらな小娘を玩具にして、愛人気取りか。薄汚い淫売も、君の目には聖女エロイーズで、男気を見せたいばかりに、ありもしない金を用立てると大きく出た。周囲から立派なこととよともてはやされて、女が感激すればしめたものだ。ところが、相手はとんだ下手物《げてもの》だ。違うか、ウッド？　あんなのは、女の風上にも置けない」

グローヴはここでまた真っ向から私を見て呵々と笑った。「お、お。図星だな。顔に書いてある。何と、これは傑作だ。『紙魚《しみ》と淫売』の題で詩が書けるぞ。書簡体、六韻脚《ろくいんきゃく》の英雄詩だ。となると、さしずめミルトンあたりがうってつけだな。筆を執っては何ごとによらず俗悪とは考えない書き手だから」

グローヴはますます笑った。屈辱と憤怒《ふんぬ》で顔が火照《ほて》ったが、何を言ったところでグローヴは聞く耳持たず、人をいびる楽しみを控える気のないことはわかりきっていた。「おい、どうだ、ウッド君？」グローヴは言い募った。「これが笑わずにいられるか。だって、そうだろう。小心翼々《しょうしんよくよく》の学者が書斎に籠もりきりで、日の光も拝まずに、真っ赤な目をしている。世間では、あれほど研究に打ち込んでいながら何の成果も挙がらないのは何故かと訝《いぶか》る。何ぞ、遠大な構想を温めているのだろうか？　無量の艱難《かんなん》が偉業の達成を遅らせているのだろうか？　その企図壮大なるがゆえに、努力は結実を見ぬまま、歳月が流れているのだろうか？　ところがだ。蓋を開けてみれば、豈図《あにはか》らんや、研究一途《けんきゅういちず》とは思いのほか、勉強家は書斎の埃《ほこり》にまみれて小間使いと組んずほぐれつ、二つ背のある怪獣ごっこだ。それどころか、母親を説き伏せて女を家に通わせた上、小間使いを娼婦に、現在親を売春宿の女将に仕立てた。おい、ウッド君。それは違うと、言えるものなら言ってみろ」

神学者は、残酷な仕打ちは悪魔の申し子で、根底の動機は心に巣くう敵意であると言う。だが、直接の動機は快楽をむさぼる倒錯に相違ない。残酷な人間は他者に苦痛を与えることに喜びを感じる。優れた音楽家がヴィオールやヴァージナルを自在に操ってさまざまなハーモニーを奏《かな》でるように、苦悶《くもん》、屈辱、悲嘆、焦燥、羞恥、悔恨、恐怖を煽《あお》るのは思いのままである。これらの情念を、ある時は一緒くたに、またある時は別々に掻《か》き立《た》てる。手際は巧妙で、急所をはずさず、誘われた情動は受け手にとって耐え難いまで苛烈《かれつ》なこともあれば、忍び寄る甘美な悲哀となって人を蠱惑《こわく》することもある。グローヴは自身の手法に陶酔して技巧を誇る加虐の達人である。

察する通り、トマス・ケンが人知れず、日夜かかる虐待に甘んじていたとすれば、その忍従にはただ驚嘆のほかはない。私怨に発する虐待は、加害者にとってなおのこと心地よく、苦悩を語れば愚かな弱虫としか取られない被害者にとっては、いっそう辛い自虐でしかあり得ない。私自身、ここに事情を打ち明ければ人目に滑稽《こっけい》と映ることは承知の上である。しかし、私は私の立場から事実を述べて大方の理解を請うしかない。人は誰しも何らかの恥辱をこうむり、虐待を受けていようから、そのような目に遭えば判断が偏り、感性は鈍磨することを知っているはずだ。被害者は繋がれたまま打ち叩かれる犬に等しく、逃げ出したくとも戒《いまし》めを解く術《すべ》もない。

私の苦難はなお続き、グローヴは私がいかに扱いやすい相手か見透かしていた。つけ込むに何の造作もない。私は害意の攻撃を躱《かわ》し、あるいは、責め苦から身を守る知恵も手段も持ち合わせていなかった。

「それにしても」グローヴは言った。「ウォリス博士がこの先も公文書館へ君の出入りを許して、勝手なふるまいを大目に見るとは思えない。総じて人は淫欲によって、他者がなしとげるよりも多くを破壊する。母親が息子のために自宅で隠し売女の宿をして、自分の小遣いから女に報酬を払っていると世間に知れた時、親類一族が浴びる非難を考えてもみろ」

「どういうつもりですか?」私は堪《たま》りかねて突っかかった。「何だってそう、私をいじめるんです?」

「私が？　君をいじめるだ？　それは聞こえない。私が、いつ君をいじめた？　私は事実を言っているだけではないか。そうだろう。〈われら、見聞きせしことを語らざるべからず〉と、使徒行伝にもある。四章二十節、ペテロの言葉だ。罪を犯して報いを受けず、邪淫が見逃されていいはずがあるものか」

　グローヴは不意に言葉を切って表情を歪《ゆが》めた。嘲笑《ちょうしょう》、愚弄《ぐろう》が影を潜め、代わってどす黒い怒りが顔を染めるありさまは、嵐の前の暗雲低く垂れこめる空を見るようだった。「わかっているぞ、ウッド君。あの小娘を私の小間使いに送り込んだのは君だ。友人のケンに、私の悪口を言わせようためだ。よからぬ噂で私の名を穢《けが》した上、私の地位を危うくしたのも君だ。それもこれも、プレストコット君から聞いた。君の不実と同じほどに正直一途な青年だ。君はインクで汚れた手を出して、みすぼらしい物乞いもどきで私に金の無心か。お断りだ。私から君に与えるものがあるとしたら、せいぜい、憎悪ぐらいのものだ。私の没落を企《たくら》んで、報復を受けずに済むと思うか？　相手が違うぞ、ウッド君。遠からず、君は生涯の不覚を思い知るはずだ。訪ねてくれてありがとう。これで、こっちはどう出るか、目処が立った。その顔に罪の意識が透けているのをしかと見たからな。よくよく言っておくが、報復となれば手加減はしない。さあ、もう引き取ってもらいたい。見送りはしないから、悪しからず。腹具合が悪くて、それどころではない」

　凄まじいばかりの放屁とともに、グローヴはあたふたと隣室に駆け込んだ。大慌てでズボンをおろし、喘《あえ》ぐような溜息を吐いて、室内便器に跨がるのが気配でわかった。私はなす術もなく、底意地の悪い面罵《めんば》を浴び、惨《みじ》めにも攻撃から身を守りそびれていたらくだった。年《とし》端《は》もいかない子供のように顔を真っ赤にして座ったきり、か弱い声でほんの一言、切り返すことすらできなかったではないか。とはいえ、これでも男の端くれで、侮蔑に満ちた悪態には、かっと熱くなるほどの怒りがこみ上げた。ならば、男らしく太刀打ちしたかというに、私のふるまいは意気地なかった。面と向かって啖呵《たんか》を切るでもなく、陰へまわっていじましくも愚かしい悪さをした私は、いたずらっ子のように、これでどうにかグローヴに一矢《いっし》報いたと自ら納得して、密かにその場を後にした。

私は隙を見て、卓上の袋の粉末を、脇にあったブランディの壜に残らず空けたのだ。

「飲むがいい」部屋を出しなに胸の内で呟《つぶや》いた。「腹を痛めて七転八倒するがいい」

グローヴが夜通し激しい腹痛に悩めばいい気味だ。誓って言うが、それ以上の危害を与える気はなかった。グローヴが苦痛に身を捩《よじ》ればいいと思ったのは事実だし、粉末の量が充分で、効果があることを切に祈ったが、断じて死を念じはしなかった。もとより殺意のあろうはずがない。何がさて、私は粉末の正体を知らなかったし、ヒ素については何の知識もなかった。教養人の間でも、あの粉末が何か知っている識者が果たして何十人に一人いるかどうか疑わしい。世の中、医者や経験主義者ばかりではない。私が化学実験の講義を受けたシュタール氏も、この毒物についてはついぞ何も言わなかった。

第六章

日はとうに暮れていた。北風の冷たい、雨催《あまもよ》いの夜だった。出歩くにはおよそ向かない陰鬱《いんうつ》な空合いだが、家に帰る気はせず、知った顔に会いたくもなかった。頭は一つことでいっぱいで、人と話すなど思いも寄らない。この心境でほかの何を語ったところで、ただ俗に堕して空虚な中身で終わるだけだろう。だといって、音楽に慰めを求める穏やかな心を呼び覚ますこともできなかった。普通なら、曲の展開と計算を尽くした楽想の必然の結果である快い和音進行が何とも言えない安らぎをもたらすが、この夜、惑乱した神経はあらゆるハーモニーを拒んで、私は音楽に見放されていた。

気がつけばサラの面影が瞼《まぶた》に浮かび、どんなにねじ伏せようと努めても、会いたい思いが募った。とはいえ、寄り添って労《いたわ》り慰めてほしいと願うではなし、会話を望むでもなかった。どこやら胸の奥底から怨嗟《えんさ》の情がこみ上げて、サラこそはこの身に降りかかった厄難の根元と思いつめるまでになり、葬り去ったつもりの疑惑や遺恨がことごとく蘇《よみがえ》った。乾ききった夏の日に、火口が微かな火花を捉え、あるかなきかの風にたちまち燃えさかるさまに似て、怨嗟の炎は手のつけようもなかった。熱に浮かされたような意識で、私は自分の釈明が片腹痛く、謝罪は筋違いだったと合点した。疑惑は故ないことではない。根性のいじけたサラは、誰であれ、恩を受ければ仇《あだ》で返すのではなかろうか。そんなことを思いながら、私は着ぶくれた姿で道を急いだ。靴は凍《い》てかけたニュー・カレッジ・レーンの湿り気を吸っていた。ハイ・ストリートを渡ってマートン・ストリートにさしかかる頃には、ますます自分の悲運を呪わずにはいられなかった。母と顔を合わせることは躊躇《ためら》われた。グローヴがいみじくも言った通り、私のせいで家族が笑いものにされたら母が傷つくのは火を見るより明らかではないか。私は家の前で踵《きびす》を返した。

街をはずれて川沿いに行く気で、セント・オルデイツへ出た。古今の識者が言っているように、淀みない流れの音は心を和ませる。だが、この時、私は河畔を歩かなかった。クライスト・チャーチを過ぎるあたりで、通りの向かい側を行く闇に霞《かす》んだ人影を見たためだ。この寒さではあまり役に立ちそうもない薄手のショールにくるまって、小脇に何やら包みを抱えている。華奢《きやしや》な姿と、いかにも用ありげに急ぎ足で行く物腰から、一目でサラとわかった。密会を約した相手が待ちかねているのだと、私は混乱した頭で考えた。

かねてからの疑惑が一気に晴れる機会の訪れと、私は考えるより先に飛びついた。サラは時間が許せば折々一日二日、オックスフォードを留守にする習慣で、顔を知られていない小さな街で仕事を探すのだと、私は勝手に思い込んでいた。春を売る身に跳ね返る報いはなまじではないから、誰だろうと女が自分の街で商売を続けるのは愚かしい。他愛もないこととは承知だが、サラは心根のゆかしい稀有な人物と自分に言い聞かせる都度、この身の内に陣取っている小悪魔どもがせせら笑った。想像を妨げる矛盾の交錯によって、私はプレストコットと同じく常軌を逸するのではないかと恐れた。それで、私なりに悪魔祓《あくまばら》いのまじないをかけて、事実を突き止めることにした。サラは自分から何を言おうともしないが、その拒否の姿勢が私の好奇心をそそった。

これを語ることで、前提を誤った推論は、疑念の余地のない事実の集積から誤った結論を導く今一つの事例としたい。ウォリス博士は、コーラと過激派の不満分子の固い結束を指摘した持論は、ブランディの娘の行動によって証明されたと述べている。サラが多くの時間を費やして西部のビューフォードや南部のアビンドンへ出かけたのは非国教徒集団に情報を伝えるためで、いずれクラレンドン伯が殺害されて国が大混乱に陥ったところで非国教徒集団は蜂起するはずと、ウォリス博士は読んでいた。問われてサラは、身に覚えのないことと否定したが、虚偽を見破る眼力に恃《たの》むところあるウォリスはこれを、違法行為を隠すサラの嘘と確信した。

サラが偽りを述べて違法を隠したのは事実で、その点、ウォリス博士の情況把握は飽くまでも正確だった。サラは秘密が知れて、自分ばかりか、仲間のみんなも厳しく罰せられるであろうことを恐れていた。安手な虚栄心から殉教者面《じゅんきょうしゃづら》はしたくない。あっさり身を躱《かわ》す術もないとなれば、潔《いさぎよ》く刑に服す覚悟で、実際、それがサラの運命だった。が、それはそれとして、ほかのすべてにおいてウォリス博士は間違っていた。

私は迷わず腹を決め、従兄弟《いとこ》の居酒屋へ取って返して馬を借りた。幸い、このあたりは土地鑑がある。サンドリーを経てアビンドンに至る道は平坦で、サラよりもずっと早かった。私は黒っぽい服で、帽子を目深《まぶか》にかぶっていた。常々誰もが言う通り、私は人中でおよそ目立たない。勝手を知ったオックスフォード・ロードの手前で待ち受けるところへ、三十分ほどしてサラはやってきた。跡をつけて様子を見るとなれば、これまた何の面倒もない。サラは人目を気遣うでもなく、行く先を惑わすふうもなかった。もとより、尾行されているとは知るはずがない。川沿いに、市場へ産物を揚げる小さな桟橋がある。サラは翌朝の市に出る農産品の保管に充てられている倉庫のドアを無遠慮に敲《たた》いた。さて、どうしたものかと当惑に立ちつくしていると、一人、また一人と、一般庶民と思《おぼ》しき男女が相前後してドアを潜った。サラと違って、みなみなあたりを憚《はばか》る風情《ふぜい》で、襟を立てて顔を隠している。

考えたところでわけがわからず、私はすっかり途方に暮れた。強《し》いて言えば、ウォリスと同じで、咄嗟《とっさ》の判断は過激派の集会だった。アビンドンは悪名高い無法の街で、市会議員以下、住民は残らず法律違反の常習者と言われている。それにしても、何かがおかしかった。違法行為が公然とまかり通るこの街で、当夜の集まりは非国教徒ですら眉を顰《ひそ》めかねない秘密の目的を掲げた会合かとも思われた。

私は太っ腹でもなし、向こう見ずでもない。そのくせ、自分から危険な立場にのめり込む奇妙な性分だ。好奇心は白熱の炎と燃えさかった。ただ突っ立って、雨が来るのを待っていてもはじまらない。危害に襲われるだろうか？　あり得ないことではない。近頃、街の住民は平穏、静寂を大切にする心がない。ここやかしこで聞いた話を考え合わせれば、何をしでかすかわかったものではない。分別のある者は立ち去るだろうし、責任感のある者は治安判事に訴えもするだろう。私は自分で両方を兼ねているつもりだが、どっちもせずに、心臓は早鐘のように胸郭を打ち、腸《はらわた》はただ恐怖のために激しく蠕動《ぜんどう》した。気がつくと、私はドアにすり寄って、警備に当たっている屈強な男の前に立っていた。

「やあ、兄弟。ようこそ」

思いがけない挨拶だった。私が予期していた不審の棘《とげ》はなく、警戒の色もない。そうは言っても、依然として何が何やら、まるでわからなかった。わかっているのは、サラが大勢の仲間と建物に入ったことだけだ。誰に会っているのだろうか？　いったい、どういう集まりだろう？　疑われていないことに意を強くして、奥を探る気になった。

「今晩は、兄弟。入れてもらえるかな？」

「もちろんだよ」相手はちょっとびっくりした。「どうぞ、どうぞ。狭いところだけど」

「遅刻してはいないだろうね。遠いところから来たもので」

「ほう」男は満足げに言った。「それは結構。上出来だ。ますます歓迎だよ。誰だか知らないが」

男は倉庫の方へ顎をしゃくった。いくらか気が楽になったが、巧妙な罠に首を突っ込むことになりはすまいかと不安を覚えながら、ドアを潜った。

そこは煤《すす》けたむさ苦しい場所だった。明かりも乏しく、わずかにランプがいくつか灯されて、壁面に黒い影が大きく揺れていた。火の気がないのに、じっとり汗ばむほど温《ぬく》いのは表の寒さを思えば意外だったが、暖気はそこに集《つど》った四十人近い同衆のせいだと遅ればせに気づいた。面々は床に座り、あるいは跪《ひざまず》いて、身動きもせず黙りこくっている。はじめ、私は目の前に生きた人間の集団がいるとも思わず、干し草か、コーンの梱《こり》がべったり敷き詰めたように置かれているると錯覚した。

思案に窮して弱り果て、何はともあれと、隅の暗がりにうずくまった。襟を掻《か》き合《あ》わせて、顔を見られないように気を配った。周囲はみな、対等な身分を示してか、帽子をかぶっていなかった。私はちょっと抵抗を感じたが、女たちも申し合わせたように被《かぶ》りものを取っている。不思議なこともあるものだ。目下の相手は言うにおよばず、国王の前ですら脱帽を拒んで、そのような崇敬に値するのは神だけだと虚勢を張るじゃじゃ馬どもがこのありさまとは腑に落ちない。

ひょっとして、クエーカー教徒の集会に迷い込んだのではないかと思ったが、それだったら、多少、私も知識がある。クエーカー教徒がこんなにも大勢、一堂に会することはまずないし、集会の模様もまるで違う。非国教徒の過激派が蜂起を企《たくら》んで作戦を練っているのかとも考えた。となると、少々厄介だ。これまでにも間の悪い巡り合わせでさんざんひどい目に遭っている。治安判事の手勢がこの場を包囲して、私は騒乱扇動の罪で逮捕拘禁されることにもなりかねない。だが、女たちはどうだろう。それに、この押し殺したような静けさは？　非国教徒の集まりでは考えられないことだ。何しろ、口角泡を飛ばしてわれ勝ちに弁舌をふるい、やたらと人をやり込めるのがあの一派の独擅場《どくせんじょう》ではないか。今のこの静まり返った空気は私の中で、がさつな非国教徒の騒擾《そうじょう》とはとうてい結びつかない。

ややあって、私は一室の全員が例外なく、吸い寄せられるような祈念の眼差《まなざ》しで、仄暗《ほのぐら》い中にうっすらと立つ人物を凝視していることに気づいた。ほかと同じで、ものを言わず、一人だけ前列に立っている。やや時間がかかったが、暗闇に目が馴れてみれば、影のような人物はサラにほかならなかった。身動き一つせず、俯き加減で豊かな黒髪を肩に散らしているために、顔はほとんど隠れて見えなかった。私はまたしても当惑を持てあました。サラが何かしようとしているとも思えず、周囲が何かを待っているふうでもなかった。この成り行きに釈然としないものを感じたのは私だけだったと思う。

サラがどのくらいそんなふうにしていたかは知らないが、建物に入った時からだろうから、半時間近くは経っている。それからさらに、沈黙に徹したまましばらくの時間が過ぎた。誰一人こそとも動かず、静寂の底で向き合っているのは何とも不思議な、居心地のよくない体験だった。われを忘れていようなら、天井の梁から誰かが、気を落ち着けてゆっくり待て、と語りかけたように思ったろう。はっと見上げると、何のことはない、人間どもに塒《ねぐら》の平穏を乱された鳩が一羽、垂木から垂木を飛び移っているだけだった。

だが、それもサラが行動に移った時の驚きにくらべれば、何ほどのこともない。サラもまた顔を上げて天井をふり仰いだ。話を聞きに集まった会衆の間に、雷に打たれでもしたかのようなただならぬ興奮の波が広がった。期待に呻《うめ》くあり、息を弾ませるあり、一同、聴き洩らさじと胸をときめかせて身を乗り出した。

「そろそろ、はじまりよ」近くで女の一人が言い、隣の男が、しーっ、とたしなめた。

サラは、すぐには口を開かなかった。わずかな頭の動き一つすら参会者たちの心に鮮烈な印象を与える様子だった。この上、いくらかなりと興奮が加わったら、みなみな困惑を持て余すことだろう。サラはもの言わぬままじっと天井を仰いでいたが、ややあって、おもむろに視線を一同に転じた。かく申す私まで、心ならずもその場の熱気に染まり、何が起ころうとしているか知らぬまま、ここぞという瞬間が迫ったと察して鼓動が速まった。

話にかかったサラの声は丸みを帯びてなよやかで、それも、そっと囁《ささや》きかけるように微かだったから、一同はますます神経を凝らせて耳を傾けた。私が走り書きに書き取った言葉は、その場の模様をまるで伝えていない。サラは私たちを陶酔に誘い、延《ひ》いては呪縛した。大の男が手放しで感涙にむせび、女たちは教会においてすらついぞ見かけたことのない天使の安らぎに浸って体を前後に揺すった。サラは言葉によってみんなをその胸に抱き寄せ、慰め、懐疑や恐怖を拭い去って、何もかもがいい方へ向かうと思わせた。どうしてそんなことができるのか、私は知らない。役者と違って、サラは演技の心得はなし、言葉巧みに人を騙したりもしない。胸のあたりに両手を組んだきり、派手な身ぶりをするでもない。というより、体はほとんど動かさず、それでいて、サラの口と全身から香油と蜜が溢れ出るようで、誰もが思うさま愉悦に浴した。いつか私は、サラと、神と、人みなすべてに等しく親愛が増して身ぶるいするまでになった。そのくせ、それがどういうことなのか、とんとわかりかねていた。一つはっきり言えるのは、私はその瞬間から躊躇《ちゆうちよ》なく無条件でこの身をサラに委ね、いかようにも、サラの好きにしてくれて不承はないと思い定めていたことだ。

サラの話はたっぷり一時間以上におよんだ。癒やしの音楽に似て、その言葉は私たちの上に流れ、揺蕩《たゆた》い、波打った。私たちもまた、弦楽器の胴のようにサラの声に反響し、かつ共鳴した。後に聞書を読み返して、私はほとほとげんなりした。そこにはサラのあの豊かな精神性を感じさせる何もない。それに、サラが聞き手の心に呼び覚ました深い敬愛を、私はまるで捉えていないではないか。私は心地よい夢から覚めて、今見た夢を書き綴《つづ》り、読んでみれば感動のかけらもなく、穀物を取り去った後の秣《まぐさ》同然で、がっかりする思いだった。

「ここにおいでのみなさんに言います。幾筋もの道が、私の門戸に通じています。大通りもあれば、小径《こみち》もあり、まっすぐな道もあれば、曲がりくねった道もあります。たくさんの人が行き来する広々とした道がある一方、でこぼこして危険が待ち受けている道もあります。自分の行く道が唯一最善の道と言ってはなりません。それはものを知らない人の言うことです。

「私の心はみなさんとともにあります。私は地べたに身を横たえて、埃《ほこり》を舐め、大地に息を吹きかけます。この胸から、母の母である大地に、イエス・キリストに、世のすべての父親、夫、妻に、乳を捧げます。ある晩、薬草の束のように、イエスをこの胸に抱いて寝ました。薬草は私自身であることがわかりました。イエスの顔に私の心を見て、胸の内に信仰の炎が燃え上がるのを感じました。雨上がりの日の光のように、大きな癒やしの力で人に安楽を与え、心を温める愛の焔《ほむら》です。

「私は子羊の花嫁です。天使でも、親善大使でもありません。でも、こうしてここにいます。私は人生に充足と蜜を約束する愉悦です。キリストとともに墓に埋められて、背信の後に蘇ります。いつの世代にあっても、メサイアは人類が邪悪と手を切るまで苦難を負うのです。人は神の御国を待ち望むと言いますが、御国はすぐ目の前、手を伸ばせば掴めるところにあります。信仰や宗派の対立は止めにして、聖書を捨てましょう。もはや聖書は必要ありません。古い習慣を断ち切って、私の言葉を聞きなさい。

「私の慈《いつく》しみと、平安、憐《あわ》れみ、そして、私の祝福はあなた方の上にあります。私が来るところを見た人は多くありません。去るところを見る人はもっと少ないでしょう。今晩から、終末の日々がはじまります。私のことをよく思わない人たちが、私を囮《おとり》にかけようとしています。いつもいつも、同じ人たちです。私はその人たちを許します。この先、罪悪や非道は記憶に残らないでしょうから。私は祈ることで血を清めるためにここへ来ました。私は死ぬ身です。人間は死を免れません。最後の世代が絶えるまで、人間は死をくり返すのです」

前にも述べたように、これは私の記憶している話のほんの断片でしかない。サラの話は現実に即して気の利いた社会時評から、咄嗟の気紛れまで間口が広く、単純明快な話術と支離滅裂な論法が錯綜して、ついには何が何やらわからないところへ突っ走ることも稀ではない。聞き手にとってはどうでもいいことで、私にしてもそれは同じだった。私はサラの虜《とりこ》になったことを誇る気はないし、ふり返っては苦痛に思う。ましてや、自己弁護する気はさらさらない。ただありのままを語るだけで、他人の立場だったら、私は自分を嘲《あざけ》るに違いない。その伝で私を蔑《さげす》む人々に言いたい。その場にいもせず、サラがどんな手品を使ったか、知る由《よし》もないではないか。私は高熱を発したように汗をかいた。歓喜と悲嘆の涙がはらはらと頰を伝ったのは私だけではなかったと思う。サラが話を切り上げて、脇の小さなドアから立ち去ったことすら、ぼんやりとしか憶えていない。小半時ほどして呪縛が解け、芝居が跳ねたように、みなみなやっとわれに返った。収穫期に終日、野良で重労働をしたかのように、体が強《こわ》ばっていた。

集会は終わった。あれだけの人数が集まった唯一の理由が、サラの話を聞くためだったことは言うまでもない。サラの名は、あの街で、地元住人の間に広く知れ渡っている。サラが話をするらしいという噂だけで、晴雨にかかわらず、貧富の別なく、各様の人種を含めて大勢の男女が当局の制裁を覚悟で寄り集う。周囲と同じで、私も集まりが終わってどうしたものか途方に暮れたが、やがては馬を返してオックスフォードへ戻らなくてはと気を取り直し、まったき安らぎのうちに呆然《ぼうぜん》としながら、馬を預けた居酒屋へ向かった。

サラは預言者だった。数時間前の私なら、それを思っただけで口を極めて罵倒したろう。この街は質《たち》の悪い俗物どもによって、長いこと愚昧《ぐまい》の闇に閉じ込められていた。それが、打ち続く争乱で、石を裏返せばワラジムシが這い出すように、白日の下に投げ出された。私は十四の時にオックスフォードへやってきたある憂国の士を思い出す。その男は、昔の聖者かストア派の哲学者のように襤褸《ぼろ》を纏《まと》い、大道で、世界は地獄の火に焼かれればいいと時代批判を繰り広げた果てに、ひきつけを起こして地べたにのたうちまわった。この男の呼びかけで宗旨を替えた転向者はただの一人もいなかった。周りは石を投げたが、私はその仲間には加わらなかった。投石を、男は神の恩寵《おんちょう》と受け取って、たいそうありがたがるふうだった。男のこれ見よがしのふるまいに嫌悪を感じたのは私もみんなと同じだが、男を衝き動かしているのが何であるにせよ、神の意志でないことだけは一目瞭然だった。地元の衆は男を拘束したが、それ以上ひどい目に遭わせることはせず、情け心で街から追い出した。

女の預言者はなお悪質で、蔑みをふりまくほかに何をするでもないと思われるかもしれないが、そうでないことはすでに言った。マグダラのマリアは信仰を説いて人を改宗させ、それによって祝福されたと言われているではないか。マグダラのマリアが非難を浴びることはついぞなかった。私もサラを非難することはできない。神がサラの額に指を触れたことは明らかで、悪魔があのような形で人の心に立ち入るはずはない。悪魔の贈り物にはきっと灰汁《あく》の強いえぐみがある。人は騙されたと知りつつも、こだわりを捨てきれない。が、それはともかく、今この場で言えるのは、サラの含みのある言葉が限りない心の平穏と静謐《せいひつ》をもたらしたことだけだ。私はただそれを体験したに過ぎず、その意味するところを理解してはいなかった。

馬は人気のない道に蹄《ひづめ》の音を響かせた。ときおり雲の絶え間から漏れる月明かりに細々と照らされた道がどこへ通じているか知っている、軽やかな歩調だった。私の意識は自《おの》ずと一夜の記憶を手繰《たぐ》り寄《よ》せたが、つい最前、胸裏に満ちていた感興を再び呼び覚まそうとすれば、潮が引くように記憶が薄らいでいくのは無念の極みだった。そんなふうに物思いに耽《ふけ》っていたために、すぐ前をゆっくりと行くぼうっとした人影をうっかり見逃すところだった。相手を確かめるでもなく、私は考えるより先に声をかけた。

「こんなに遅く、暗い夜道を一人で歩くのは物騒ですね。いえいえ、何も恐れることはありません。どうぞ、乗ってください。お宅まで送りますよ。この馬は頑丈です。さあ、遠慮は無用です」

果たせるかな、相手はサラだった。月影が射すその顔に、ふと私は恐怖を感じたが、サラは言われるままに私の差し出す手に縋《すが》り、ゆったりと横座りに乗って背後から私の腰に腕をまわした。

サラはものを言わず、私も咄嗟には言葉がなかった。集会の場にいたことを話したい気もしたが、愚かしい発言になってはいけず、ましてや偽り、もしくは不信の表現と取られては目も当てられない。それで、しばらくは沈黙の裡《うち》に馬を進めた。半時間ほどして、サラは自分から口を開いた。

「どう言ったらいいのかしら」耳許で囁きかけるサラの声は、三歩離れたら聞き取れないほど微かだった。「あなたは変に思うでしょうけれど、考えたところではじまらないの。私、自分で何を言ったか、どうしてそんなことになったのか、記憶がないのよ」

「私を見たのか?」

「いることは知っていたわ」

「なのに、抗議はしなかった?」

「私はね、誰であれ、聞きたい人のためにものを言うの。それだけのことがあるかどうかの判断は、聞き手次第よ」

「そう言いながら、あれは秘密の集まりだな」

「私のためではないわ。私はどうでもいいの。ただ、聞く人たちも私と同じで、罪に問われるでしょう。許されないことよ」

「もう、長いことになるのか？　お袋さんも？」

「いいえ。母は賢い人で、何のかかわりもないわ。その点は、亡くなった父も同じ。私は父が世を去って、間なしにこれをはじめたの。単純素朴な人たちの集まりで、発言に立ったことまでは憶えているけれど、それっきりわけがわからなくて、気がついてみると、みんなに囲まれて床に倒れていたの。何でも、私、突拍子もないことを言ったんですって。何ヶ月か後にまたそんなことがあって、それから人が集まるようになったの。オックスフォードでは、この身に危険がおよぶ恐れがあって、今ではアビンドンのようなところへ行くことにしているのだけれど。がっかりされることもちょくちょくよ。人前に立っていながら、話すことが思い浮かばずに。あなた、今日の話を聞いたのね。私、何を言ったかしら？」

サラは私の話を、まるで覚えのないことのように聞いて、肩をすくめた。「不思議ねえ。あなた、どう思う？　私は呪われているか、頭がおかしいと思っているでしょう。いえ、その両方ね、きっと」

「君の言うことに、どぎついこと、残忍に聞こえることは何もない。威嚇《いかく》も、警告もないしね。あるのはただ、慈しみと、情愛だけだ。呪われているどころか、君は祝福されていると思う。もっとも、多くの先人たちが身をもって知った通り、祝福は時に非常な重荷ともなるけれど」

いつか私はサラと同じように声を落としていた。これでは独り言を連ねているのと変わりない。

「ありがとう」サラは言った。「誰といって、あなたにだけは蔑まれたくなかったの」

「本当に、自分が何を言っているか、わからないのか？　話は、準備もなしで？」

「ええ、何も。ひとりでに心が動いて、私はただそれを声にして伝えるだけ。われに返ってみれば、とても素敵な夢から覚めたよう」

「お袋さんは、このことを知っているのか？」

「もちろんよ。はじめ、母はこれを私の悪ふざけと思ってね。それというのは、私、もともと思い込みの激しい人や、ものに憑かれた素振りで、ひたすら人から巻き上げることばかりに夢中な我利我利亡者《がりがりもうじゃ》を嘲っているでしょう。それは今も同じだけれど、いつか自分もその同類になったところを見れば、お笑い種だわよ。はじめて人前に立った時、母はそれを知って、私の厚かましさにびっくり。集まった人たちは、非国教徒の秘密集会とは別だけれど、心優しい穏健な顔ぶれで、母は私がそういう人々を侮《あなど》ることになりはしないかと、気に病んでいるの。私は何も、意識して攻撃的にふるまってはいないことをわかってもらうのは大変だったわ。今も憂《うれ》えは去らずに、遅かれ早かれ私はその筋と面倒なことになるのではないかって、はらはらしているの」

「そうに違いないじゃあないか」

「わかっているわ。ついこの間も、一歩手前まで行ったの。危ないところで切り抜けたけど。でも、私にできることは知れているわ。来るものは拒まずで、ひっかぶるしかないんですもの。あれこれ考えたところではじまらないでしょう。私、おかしいかしら？」

「誰か、ローワーのような相手に、今日、私が見たことを話せば、君の治療に最善を尽くすのではないかかな」

「今夜、あの会場を出たところへ、女の人が寄ってきてね、凍《い》てついた地べたに跪いて、私のドレスの裾にキッスするの。その人にはまだ幼い子供がいて、私が最後にアビンドンへ行った時、病気で死にかけていたんですって。それが、私が家の前を通ったら、たちまち元気になったそうよ」

「その話を、君は信じるのか?」

「本人が、そう信じているのよ。あなたのお母さまも。ここ何年か、たくさんの人たちが、私は奇蹟を働くように言っているわ。ミスター・ボイルの耳にも入っていてよ」

「母も?」

「お母さまは、足首が腫《は》れて、痛みがひどいせいで、とかく不機嫌でねえ。私を打とうとなさる、その手を押さえたところが、たちどころに腫れが引いて、痛みも去ったわ」

「そいつは初耳だな」

「内証にしてくださるように、私からお願いしたんですもの。そんな評判が広まったら大変」

「で、ボイルは?」

「噂を聞いて、私は薬草や、何か特効薬の知識があると思ったのでしょう。人を治した時の診療報酬明細書を見せろと言われたわ。これには困ったわね。そんなもの、ありはしないし、どうして手品遣いみたいな真似ができるのか、自分でも説明がつかなくて」

　それきり長い沈黙が続いた。聞こえるのはただ冷気を揺るがす馬の蹄と鼻息だけだった。

「私の望みではないわ、アントニー」サラのくぐもった声は怯《おび》えを孕《はら》んでかすれていた。

「何が？」

「何もかも。私、預言者になりたくないし、病人や怪我人の治療をしたくもないの。そもそも、そういう人たちが寄ってくることを望んでもいないわ。自分の意思でもなし、避けようもないことのために処罰されるなんてまっぴら。私は結婚して、幸せに年を取りたいと願っているただの女よ。屈辱はごめんだし、牢屋はお断り。これから起こるだろうことも、望んではいないわ」

「何の話だ？」

「星占いだというアイルランド人が訪ねてきてね。天宮図に私の星座を見て、警告に来たんですって。みんなが私の死を念じて、果たして私は死ぬだろうって。ねえ、アントニー、どういうこと？　いったい、私が何をしたっていうの？」

「そいつは間違っているよ。誰がそんなやつを信じていいものか」

　サラは無言だった。

「それほどまで気懸かりなら、姿をくらませばいい。逃げるが勝ちだ」

「駄目よ。どうしようと、事情は変わらないもの」

「だったら、君はそのアイルランド人が曲者《くせもの》で、自分はおかしいことを願うしかないな」

「その通りよ。私、怖いわ」

「ああ、いや。何を心配することもありゃあしないって」身辺に立ちこめた陰鬱《いんうつ》な空気を振り払う気で、私は肩をそびやかした。と、そこで、この中身の貧弱なやりとりに倦怠《けんたい》を覚えた。

文字にすればなおさらだ。「アイルランド人や星占いの肩を持つ気はないけれども、私の乏しい体験に照らすと、近頃の預言者だの、救世主だのは、自分の力量を売り込む狙いで、ただどたばたと駆けずりまわるばかりだ。君の手から杯が奪われることを願うなんて、まずもってあり得ない」

サラは小さく笑ったが、聖書をよく読んでいるために、ここで言う杯が大いなる満足の含みだと理解して、しげしげと私の顔を見た。私は私で、言葉がひとりでに口を衝いたことにようよう思いいたり、それすらも、馬の背に揺られるうちにあっさり忘れ果てる始末だった。

今にして思えば、この馬上の一時はわが生涯最良の時だった。私の妬み心《ねたごころ》から無残に縺《もつ》れた親愛の縒《よ》りが戻った嬉しさは何とも言えず、なろうことなら、一緒の時間を引き延ばし、腰を抱かれた温もりを感じつつ、隔てない会話を楽しむだけのためにも、カーライルまで行きたいところだった。寒気は痺れるほどだったが、私は寒さを意識せず、泥濘《ぬかる》みも凍りつく夜更けの道とは違って、どこやらゆったりとした大広間でぬくぬくと温まっている心地だった。何かとせからしかったその夜の成り行きが私の分別を乱し、普通なら人目を避けるであろう相乗りのまま、街の手前でまだ私はサラをおろすことまで気がまわらずにいた。それどころか、とうとう従兄弟《いとこ》の居酒屋に行き着いて、なお別れるには忍びなかった。

「お袋さんは、どんな具合かかな?」

「安楽にしているわ」

「君の出る幕はないか」

サラは首を横にふった。「母の世話をすることだけが私の願いよ。でも、それが、そうはいかなくて」

「だったら、できる限り孝行すればいいじゃないか」

「母は私を必要としていないの。私の仲好しの友達が傍《そば》にいてくれてね。母が寝ついたのを見届けて、引き揚げる毎日なの。それを待って、私は集会に出るのよ。母はもうじき亡くなるわ。でも、まだ少し先でしょう」

「ならば、もうしばらく、私といてもらいたい」

マートン街まで歩いて戻り、母に聞かれないように足音を潜めて階段を上がった。後にも先にもないことで、全身全霊、挙げて激しく愛し合った。生身の相手をここまで深く思ったことはついぞなく、人からこれほど情けを示された覚えもない。実のところ、私はそれまで女とまる一夜、共寝《ともね》したことがなかった。夜の静寂の底に並んで横たわり、体温を感じながら女の寝息を聞いた例《ため》しがない。それは道徳に反する罪である。こうして大っぴらに言うのは幼い頃からさんざん教え込まれているからで、罪を認めないのは片意地な偏屈者だけだ。聖書の教えにもあるし、古代キリスト教会の神学者がみなこのように説教した。今でも高位の聖職者たちが、飽かず怯《ひる》まずこれを語っているし、世の法令が、この夜の私たちの行為に罰則を定めている。魂に闘いを挑む肉欲は控えよという戒《いまし》めだ。聖書は神の真実だけを伝えるから、疑いを差し挟む余地はない。私は法を犯した。神の言葉に背《そむ》いた。私は家族に迷惑をおよぼし、人前で赤恥をかかせる危険を冒した。さらには、生涯の喜びであり、生きる方便である書物の世界から永

くり返されなかったことである。あの時期ほど間近く寄って、神の愛と厚情に浴したことはない。

だが、その後の年月をふり返って一つだけ残念に思うのは、それがほんの束の間で、二度と久追放の憂《う》き目を見る破目になった。

第七章

気づかれることはなかった。サラは夜明け方に起きだしてそっと階下に降り、キッチンで朝の支度にかかった。火を熾《おこ》して、水甕《みずがめ》を満たしたところで母親の様子を見にいった。その後二日は会う折りもなく、世話をしていた友人が姿をくらまして、母親は難儀をしているとは知らずに過ぎた。サラはコーラに詫びを入れ、輸血の実験台になると申し出た。内密を誓わされたが、そうとなればサラはめっぽう口が堅い。

私はのうのうと朝寝の楽をして、普段よりずっと遅くに食事に出た。俗事から解放されてほっとしている時や、母と話すのが億劫な時、のんべんだらりは大威張りの贅沢だ。ぼんやりと料理に手をつけようとしているところへ、グローヴの訃《いまし》が伝わった。

ギリシア・ローマ神話には、人間の切実な願望を戒める物語が無数にある。ミダス王はひたすら富を望んで、手を触れる何もかもを黄金に変える能力を授かったが、皿の料理までが金になって、食うに食えず、ついには飢え死にする。エウリピデスの悲劇で、暁《あかつき》の女神エオスは美青年ティトノスに恋し、ゼウスにこの男の不死を懇願するが、永遠の若さをも合わせて願うことをうっかり忘れたばかりに、ティトノスは老醜を晒《さら》して生き続ける。果ては非情な神々すらが憐《あわ》れみを寄せるまでになる。

私はグローヴがただならぬ敵意をもって広める気でいる悪評から身を躱《かわ》したかった。グローヴのことを思うと神経がささくれ立っていたたまれず、グローヴが永遠に口を塞《ふさ》がれて、私自身は言ったりしたりしたことの報復を免れるように祈った。どんなに罰当たりであろうともだ。望みが叶ったと知ったのは、まだエールを傾けている最中だった。

訃に接して、恐怖に全身の血が凍った。私の怨恨と呪詛《じゅそ》が招いた禍《わざわい》であることはわかりきっている。私は人を殺した。これ以上の罪はない。良心の呵責《かしゃく》は耐え難く、すぐにも自白をと思いつめる傍《そば》から臆病風がこの衝動を封じた。わが身に非はない。ちょっと間違いを犯しただけだ。動機があるでもなし、罪のほどは知れている。表沙汰になる気遣いはまずなかろう。私は無理にも自分から納得に努めた。

頭ではあれこれ考えるものの、胸の疼《うず》きはそう易々《やすやす》と去りはしない。しばらくは平静を取り戻したふうを装《よそお》って、自分はこの嘆かわしい事態に何のかかわりもないと言えるだけの、せめてささやかなりと材料を見つけたいと一通りの経緯をふり返った。心配無用と束の間自分を説き伏せて仕事に戻ろうとしたが、集中力がなくなって、反抗精神は私のしでかしたことを眼前に突きつけた。しかも、私は救済を求めてそこから一歩も先へ進めない。安堵《あんど》とは無縁の身となって眠りは浅く、疲労が溜まって、何週間かするうちに私は見る影もなく痩せさらばえた。同情を請う資格はない。何となれば、心痛を癒やし、苦悩を払拭するのはいとも容易であるからだ。出るところへ出て「私の仕業《しわざ》です」と公言するまでの話だ。後はとんとん拍子で、すべてすっきり片付くだろうではないか。

だが、私は死んで、家族は殺人犯の身内と汚名を着せられるのか。母は街角で罵声を浴び、唾を吐きかけられるのだろうか。姉は男に見向きもされず、独り身で生涯を終える巡り合わせか。従兄弟《いとこ》の居酒屋は客足が絶えて商売上がったりか。これは問題だ。オックスフォードは、ロンドンとはわけが違う。ロンドンでは犯罪も一週間を経ずして人の記憶から消え失せる。罪人はその悪徳によって名を馳《は》せる。泥棒どもは危ない橋を渡って報われる。オックスフォードでは、地元住民がみなお互いの生きざまを知っているし、品位を保とうとする意識が高い。約束違反や契約不履行など、陰でどれだけ脱線があろうともだ。私は何よりも家族を大事にしている。その気持は今も昔も変わりない。私は微力ながら、わが名に花を添えて家族の面目を保つことに努めている。裁判所が有罪を申し渡せば、その正当性は否みようもないが、それによって家族が精神的外傷を負うことを思うとぞっとする。事実、このいざこざで家族は藻掻《もが》き苦しんだ。これ以上の負担を強《し》いるつもりはない。

私は数日間、罪の意識で部屋に引き籠もり、埒《らち》もない孤愁に耽った。食事も拒み、サラとまともに向き合う気になれず、会話も滞りがちだった。グローヴと会ったことは話したが、そこで私が何をしたかは伏せて済ませた。サラの不興を買っては難儀だし、サラにしても、聞けば聞くで重荷になろうから、それは避けなくてはならなかった。長い時間を祈りに費やしたが、机に向かっては、それ以上に長いことただ白紙を睨《にら》むばかりで、さして工夫を要するでもない安手の文章に筆を這わせることもままならなかった。

そして、この数日間、私は物語の核心にかかわる重要なことがらの多くを見逃していた。ここにいたってローワーはブランディの壜を発見し、シュタールのところへ持ち込んだ。その上、グローヴ博士の遺体を解剖して、出血がコーラを非難する根拠たり得るか否かの検証におよんだ。加えて、ローワーはアン・ブランディに輸血の実験を試みた。懐疑の指がはじめてサラに向けられたのもこの時期だったと思われる。誓って言うが、私はいっさいそのことを知らなかった。私が気づいていたのは、ローワーがイタリア人コーラにいよいよ不快を募らせ、コーラは名誉を横取りする気かと懸念を懐《いだ》いたことだけだ。

二人の論争について、私の意見はいささか込み入っているが、まったく無駄ということでもない。二人の結論は食い違っているものの、私は必ずしもこれを矛盾とは思わない。当然ながら、私も真実はただ一つだと認めるが、極《ご》く極《ご》く稀な場合を除いて人間は何が真実か知らされることがない。紀元前のローマの詩人ホラティウスは、人間がすべてを知ることは神の意志ではないと言っている。あれは、確かエウリピデスからの引用で、すべてを知るとは、すべてを見ることにほかならず、「全知」は神の専売だ。わかりきったことを言うようだが、神が実在なら真実は存在し、神がいなくなれば世の中から真実は消え失せて、どの意見がほかより優れているということもない。哲学上の冗談はさて措《お》き、真面目にものを考えるなら、こういった優劣の発想はどこを押したって湧くものではない。この理論を推し進めて、何もかも人それぞれの意見に過ぎないとなれば、無神論もその一つだ。「真実とは何ぞや？」キリストを十字架刑にしたローマ領ユダヤ総督、ポンティオス・ピラトは面白半分に言って、それきり答を求めるでもない。人はみな、説明を必要としない真実があることを心の底で知っているが、これこそは神の存在を語るに求め得る限り最も有力な証拠だと私は信じる。発見に向けた努力を重ねる分、人は神に接近する。

ただ、ローワーとコーラの場合、天の助けは頼めない故、人は銘々に考えを尽くして解決を探らなくてはならない。コーラは自説を文書で公開した。ローワーは私をはじめ、多くの知友に一部始終を語りつつ、自分を正当化する言説を掲げて軽輩の数に加わることを躊躇《ためら》っていたが、王立協会の会報〈トランザクションズ〉に持論を発表した。コーラが国を出る矢先に海難事故で溺死したことをウォリス博士から聞いて踏ん切りがついたという。コーラの健在を確信していたにしても、いずれはその運びとなったろう。ローワーが記憶に留めているコーラの所見は実に漠然の極みで、血液を活性化する夢のような手段について語りながら、輸血という言葉はついに最後まで出てこない。ローワーが自身で行った輸血の実験に解説を加え、これを知ってコーラははじめて、新鮮な血液を注入することで望み通りの結果をもたらす方法に思いいたった。ローワーは前々からこの可能性を頭の隅で温めていたとあって、実地に移すのは時間の問題だった。コーラの話からもわかる通り、技術上の障碍《しょうがい》にあらかた解決の道をつけたのは自分だとローワーは言う。つまりはローワーの功績だ。

双方の見解を読みくらべて、正直、びっくりした。そもそも論争が起きたことからして信じ難い。私の見るところ、二人の出逢いがこの結果を生んだのであって、両者の間に軽重の差はいささかもない。このことを書き送ると、ローワーは声を荒らげて私を難じた。物言いにいくらかは気遣いを示しながらも苛立《いらだ》ちは隠せず、そのような見当違いをしでかすのは、ものを知らない歴史家だけだと、いけぞんざいに言い募った。近頃、オックスフォードへはめったに足を向けないローワーだが、つい先週、ひょっこりやってきて同じことを蒸し返した。

輸血は一種の発見だ。違うか？

いや、違わない。

発明、発見の本質は、行為ではなしに、発想にある。

その通り。

円満な全体であって、部分の組み合わせではない。物事の本質は、ボイル氏の血球、ルクレティウスの原子と同じで、それ以上に縮減するものではない。もともとが完全な一体であるというのが、この概念の中枢だ。

ローワーの口からアリストテレスの論理を聞くのはこそばゆい気がしたが、これにも私はうなずいた。

半分だけ発想するということはあるだろうか？

発想は分割できないとすれば、それは無理だ。

それで、物事の原点は一つなのだな。一つことが同時に二カ所で起こるはずはないのだから。

その通り。

それ故に、ある発想は、誰か一人の頭から湧いて出たと考えて無理はない。

私は重ねてうなずき、ローワーは二人の間に和睦を復元しようとする私の努力を骨抜きにした気で満足な様子だった。ローワーは水も漏らさぬ論理を構えているが、私は今もって容認しない。そのわけは、何故かどうにも説明できないけれどもだ。それはともかく、ローワーはどちらかが先に輸血の仕組みを考え出したのであれば、もう一人が考案者を名乗るのは偽りであるというところへ話を進めた。

ここにはじまって、私はこれもまた当然の帰結と受け流した。ローワーは、コーラとたけくらべとなれば断じて分があると、余裕綽々《よゆうしやくしやく》だった。それはそうだろう。イギリスの上流貴族を前に、誰がイタリアの、ど素人の言うことに耳を貸すものか。イギリス貴族が嘘を吐かないというではなし、勘違いをしでかすことはないというのでもないが、そうした例《ため》しは極めて稀で、これは広く認められている。イタリアでも同じように受け止められているかどうか、私は不問に付した。

第八章

外出の機会はめったになかったが、たまさか自宅、ないしは図書館を出た際に何度かマルコ・ダ・コーラと会っている。はじめはマザー・ジーンの店の屋外炊事場で、この時はあらかじめ連絡を取った。次は芝居が跳ねたあとで、偶然の出逢いだった。とりわけ、初対面の場で言葉を交わして、私はすっかり頭が混乱した。

その時のやりとりをコーラは回顧録で再現しているが、私を騙《だま》くらかしたと思い込んでいるのが明らかだ。真面目で礼儀正しい男という第一印象だった。知性を窺わせて、言葉つきも慎ましい。語学の才に長《た》けていて、会話はおおむねラテン語だったが、その時々の流れで英語になっても不自由はなかった。だが、それだけの才能に恵まれていながら、聴く耳を持つ者たちからはとかく疎《うと》まれる傾きがあった。世上ではとうの昔に立ち消えた異端の宗論をわけしり顔に弁じたり、ヒッポリュトスやテルトゥリアヌスを右から左に引用し、エルケサイ、ゾシムス、モンタヌスにまで一家言ある学者がそんじょそこらにいるものか。兵士にしたって同じだろう。カトリック教徒はプロテスタントにくらべて、そうした古人《こじん》に哀惜の念が深かろう。プロテスタント信者は自学自習で聖書を読んでいるから、他人の知識を借りなくてもいい。が、それにしても、信仰に凝りかたまった宗徒ですら、聖書外典の人物をそう安直に話の種に持ち出しはしないように思う。

ブランディの陋屋《ろうおく》を家捜《やさが》ししたコーラはおよそ医者らしくなかった。膝を交えても、医者と話している気がしない。そんなこんなで、私はこの男にいよいよ関心が増した。

とはいえ、思いも寄らぬ方向に人を引きずる会話の中身にくらべたら、そのこと自体、さしたる意味はない。人は誰しも憶えがあるはずで、あまりにも度々同じことをくり返すと、ついにはその情況を考えもしなくなる。私自身、ふとした疑問から本を手に取ったことが何度あったかしれない。本棚から心当てに一冊取り出して、こんな本があったたっけと思いながらめくるうちに、求める答が見つかったことも何度かある。男はやむにやまれぬ衝動に急《せ》かれて、後に妻となる女性にはじめて会う場所へ出かけていく。これもよく知られていることだ。同様に、あまり字の読めない農夫ですら、当てずっぽうに聖書を開いて、ページにたどたどしく指を這わせていくと、たいていの場合、これ以上は願ってもない知恵を授かるではないか。

無分別者はこれを偶然と言う。哲学者の間では、自身の無知を取《と》り繕《つくろ》うよりは、あたかも何かを説明するかのように、公算だの、確率だのと言う傾向がある。単純な普通人はこれを正確に理解している。神がすべてを見知っている以上、何かが偶然に起きることはなく、ほかに筋書きを考えるのは愚かしい。世に言う偶然とは、目に見える形で示された神の摂理であって、ひたすら神の御業《みわざ》を見守り、その趣意をじっくり考えることに努めれば、人はそこから多くを学び得よう。

コーラが家捜しをした夜、私は意思に反してサラ母子を訪ね、その後、アビンドンでサラを待ち伏せした。コーラと交わした会話にしても同じことで、背伸びをした人間の言う、ものの弾み、成り行き、偶然は、いずれも神が人間社会を取り捌《とさば》く方向を示している。コーラは自分の論点を説明するのに豊富な資料を自在に引用したが、どれもみな、今では人が見向きもしない古い昔の異端の宗論をさばさばと切り捨てた。いったい、何と思ってモンタヌス派の、そのまた分派の説を取り上げたりしたのだろうか。それにしても、どこの天使がコーラの耳に囁《ささや》きかけて、あの雄弁をけしかけたのだろうか。炊事場を後にした時、私は身ぶるいが止まらず、汗ぐっしょりだった。「救世主による贖《あがな》いは永遠に繰り返されるものであり、それぞれの世代ごとに新しい救世主が生まれる。そして、その救世主は裏切られ、死に追いやられて、また復活する。人間が悪に背を向け、罪を犯すことがなくなるまで、それが幾度となく反復されるというのです」コーラの言葉だが、これを聞いて私はただならぬ衝撃に見舞われた。ほんの少し前にこれとまったく同じことをサラの口から聞いたばかりだ。

続く何日か、私はこの状態で頭がいっぱいで、グローヴのことはすっかり意識から抜け落ちた。そこで、まずは手許にあるわずかばかりの蔵書を走り読み、ニュー・カレッジへ出かけて、トマス・ケンのささやかな書庫を引っかきまわしたが、あの苦悩にひしがれている気の毒な男の悲嘆の表情にはほとんど気づかなかった。そこに気づいて多少とも思い遣りを示せば、トマスは胸中を語ったろうし、サラも難を免れたのではあるまいか。それが、苦衷を見過ごしたばかりに、やがて私はこの論客をこっちへ向き直らせることもできなくなった。トマス・ケンはグローヴに会って中傷を広めたことを詫びたが、自分の虚偽に足を掬《すく》われてのっぴきならない破目に陥った。プレストコットのことを知りながら、治安判事なり、夜警団なりに警告を伝えなかったからである。サラがグローヴの部屋へ行くところを見たという空言《そらごと》は打ち消せない。そこまで行けば、重罪人の逃亡を助けたことを告白する仕儀ともなりかねない。あの世で神の勘気をこうむるか、今生でウォリス博士の報復に甘んじるか、秤にかけて前者を選んだ代償がこの窮状だ。何の罪科もない者が絞首刑に処せられるのを横目に、年俸八十ポンドの身分で楽をしようとした罰が当たったのだ。

私も、人を厳しく言えた義理ではない。罪は深い。口を開いた時は、すでにもう手遅れだった。

トマスは私が見たいと思う本を気前よく貸してくれた。その後、ボドレアン図書館でコーラの話に出た本を漁《あさ》った。〈テルトゥリアヌスとヒッポリュトスの断簡はいずれもコーラが述べた通りそのままの体裁だった。エウセビウス、エイレナイオス、それに、エピファニオスの言葉にも触れたが、読めば読むほど私の思考は目に映るものを拒絶した。いったい、ほとんど教育のないサラが、千年以上も前に語られた預言をあのように、一字一句正確にくり返すとはどういうことだろうか。あやふやなことはいっさいなく、何度聞いてもサラの言葉は確かだった。はるか昔、小アジアの丘の頂で預言をくり返して世を去った女と、今アビンドンで、不思議な言葉で自分の死を語る少女は同一人物かと思えてくるほどだ。

私は努めてこれを意識から閉め出した。今は狂乱の時代である。人の心から信仰への渇仰が燃え尽きてまだほんの二十年かそこらだが、世の中は愚行の氾濫だ。私は自分に言い聞かせた。

サラは何かに惑わされて現世の腐敗に染まったが、いずれは自身と母親の将来を思い煩うことなく、小賢しい考えを捨てて、自分を危険に曝《さら》すこともなくなるに違いない。よくある話で、人は知恵を働かせて自分を説き伏せ、真実と思っていることがそうとばかりは言えないのは、要するに理解できないだけと納得する。

鬱々《うつうつ》と思い悩む憂愁から抜け出すために、ローワーの誘いに応じて、コーラともども芝居を見に行った。四年ぶりの観劇だった。この街を愛することにおいては人後に落ちない私だが、心が塞《ふさ》いで気散じが必要な時などは娯楽に乏しい土地柄と認めざるを得ない。が、それはそれ、楽しい一日だった。コーラが貶《けな》したリア王と娘たちの舞台も、私には見応えがあって、なかなか好かった。何よりも役者たちの演技が素晴らしかった。その後、ほかの仲間も加わって賑やかになったところで、またコーラへの関心が頭を擡《もた》げた。これを機会に探りを入れる気でしばらく話したが、何であれ収穫の名に値することはみな私の意識を素通りした。コーラは私の質問を易々《やすやす》と躱《かわ》して、常に自分の信念や意見はかかわりのないところへ話を進めた。それ以上に、私の関心を知って、中身のある答を避けることを楽しんでいるふうだった。

むろん、じかに疑問を突きつけるわけにはいかない。何と思ってサラ・ブランディの家を掻《か》きまわしたか、知りたいのは山々だが、これといった答を引き出す話術が私にはなかった。別れ際のコーラは私の疑念を手玉に取って、尊敬を新たに、かつ警戒の目で私を見た。

コーラとローワーが去った後、ロックと打てば響くような会話を楽しんで、私たちも一時間ほどで引き揚げた。母にお休みの挨拶をして、日々の習慣で聖書を読み、そろそろこの辺でというところへドアが鳴った。階段を降りて、最前、手間をかけて戸締まりをした玄関を開けた。ローワーだった。夜分に申し訳ないと詫びながら、話があるという。

「どうにも、弱ってねぇ」ローワーはけたたましい声を発した。部屋へ請じて、何はともあれ静かにするように言った。母は夜の闖入者《ちんにゅうしゃ》を極度に嫌う。ローワーの声や足音で目を覚ましたら、私はそれから何日も、眠りを妨げられた不機嫌の八つ当たりを耐え忍ばなくてはならない。

「コーラをどう思う?」唐突な質問だった。

どう思おうと、それこそどうでもいいことだから、生返事で間を持たせた。「何でまた、そんなことを?」

「よからぬ話を耳にしているもので。知っての通り、ウォリス先生に呼びつけられてね、コーラは人の知恵を盗む常習犯だというだけでなく、今やウォリスは、コーラがどこかでグローヴの死にかかわっていると思い込んでいるらしい。私が遺体を解剖したことは君も知っているな。解剖の目的は、遺体がコーラを告発するか否か、明らかにすることだった」

「そうなのか?」この話が出て、私は鼓動が速まった。恐怖の悪夢が今しも目の前ではじまろうとしている。この時まで、私はグローヴの死因の捜査が進んでいるとは知らず、自分は安全だと思おうばかりか、グローヴの死には何のかかわりもないと割り切っていた。

「むろん、そんなことはない。いや、しかし、どうかな。解剖という段になった時はすでに、出血が告発を促すかどうか、判断がつかなかった。いずれにせよ、検査からは何も出なかったよ」

「ウォリスはどうして、そこにこだわるんだろうか？」

「それはわからない。寡黙な男で、必要に迫られない限り、自分からは何も言わないのでね。ただ、ウォリスの警告で、私は考えたよ。言ってみれば、これからコーラを連れて旅に出るようなものだ。ナイフで刺されるのではないかと気が気でなくて、おちおち寝ていられないだろう」

「その心配にはおよばないな。コーラは極《ご》く当たり前の異国人だ。それに、これまでの体験から言うと、ウォリスは人よりものを知っているように見えることに不思議な快感を覚えるのだな。たいていは、それほどでもないけれども、つまりは、自信を強化する仕掛けだよ」

ローワーはふんと鼻を鳴らした。「それにしても、何かおかしいな。この話が出たから言うのだが、だいたい、コーラはここで何をやっているんだ？　家族の面倒を見なくてはならないという話だが、だとしたら、足場はロンドンのはずだろう。しかも、実際は家族のために何をしているわけでもない。それどころか、ボイルに接近して、やけにおべっかを使っている。その片方で、患者の療治に当たっているんだ」

「患者は一人だ」私は言った。「取るに足りない」

「このまま居続ける気だとしたら？　ヨーロッパから来た、流行《はや》りの医者だぞ。こっちには迷惑な話だが、私の患者のことをやたらと知りたがる。人の患者を横取りする構えかもしれない」

「ローワー」私は声を尖らせた。「切れ者で通っている君は、時として、恐ろしく間の抜けたことを言うな。裕福なイタリア商人の倅《せがれ》が、どうしてオックスフォードで開業して、人の患者を盗もうとするものか。考えてもみろ」

渋々ながら、ローワーもこれには一歩引き下がった。「グローヴの死にかかわりがあるらしいというのは、まったくの見当違いだ。誰だろうと、何だってそんなところへ首を突っ込むものか。私が何を考えているか、わかるか？」

「というと？」

「グローヴは、自分から死んだに違いない。故意ではなく、おそらくは、ほんの偶然で」

ローワーは首を横にふった。「どうだっていいんだ、そんなことは。問題は、向こう何日か、私は信頼できなくなる一方の相手と道連れの旅をしなくてはならないことだ。どうしたらいい？」

「旅を止めにするんだな」

「旅は仕事の関係で、金がかかっているから」

「だったら、一人で行けばいい」

「誘っておきながら、断るのは非礼の極みだ」

「なら、黙って苦痛に耐えるしかない。人が何と言おうと、それには惑わされずに、コーラが何者か、君自身の目で見極めることだ。ところで、君は誰よりも事情に詳しいから、一つ知恵を貸してほしい。君の疑惑を深めることになろうから、これは言いたくないのだが、自分でも説明できない好奇心でね」

「先を聞こう」

という次第で、できるだけ大袈裟にならないように気をつけながら、コーラがブランディのところで、年寄りが寝入っているのを確かめた上で隅から隅まで室内を漁った様子を話した。その続きは言わずにおいた。

「何かなくなっていないか、サラに訊いてみればいい」

「コーラは主治医だからな。その信頼に罅《ひび》を入らせるのは考えものだし、母親の治療を断られてもまずい。さて、どうするかな」

「旅の間は、紙入れを枕の下にして、しっかり押さえて寝るとしよう。君は私の疑念を晴らそうとさんざん苦労しておきながら、その挙げ句にまた火をつけるのだから、不思議だな」

「面目ない。それにしても、何か怪しいな。君が心配することでもなかろうけれど」

このやりとりで、またもや私の疑惑は再燃した。断っておくが、治安判事がサラを犯人とする読みですでに捜査にかかっていることを、ローワーはいっさい口外しなかった。聞いていれば、私は別の行動を取ったろう。実際は、ローワーが去って独り静かになったところで、私はなおのこと、コーラの異様なふるまいにこだわった。ここは何としても、根底にまで立ち入って実相を突き止めなくてはならない。が、それにはサラを問いつめることが先決だ。コーラが主治医であろうとなかろうと、まずはそれしかない。

「この本棚から？」私の要求を聞いて、サラは言った。「大したものはないわ。父の蔵書がいくらかあるだけ」と、そこで書棚を子細にあらためて、ふと首を傾げた。「一冊、抜けているわ。私は読んだことがないの。ラテン語なので」

「親父さんは、ラテン語ができたのか」これは意外だった。ネッド・ブランディが多才の士とは聞きおよんでいたが、独学がそこまで幅広いとは知らなかった。

「そうではないの。ラテン語は死語で、愚か者と、古書蒐集家を除いては、何の役にも立たないと考えていたわ。あら、ごめんなさい」サラは寂しく笑った。「父は新しい世界を創造したいと願っていたの。旧い世界を復活するのではなくて。それに、異教の奴隷商人から学ぶことは何もない、とも言っていたわ」

これについては反論がないでもないが、黙ってやり過ごした。「で、これだけの本は、どこから？」

サラは肩をすくめた。「本については、売る気になった時しか考えたことがないの。一度、古本屋に話したけれど、付け値が雀の涙で。親切にしていただいたお礼に、あなたに差し上げるつもりよ。受け取ってくださるなら」

「人から本を贈られて、私が断れないことは君もよく知っているはずだろう。でも、この際は断る。君は所有の財産を、そう易々と手放す立場にはない。それ相応に、きちんと払うものは払うよ」

「それは、こっちでお断りだわ」

「ここで押し問答になったら切りがない。今はもっと大事なことがあるんだ。何はともあれ、コーラ氏の所有にかかるかもしれないものを、寄贈したり、譲り受けたりはできない。取り戻せるかどうか、確かめるのが先だな」

まず手はじめに、クライスト・チャーチまで足を運んで、ローワーとコーラがその朝、旅に出たことを確認した。そこから、コーラが下宿しているセント・ジャイルズの家主、バルストロード夫人のところへまわった。

私は五歳の時から夫人を知っている。同い年の子供とは、毎日、へとへとに草臥《くたび》れるまで遊んだ。その幼友達は今、ウィトニーで穀物商を営んでいる。バルストロード夫人はよく果樹園で採れたリンゴをくれたり、豪勢を気取って農園と呼ぶ、猫の額ほどの土地に巣箱で飼っている蜂の、濃く甘い蜜を舐めさせてくれた。体裁屋で、気難しい信心家ながら、見た目に品の良い女を演じたがった。よく知っている者たちは、そんな上辺《うわべ》を見透かして容赦なく扱《こ》きおろしたが、その実、根は大らかで心優しいことを知っている者たちは、短所も大目に見た。ずいぶんなことも、あるにはあったものの、それが思い遣りに満ちた親切な言動を妨げたことはついぞない。

長い付き合いで気心は知れているから、裏口の戸を敲《たた》いて快く迎えられた。用向きを切り出すまで、半時間ほどは無駄話だったが、頃合いを計って、コーラと親しくしていることを言った。

「そうと聞いて嬉しいわ、アントニー」夫人は物々しく言った。「あなたのお友達なら、知り合って悪いはずがないですもの」

「というと？　何か、不始末がありましたか？」

「どういたしまして。それどころか、どこから見ても、とても折り目正しい人だわ。ただ、旧《ペイ》教徒《ピスト》でしょう。そういう人を、家へ入れたことがないのよ。この先も、ごめんこうむりたいわ。いずれは身方につけるようになると思うけれど。実はね、この間の晩、一緒に祈ったの。先週の日曜は、ローワーさんと教会へ行って、ずいぶんと気持が高まったそうよ」

「とはまた、結構な話で。私としても、人物は請け合いますよ。家の手伝いの母親を、無理のない薬代で診《み》てくれているし。そちらも、枕を高くして大丈夫です。それはそれとして、一つお願いがありましてね。部屋を見せてもらえませんか。私にとって、仕事の上で極めて大事なものを持ち出しておりまして、しばらくは不在にするとやらで」

夫人に否やがあろうはずもなく、私は勝手知った階段を二つ上がって、コーラが借りている手狭な屋根裏部屋を覗いた。バルストロード夫人の目が行き届いている一室とあって、こざっぱりとしたところだった。夫人は塵《ちり》や埃《ほこり》を悪魔の玉子と考えて、常日頃から魔除《まよ》けの呪いを欠かさない。コーラの持ち物はわずかばかりで、あらかた旅行トランク一つに納まっていたが、口惜しいかな、トランクには厳《いか》つい錠前がかってあった。

ここまで来たからには、手ぶらで引き下がるなどもってのほかと、ごつい錠前を睨《にら》み据えた。われながら、念力で取っ払ってやろうとでもいう剣幕だった。しかし、錠前はそんな柔《やわ》な作りではない。こそ泥を寄せつけぬばかりか、未知のものに対する好奇心となれば筋金入りの実験主義者も顔負けするバルストロード夫人ですら、どう頑張ったところで手も足も出まい。力ずくに訴えるか、鍵を用いるか、ほかに術《すべ》はない。万事休すとはこのことだ。

どんなに睨もうと、見つめようと、気持が通じるものではない。諦めきれぬまま、錠前に恨みはないと踏ん切って中腰の姿勢から起き上がった。それにしても癪《しゃく》に障る。行きがけの駄賃とばかり、腹立ち紛れにトランクを蹴りつけた。

ガキッ、とけたたましい音がして錠が弾けた。バネ仕掛けの、珍しい構造だった。これには面食らった。所持品をこのように無防備な状態で放置している神経がわからない。ロンドンからこっちへ向かう途中、乱暴に扱われて、錠前が傷んだことは、後に手稿を読んで知った。

神の恵みは拒むべからずだ。神は私の願望を認めたが、それは理由あってのことだろう。感謝の祈りを呟《つぶや》きながら、祭壇に額《ぬか》ずくようにトランクの前に跪《ひざまず》き、サラ・ブランディの荒《あば》ら屋を漁ったコーラに劣らぬ執着で中をあらためた。

コーラの持ち物や、衣類の品定めについては、ここでは触れずにおこう。貧窮を偽った懐具合もさほどではない。生きるために患者を診るどころか、嚢中《のうちゅう》には金貨で少なくとも百ポンドの貯えがあり、たっぷり一年は寝て暮らせる身分ではないか。いや、ここはただ、トランクの底に見つけた三冊の本だけに話を限るとしよう。何よりも大切な品物といった見せかけで薄絹に包まれたその本には一枚の紙切れが添えてあり、チープサイドの居酒屋ベルズと、ほかにいくつか、これも所番地と思える殴り書きが読めた。

最初の一冊は、とりわけ豪華な装幀だった。表紙は金箔押しで、精巧な細工の尾錠《びじょう》があしらってある。書誌学者の職掌柄で、この本を子細に鑑察した。それは見事なヴェニスの製本で、この国ではめったにお目にかかれない飛びきりの職人技である。羨望《せんぼう》の疼《うず》きは息詰まるほどで、正直、いくらかなりと曲がった心が起きようものなら、私は猫ばばを極め込んだに違いない。

今では次から次へ数多《あまた》の本が出まわり、値段も安くなって喜ばしいことだ。高度な学術専門書についてもそれは言える。手頃な値段で本が買える国にいることをありがたく思う。とはいえ、まだまだオランダより本が高い。旅心が湧こうなら、行く宛てはオランダだ。好きなだけ本が買えて、浮いた分で旅費を賄《まかな》えばいい。だが、この幸せな条件も、時として不利益を伴うことは知っておかなくてはならない。

今さら言うまでもなく、学習こそが何よりも肝腎《かんじん》だ。学識教養を第一義とした上で、能《あた》う限り多くの人々に叡知《えいち》を伝授するに越したことはない。四世紀ローマの詩人、ディオニュシウス・カトーは言っている。「シネ・ドクトリーナ、ウィタ・エスト・クワシ・モルティス・イマーゴ／学識なくんば、人生、死の幻影に過ぎず」いや、まったくで、そうでなかったら私など、こんなに本を買いはしない。人が本を尊重して書籍代を惜しまなかった昔が偲《しの》ばれたりもする。ボドレアン図書館で集中を損ない、神経が苛立《いらだ》つと、よく蔵書中に紛れ込んでいる珍しい古写本を借り出して間を持たす。あるいは、どこかの学部へ行って、長いこと本を見て過ごす。かけがえのない一冊を作り上げた精魂と手業《てわざ》には感嘆を禁じ得ない。仕事に携わった職人たちに想像を馳《は》せることもある。手書きで文字を綴《つづ》る筆耕者、製紙工、挿絵画家、製本屋。それから思えば、私の書棚の何と貧弱なことだろう。クエーカー教徒の集会所と、カトリック教会を比較するようなものではないか。本は言葉に捧げられている。ただそれだけのために本はある。そこが本の取り柄だろう。だが、神は単に言葉だけではない。ヨハネ伝には「太初《はじめ》に言《ことば》あり、言は神と偕《とも》にあり、言は神なりき」とあるけれどもだ。人間の言葉のみでは神の栄光を伝えるのにまるで役に立たない。プロテスタントの浅薄な信仰解釈は神の御名《みな》に対する冒瀆《ぼうとく》である。今われわれは、政治家が教会堂よりも立派な家に住む時代に生きている。そのことは、現代社会の堕落について何を語るだろうか。

そんなわけで、私はそこに腰を落ち着けて、コーラの蔵書を見やり、凝った表紙に指を這わせた。このような部屋……、いや書籍は最高の喜びを与えてくれる。これだけの書物を手許に置きたいと思うのは大学総長を夢見るようなものだろうが、手にしたのは旧約の詩編で、実にほれぼれするような造本だった。印刷は装幀に劣らずきれいな出来だろうかと見返しを開けてみた。何しろ、ヴェニスの本作りはまたとなく上等なことで知られている。

思わず、驚きに目を疑った。何よりもまず、本が痛ましくてならなかった。この貴重な一冊にかような仕打ちを加えるとは、許し難い神聖冒瀆ではないか。ページの中央部が二カ所、丁寧に刳《く》りぬかれて空隙《くうげき》になっている。窪《おぼ》みに嵌《は》めこまれる格好で、コルク栓で密封した三本の小壜があった。最初の一本は何やら油性と思しきどろりとした溶液、次の透き通った液体はただの水だろう。三本目は金の王冠と宝石で飾った別誂《べつあつら》えで、およそものを知らない私の目にも何十ポンドという高価な珍品と映った。中身は何のこともない、不様《ぶざま》に嵩張《かさば》った古い木片だ。これが何を意味するか、私のような盆暗《ぼんくら》でも見ればわかる。

好奇心に駆られるまま、詩編を脇に置いて、ただ当てもなく他の本をぱらぱらとめくった。ここには特異な価値を有する希少な本があることに思いいたるまで、しばらくかかった。目の前に本が二冊ある。一冊はサラの家から持ち出したもの、もう一冊はもともとコーラが持っていたもので、リウィウスの史書だ。何ヶ月も前にウォリス博士が私に急いで探すように、しつこく言ったと同じ版である。

翌日、サラ・ブランディは逮捕された。ジョン・ウォリスがその筋にせっついたためと知れている。逮捕の噂は風にやられて岸に寄せる潮のように、街と大学に広まった。サラの有罪は誰もが予想したことで、人々は治安判事の決断に拍手を送る一方で、グローヴ博士の訃が伝えられたその時からわかりきっていたことを、これまで遅らせた優柔不断を非難した。

世間と考えが違うのは、事実を知っている私と、私の母、二人だけだった。母の確信は、これといって根拠がないだけに潔《いさぎよ》い。自分でも言う通り、母はサラを知っている。誰だろうと、目の届くところで手が後ろへまわるようなふるまいは許さない。事情を知ったら、母は生きた心地もなかったろう。

神の恵みを受けた母は、多分に風変わりなところがある。あれほどよくできた母親がおいそれといるものではない。何につけても厳格、几帳面で、権利を重んじ、責任感が強い。罪を難じ、倫理の欠如は許さない。敬虔《けいけん》な信仰の持ち主で、朝は起き抜けに十分、夜は就寝前に十五分以上の祈りを欠かさない。どこよりも格式の高い教会に通って説教に耳を傾ける。理解できないこともしばしばだが、それでも心が洗われる。人助けには熱心で、おまけに思慮深い。本当に必要としている相手と見れば、過分ではなく、些少でもないものが行くように気を遣う。金に細かく、外聞を気にするのは事実だが、度が過ぎて、それが神への務めに取って代わることはない。

神の御旨《みむね》を理解している自信は確固たるもので、多少とも周囲と違うことがあれば、きっと自分の方が正しいと主張した。サラの逮捕を知ると、母は広くもないキッチンで声を張り上げ、由々《ゆゆ》しい不正が起きていると息巻いた。すっかり情が移っている母にしてみれば、サラが咎《とが》めを負う筋はない。サラがあの太った高位の聖職者に危害をおよぼしたことはないはずで、もしそうなら、今の身のほどは自業自得だけれどもだ。言うだけ言ってなお治まらず、母は食料と自家製のエールを買いもの籠に詰め、ブランディの家に乗り込むと、暖かい衣類を掻き集め、私の一番上等な、いや、一枚しかない毛布をベッドから引《ひ》き剝《は》がして、人目も憚《はばか》らずにとっとと拘置所へ向かい、差し入れの衣類と食料と、看守をどやす喧嘩腰が発疹《はっしん》チフスを防ぐからと、傷心のサラを励ました。

「あなたに会いたがっていてよ」拘置所から戻って、母はぶすりと言った。不機嫌なのは、拘置所の外で低俗な若造どもに野次られたせいだった。巡回裁判の準備中、路上に屯《たむろ》して、鎖に繋がれてくる囚人を見てひねくれた快楽に耽《ふけ》るものぐさどもがいつもいる。いったい、あの手の輩《やから》はほかにすることがないのだろうか。行政が健全な街なら、退去を命ずるか、怠惰を厳しく罰するはずではなかろうか。「今から、すぐ行きなさい」

これにはほとほと気が滅入った。抵抗の術もなく、気力も失せて市場へ曳かれる牛の心境だった。逮捕のことを聞くまでは、最悪の危機は脱したと思っていた。グローヴの死について、誰も問責されないのであれば、進んで首を差し出すなど、愚の骨頂ではないか。だが、サラのことを知ると同時に首縄の擦れる音を聞き、腸《はらわた》が収縮した。今しも不可避の逆運が眼前に迫っていた。

むろん、サラには会わなくてはならない。私はサラに腹を立てる筋書きすら考えた。サラが自分から不当な疑惑を招くしくじりを犯したとでもいうようにだ。しかし、拘置所の石段を上がりながら、これは私が嵌まり込んで、すでに首まで漬かっている情況の軋轢《あつれき》でしかないことを思わざるを得なかった。遅かれ早かれ、自白は免れない。グローヴを死に追いやった罪は私にある。同等の負荷に喘《あえ》ぐ人物はどこを探してもいはしない。

サラは驚くほど上機嫌だった。女囚の雑居房には、やがて国中からやってきて裁判ごっこの快楽を待つ年寄り女たちがまだ収監されていず、サラ本人も数時間前に入獄したばかりで、暗くじけじけした監房で塞ぎの虫に取り憑かれるにはいたっていなかった。

「そんな顔しないで」暗がりから窺う私の鬱《うつ》した表情を見て、サラは言った。「牢屋にいるのは私よ。私がこうやって元気でいられるんだから、あなただって、もうちょっと気楽に構えてくれなくては」

「こんなところで、よくそう暢気らしいことが言えるな」

「良心に恥じることなんてないんですもの。主《しゅ》が面倒を見てくださると信じているわ。私、ずっと主のために最善を尽くしてきたし、ここへ来て、見捨てられるとは思いたくないの」

「見捨てられたら?」

「それにはそれで、きちんと理由があるはずよ」

正直な話、かくまでの敬信にはげんなりすることしばしばだ。だが、勇気づけるつもりで出向いて、もはやその必要もないとなると、サラの楽観主義は見当違いだと説いたところではじまらない。

「私のこと、馬鹿だと思ってるでしょう。それは違うわ。だって、私はこの件にいっさいかかわりがないと、わかりきっているんですもの」

「その通り。それは神が知っている。私もだ。ただ、法廷が神の心を知っているかどうかは別問題だ」

「法廷は、どう言うかしら。法廷は証拠を提示しなくてはならないはずでしょう。でも、あの晩、私がどこにいたか、あなたも知っているじゃあないの」

「必要とあらば、君が、その口で言わなくては」私の一言に、サラは首を横にふった。

「駄目よ。それでは話をすげ替えるだけだから、私は何も言わないの。そうよ、アントニー。必要のないことよ」

「だったら、私から言おう」

「いけないわ」サラは頑なだった。「あなたは親切のつもりでしょうけれど、そもそも、あなたには関係ないことだわ。このことについて、法律はあなたに指一本触れないはずよ。私は死ぬ身だけれど、病弱の母を置いてきぼりにするのはねえ。それに、アビンドンや、ここやかしこの人々を迫害に曝すこともできないわ。でも、信じてちょうだい、アントニー。心配無用よ。誰も私がそんなふるまいをするとは思わないでしょう」

私は精いっぱい、サラの誤りを正すことに努めた。どう思うかの話ではない。今や街中が、サラの苦境は自分が蒔《ま》いた種だと信じている。だが、サラは耳を貸さず、ついには、話題を変えろ、さもなければ静かにしろとまで言った。この場面にはそぐわない横柄な命令口調で、それがまた、いかにもサラらしい物言いだった。

「誰にも言っては駄目よ。これは私の頼み、というより、言いつけなの。あなたは私が認めることだけを言って、それ以上は黙っていてちょうだい。嘴《くちばし》を挟まないで。私の言うこと、わかる?」

何ともちぐはぐな気分だった。人に仕えるのが身のほどのサラが、頭ごなしに決めつけるような口をきく。どんな権力者も、これほど決然と命令を下しはしない。それも、相手が従って当然という顔つきでだ。

「ようし。いいだろう」私はようよう口重たく言った。その間ずっと、サラは私の出方を見越して待ち受ける態度だった。「コーラのことを聞かせてくれないか」

「あなたが見て知っているほかに、何があるっていうの?」

「ここが大事なところかもしれない。もう一つ、ピンと来ないのだがね。コーラは君に接近しながら、ふっと引き下がった。君が遠ざけたわけではない。むしろ、コーラは自分に怯《おび》えているふうだった。そうではないか?」

サラはこれにうなずいた。

「君の方で、好きにさせておいたら、コーラは引っ込まなかったろうか?」

「私に失うものは何もないことは、さっきあなたも言ったわね。あの場合もそう。向こうが支払いにこだわったら、まず拒む術はなかったろうし、抗議したところで、どうなるものでもなかったでしょう。これは別の人から学んだことよ」サラは俯く私の肩に手をやった。「あなたのこと、言ってるんじゃあないわ」

「いずれにせよ、コーラは離れていった。何故だ？」

「私がいやになったんでしょう」

「いや、それはあり得ない」

サラは力なく笑った。「そう言ってくれて、ありがとう」

「どうも、こっちの見た目と成り行きが合わないな」

「あの人、良心があったのかもしれないわ。だとしたら、私の知る限りこの世で良心を具《そな》えているのは、あなたと、あの人、二人だけ」

これを聞いて頭が下がった。確かに、私にも良心はある。片時もそれを忘れることのない今日この頃だ。とはいえ、良心の声を聞くことと、その声に従って行動することでは話が違う。サラの不幸を招いた張本人で、ほんの一言、事実を明かせば逆境にけりがつく立場にありながら、いったい、私は何をしているだろうか。サラを慰め、思い遣りを示す協力者の役割を演じているだけではないか。見かけの寛容と頼り甲斐が貧相な心根をまんまと隠しおおせているゆえに、人は私の罪を訝《いぶか》ろうともしない。罪は日ごとに深まり、歪《ゆが》みを増しているのにだ。この期におよんで、私はまっとうに行動する勇気を欠いていた。願望の欠如ではない。これまでにも何度となく、治安判事の前に出てありのままを語り、サラと境遇を交換する場面を想像に描いた。ストア学派の自覚をもって、怯《ひる》まず恐れず、虚勢を張ってでも筋を通そうと、何度思ったかしれない。

「盗まれたものは取り戻したよ。これが、どうにも理解に窮してね。リウィウスの史書だ。もともとは、どこにあったのだろうか」

「父が亡くなる前に遺した荷物の中だと思うわ」

「だったら、君の許しを得て、あの包みを開けるとしよう。言われた通り、いっさい手を触れていないけれど、こうなったら開けるしかない。答が見つかるかもしれないぞ」

引き揚げるに当たって、もう一度だけ話を聞いてくれるように懇請した。こっちの自白は抜きにして、サラが自由の身になる道を探る思惑だったが、サラはそれを拒み、サラの希望に掣《せい》肘《ちゅう》されている私がこの上なお苦悩を負わせて逃げを打つことは考えられなかった。

第九章

この本の考証について、これまで語らずにきたので、ここで触れておかなくてはならない。見たところ、特にどうということもない八つ折り判で、粗末な仔牛革の装本である。装丁者はなかなかに手先の器用な職人と見てよかろうが、その道の達人と呼ぶにはほど遠い。蔵書票がないことから、出どころは学者の書斎ではないと知れる。愛書家ならば、図柄や文字に意匠を凝らし、持ち主や書棚における位置を示す気取った蔵書票を誂《あつら》えるはずだろう。何度も読んだしるしの書き込みもない。やけに汚れて傷みが激しいが、長年この世界で鍛えた私の目からは、それはさんざん手荒に扱われたためであって、繙読《はんどく》のせいではないとわかる。ただ、この本、背だけは手沢《しゅたく》一つなく、ほぼ新刊同様だった。

中身をいじった形跡はないが、必要な文字を拾い出す格好で、インクでマークがしてあった。最初のページは一行目の'b'、次の行の'f'……、というふうに、行ごとに一字が指定されている。ウォリスは文字遊びが好きと知っているので、これを綴《つづ》れば何か意味のある文章になるのではないかと書き出してみたが、そこに浮かび上がったのは正体のない文字の羅列で、何が何やらさっぱりわけがわからなかった。

半日近くこの不毛な探究にのめり込んで消耗し、ついにはお手上げと見切りをつけて、罪な本は人目に触れない書棚の隅に隠し、厳重に封をしたままの包みに気持を向け変えた。今から思ってみてもなお、ただこれしきの小荷物が騒乱の火種となり、上下多衆が暴力に訴えてでも手に入れたいと目の色を変えていたとは驚嘆を禁じ得ない。しかも、私は何も知らぬまま、長いことこの強力な武器を抱え込み、包みを開けて、はじめてそうと気づく始末だった。

沈思黙考の半日でこの国の裏面史に開眼したが、その後、ウォリスの手記を読んではじめて、過去の事象が今、目の前で起きている悲劇にどう影響したか、詳細を知った。ウォリスがジョン・サーロウにどこまで騙されていたかもこれでわかった。サーロウは地位こそ低いが、今もってその発言力は侮《あなど》り難く、ウォリスに語ったことも、あるところまでは当を得ている。動機はそれぞれながら狂信者のジェイムズ・プレストコットとネッド・ブランディが連携を深めていたことを伝えるサーロウの記述は、どこを取っても遺漏がないとされている。文書の半ば以上はサーロウとクラレンドン、クロムウェルと国王の間で交わされた書簡で、互いの人格と大望についての正確な知識もさることながら、真摯《しんし》な崇敬は感動を誘う。とりわけ中の一通は、公になったら物議を醸《かも》したに相違ない。何となれば、そこには国王がジョン・モーダントに一六五九年の反乱について詳しく報告するように下命したことがはっきり書かれているからだ。同封の書面には四十人に近い人名と、武器の配置、集合拠点などが細かく記されていた。後にその多くが殺害されたことは私ですら知っている。別封はチャールズとサーロウの同意のあらましで、王政復古の条件について、誰を厚遇するか、王室の権限をどこまで抑制するか、それに、カトリック教徒を支配する法の細目が語られている。

ジェイムズ・プレストコットがこれを取り戻して広く世間に開示したならば、王室の大義も、ジョン・サーロウの功名も形なしだったろうことは明らかだ。それというのは、王家もサーロウも夥《おびただ》しい流血を代償として確立した原則を放棄する気でいる分子を断固忌避したに違いないからである。さりながら、これは問題の核心ではない。一六六〇年にはかなりの危険を孕《はら》んでいた文書も、一六六三年に玉座を揺るがしたとは思えない。いや、もっと危険な書類は、もう一つ別の包みの中で、プレストコット自身が用意したものに違いなかった。チリ硝石と硝酸カリウムはいずれもそれ自体は無害だが、混ぜ合わせれば堅牢な城郭をも破壊する火薬になるのと同じで、この二通りの文書は連結することで大変な毒になる。

　カトリック教徒のジェイムズ・プレストコットはイギリスをローマの属領に戻そうという策謀の立役者だった。ああ、そうだとも。息子が旧教徒、ブリストル伯の支持を取りつけたことを、ほかにどう説明したらよかろうか。親族の臆病とも取れる沈黙は何を意味していようか。詳しい事情は知る由《よし》もないが、親族は迷惑をこうむっていながら、そのことを話題にしたがらない。息子のジャック・プレストコットもそれと知りつつ、ただ、時には泣かされたと言葉を濁す常である。妻の実家はわけても熱心な新教徒で、身内にカトリック信徒がいては何とも寝覚めが悪い。そうでなくては、プレストコットが難儀を背負い込んだ際、親族の連帯に背を向けてまで助力を拒むわけがない。弱年のジャックをコンプトン家に預けて筋金入りの国教会派、ロバート・グローヴの監督に委ねたのは何故か。カトリック教徒は言葉巧みに家族を丸め込み、饒舌《じょうぜつ》を弄《ろう》して堕落へ誘う。若くてものに感じやすいジャック・プレストコットが敬愛する父親の甘言にいくらかなりと抵抗を示す見込みがあったろうか。いや、何はさておき、ジャックの安全と母方の家族の体面を守るためにも距離を取らなくてはならなかった。監督の権限を放棄したプレストコットに、もはや出る幕はない。私の見るところ、一族は欲で動かず、空言《そらごと》を吐くでもない。私の判断に異を唱えるのは人それぞれの自由だけれどもだ。

　プレストコットの改宗は、はじめて国外追放の憂《う》き目に遭った時のことで、王党派の多くが非運と逆境に喘《あえ》ぐ中でローマ・カトリック教を熱烈に信奉する時代だった。カンディア包囲戦でヴェニス軍に加わったプレストコットは異国で年を重ねる間に、カトリック教会で非常な影響力を持つ多くの人物と知り合った。イギリスの逆境にこと寄せて有利に立ちまわろうと機を窺う者たちだ。その一人に、文通を繁く交わした神父がいる。

追々説明するが、ここではただ、カトリック教徒が受けたであろう衝撃を語るに留めよう。二十年この方、王権擁護に心身を捧げたカトリック教徒にとって、国王が自分たちをこれ以上はない苛烈《かれつ》な迫害の餌食《えじき》にしようとしていると知った衝撃はひとかたでなかった。国王はリチャード・クロムウェルとサーロウと語らって取引を急いでいる。この現実がプレストコットに行動を促した。同時に、プレストコットは忠誠をかなぐり捨てて反逆に転じた。

プレストコットは世に類いなき二心《ふたごころ》のチャールズがフランスとスペインを相手に交渉を進め、ローマ教皇とも膝詰めで、王座に復帰した暁《あかつき》には無条件でカトリック教を容認することを条件に、支持と財政援助を懇請していると知った。チャールズは相手構わず誰とでも言いなりに約束を交わし、王座に就けば、約束は片端から反故《ほご》にした。側近一同も、チャールズがそこまで二枚舌とは知らなかったろう。現に、クラレンドンはスペインとの談合を露知らず、ベネットもサーロウの進言については何も聞かされていなかった。

独りジェイムズ・プレストコットだけはチャールズの二枚舌を心得ていた。一方でネッド・ブランディが、また一方で、文通があって関係の深かった神父がそれとなく話したからだ。神父はその名をアンドレア・ダ・コーラと言う。プレストコットは軍隊時代にヴェニスで知り合ったに違いない。

第十章

後々悲嘆を託《かこ》ったが、いったい、何をどう運べばサラの死を回避できたか、今もって判然しない。ウォリスとサーロウが例の文書を追い求めて、何とでも交換する気だと知っていたら、あるいは、二人がサラを裁判にかける陰謀にかかわっていることを知り、コーラがこの国にいる意味をとくと理解していたなら、私は出るところへ出て、ただちに裁判を打ち切ってサラを解放するように言ったろう。当局はこれを聞き入れ、すべては私の言う通りになったと思う。

だが、私は事情に疎《うと》く、裁判がただの冤罪《えんざい》とは違ってことのほか重大な、避くべからざる必然の理と納得したのはウォリスとプレストコットの書いたものを読んでからのことだった。

古来、神が僕《しもべ》たる人間に許しを与え、禁忌を伝える賞罰について多くが語られている。戦《いくさ》には勝者がいて、敗者がいる。いずれも神の意思表示である。時化《しけ》の海で船が沈めば、莫大な富が失われる。人はいつ急病に襲われないとも限らない。嬉しい知らせを伝えてくれる旧知との奇遇もある。さまざまなことどもが、ある時は愁嘆《しゅうたん》、またある時は感謝の祈りを誘う。それはそれとして、知られざる行為と決断が長い間に積もり積もって人に無実の罪を着せ、延《ひ》いては死に追いやることのどこまでが祈るに値しよう。サラの場合がこれに当たる。チャールズ国王があれほどの偽り者ではなく、プレストコットが狂信者でなしに、サーロウが保身ばかりを考えず、ウォリスが自惚《うぬぼ》れ屋の冷血漢ではなく、ブリストルが野心家ではなしに、ベネットも悲観論者でなかったならば、加えて、政府があんなふうではなく、政治家たちに見識があれば、サラ・ブランディは絞首台に立たされず、犠牲を払わずに済んだはずではないか。誰も本質を知らぬままに終わった究極の犯罪の被害者を、さて、どう語ったものだろうか。

くり返しながら、私はことの経緯を知らなかった。わが身に何のかかわりもないことに逃げ込んで思案に余っては未練にも自分の小心を呪った。書斎に籠もって古びた書き付けを睨《にら》み、いるのは情けないが、この時の私にとって、チャールズが王位に座そうとどうしようと、政治がどうだろうと、知った話ではなかった。カトリック教徒が迫害されようが、自由放任されようが、もとより他人事《ひとごと》でしかない。ただ気懸かりは獄中のサラと、隠《かく》れ蓑《みの》の口実が種切れで、いずれ自白は免れまいことだった。

その時に備えて勇気を奮い起こすべく、アン・ブランディに会うことにした。力になってくれるに違いない。コーラから、不在中、年寄りはジョン・ロックに面倒を見てもらっていると聞いた。ロックはおよそ熱心とは言えないものの、見上げるほど几帳面に代役を果たした。

「はっきり言って、時間の無駄だ」ロックは言った。「お互い、何の得にもならないことに労力を使うのは、まあ、精神衛生にいいことは確かだけれどもさ。あの年寄りは、もう長いことないんだ、ウッド。どうやったところで、容態は変わらない。ローワーに、世話を引き受けると約束した手前、看病に当たってはいるがね。薬草も、金属塩も効果がない。最近の医術、昔ながらの療法と、いろいろ試しても芳《かんば》しくない。輸血も、下剤も効き目なしで、こうなると、もう先は知れている」

たまたま行き合わせた道端で、ロックは声を落とした。何の目処もなく、ほんの形だけ、毎日欠かさず見舞いに来ているという。私の母も毎日、料理を運んだ。サラが獄中の料理よりもその方がいいと言って習慣になった。年寄りは毛布も薪も必要としていない。ほかにできることは何もなかった。

病室は腐臭が鼻を衝いて息が詰まりそうなほどだった。風が吹き込まないように窓もドアも閉め切ってあるのはいいとして、そのために淀んだ空気の抜けばがない。よほど冷え込まない限り、窓を大きく開け放さずには気が済まない年寄りは不平たらだらだった。閉め切ったのはロックだが、病体の年寄りはベッドから出られず、窓を開けるようにしつこくせがんだ。あまり気が進まなかったが、根負けして、帰りしなにまた閉める約束で求めに応じた。ロックが病人のためによかれと思ってしたことに、安易に逆らうのは不本意だったけれどもだ。

何はともあれ、風が濁った空気を吹き払い、外光が明るく射し込むと、私自身ほっとした。アン・ブランディも、冷たい空気に触れて心地よげに深々と溜息をつくありさまは、過酷な拷問を耐え抜いたとでもいうふうだった。

暗がりではよく見えなかったが、シャッターを開けて向き直り、正面から顔が合って驚いた。土気色に窶《やつ》れ果てた顔は言うまでもないが、被《かぶ》りもののないところを見るのはこれがはじめてで、すっかり薄くなった髪は痛ましいまで艶《つや》も失せ、間近く向き合っていながら胸が閊《つか》えて、ものを言おうにも声にならなかった。

「あなた、不思議な若いお人だことね、ウッドさん」ようよう挨拶をして具合を尋ね、こんな場面ではありきたりの科白《せりふ》を口にすると、年寄りは言った。「親切と意地悪が代わり番こで。お気の毒に」

骨と皮ばかりで見る影もない病人の一言が私の耳には異様だった。意地悪とは心外だ。考えがあって人に意地悪をしたことはついぞない。

「それはまた、どうして？」

「あなたとサラのことですよ。そんなふうに私を見ないで。私の言うことはわかっているでしょう。この何年か、あなたはサラに、それはよくしてくれたわ。声をかけて、話を聞いて、いろいろと相手になって。男と女の間で、ほとんど友達付き合いだったでしょう。あれはどういうことかしら。世の中、以前と違って、サラのような娘は口を慎むことを知らなくてはいけないでしょう。特に、上流紳士の前では」

「あなたの口から、不思議な話を聞きますね」

「身のまわりで何が起きているか、私はちゃんと見ているわ。当然でしょう。一目瞭然ですもの。それが、あなたは見えていないようね。少なくとも、私にはそう思えてよ。私はね、あなたは一途《いちず》な学者肌で、研究熱心で、誰とでも学問知識を分かち合う主義だと思っていたの。ところが、そうでもなかったわ。あなたに教わって、話を聞いてもらえると知って、サラがそれを何よりも待ち遠しく思うようになると、あなたはぷいとそっぽを向いてそれっきりでしょう。で、またしばらくすると打ち解けて。今ここであの子を傷つけることを、どう思っているの、ウッドさん？　こんなことなら、あなたを家へ入れるんじゃあなかったわ」

「サラを傷つけるなんて、そんなつもりは毛頭ありませんよ。それに、私は何を教えたとも思いません。今ではむしろ、こっちが教わっているくらいで」

ブランディはえらく悲しげな顔で、力なくうなずいた。「とても心配で。あの子、何だかおかしいの。不味《まず》いことになるのではないかしら」

「人前で話すようになったのは、いつからですか？」

年寄りは、きっと眉を上げた。「ご存じ？　あの子、自分から言ったの？」

「集会の場へ、行き合わせましたよ」

「ネッドが最後に帰省して、それからじきに亡くなった知らせがあって、私たち母娘、故人の思い出話で持ちきりでね。骸《むくろ》を埋葬できなかったので、追悼のよすがに、ネッドの両親や、生前の暮らし、戦場や作戦のこと、あれやこれや話は尽きなかったわ。愛していたから、私、悲しみに打ちひしがれて立ち直れないありさまで。ネッドは私のすべてで、かけがえのない幸せの泉でしたもの。悲しみのあまり、私は支離滅裂で、サラがまた、そういうこととなると何一つ、いっさい見逃さない子供でね。エッジヒルの戦いの話をして、ネッドの指揮する小隊が全滅したことを聞かせたの。ネッドは一年以上も戦場で、留守を守る私はどんなに寂しい思いだったか」

私は内心、これは何かあるなとうなずいた。ブランディは、病人とはいえ、でたらめを話す年寄りではない。

「サラはおとなしく、じっと私の顔を見て、それまでおくびに出したこともない、まともな質問をしたわ。〝じゃあ、あたしのお父さんは誰？〟」

ブランディは言葉を切って、私が憮然たる面持ちではないことを確かめた。

「よくぞ訊いてくれたわ。ネッドはまる一年留守で、サラはネッドが復員する三週間前に生まれているのよ。夫は何も言わず、私を責めもせずにサラを、血を分けた子のように可愛がったわ。それきり、このことは封印をした格好だったけれど、時々、二人が炉端に座っているのを見ることがあるでしょう。読み方を教えたり、物語を聞かせたり、ただ抱いているだけのこともあって、そんな時、ネッドの目に悲しみの色が浮かぶと胸が痛んだわ。私にとって、ネッドは最良の人よ、ウッドさん。本当に」

「質問の答は？」

ブランディは首を横にふった。「私、嘘は吐きません。だといって、本当のことは話せないわ。昼に夜に自分の罪を考えるのが私の死に支度で、残された時間で気持の整理がつくかどうか。自分から、質《たち》のいい女だとは言わないものの、後悔の種は数えだしたら切りがないわ。でも、神は私のふしだらを責めないでしょうよ」

答になっていないが、どのみち、私は知りたくなかった。最良の時でさえ、この種の打ち明け話は感心しない。それに、アン・ブランディは私をないがしろに追憶を手繰《たぐ》る様子だった。

「夢を見たの。生涯で一番素敵な夢。鳩がたくさん群れていてね、中の一羽が私の肩口に止まって言うことには、〝サラと呼んで、大事に育てなさい。果報に恵まれるから〟って」

何故か私は寒々とした気持を覚えながら、無理にも快悦を装《よそお》った。「とにもかくにも、鳩に言われたようにしたのですね」

「そうよ、その通り。それを聞かせて、間もなく、サラはあちこちで話すようになったの」

「病人、怪我人を癒やすことも？」

「ええ」

「この間、ここから出ていくところを見た、あれは誰ですか？」

年寄りは、どこまで話すか、しばらく思案した。

「グレイトレックスといって、星占い師を名乗っている人」

「何しに来たんです？」

「さあ、それは。戸を敲《たた》くので出てみたら、何に怯《おび》えてか、真っ青な顔でふるえているの。名前を訊いても、恐怖のせいで口がきけないのよ。そこへ、サラが奥から通すように言うものだから、家へ入れると、いきなりあの子の前に跪《ひざまず》いて慈悲を請うじゃあないの」

記憶は今なお年寄りの動揺を煽《あお》り、話を聞く私も胸が騒いだ。

「で、どうしました？」

「サラは顔色一つ変えるでもなく、手を取って炉端へ案内して。そのまま、二人は一時間以上も話し込んでね」

「何の話です？」

「サラが、二人きりにしてくれと言うので、聞いていないの。もらい聞きしたのは、はじめのところだけ。星の動きにサラの運命を見て、星座に導かれるまま、はるばる海を渡って会いに来たんだそうよ」

「〝われら、東にてその星を見たれば、拝せんために来れり〟」私は声を落とした。マタイ伝の、東方の三博士のくだりだ。アン・ブランディは険しい目で私を睨んだ。

「そんなこと言わないで、ウッドさん。お願いよ。さもないと、私と同じで気が変になるわ」

「もう、とうにその段を過ぎていますよ。口では言えない恐怖を懐《いだ》いて」


良心の呵責《かしやく》に呻吟《しんぎん》している時間はもはやなかった。巡回裁判の日取りも決まって、準備が進んでいる。行動を起こすには酒の力を借りなくてはならなかったが、怯《ひる》む心は吹っ切れず、とかく逃げ腰の優柔不断が視野を妨げた。それでもようよう臆病風を封じ込め、ホーリーウェルまで足を運んで、治安判事、ジョン・フルグローヴ卿に面談を求めた。フルグローヴ卿は繁忙の極みだったが、要請に応じてくれた。とはいえ、あまりにも態度がぞんざいで、私はすっかり堅くなってしまい、言うこともしどろもどろだった。

「それで？　私は多忙の身でね」

「サラ・ブランディのことです」やっとのことで声を押し出した。

「ほう。あの娘が、どうかしたか？」

「サラは無実です。はっきりしています」たったこれだけを言うのが、存外の苦痛だった。断崖絶壁から足を踏み出せば、そのまま地獄へ真っ逆さまだ。勇気や面目、剛健を誇るつもりはないが、自分のことは誰よりもよく知っている。英雄に生まれついてはいず、後世、手本だの、鑑《かがみ》だのと仰がれようはずもない。人は、いや、私よりもましな先輩諸氏が、とうの昔にこれを大きな声で言っているだろう。私のように拙《つたな》くみすぼらしい言葉ではなしにだ。しかし、言うだけは言わなくてはならず、これが私の精いっぱいだ。我が強い向きは鼻で笑うかもしれないが、私にしてみれば、ここぞとばかり勇気を見せた場面だった。

「どうしてわかる?」

できるだけ詳しく、正確に話をくり返して、壜に毒を入れたのは私だと白状した。

「娘はカレッジで顔を見られている」

「あそこにはいませんでした」

「どうして知っている?」

これには答えられなかった。サラの預言については、いっさい口外しないと堅く誓っている。それで返事を偽った。偽りがすべてを駄目にした。

「私と一緒でした」

「どこで?」

「私の部屋です」

「いつ、そこを出た?」

「どこへも行きません。夜通し、ずっと」

「家族は、証言するか?」

「家族は会っていません」

「家にはいたのだな？　尋ねる手もあるぞ」

「家におりましたとも」

「それでいながら、サラが君の部屋へ上がるところも、立ち去るところも見ていないか？」

「ええ」

「一晩中、何も聞かずに？」

「ええ」

「そうか。で、君は目的があって、粉末をグローヴの部屋へ届けたのだな？」

「いいえ、自分で用意していたのです。腹痛のために、壜に入れるようにと、私は言われました」

「半時間足らず前、そこにはなかったはずだ。薬効なしと聞いて、服用は止めたと言っている」

「本心ではありません」

「話を聞いた者はみな、グローヴは本気で、忠告してくれたイタリア人に感謝していると思っている」

「私は何を言う立場でもありません」

「ところで、グローヴの金の指輪がサラの手に渡った経緯は、どう説明するね？　君が遺体からくすねて、渡したのか？」

「いいえ」

「じゃあ、どうしてサラが持っていた？」

「私は何も知りません」

ジョン・フルグローヴは椅子の背に凭《もた》れて、ことさらしく私を見据えた。「君が何を企《たくら》んでいるのか、合点がいかない。あの女を庇《かば》って嘘を言っていることは明らかだが、事実を曲げて正義を妨げるとは、非道も甚《はなは》だしい。ここはとっくり考えて、愚かな真似はいい加減にしないか」

「嘘を言ってはおりません。すべて、ありのままです」

「違うな。そんなはずはない。女の有罪を裏付ける証拠を、君は否定できないではないか。無実の証《あかし》と君が言う事例は、どれも説得力がない」

「身方してはくださいませんか?」

「どうしろと言うんだ? サラは大陪審の前に出て、正式起訴の決定となった。君がこの愚行にこだわるのであれば、法廷に立って供述という順序だが、私はそれを遮れない。言っておくが、君が何を論じようと、事態は変わらないぞ。それどころか、判事は君を罰することすら相当と見るかもしれない」


そんな次第で、ウォリス博士に泣きついた。隠然たる影響力をサラのために発揮してくれるよう、懇願する腹だった。ウォリスがすでにサラをあの世へ追い払う決心とは知らなかった。私は再び事情を語り、またしても信用されていないことを思い知った。

「君に借りはないよ、ウッド君。どのみち、私にできることは何もない。女の運命は、裁判長と陪審が握っている。君も知っての通り、私は政府に仕える身だが、なぁに、そんなに仰々しい話ではない。訴えを起こすことも、審理を差し止めることも、私にはできない」

「せめて、私を信じてはくださいませんか」

そこはウォリスの部屋で、何ともぎくしゃくしたやりとりだった。ウォリスはいつになく倦《けん》怠《たい》を持てあますふうにも見受けられた。当面の問題が良心をせせり、自身の誤りを強く意識しているのだと、私が知らなかったとしても不思議はない。ウォリスには気高くふるまっている意識がある。自分にそう言い聞かせることで心の平静を保つ当人からすれば、気高くてどうした、と混ぜっ返す相手は軽率で鼻持ちならない俗物だ。

「それはできない。そもそも、これは君の身勝手からはじまったことだ。思うに、君は正義が行われるのを見守るより、女と快楽に耽《ふけ》っている方がいいのだな。私はあの女を、君が思っているよりはるかによく知っている。絞首刑になったところで、不当でも何でもありゃあしない」

「とはまた乱暴な」

ウォリスは一歩詰め寄った。殺気を孕《はら》んだ図体と剣幕に、私はたじたじとなった。

「君がやたらに好く言うあの売女《ばいた》はな、ウッド君、国の転覆を謀《はか》る無神論者の徒党と一味している。極悪非道の犯罪を企《たくら》む、この国で最も危険な人物の手先に使われている。私の助手を殺した男だ。仕返しに、息の根を止めてやる。サラ・ブランディの死が、復讐の後押しになるなら願ったりだ。女が無罪か有罪か、こっちの知ったことではない。こう言ったら、わかるか、ウッド君？」

「今の話だと、あなたこそ、誰よりも罪が深いですよ」ウォリスのぶっきらぼうな口ぶりに圧されて、私は声のふるえを隠しきれなかった。「学者を名乗るのもおこがましいし、この世に生きていることからして厚かましい。だいたい……」

ウォリスは柄が大きく頑丈で、背も高い。それ以上はものも言わずに、いきなり私の襟髪を摑んでドアの方へ引っ立てた。私は抵抗して、そういう乱暴は学者のすることではないと諫《いさ》めたが、ウォリスは犬ころを揺すりあげるように荒々しく、戸口の壁に私を押しつけた。

「ぐつぐつ言うな。君が何を考えようと、知ったことではなし、君の泣き言を聞いている隙はない。黙って引っ込んでいろ。さもないと、痛い目に遭うぞ」

思うさま蹴りつけられて、私は石段を転げ落ち、冷たい泥濘《ぬかるみ》に撥ねを上げて倒れた。

地べたに四つん這いになって、泥水が靴を濡らし、衣類に染み込むのを意識しながら、無残な失敗を悟った。屋根へ上がって声の限りに叫んだところで、道行く人は耳を塞《ふさ》ぎ、この見た通りの惨劇から目をそらすに違いなかった。もっと早く、問わず語りに話していたら事情がどう変わったか知らないが、今はただ手遅れと言うしかない。それを思うとますます気がめげて、泥濘に顔を伏せて涙に暗《く》れた。雨はなお容赦なく降り注いだ。あたかも神が戯《たわむ》れに乗り出して、私を路傍の変人に仕立てたとでもいうふうだった。呼べど叫べど、人はみな目を背《そむ》けて知らぬふりだ。腹立ち紛れに拳を固めてぬかった路面を叩きつけ、神の非情を呪って悪態を吐いた。その報いか、慰藉《いしゃ》か、通りがかりの二人連れが、雨に濡れそぼって泥まみれで喚いている酔漢を見て歪《いびつ》に笑った。

第十一章

　サラの裁判は、生涯でも最も辛く、しかも晴れやかな二日だった。そこで私は神罰の重みと、寛大な恩寵《おんちょう》を身に染みて感じた。コーラが審理の経過を書き記しているが、例によって、正確な理解と深い洞察は非の打ちどころがない。コーラの記述をここにくり返すにはおよぶまい。ただ、当然ながら、知り得ないために触れずにいることがらについては補っておかなくてはならない。

　邪魔立てをしないで、とサラに言われていながら、現に私は迷惑をかけている。もっとも、面と向かって意に背《そむ》くことは躊躇《ためら》われた。このあたりが私の弱いところと思われるかもしれないが、それはそれで構わない。私は事実を語るだけで、私と同じようにサラを知っている人間が別の道を行ったとは思えない。誰かがサラのために口をきいて、無罪の証拠を提示してくれることを期待したが、そのようにはならなかった。サラは有罪を認め、亡骸《なきがら》はローワーに託して、母親の治療が続けられることを願うほかは何も言わなかった。諦めきったか細い声で「罪を認めます」と答えるのを聞くと、私は無性に心が痛み、三度目の正直で世間に真実を伝えようと決意した。裁判長は槌《つち》を鳴らした。「ほかに、発言はありますか？　被告人のために言うことがあるならば、今この場で述べるように」

「裁判長」私は法廷の隅々まで通る声で、気の毒なサラはキリストに劣らず罪のない身で、グローヴの死にはいっさいかかわりなく、責任はすべて私にあると言い立てる構えだった。ある限りの証拠と、精いっぱいの弁舌でこの主張を貫かなくてはならない。

弁舌は空回りに堕す虞《おそれ》なきにしもあらずだが、証拠がものを言うに違いないことは確信していた。サラを救うのはこの私だ。

が、その実、焦燥と優柔不断が重なった気の迷いで舌が縺《もつ》れ、たちまちにして機会は閉ざされた。地元住民や、大学の同僚の多くが私を侮《あなど》って後ろ指を指していることは知っている。これまでは屈辱を招かぬよう、何かにつけて用心を怠らなかった。だが、今度ばかりは面目にこだわってもいられない。私が絶句したところで誰かが淫らな野次を飛ばし、廷内にどっと笑いが弾けて、さらに哄笑《こうしょう》を煽《あお》った。人に死刑を宣告する法廷の空気は厳粛で、不安や恐怖が蟠《わだかま》っている。傍聴人は、その重苦しい雰囲気を和らげて風通しをよくする変化と見れば何であれ歓迎する。たちまち廷内はざわついて、私が胸も裂けるまで声を張り上げても、傍聴人は耳を貸すまいと思われた。困惑、やる方もなく、不様《ぶざま》を恥じて赤面した私はロックに手を引かれて、いったんは腰をおろした。裁判長が傍聴席に静粛を命じて、あらためて私に陳述を促すのを待つ心だった。

ところが、裁判長は厭味な薄笑いを浮かべて私の「流暢《りゅうちょう》な話術」に敬意を表した。またもや法廷を笑いの渦に巻き込む故意の仕打ちだった。頃合いを見て、裁判長はサラ・ブランディに死刑を申し渡した。

判決を聞くなり、私はのしかかってくる悲痛を嫌って法廷を飛び出し、茅屋《ぼうおく》の一室に籠もって天の加護を祈った。どうしていいやら、目の前は真っ暗で、出るものと言えばただ溜息ばかりだった。そこへ、母がドアを細めに開けて顔を覗かせ、来客を取り次いだ。引き取りを願ったが、私に会うまではと、頑として動かないという。

ほどなく、ジャック・プレストコットが異常を来《きた》したかと疑いたくなるほど意気盛んに、騒騒しくやってきた。最後に会った時とくらべて、その見違えるまでの変貌に私は寒気を催した。険のある目は、この男がほんのわずかでも不平不満や、意見の対立があれば、迷わず暴力に訴えることを窺わせる。

「よう、しばらく」プレストコットは、まるでフランスの封建領主が身分の低い相手を見下すような口ぶりで言った。「元気でやってるか」

何と答えたか記憶にないし、今さら思い出したくもない。どうせなら、ボドレアン図書館の蔵書目録の抜粋でも聞かせてやれば、その場の気分転換にはなったろう。ジャック・プレストコットは妄想から湧いて流れる自分の長広舌《ちょうこうぜつ》に聞き惚れるのが唯一の趣味で、ほかのことにはまるで関心がない。この時も、私を捕まえて、過去の苦難や不運を並べ立て、それをどう克服したか、三十分ばかり喋り通した。後に自伝で扱う細々とした材料を網羅する形だった。実際、語句や、文章の運び方、脇道の挿話など、どれを取っても寸分違《たが》わず、この日の訪問から筆を弄《もてあそ》起こすまでの何年か、プレストコットは妄想に埋没してただひたすら決まりきった思考を弄《もてあそ》んでいたと言うほかはない。死んで地獄へ行くとしたら分相応だ。いや、私の見るところ、すでに地獄に堕している。キケロの言う通りだ。神々は狂気以上のいかなる劫罰《ごうばつ》を人に下し得ようか。

プレストコットが何しに来たのか量りかねて応対に窮した。私を友人と認めていないことは先刻承知だし、私の方から親交を深めるつもりもない。歴史上の問題で、何か私に知恵を借りたいのだと解釈して、気の毒ながら力にはなれないと辞を卑《ひく》くして断った。プレストコットは手を上げて私を制した。高慢を絵に描いたような、威張りくさった態度だった。

「資料を渡すぞ。君の意見は求めない」プレストコットは意味ありげににじわりと笑った。「この文書を預かってくれないか。いずれ、返してもらうけどな。正規に裁判を起こすことになったらだ。ただ、向こう何ヶ月か、どさくさ忙しくて、安全に保管できる立場にないもので、君が持っていてくれるとありがたい。まあ、親切はお互いさまだけれどもな。これがどこにあるか知ったら、ドクター・ウォリスは取り戻そうとするに違いないんだ」

「そんなもの、預かりたくない。どういう形であれ、君に協力する気はないぞ」

「あはぁ」プレストコットは心得顔で物々しくうなずいた。「君が書く父の伝記が出て、それによって、父がどれだけの人物だったか世に知られるとなれば、君も肩書きに箔《はく》がつく。言っておくが、決して悪いようにはしない。出版の経費はこっちが持つ。少なくとも、初版一千部。立派な装幀で、紙も思いきり上等にしよう」

「プレストコット君」私は声を尖らせた。「君は嘘吐きの人殺しだ。ここまで質《たち》の悪い人間はまたといない。君は、私にとって誰よりも大事な、この世で一番の女人を、理由もなしにあの世送りにしようとしている。頼むから、考え直してくれないか。誤りを正すなら、今からでも遅くない。治安判事のところへ行って……」

「きちんと責任を果たせばいいと」まるで私が相手の好意に形ばかり感謝を示したとでもいう口ぶりだった。「これも渡しておこう。ただし、本が印刷の段取りになるまで、このことは口外無用だ」

また押しつけられた文書をざっとめくったが、中身はまるで無意味だった。

「これをどう取るかは、君次第だ。頭の体操になるだろう」

私の狼狽《うろた》えを見て、プレストコットは露骨に笑った。「説明しなくてはな。だいぶ混乱しているようだから。これは少し前、ドクター・ウォリスの抽斗《ひきだし》からくすねたんだ」プレストコットは椅子から身を乗り出して思わせぶりに声を潜めた。「実に巧妙な暗号で書いてあって、先生、まるまる期待はずれだ。腹を立てるのも無理はない」

「その話は止めてもらいたい。私の言うことが聞けないか。どうなんだ？」

ボイル氏は真空ポンプで実験を進めた。そのことはコーラも語っている。空気が吸い出されるにつれて、中の生き物は段々に動きが鈍り、ついにはすっかり静まり返る。プレストコットは私を前に、思いのままに捲《まく》し立《た》てて、自分の意に叶う返答だけを聞き、私の言葉には耳を貸そうともしない。私は可哀想な実験動物と似たような気分だった。目に見えない壁を敲《たた》きながら声を限りに叫んだところで、何の反応もなく、奮闘努力も理解されない。

「あぁ。ウォリスは自分の器量を誇っているが、この書簡については、とんとわかりかねている」プレストコットはクックと笑った。「私には、こっちの程度を甘く見つつも、肝腎《かんじん》なことだけは話したがね。どうやらこれにはリウィウスの史書が有用で、あれを読めばすべては解明すると、ウォリスは考えている。ウォリスが自分の蔵書を読むのは勝手だが、父の手紙は読んでもらいたくない。それで、君にこれを預けるのだよ。ここを捜すことは思いも寄るまいからね」

これだけ言って、プレストコットは裁判と、翌日のジョン・ウォリスとの運命の対決に備えて座を立った。このことは双方がそれぞれ手記に述べているが、明らかにウォリスの記述の方が正しい。プレストコットがウォリスに暴行を加えてちょっとした騒ぎになり、数週間後にはボカード拘置所から伯父に付き添われて出てくる姿を見ようとハイ・ストリートに人だかりができた。鎖に繫がれて身動きも不自由なありさまだったが、拘束は一般市民への配慮もさることながら、それ以上に、当人のことを気遣った親身の扱いだった。野放しにすれば何をしでかさないとも限らない危険人物だし、かといって、処罰するにはあまりにも常人離れしている。そんなこんなで、私に言わせればプレストコットは法外なまでの厚遇を受けている。

ともあれ、私は手紙を預かった。中の一通は低地三国、ベルギー、ルクセンブルク、オランダを転々としているコーラのもとへ送達される途中、ウォリスが掠《かす》め取ったもので、極めて重要な文書だった。イタリア人のコーラがこの国へやってきた目的を明かす唯一の資料がここにある。私はろくに目を通すでもなく、その一通を脇へ置いた。今でこそ、どう読むべきか多少はわかっているが、その時はまるで心惹かれず、頭の体操どころではなかった。そこで、手順よく念入りに部屋を片付け、件《くだん》の手紙は床下の書庫の隅にしまい込んだ。無用なことに体を動かしながら、頭はそこはかとない憂愁に浸っていた。しばらくして、サラとはこれが最後となる面会に家を出た。

サラは対面を拒んだ。代わって応対に当たった看守によれば、今生に別れを告げる夜は独り静かにしたいので、会う気はないという。私は粘り、袖の下を使って請い願い、ようようもう一度取り次いでもらった。

「会いたくないとさ」看守は同情の色を浮かべた。「明日にはじっくり会えると言っているよ」

面会を拒否されて、私は悲嘆に眩《く》れた。わがままな気持で、サラを慰める機会を奪われた悲痛をただただ思い煩《わずら》うばかりだった。実を言うと、この晩、私は見境もなく飲み過ごし、それでいながら、いささかも心慰まなかった。居酒屋から居酒屋、飲み屋から飲み屋と梯子を重ねはするものの、仲間内で楽しく陽気にやっている情景は我慢がならず、顔見知りが寄ってきても背を向けて、独酌に浸った。よくあることで、どこへ行ってもきっと知り合いがいて、サラのことを根掘り葉掘り尋ねかけた。こっちは惨《みじ》めに落ち込んでいて、まともに答える気もしない。フルール・ド・リス、フェザーズ、マイターと、どこの店でも同じで、私は肩をすくめて何も知らないと言い、サラが何者だろうと私にはかかわりのないことと答をはぐらかした。どうせなら、サラは私に会えばよかったではないか。何もかも、すっかり忘れてしまいたい。酔いは私を自己《じこ》憐憫《れんびん》の塊にした。

挙げ句の果てに、ここは酔っ払いの来るところではない、と放り出され、溝に塡まってまたもや泥だらけになった。そのままじっとしているところを誰かに助け起こされた。

「ねえ、ウッドさん」耳許で、低く歌うような声がした。「今、雄鶏が啼いたようですが。この夜の夜中に、不思議なことがあるものですね」

「放っといてくれ」

「ちょっと、お話ししたいと思いまして」

ヴァレンタイン・グレイトレックスと名乗るこの見知らぬ男は私を自室に案内して、服が乾くように炉端に座らせ、落ち着き払って正面からまじまじと私を見つめた。私が口を切るのを気長に待つ素振りだった。

「治安判事に会って、サラは無罪だと話したよ。ドクター・グローヴを死なせたのは私であって、サラではないと。が、向こうは信じない」

「ほう」

「それで、ドクター・ウォリスのところへ行って、同じことを話したが、やっぱり信じてもらえない」

「でしょうね」

「というと?」

「そうでなかったら、サラは明日、死ぬことにはならないでしょう。サラは、よくご存じですね?」

「誰よりもよく知っているよ」

「聞かせてください。サラのことは、何から何まで知りたいので」

ジャック・プレストコットもこの人物のことを語っているが、グレイトレックスの声は不思議と耳に馴染んで人の心を和《なご》ませるため、話しかけられると誰しも夢見心地の安らぎを覚えて、何なりと言う通りになる。私もその口で、サラについて知っている限りを洗いざらい話した。手記に書いたこと以上に、思いつくまま、何もかも残らずだ。グレイトレックスはサラの物言いにすっかり惚れ込んで、これまでにサラが声に出した言葉をことごとく知りたがった。例の集会でサラが話したことを聞かせると、グレイトレックスは深々と溜息を吐いて満足げにうなずいた。

「何としても助けてやる」私は言い切った。「何としてもだ。きっと、手はある」

「ああ、ウッドさん。あなた、騎士道物語の読み過ぎですね」親愛を匂わせる一言だった。「敵を蹴散らして、火炙《ひあぶ》りの薪の山からグィネヴィアを助ける円卓の騎士、ランスロット・デュ・ラックに自分を見立ててはいませんか?」

「いや、州統監か、あるいは裁判長に談判して……」

「相手にされませんよ。治安判事や、そのウォリスとやらと同じです。傍聴人の全部が聞いたって、事情は変わらないでしょう。『聞くには聞くが、悟らない。見るには見るが、わからない』……と、イザヤ書にある通りです」

「それにしても、どうして大勢がサラの死を望むのだろうか?」

「その点は、すでによくご存じでしょう。わかっていながら、気持が受けつけないのです。あなたは見るだけ見たし、聖書も知っておいでです。サラ本人の言葉もお聞きですね。あなたにできることは何もありません。いえ、何もすべきではないのです」

「サラなしでは生きられない」

「懲罰です。あなた自身が蒔《ま》いた種です」

それ以上は何を言う気力も体力もなかった。深酔いで意識は朦朧《もうろう》としている。何か言おうにも、満足に口がきけなかったろう。やがて、グレイトレックスは私を引き起こして、冷えきった夜道に連れ出した。風が頬を嬲《なぶ》って、私はしゃんとした。

「煉獄《れんごく》ではありましょうが、長いことにはなりませんよ。まあ、見ていてごらんなさい。眠れるようなら、ゆっくり寝ることです。寝られなかったら、祈るのです。じきにけりがつきますって」


言われた通り、私自身とサラのために夜を籠めて祈った。神が手を差し伸べて、この世にもたらした狂気を絶つことを願った。私の信仰は不確かで、恵まれた生涯を送っている身にしては恥ずべきことだ。富と名声、権力と地位には無縁だが、その分、神は慈悲深く、貧窮と難病は免れている。何であれ、不名誉は自業自得、いささかなりとも達成を果たし得たとすれば、すべてはただただ神の思《おぼ》し召《め》しによる。にもかかわらず、私は信仰が足りなかった。冬の最中にサラを後ろに乗せて馬で夜道を駆けた時、一度だけ懐《いだ》いたあの静かに満ち足りた歓びを再び味わいたいと、私は心の滾《たぎ》るまま、一途《いちず》に祈った。少なくとも意識の片隅では、何をするでもなく、ただ避け難い情況に立ちいたるまで時間を繋いでいるだけでしかないことを知っていた。何度となく胸中の葛藤《かっとう》に揉まれて、言うことを聞かない心を静めようとすれば、ますます焦燥が募った。それにしても、私は合理主義者たちに囲まれて生きることの長きに過ぎた。奇蹟の時代は終わったという一派だ。初期キリスト教の教父たちに示された神慮の証《あかし》はこの世から消し去られて、二度ともとには戻らないとする考えだが、それは違う。神は今もって万有を掌《つかさど》り、必要とあらば人間の営みにも介入する。だが、私はこの見方を虚心に受け入れることができない。「御心の天のごとく地にも行われんことを」というマタイ伝の簡単な一句を本心からは口に出せない。私がこれを言うとすれば、「こっちの願望に叶うなら、神の意志は行われる」という含みで、祈りでもなければ、謙遜《けんそん》でもない。

祈りは届かなかった。明け方近く、考えることを諦めて枕から頭を上げた。孤独だった。誰も助けてはくれず、何よりも強く望んでいるものは与えられないこともわかっている。サラを失うと思う途端に、サラこそは私にとって誰よりも貴重な存在であり、この先どこまで行ってもそれは変わらないことが胸に迫った。私は懲罰に甘んじ、夜明けの静寂と絶望の底でおそらくは生まれてはじめて、真剣に祈った。気がつけば、心の闇は晴れ、この上ない安らぎがこの身を包んでいた。あらためて床に膝をつき、神の慈《いつく》しみに全霊をもって感謝した。

これからどうなるか、先は知れず、人間につきものの残虐行為を押し止める策があろうはずもなく、やきもき気を揉むだけ無駄だった。春は来ていたが、まだ夜明方には霜が降りる時候で、厚地の服に着ぶくれて、刑場の城へ向かう人混みに加わった。

受刑者は一人。裁判長はサラに温情をそっくり裏返しにした憎悪を燃やしていた。処刑に時間はかかるまい。城の前庭に野次馬が群れ、首縄を垂れた大樹の枝に梯子《はしご》がかかっていた。気持が沈んで、またもや処刑について懐疑が兆《きざ》したが、意志の力で疑念のいっさいを頭から閉め出した。自分が何のためにこの場にいるのかすら判然しない。ここにいることに何らの意味もないではないか。それに、サラに顔を見られたくなかった。にもかかわらず、心のどこかで、これは必要の命ずるところと考え、今しも刑場の露と消えようとしているサラにとっては、私だけが頼りだと思案した。どうしてそういうことになるのか、われながら説明の糸口も摑めないけれどもだ。

ローワーの姿もあった。ロックと、何人か大柄な男が一緒だった。中の一人は見覚えがある、クライスト・チャーチの荷物運びだ。不思議な顔ぶれだと思ったが、ローワーの目当てはすぐに察しがついた。会うのは久しぶりながら、ローワーが論考の材料にありつける機会をむざむざ見送るはずがない。性温厚とはいえ、仕事への執念はひとかたならず、陰に籠もった薄笑いを浮かべてそのあたりをうろうろしているのを見れば、面白半分で処刑の場へやってきたのではないと知れる。目当ては断末魔の一景だ。

接触は避けた。言葉を交わしたくない。欽定講座担当の教授を囲んで声高に下卑《げび》た冗談を飛ばし合っている別の一団も黙殺した。もっと注意を払っていれば、ローワーとその仲間が縛り首の木の下でひそひそ話していることや、ローワーがこれから繰り広げられる惨劇の場を見やって期待に胸を膨らませている様子から、深い意味を読み取ったに違いない。

そこへサラが引き出されてきた。鎖に繋がれ、図体の大きな看守二人に挟まれている。小柄で華奢《きゃしゃ》で、見るからにか弱いサラに大の男二人とは仰山な。衝撃は隠せなかった。サラの目はどんより曇り、顔は血の気が失せて、青黒い隈が痛ましいほどだった。艶《つや》やかに豊かだった髪はくすんで見る影もない。以前は丹精を込めて梳《くしけず》り、それが最高の、というより、それだけがサラのお洒落だったが、その髪が今はぱさぱさに乾いて乱れ、首縄の邪魔にならないように高く絡げられている。

このくだりは、コーラが私の話を筆記した聞き書きのくり返しでしかない。サラは司祭の立ち会いを拒み、自分から祈って見物衆の喝采を浴びた。それから、手短に辞世の挨拶をする中で、罪を告白しながら、そのために死ぬことになった罪条には、ついに一言も触れなかった。女丈夫《じょじょうぶ》気取りも恨み言もなく、こうした場面の受刑者にありがちな同情を請う訴えもその口からは聞かれなかった。それを言ったところで人はふり向きもせず、評価を得られまいことは当のサラが知りつくしていた。庶民大衆は勇気と謙譲の美徳に感服する。この二つは人間の最も優れた特質で、サラは生まれながらにして身に具《そな》えていた。サラはまっすぐに自分を貫いたことで賞賛を克ち得た。過酷な情況を思えば、実に見上げたものと言わなくてはならない。

さるほどに、サラは死刑執行人について梯子を登り、首に縄がかけられるのを静かに待った。いったい、絞首刑とはどうしてこうも禍々《まがまが》しくえげつないのだろうか。人の最期はもっと厳粛であって然るべきではないか。手足の自由を奪われて、木に立てかけた粗末な梯子をおろおろとよじ登らなくてはならない受刑者が、蔑《さげす》みの笑いを誘わずに果てることはめったにない。だが、この朝の群衆は笑う気分になれなかった。サラの若さと繊細な姿、物静かなふるまいが下賤《げせん》な情動を封じ、群衆はそれまで私が浸ったことのない静寂のうちに、粛然として処刑の成り行きを見守った。

太鼓が鳴り渡った。鼓手《こしゅ》は道端で遊んでいるのをよく見かける年の頃十二、三の少年二人だった。公式の場で軍楽隊が演奏する時代は去った。この日も、治安判事は兵士らを頼むまでもないという腹だった。受刑者が土地の人気者か、古顔の追《お》い剝《は》ぎ強盗、あるいは家柄の子弟という場合と違って、群衆が騒ぎを起こす気遣いはない。黒山の群衆が水を打ったように静まり返って、太鼓も止んだ。死刑執行人はいとも素っ気なく、小手先でサラを梯子から突き落とした。

「主《しゅ》よ憐《あわ》れみを」サラは叫んだが、体の重みで縄がきつく首を絞め、声が詰まって立ち消えた。群衆は同情の吐息を漏らした。宙吊りになったサラの顔は紫色に変わり、手足は小刻みに痙攣《けいれん》して、シフトドレスにじわじわと広がる染みから漂う異臭は、首縄が確実に無残な効果をもたらしていることを物語った。

こうした場面を見たことのない人種も少なくはなかろうから、これ以上は語るまい。思い出せば今も耐え難いまで心が痛むが、その場は自分でも意外なほど冷静を保った。サラが事切れると同時に、雷鳴が轟《とどろ》いて、一天にわかにかき曇った。重ねてサラと自分のために祈り、あたりを見るに忍びず、目を伏せた。

ローワーが教授の先を制して亡骸に近づこうとしていることには、今さら何を思うでもなかった。ローワーは当然、あらかじめ首吊り役人に心付けを弾んで縛り首の木の下に場所を取っていたが、母親の治療を約束することでサラの了解を得ていたことも、母親がまさにこの時、城からほんの百ヤードほどのところで息を引き取ろうとしていたことも、私は知らなかった。サラの捻転《ねんてん》と痙攣が止まったところで、ローワーは「いいか」と仲間に声をかけ、進み出て首吊り役人に合図した。役人は腰の長剣を抜き放って縄を断ち切った。

サラは三フィートの高さから、どさりと鈍い音を立てて地べたに落ち、群衆は口々に抗議の声を発した。ローワーは屈み込んでサラの息を窺い、事切れていることを確かめて、仲間一同を手招きした。「死んだ」クライスト・チャーチの荷物運びがサラを肩に担ぎ上げ、周りに手出しさせずに、群衆が騒ぎだす中を小走りに去りかけた。別の二人が踏みとどまって、教授の集団の妨害に備えた。ローワーは今一度、左右に警戒の目を配ってから亡骸の跡を追った。

庭園の広場を隔てて、ローワーと目が合った。ローワーが私の目に見たのは嫌悪以外の何ものでもなかったはずだ。ローワーは肩をすくめて顔を背けたきり、二度とこっちを向こうとはせず、天の底が抜けたような土砂降りを衝いて走り去った。

私も迷わずその場を後にした。群衆は押し合いへし合い右往左往していたが、私はそこを避けて別の道を選んだ。行く先はわかっている。サラを担いだ大男と、ローワーの後ろ姿を見失ったところで慌てることはない。

よほど急いでいたに違いない。速いに越したことはないという心だったろう。群衆は情け容赦ない気分になっていたから、それはそれで無理もない。市民大衆は処刑を神の意志として、かつ国王の正義として受け入れ、礼節が守られることを期待した。善悪に厳密な市民大衆にとって、賤《いや》しいふるまいは許されない。死刑を宣告された罪人は死ぬしかないが、丁重に待遇しなくてはならない。ローワーは犠牲者を傷つけ、市民感情を害した。捕まれば、袋だたきに遭うことは目に見えている。

だが、ローワーは周到に手を打っていたため、そういうことにはならなかった。ボイルの研究室の裏階段を上がる手前で追いついた。

ローワーの仕業《しわざ》を思うと寒気がした。もとより、その論法は承知だし、何であれ好き放題の談義にはあらかた賛同する習いだったが、今度ばかりは腹に据えかねた。これまで自分のしたこと、しなかったこと、あれこれ考え合わせれば、私はとうの昔に判断を下す権利を放棄したと言うべきかもしれない。にもかかわらず、正義は約束されないまでも、せめて体裁だけは取《と》り繕《つくろ》う覚悟で、階段を上がった。

群衆がクライスト・チャーチではなく、この建物と悟った場合に備えて、ローワーは手回しよく見張りを立てていた。部屋を閉め切って、身の毛もよだつ残虐行為を邪魔されない用心だ。私は満身の力でドアを押し開け、閂《かんぬき》がかかる間際に躍り込んだ。

「ローワー」目の前の陰惨な光景に、声が上ずった。「止せ」

介添えのロックと、手仕事の実際を受け持つ床屋が顔を揃えていた。サラはすでに身ぐるみ剝がれて、私が朝夕慣れ親しんだあの麗姿をテーブルに横たえていた。床屋はサラをぞんざいに水拭きして刃物を構えた。絶え果てていることは疑いない。気の毒に、生気を奪われてもはや動くこともない体は白茶け、喉元の赤黒い蚯蚓腫《みみずば》れと、首を扼《やく》された苦痛の表情だけが持ち前の美貌を台なしにして、サラがどれほどの難儀を味わったか、如実《にょじつ》に示していた。

「しっかりしろ、ウッド」ローワーはうんざりした顔で言った。「もう死んでいる。魂は肉体を去った。この上、危害を加えるような真似はできない。言うまでもないだろう。君が思いを寄せていたことは知っているが、もはや手遅れだ」

ローワーは親切ごかしに私の背中を叩いた。「なあ、ウッド。ここは君の見るところじゃあない。言うことを聞いて、さっさと失せろ。君のためだ。悪いことは言わない」

腹立ち紛れにローワーの手を振り払って後ずさった。ローワーが獣染《けものじ》みた本性を現すように仕向けたつもりだが、反面、私が目の前にいることでローワーは自分の邪悪なふるまいに思いいたり、蛮行を控えるのではないかと、愚かしい計算もおそらくはあった。

さてどうしたものかと思案の体《てい》で、ローワーは私の顔を覗き込んだ。ややあって、背後でロックが咳払いした。

「時間は限られているぞ。治安判事は一時間の猶予を与えたが、時間はどんどん経っていく。われわれはここと、野次馬どもが嗅ぎつけたらどうなるかとはかかわりなくだ。肚《はら》を決めろ」

ローワーは渋々テーブルに戻り、ほかの者たちは部屋を出るように合図した。私は跪《ひざまず》いて、この悪夢が去ることを祈った。前夜あれほど祈った甲斐がなかったにもかかわらず、心を入れてひたすら祈った。主なる神の濁世《だくせい》に示現《じげん》し給《たま》い、わが身はともあれ、かの罪なき婦女を憐れみ給わんことを。

と、そこでローワーはサラの胸にナイフを置いた。「いいな」

ロックがうなずき、ローワーは迷いのない巧みな手さばきで切開に取りかかった。私は目を閉じた。

「ロック」瞼《まぶた》の裏の闇に、ローワーの怒声が響いた。「どういうつもりだ？　手を放せ。気は確かか」

「ちょっと待て」

私がついに好意を懐くことのなかったロックは死体の上に屈み込んだ。怪訝《けげん》な表情がその顔をよぎった。次いで、また覆いかぶさるように身を屈めてサラの口に耳を寄せた。

「息をしている」

多くを語るこの一言に、私は涙を堪《こら》えきれなかった。ローワーは後に自身の見解を述べている。死体を確保することに急なあまり、縄を切るのが早すぎたという。見た目には命が果てたものの、落差はわずかで、首綱はほんの一時、人事不省を招いたに過ぎない。耳に胼胝《たこ》ができるほど何度となくこの説明を聞かされて、事情はすっかり知れている。ほかにも言うことはあるのだが、私はあえてローワーに異論を呈することは差し控えた。ローワーは一つことを信じている。私の解釈とは別である。私は史上、類のない奇蹟を目《ま》のあたりにした。眼前に復活を見たのだ。神の霊気が部屋に満ち、かつてサラの心を支えた鳩が舞い戻って、今またその魂に羽ばたきかけた。ひとたび絶えた生命を復活する力を、人間は授かっていない。医者といえどもだ。ローワーはこれをもってサラは死んでいなかった証拠だと主張するが、死亡を確認したのは当のローワーで、その後、この一件の検証に誰よりも深く、きめ細かくかかわっているではないか。奇蹟の時代は去ったと人は言う。私もそう信じていた。だが、それは違う。奇蹟は起こる。ただ、われわれ現代人は説明をこじつけることに巧みになっている。

「さあ、どうしよう」ローワーは極度の狼狽《ろうばい》と驚嘆が一つになった声で言った。「このまま、殺すか?」

「何だって?」

「死刑を宣告されているんだ。生かしておけば、必然の運命を先延ばしするだけで、私の立場がない」

「しかし……」

私は耳を疑った。これほどの驚異を間近に見ていながら、冗談を言っている場合だろうか。明白な神の意志に逆らって人を殺せようはずがない。私はローワーに食ってかかろうとしたが、立つことも、口をきくこともできず、ただ座ったまま成り行きを見るしかなかった。それというのは、神はほかにも思惑があるように察せられたからである。この機会を捉えさえすれば、ローワーは面目を施《ほどこ》すだろうではないか。

「頭を殴るか。脳を損傷しない程度に」神経質に顎をさすりながら、しばらく考えてローワーは声を落とした。「首を搔《か》っ斬《き》ろう。それしかない」

ローワーは再びナイフを摑んだが、迷ってその手を放した。「できない。知恵を貸してくれ、ロック。どうすればいい？」

「考えてみれば……」ロックは言った。「人の命を守るのが、われわれ医者の役目だ。命を奪うのは、医者のすることではない。違うか？」

「しかし、法的には、もう死んでいる」ローワーは言い返した。「こっちは、やるべきことを、きちんとやっているだけだ」

「と、君は、死刑執行人か？」

「この女は死を宣告されているんだ」

「そうなのか？」

「何を今さら」

「けどな」ロックは口調をあらためた。「判決は絞首刑で、事実、受刑者は吊された。しかし、事切れるまで吊しておけとは、判決のどこにも言っていない。なるほど、普通ならその点は問題なしで、ただ、刑が執行されたで済む話だろう。が、この場合は違う。宙吊りは刑罰に必要不可欠の過程とは言えない」

「同時に、死体は焼却することとされている」ローワーは言い募った。「絞首刑は当人の苦痛を除去するためでしかない。それとも、咎人《とがにん》を薪の山へ上げて、生きながら焼けと、君は言うのか？」

二人が議論する間、放ったらかしにされていたサラが低く呻《うめ》いて、ローワーははっとふり返った。

「絆創膏だ」医者に返ってローワーは言った。「切ったところを手当てしよう」

それから五分ほど、ローワーはてきぱきと応急処置に手際を見せた。幸い、傷は浅かった。ロックと二人がかりで、肩を貸して患者を起こした。サラは大儀そうに座ってテーブルの端から脚を垂らした。首が据わるように、ロックが深呼吸の間合いを見計らい、ローワーが衣装を運んで、そっと優しく着せかけた。

テーブルに横たわっている亡骸と違って、座って息をしている女の命を絶つなどは、まず思いも寄らぬことことではないか。処置が済むと、ローワーはまるでそれまでとは別人だった。何かにつけて、本来の情け心が我欲に圧迫されているローワーだが、この時に限っては好漢ぶりが幅をきかせ、何と思ったか、サラを患者扱いしながら、そうと気づいていなかった。自分が庇護する相手のためとなると、ローワーは手加減なしである。

「さて、どうするかな」この間に、通りの人声は次第に膨れ上がり、今や群衆の喧噪は割れ返るほどだった。ロックは窓から首を突き出した。

「野次馬どもだ。きっと騒ぎだすと、言ったろう。雨が足留めしているからいいようなものの」見上げる空は鈍色《にびいろ》だった。「それにしても、まあ、よく降るなぁ」

サラがまた呻き、前屈みに肩を揺すって激しく嘔吐した。ローワーがブランディを含ませ、軽く頰を敲いて飲ませようとしたが、サラはますます吐くばかりだった。

「外で騒いでいる者たちにこのことを話したら、あいつら、君がよかれと思ってしたことに対する反感の顕《あらわ》れとしか言わないぞ。その上で、サラを火炙りにして、一歩も近寄せまいと守りを固めるに違いない」

「引き渡すなということか」

　私は二人のやりとりをただ黙って聞いていたが、いつかまた声が楽に出るようになった。これで話が進む。何をするにもせよ、みんなが一致することが先決だ。

「引き渡しては駄目だ。サラは何も悪いことはしていない。飽くまでも潔白だ。ああ、そうだとも。ここで引き渡したら、君は患者を見捨てるばかりか、神が目をかけた罪科もない真人間を見捨てることになる」

「間違いないか？」ロックはここではじめて私に気づいたとでもいう顔でふり返った。

「法廷でこれを言おうとして、野次り倒されたがね」

「君がどうしてそこまで知っているかは問わない」ロックは穏やかに言った。その鋭い目を見て、ロックがいかにして、ここに人物ありと言われるまでになったか、私は一も二もなく納得した。大方の知識人よりよほど視野が広く、洞察の深い男だ。何も言わずにいてくれたことに、以来ずっと感謝している。

「いいだろう」ロックは言葉を接いだ。「ただ問題は、われわれ、絞首台のサラに取って代わることになるかもしれないことだ。腹は太いつもりだが、そうは言っても、患者のためにしてやれることには限界がある」

　ローワーはえらく取り乱した様子でうろうろしながら窓越しに空を見上げ、サラ、ロック、そして私、と順に顔色を窺って、話が途切れたところで低く呼びかけた。

「サラ」何度目かでサラは顔を上げ、二人は正面から向き合った。サラの目は毛細管が破裂して真っ赤に充血した上、灰白色の肌と相俟《あいま》って、身の毛もよだつほどの鬼気を宿していた。

「聞こえるか？　口がきけるか？」

かなりの間があって、サラはこっくりした。

「これから訊くことに答えるんだ」ローワーは片膝をついてサラに顔を近づけた。「これまで何を言ったにせよ、今度ばかりは、ありのままの事実を話さなくてはいけない。君だけでなく、私らの命と魂がそれにかかっているのだから。グローヴ博士を亡き者にしたのは、君か？」

私は事実を知っているが、サラが何と答えるか、その時になってみないことには見当がつこうはずがない。またしても長い時間を隔てて、サラは首を横にふった。

「告白は、偽りだったと？」

これには小さくうなずいた。

「信念にかけて誓うか？」

サラは重ねてうなずいた。

ローワーは立ち上がって、深々と溜息を吐いた。「ウッド君、この人を二階のボイルの部屋へ。人が入ったとわかるとうるさいから、散らかさないように。身なりをととのえて、髪を刈るんだ」

私が戸惑うのを見て、ローワーは眉を顰《ひそ》めた。「なあ、ウッド君。頼むから、医者が人一人の命を助けようとしているところへ疑いを差し挟まないでくれないか」

私はサラの手を引いて部屋を出た。背後でローワーが声を潜めた。「隣の部屋だ、ロック。大博打だが、まあ、一か八かだ」

サラはどことといって悪いところがあるふうでもなかったが、私がローワーに言われたようにする間、ただ黙って空を見つめるばかりだった。鋏なしで髪を刈るのは容易なことではない。自慢の髪を削《そ》がれる方もさぞかし辛かったろう。ローワーが何を考えていたにせよ、サラに苦痛を与える意思はなかった。とにもかくにも、言われるだけのことをして、後片付けには入念を期した。

隣り合って手を取った。この場にふさわしい言葉は思い浮かばず、私は無言のまま、わずかばかり握る手に力を加えた。微かに握り返すのがわかった。それで充分だった。私は身じろぎもせずにいるサラの胸に額を預けて、堪《こら》え性《しょう》もなく噎《むせ》び泣いた。

「本当に、私はあなたのもとから去ると思って？」かろうじて聞き取れるだけのか細い声だった。

「それ以上は望めなかったよ。こっちにとって、君は過ぎ者とわかっていたから」

「私は誰？」

生涯で最も輝かしい瞬間だった。この問いが出るまでのすべて、その後の人生、かくもあらんかという見通しはいずれもただの付け足しでしかない。これが最初で最後だったが、私は何の疑念もなく、思慮や計算を弄ぶまでもなかった。考えを要さず、証拠調べも無用で、もっとささやかな問題の解釈に求められる明々白々たる事実を揺るぎない確信をもって述べればよかった。世の中には、あまりにも当然で、検証は余計、論理は笑止千万ということがある。真実は信ぜられんがために現前する。人間には不相応なまで非の打ちどころない賜り物と、私にはわかっている。それだけの話だ。

「君は救済者、生き神さまだ。聖霊から生を承《う》けて、東方の三博士に祝福された人の子の再来だ。迫害され侮辱され、虐待され、人類の罪を背負って死んだ後に復活したキリストの例が前にある。人類の各世代ごとに、またまたあることだ」

これを聞けば、人は私の狂気を疑ったろう。この発言で私は同胞の円満な社会から離反して、自分一人の平穏に浸り込んだ。

「このことは誰にも言わないで」サラは低く言った。

「怖いよ。君を失うことには堪えられない」内心、私は自分の身勝手を恥じていた。

サラはほとんど気にも留めない素振りだったが、おもむろに乗り出して私の額に接吻した。

「恐れては駄目よ。何を恐れることがあるものですか。あなたは私の大事な人。私の鳩。誰よりも身近なお友達よ。捨てるなんて、とんでもない。ないがしろにするはずがないわ」

これがサラの口から私に向けられた最後の言葉だった。手を取り合って敬慕の念を新たにするところへ街路の喧噪が伝わってわれに返り、サラがぼんやり空を見やっているベッドを離れてローワーのところへ戻った。すでに私はサラの意識から消え失せたかのようだった。

階下の一室の光景は凄惨《せいさん》を窮め、事情を知っている私ですらたじろがずにはいられなかった。ローラがここへ踏み込んで、サラの亡骸を見たと思った時の驚愕はいかばかりだったろう。ローワーはエイルズベリから運んだ死人を切り苛《きさいな》み、さんざんに扱って、頭部の損壊は顔の見分けもつかないありさまだ。ローワー自身、この残虐を本当らしく見せるためにロックが殺した犬の血を浴びている。窓を開け放って風を入れているにもかかわらず、強烈なアルコール臭は耐え難かった。

「なあ、ウッド」ローワーは険しい表情で私をふり返った。「誰か、この絡繰《からく》りを見抜くだろうか?」言うなり、ローワーはナイフで死体の目をこじった。目玉は眼窩《がんか》から抜け落ちて腱の先にぶら下がった。

「髪を削いだが、何しろ、ひどい目に遭っているという意識が先で、身じろぎもままならない気色だった。で、これからどうする?」

「隣の部屋の戸棚に、ボイルの使用人の衣類がある。いつもの場所だ。あれを拝借しよう。身なりをととのえて、見られないように、ここから連れ出すんだ。支度が終わるまで、二階で静かにさせておけ。顔を見られては駄目だ。誰かいると、疑われるだけでもまずい」

再び階段を上がり、時間をかけて支度を手伝った。サラは黙って私のするに任せた。それが済んで、私はクロスの薬局の裏手から露地を下り、マートン街沿いに自宅へ向かった。

途中、フェザーズの店に寄った。気を静めて、頭を整理したかった。と、そこへコーラが寄ってきた。草臥《くたび》れきった様子で、処刑の次第を知りたがった。肝腎な細部は伏せて一通り話して聞かせたが、悲しいかな、コーラはそれを自分の輸血の論の証左と取った。血液提供者の死は必然の結果として、輸血を受ける側をも死にいたらしめるという考え方である。明らかな理由から、私はコーラの論理に致命的な誤りがあることを説く気にはなれなかった。

コーラはまた、サラの母親の死も伝えた。サラの悲傷を思うと胸が痛んだが、私はあえて気持をほかへ向けた。コーラがローワー相手に議論を吹っかけるのを聞き捨てて家に戻ると、母がキッチンにぽつねんとしていた。サラの運命を悲しんで、母はこのところ、祈っていなければ、炉端で孤愁に耽《ふけ》るようになっている。この朝も、何やかやとあったにしてはまだ八時前だったが、母は人が座ることを許さない自分だけの椅子にかけ、意外や、誰もいないために気が緩んでか、手放しで泣いていた。とはいえ、泣いてなんぞいるものですかと向きになるのは知れているから、私も気づかないふりを装《よそお》った。恥をかかせたくはない。あれだけの驚異を目のあたりにして、正常な暮らしが続くものかどうか、それに、私だけが知っていて、ほかは誰も気にしないとはどうしたことかと訝《いぶか》ったのを憶えている。

「終わったの？」

「ひとまずはね。母さん、ここは一つ真面目に訊くけれど、サラを助けるためにできることがあったとしたら、何をしたかな？」

「何でもよ」母はきっぱり答えた。「言うまでもないでしょう。何でもするわ」

「逃亡を助けて、法律違反を問われても？　サラを見捨てはしない？」

「もちろんよ。間違った法律に何の意味もないわ。無視するだけのことよ」母の口から似合わない言葉と思ったが、これは前にサラが言ったことだと気づいた。

「助けるつもりかな？」

「私では、手が届かないわ」

「そうだな」

母はそれきり口を噤んだ。私は気が急《せ》いて、出るままに言った。「サラは一度死んで、生き返ったよ。今、ボイル氏のアパートにいる。生きているとは誰も知らない。知られてはならない。口外無用だ。落ち延びるように、計らう算段だ」

この時ばかりは、私を前に威厳を取り繕うまでもなく、母は両手を握りしめて椅子の上で体を前後に揺すった。「生き返ってよかった。神の思し召しよ。神を讃えなくては」涙が頰を伝い落ちた。私は手を取って母の気持を引き戻した。「街を出るまで隠れていなくては。ここへ連れてきていいかな？　書斎に隠すとして、告げ口はしないでくれるね？」

もちろん、母は固く請け合った。私が何かを約束するよりもよほど確かだったと思う。私は母の頰に接吻し、日暮れには戻ると言い置いて家を出た。母はそそくさとキッチンに立ち、サラを迎えて祝賀の宴を張るべく、野菜や冬の最後のハムをテーブルに山と積んだ。

不思議な一日だった。ローワーと、ロックと私、朝のうちは何かと忙しなかったが、その後はこれといってすることもなく、暮れ方まで暇を持てあました。ここへ来ていろいろあって、ローワーはロンドンへ移ることにした。地元での評判は芳《かんば》しからず、ほかで一から出直して身を立て、名を挙げるほかに選択の道はない。エイルズベリで金で買った女の死骸は城へ運んで積み薪で焼却した。ローワーは気力を取り戻して、女はアルコール漬けだから、建物が炎上しなければ幸いだと冗談を言うまでになった。私はコーラから、ブランディ夫人を埋葬する費用を渡されていた。

埋葬に胸は痛んだが、手間はかからなかった。サラの悲運に同情が集まり、母親を丁寧に葬ることでいくらかなりと埋め合わせをと、手伝いを買って出る有志は少なくなかった。謝礼も約束されているとあって、人手は容易に集まった。私は聖トマス寺院の司祭に同夜の葬儀を頼み、司祭は寺男に段取りを命じた。聖トマス寺院もこの司祭も、故人の希望ではなかったろうが、ならば、ほかに誰がいるかとなると私には知恵がなく、地元で名の通っていない聖職者を担ぎ出せばことは面倒だ。無用の混乱は避けるに越したことはない。葬儀は八時と話が決まって、私は司祭と別れた。司祭は寺男に教会墓地の寂れた一画、間違っても上流階級が埋葬されることのない片隅に穴を掘るように言いつけた。

私はサラに事情を語る厄介な役割を、すっかりどこかに置き忘れていた。いや、いずれは話さなくてはならないと知りながら、ついつい先延ばしにする格好だった。ローワーはすでにコーラからあらましを聞いて、えらく気を悪くしていた。

「わからないなあ。ブランディ夫人は加減が悪くて、ずいぶん弱ってはいたが、最後に会った時はまだ死ぬほどではなかった。いつだ、亡くなったのは?」

「さあねぇ。コーラ氏から聞いたのだが。看取ったのだろうな」

ローワーは顔を曇らせた。「そうか。あの男が殺したに違いにない」

「ローワー。何てことを言うんだ」

「故意にとは言っていない。だが、あの男は頭でっかちで、何をするにも理屈が先だ」ローワーはますますむずかしい顔で深く溜息を吐いた。「私としても、この話は辛いぞ、ウッド。だって、そうだろう。あの患者は私が診《み》なくてはいけなかったんだ。コーラが輸血の量を増やす考えでいたのを知っているか？」

「いや」

「そうなんだ。もちろん、思い止まらせることはできない。向こうの患者なのだから」

「療治が間違っていたか」

「必ずしも、そうは言えない。ただ、われわれ仲違《なかたが》いして、以後、かかり合いたくなかった。ウォリスに言わせると、コーラは過去に何度となく人の発想を盗んでいる。このことは君にも聞かせたな」

「何度となく？」

「ああ、そうだとも」ローワーは重ねて不快を表した。「これ以上に質《たち》の悪いことがあるか？」

「コーラは市民の反乱に火を点《つ》けて、国家の転覆を謀《はか》るイエズス会の策士かもしれない」私は遠まわしに言った。「それこそは、いよいよ悪質と見做《みな》されるのではないかね」

「私は見做さない」

この一言でそれまで高まっていた緊張が解けて、ローワーと私は正体もなく笑い崩れた。何がそんなにおかしいのか、私たちは肩を抱き合い、背中を叩き合って、涙を流して笑った。ローワーは床に仰のけになって肩で息をし、私は膝の間に頭を突っ込んで腹を捩《よじ》ったが、目がまわって顎が痛くなった。笑えば笑うほど、ローワーが気に入った。お互い、性格はかけ離れているし、ローワーは時として無愛想が服を着たような男だが、この気持に嘘はない。ローワーは愛すべき好漢だ。

笑うだけ笑って涙を拭いたところで、ローワーはサラをどうするかに話を戻した。笑っている場合ではない。

「片時も早く、オックスフォードを去ることだ。いつまでも私の部屋にはいられない。髪を切ってはいるが、顔を見れば誰かわかる。じゃあ、どこへ行って、どうふるまえばいいか、となると、考えが浮かばない」

「今そこに、金はいくらある？」

「ざっと、四ポンドかな。あらかたは、君と、サラの母親の薬代として、コーラに渡すはずの金だ」

ローワーは取り合わなかった。「患者の不払いはよくあることだ。今にはじまった話じゃあない。ああ、そうだとも。こっちから、二ポンド出そう。二週間先に年金が入るから、また二ポンド」

「そこを四ポンドにしてくれたら、四半期の手当から差額は返すよ」

ローワーはうなずいた。「それで十ポンドだな。サラの懐事情から言っても、豊かにはほど遠い。さて、そこで……」

「そこで、何か？」

「弟がクエーカー教徒なのは知っているな？」

ローワーは照れるでもなく、さらりと言った。これを口に出すには非常な抵抗があることを私は知っている。ローワーと親しく付き合っていながら、兄弟がいるとは知らない友人はいくらもいる。それほどまで、ローワーは家族関係のせいで自分の名が廃《すた》ることを恐れている。かつて一度、その弟に会ったが、私は好感を懐いた。風貌はローワーとそっくりだが、表情が違う。兄から陽気な笑いを取り去った性格と言ったらよかろうか。クエーカー教徒の間では、笑いは罪とされている。

私はうなずいた。

「弟は志を同じくする仲間と、攻撃に曝《さら》されない場所へ行って活動している。マサチューセッツだの、どこだのといったところだ。弟に手紙を書いて、サラ・ブランディを引き受けてもらってもいいぞ。サラは誰かの使用人か、親類を装って移動すればいい。向こうへ行って、その先は自分の才覚で何をしようと、どう生きようと、好き勝手だ」

「何も悪いことをしていない人間には酷な仕打ちだな」

「自分の意志で出かけていく者たちの多くは悪いことをしていない。その上で、新天地を目指すのだな。サラは友人に恵まれることだろう。ここにいたら、とうてい知り合うことのない共通な感性の持ち主と親交を結ぶはずだ」

何やかやといろいろあったが、サラと別れてそれきりになることを思うと胸が塞《ふさ》いで、ずいぶん駄々をこねたりもした。だが、ローワーは正しかった。あのままイギリスにいれば、遅かれ早かれ、サラは正体を見破られたろう。父親の旧知、オックスフォードからの旅行者、代々の卒業生など、顔見知りは数多い。サラはいつ何が起きるか予断を許さない不安な暮らしを強《し》いられたが、それは私も同じだった。法律の見地から、私たちのふるまいがどのように解釈されるかは知らないが、判事の多くは自分たちの特権を妨げる存在を胡散《うさん》臭く思っているに違いなかった。サラは死の宣告を受けながら生きている。さしもの論客、ロックもここを無難に言い抜ける話術の備えはなかった。

そこで、少なくともこれからの段取りをサラに伝えることでみんなの意見がまとまった。サラの同意がないことには話が進まない。言い出したのはローワーで、反対者を説得して逃亡の手配をするのもローワーの役目だった。私は葬儀の準備がととのっていることを確かめに聖トマス寺院を訪ねたが、礼拝に立ち会うのは自分一人だろうと勝手に思い込んでいた。

サラは母親と別れたくないという理由でこの予定に難色を示したが、母親はすでに亡くなっていることをローワーが話して、ようよう納得した。自身の裁判では気丈なところを見せたサラも、母親の死を知って弱みをさらけ出した。ここは、ローワーは人を慰めるのにうってつけではないと言うに止めておこう。親切で、常に最善を目指すローワーだが、何をもってしても和らげる術《すべ》のない悲痛に直面すると、突《つ》っ慳貪《けんどん》なほどまで不人情に傾く嫌いがある。冷酷非情とも言えるぶっきらぼうな口のきき方は、ただことを面倒にするだけだ。

葬礼には列席するとサラは言い張り、それは無分別とローワーが強くたしなめても、頑として意志を枉《ま》げなかった。これについては、私の母がサラを庇《かば》い、リチャード・ローワーが何と言おうと、自分が教会へ連れていくと、付き添いを買って出て話が決着した。

三人の顔が揃って、私はげんなりした。ローワーは不安げでそわそわと落ち着かず、母は額に険を帯び、サラは生気が失せてぼんやりと無表情なありさまではないか。少年の身なりで帽子を目深《まぶか》にかぶっているが、私は司祭が今にも祈禱書《きとうしょ》から顔を上げ、目を丸くして墓守を呼びに走るのではないかと気が気ではなかった。しかし、司祭は何食わぬ顔で、一本調子の早口で祈りを唱えるだけだった。これが上流夫人ならいざ知らず、貧しい教区民であれ、誰であれ、日頃から見下している婦女子が相手となると、誠意を尽くす気など薬にしたくともありはしない。白状すると、横面を張って、もっと真面目に務めを果たせと言ってやりたかった。自慢できた話ではないけれども、司祭がこんなふうだから、信者がほかの教会へ流れるのも無理はない。一通り済んで、司祭は祈禱書を閉じて素っ気なくうなずき、ひったくるように謝礼を受け取って、後をも見ずに立ち去った。故人は異教徒だし、聖職者の立場でするだけのことはしたから、墓のほとりの儀式はこれまでという割り切りようだった。

ローワーは私以上に司祭の無愛想に腹を立てていたと思う。もっとも、故人の類縁が列席していると知っていれば、司祭もいくらかは思い遣りを見せたろう。そうとは知らなかったばかりに配慮を欠いて、葬儀はさんざんだった。サラにはいっそう辛いことだったに違いない。私はせいぜいサラを慰めた。

「故ブランディは母思いの娘、友人、何かと力を貸した知人たちに見送られて不帰の旅に発つ。いいではないか。故人にはそれがふさわしい。どのみち、墓を前にあんな司祭の心にもない祈りは聞きたくなかったはずだ」

ローワーと私は棺を牽いて、蠟燭《ろうそく》一本の明かりを頼りに暗がりでよろけながら、寺院を出た。ドクター・グローヴの埋葬の際に起きた椿事《ちんじ》を超える怪異は、まずもって想像のほかだが、少なくとも司祭が立ち去って、私たちは気持が一致していた。

私は弔辞を仰せつかった。ローワーは故人をよく知らず、サラは口がきける状態ではない。何を言っていいやら迷ったが、頭に浮かぶに任せて出るままを喋った。故人との付き合いは晩年ほんのしばらくで、信仰も違うし、政治思想はこれ以上ないほどかけ離れている。それでも、私は故ブランディを勇気ある優れた人物と褒めた。正しいと信じるところに従い、真実の探求を怠らない人だった。良妻と言われるのを嫌うことはわかっていたから、それは避けたが、亭主にとっては誰よりも頼れる身方だった。心から夫を愛し、あらゆる面で支えとなって期待に応えた。二人は心を合わせて子育てに励み、娘をそんじょそこらにはいない勇敢で真摯《しんし》、かつ心優しい好人物に仕立て上げた。そのふるまいにおいて、ことごとに造物主を讃え、祝福を受けた。司祭や牧師の言うことはいっさい信じなかったから、来世を考えはしなかったが、この点は間違っている。やがては主の御手に抱かれて安らぐはずではないか。

私の話は故人の横顔を語るよりはサラの機嫌を取るのが主で、支離滅裂の寄せ集めだった。とはいえ、中身に偽りはなく、いまも気持は変わらない。故ブランディの人柄や、信仰、哲学、身分、行動を考えると、ただ立派だの、上品だの、高潔という評価では括《くく》れない。もとより、そうした徳目すべてを兼ね備えているからだ。私は人の評価に左右されて考えを変えるつもりはない。

弔辞が済んで、ややぎごちない沈黙が蟠《わだかま》ったところで母がサラを引き寄せ、遺体の顔を覆っていた布を払った。雨の強い日で、冷たく濡れた大地に横たわる亡骸に黒ずんだ泥水が繁吹《しぶ》く情景は言おうようもなく悲惨だった。私たちが一歩下がって見守る中で、サラは跪いて低く祈り、亡き母の額に接吻すると、故人が一張羅《いっちょうら》にしていたボンネットから零《こぼ》れた乏しい髪を直した。

サラが立ち上がるのを待って、ローワーは私を促し、二人して亡骸をそっと姿よく塚穴におろした。サラが娘として最後の務めで遺体に土をかけ、みんなそれに倣《なら》って、最後にローワーと私で努めて手早く穴を埋め戻した。すべてが終わると私たちは泥まみれで濡れそぼち、体は冷えきっていた。後は日常に返って世俗と交わるほかに、するべきことは何もなかった。

例によって、ローワーは私よりはるかに要領よくてきぱきと立ちまわった。ボイルの馬車を借りたのは、あれだけ顔の広い人物の乗り物なら、夜の夜中でも見回りの役人に止められる気遣いはなかろうという賢明な判断で、馬も二頭、抜かりなく雇っていた。オックスフォードから遠く隔たって安全なレディングへサラを連れていく考えで、とりわけこの二つの街は今のところ緊密な友好を維持していないことも計算のうちだった。レディングで、弟と懇意の非国教徒一族に匿《かくま》ってもらえばサラの秘密は守られる。少なくとも、他所へ事情が漏れることはない。ローワーの弟が帰国してドーセットへ戻る途中、レディングに立ち寄る折りを見てそれまでの経緯を話せば、サラはその手引きで、非国教徒をイギリスから送り出す最初の船に乗れるということで話がまとまった。

サラとの別れと、瞼に残る面影を語る気にはなれない故、ここは話を端折《はしょ》ることにする。

十日後、サラはローワーの弟の案内でプリマスから乗船した。

これが、サラが人前に姿を見せた最後だった。アメリカへ着いた船にサラは乗っていず、途中で転落したとされているが、その頃、船は海が凪《な》いで錨泊していたし、乗客は多数だったから、誰も事故に気づかなかったとは考え難い。何はともあれ、サラはある晴れた日、神隠しにでも遭ったように忽然と消息を絶った。

第十二章

ここまでが、私の知るサラ・ブランディのすべてである。この上、何を語ることもない。信じる、信じないは人それぞれだ。

残るは件《くだん》のイタリア人がイギリスで何をしていたかを述べて話を結ぶだけに過ぎない。私は自分の無知を棚に上げて口角泡を飛ばす輩《やから》がただ侮蔑を買うしかない現実を目《ま》のあたりにした。端正直、それにくらべてさほど重要とも思えない話だが、いずれも一連の経過の断片であり、端緒でもあるから、あらましを記して肩の荷をおろしたい。

サラがオックスフォードを去った翌日、ロンドンへ移った。依然として、絶望の底で幻想を追っていた。居所と、付き合う仲間を変えて気分転換を図ることで塞《ふさ》ぎの虫を追い払えと、強く勧めたのはローワーだった。気が抜けてぼんやりしていた私は、抵抗するより楽をして助言に従った。ローワーは荷造りをしてくれた上に、カーファックスで馬車に乗るところまで見送ってくれた。

「楽しくやれや。何もかも、おそらくは君が思っていたよりはよくなっていると認めることだ。過去は忘れろ」

　当然ながら、なかなかそう簡単にはいかなかった。それでも、長らく文通を交わしている知友を訪ねたり、それぞれが取り組んでいる課題に関心を向けるように努めた。収穫はなかった。ほかにもっと大事なことがあるとも思えたし、私の打ち解けない態度は蔑視、あるいは傲慢《ごうまん》と誤解されたかもしれない。普通なら非常な刺激となることがらが、面白くもおかしくもない。ちょうどその頃、ハートフォードシャーの石切場で大きな化石人骨が発見されて話題になった。かつて巨人種が地球上をのし歩いていたという聖書の描写の正しい証拠ともてはやされたが、私は興味が湧かなかった。友人のジョン・オーブリは親切にしてくれたが、ソールズベリやエイヴベリの環状巨石群遺跡について学問知識をひけらかすことにはいささか閉口した。王立協会の集まりに招かれて、これを断り、以後はぱったり招待されなくなった。

　ロンドンへ出て二日目の夜、チープサイドで「ベルズ」という安ホテルの前を過ぎ、コーラの本でこの名を見たことがあるのを思い出した。サラと面識があり、かつ私と似たような体験をした誰かに会えはしないかと思うと、寄ってみたい誘惑は退《しりぞ》け得なかった。サラの最期にいたるまでの人間関係の連鎖について、知りたいことは山とある。

後にカトリック教徒とわかったホテルの亭主はコーラの名を知らなかったが、イタリア人の客と言うだけで、だだっ広い一室に通された。コーラはイギリスに着いたその日からその部屋を独占しているという。

私の顔を見たコーラの驚きは一通りでなかったが、私が話しかけて、二度びっくりした。

「今晩は、神父さん」

聖職者の身でコーラはこれを否定できず、私に抗議することもならず、声を荒らげて何かを主張するでもなかった。それどころか、恐怖を露わに私を見つめた。私は身柄を拘束するために送り込まれた暴漢で、今にも武器を帯びた集団が階段を踏み鳴らして傾《なだ》れ込《こ》み、狼藉《ろうぜき》におよぶと思ったに違いない。だが、けたたましい足音も、せっつくような叫喚も聞こえはせず、コーラが窓際に立《た》ち竦《すく》む一室はひっそり静まり返っていた。

「どうして私を神父と呼ぶね?」

「だって、その通りでしょうが」いったい、ほかの誰が聖香油と聖水と聖遺物を隠し持ってうろうろするものかとは、私は言わなかった。いったい、宗教上の誓いを立てて独身を通している神父の誰が、自分の激しい欲情を知って恐懼《きょうく》におののくだろうか。いったい、どこの司祭が、死にかけている女を見て密かな善意から、その肉体ではなく魂の救済を懇願して、終油の秘蹟を授《さず》けるだろうか。

コーラはおもむろに腰をおろし、なおも不意打ちを警戒するかのように、隙のない構えで真っ向から私を見た。

「ここへは、何の用があって?」

「あなたに危害を加えるつもりはありませんよ」

「なら、何のために?」

「話をしたいと思いまして」

陰悪な情況に追い込んだことを気の毒に感じて、断じて悪意はないと納得がいくものならと、できるだけ下手《したて》に出た。コーラは私の言葉よりも表情から誠意を汲み取ったと思う。言葉も顔も偽りということもあり得ようが、私の場合、それはない。現に私はどんな単細胞でもすんなり通じる話をしているではないか。私が心にもないことを言えば、たちどころに見抜くはずのコーラはこの顔にそうした気配を読みはせず、緊張を孕《はら》んだ沈黙がやや長きにおよんだところで、避けては通れない儀礼に即して椅子を勧めた。

「あなたの名は、本当にマルコ・ダ・コーラですか? 誰を相手に話しているか、知っておきませんと。実在の人物ですか?」

コーラは穏やかに笑った。「以前はね。実の兄だ。私はアンドレア」

「以前は?」

「亡くなったよ。クレタから戻って、私の腕の中で息を引き取った。今もまだ、残念でならない」

「あなたは、どうしてここへ?」

「君と同じで、人に危害を加えるつもりはない。たいていの人間は私を信じない。それで、私は責任を免れている。この国の政府は外国人司祭を評価しない。とりわけ、イエズス会は冷ややかだ」意図的な発言で、私の反応に神経を凝らす顔つきだった。

「質問に答えてはいませんね」

「ウッド君」コーラは言葉を接いだ。「君はただ一人、私の正体を見抜いた人間だ。これまで会った中で、信念強固で、私を悪魔扱いしないのは君だけだ。どうしてだね？　君は心の内で、正統な国教会に引きつけられているのではないのか？」

「自分の道が唯一最善とは、誰にも言わせないことですね。それを言うのは無知でしかありませんから」どこで聞いたか思い出すより先に言葉が口を衝いた。

コーラはいくらか動揺を示した。「間違ってはいるが、好意的な解釈だな」ここで深入りしてほしくはなかった。私自身、この考えを擁護できず、説明の術《すべ》もない。パンは肉体に、ワインは血液に、なるかならないかのいずれかだ。ローマではそうはいかないが、国教会の総本山、カンタベリーでは話が違う。キリストはペテロと弟子たちに精神的な問題すべての権威を授けて信仰の礎《いしずえ》としたのか、しなかったのか。主《しゅ》はペテロに、考え方の違うヨーロッパの一部を除いて世界中に権威をふりかざすとは言わなかった。

だが、コーラはそれ以上、何を語るでもなく、おそらくはこの世でただ一人、コーラを当局に突き出す必要を感じていない人物と出逢ったことを喜んだ。私もまた、神学論議にかかわる気はなかった。いざとなれば、誰なりと言い負かせたろうけれどもだ。もともと議論は嫌いではないが、厖大《ぼうだい》な知識の負荷に耐えかねて、今では些細に思えることにのめり込むのはごめんだった。

ここにいたって、コーラは控えめな言葉遣いでアン・ブランディの弔いについて尋ね、私は適宜と思える範囲でざっと答えた。コーラは用立てた金が正しく遣われたことに満足し、ローワーの不躾《ぶしつけ》を悔やんだ。

「サラが亡くなった傷心からは立ち直ったようだな」コーラは刺し貫くような視線を私に向けた。「それは結構。大事な存在を失うのは辛いものだ。私も兄を亡くしているから、よくわかるよ」

しばらく話をしたが、アンドレア神父は思い遣りがあって、並みならず心優しかった。事情をほとんど知らないが、私の心の傷を癒やし、今や運命と覚悟している孤独と折り合う助けをしてくれる。カトリック教徒でありながら、好人物で、立派な神父だ。私はつくづく幸せに思う。これほどの傑物とは、めったに逢えるものではない。肉体の医師になるのは困難なことで、多くが志しながら技術が伴わず、なかなか成功には恵まれない。ましてや、心の医師として人の悲しみを和らげ、労苦を甘受させるとなると、どんなにむずかしいことだろう。だが、アンドレア神父はそれをやってのけている。話が弾んで、もはやお互いに尋ねることも語ることもなくなったところで、私は一夕の礼を述べ、感謝の印にもう一つ話題を提供する気になった。

「何のためにオックスフォードへお見えか、わかっていますよ」私の一言に、コーラはきっと向き直った。

「あなたはジェイムズ・プレストコット卿と文通を続けていましたね。プレストコットが亡くなって、書簡は紛失しました。これが、あなたのこの国における信仰の大義を甚《はなは》だしく毀損するもので、人目に触れないように回収しなくてはというので、あなたはブランディの荒《あば》ら屋を家捜《やさが》ししました」

コーラは眉を顰《ひそ》めた。「知っていたか。今、どこにあるか、わかるか？」

「心配にはおよびません。私が承《う》け合《あ》います。誰の目にも触れずに、いずれ破棄されるはずですから」

私を信じていいものやら、コーラは迷う様子だったが、選択の道はない。コーラは運がよかった。ややあって、コーラはうなずいた。「それこそ、私の望むすべてだ」

「きっと、あなたの手に渡ります。では、私はこれで」

コーラは無表情を装《よそお》って一緒に階段を降り、上階では神父の立場で私をあしらったが、通りへ出ると紳士に返って笑いかけた。

「ローマへ来ることはないだろうな、ウッド君。旅は苦手と見受けたから。残念だな。ローマはほかに類のない別天地だ。優れた歴史家や、古物研究家がぞろぞろいる。みんな、君を知って喜ぶぞ。君がみんなと知り合って喜ぶ比ではない。まあ、気が変わって旅をすることになったら、一報くれ給《たま》え。歓迎するぞ」

重ねて礼を言い、会釈して別れたが、以後、二度と再び会うことはなかった。

風の便りに噂は聞いた。歩きだしてまだいくらも行かないところで、顔馴染みのジョン・オーブリとばったり出交《でくわ》した。私の笑止千万な知名度に劣らず、大変な金棒引きで通っている男だ。

「誰だ、あれは?」遠ざかるコーラを肩越しにふり返って、オーブリは不思議そうに言った。

「紹介してくれないのか?」

「医者だよ。少なくとも、医術に関心のある科学者だ。何故訊くんだ? 前に見かけたことがあるような口ぶりじゃあないか」

「それが、事実、あるんだよ」オーブリは、すでに角を曲がって姿を消したコーラをまたふり返った。「昨日の暮れ方、ホワイトホールで」

「人に知られず、ということもあるだろうに」

「宮廷で? それは無理だ。ましてや、ヘンリー・ベネット卿が一緒で、国王の寝所へ行ったとなると、なおさらだ」

「何だって?」

「えらくびっくりしているな。わけを聞こう」

「わけも何も」私は慌てて言った。「あの男がこの国で、そんなに顔が広いとは知らなかった。失礼ながらオックスフォードでは、みんな、運に見放された素《す》寒貧《かんぴん》と、頭から蔑《さげす》んでいたよ。それ以上に、目を開かれることはまるでなかった。こっちも、さぞかし陰険なやつらと思われていたろうな。いや、正確なところを聞かせてくれないか。君は、いつ、どこですれ違ったね?」

「遅い時間で、とっくに日は暮れていた。八時頃だったかな。ありがたいことに、食事に招かれてね。サンドイッチ卿夫妻と、ベネットが贔屓《ひいき》にしている従兄弟《いとこ》が一緒で、極《ご》く内輪の砕けた席だ。これが海軍本部勤めのえらく反《そ》っくり返った男で、自分が知りもしないことを際限もなく喋りまくる。まあ、元気がよくて、飾り気のない分、愛すべき男だ。名前は、確か……」

「名前なんぞ、どうだっていいんだ、オーブリ。君が何を食べたか、サンドイッチ卿のテーブルがどんなだったか、それも興味ない。聞きたいのはこっちの知り合いのことだ。君の幸運については、どうしてもというんなら、後で話してくれればいい」

「屋敷を出て自宅へ帰る途中、仕事の参考にと学長から渡された原稿を忘れてきたことに気づいた。疲れてはいないし、ワインも過ごしてはいなかったから、寝る前に読もうと思って、ホワイトホールは避けてスティーヴン・ヤードを引っ返したよ。廊下の突き当たりを右へ曲がれば、原稿のある部屋だ。左へ行くと、国王の寝所の裏へ出る。何なら、後で案内するよ」

私はじれったくて堪らずに先を促した。

「で、原稿を脇に抱えて戻るところへ、向こうからヘンリー・ベネットがやってきた。今ではアーリントン卿だ。知っているか？　こっちが見たこともない男が一緒でね」

「それが、今、話に出ている相手か？」

「間違いない。着ているものも前と同じだ。会釈して、道を空けて気がついたが、実に豪華な本を手にしている。かつて似たような本を見た憶えがある。仔牛革の表紙に金文字の、古風なヴェニスの装幀だ」

「これから国王に見参と、どうしてわかる？」

「ほかには、ほとんど誰もいないからね。ヨーク公爵は、ここと思えばまたあちらだが、いずれにせよ、聖ジェイムズ宮殿では国王の生母と間近く接している。王妃はウィンザーで大勢のお付きにかしずかれている。陛下はまだ何日かそのままだ。というわけで、ベネットが日暮れてから侍従に会わせるためにこの男を連れてきたのでない限り……」

と、まあそんな次第で、このヴェニス人が再び大陸へ渡る前の数日、ロンドンでどうしていたか、物足りないながらしかと知れたのはこれだけだ。すべてを正確に推量することはできないが、同じ道順を辿るところを見とがめられてウォリス師に捕まったのは、あれからほんの何日かあとだったに違いない。その間、ヘンリー・ベネット卿は追跡の手を緩めず、しかも、自身が極秘裏にダ・コーラを国王に見参させたことはひた隠しに隠し通した。

国家の怪しげな事情が絡んでいることは明らかで、これといった理由もなしに渦中に巻き込まれた罪のない傍観者は、しょせん、浮かぶ瀬がない。詳しいことは知らずにいる方がこの身のためだ。好奇心を抑えるのは辛かったが、私はその晩、大学の馬車でロンドンを去った。晴れ晴れとした気持だった。

先に「しかと知れた」と言った。私は秘中の秘とされた対面の場に居合わせずして、そこで何があったか、まずこれ以上は望み得まいまで確実なことを摑んでいるからだ。コーラ、プレストコット、それにウォリスの手記を読んだ今、こみ上げる笑いは禁じ難い。コーラがこれを書く気になった理由は明々白々で、狙いのすべては末尾の何行かに尽きる。「私は孤独に時間を過ごし、事実上、旧知の誰に会うこともない。人はみな私を忘れ、すでに世を去ったと信じるまでになっているに違いない」

手記が公にされて、久しい以前に物故したマルコ・ダ・コーラは人々の記憶に生き続け、前述の通り、兵士で平信徒の身でイギリスを訪れてホワイトホールで姿を見られたことを証《あか》した。マルコ・ダ・コーラがイギリスにいた以上、イエズス会士、アンドレア・ダ・コーラはいなかった。それ故、ホワイトホールで起きたと私が信じているのはなかったことだ。あの日、カトリックの神父が国王と対面しない限り、それはあり得ない。折りしも、カトリックに対する嫌悪はかつてないほど燃えさかっていた。人はほんのわずかでもローマカトリックに染まっていれば命が危なかった。それこそが、何にも況《ま》して重大だ。

ウォリス師は真実を知る一歩手前まで行っていた。いや、摑んでいながら、ほんの付け足しと切り捨てて、深く考えようとはしなかった。ウォリスはその手記に、ヴェニスを訪れた旅の画商の言葉を引いている。それによれば、マルコ・ダ・コーラは「当時、学術界では評価されていず、研究熱心でもなかった」だが、私が会ったコーラは専門知識が豊富で、文学に詳しく、話術が巧みで、古今の哲学者についても話題が広かった。加えて、ウォリスが面談した画商はコーラを評して言う。「がりがりに痩せこけて、陰気で、オックスフォードで会った、あの恰幅のいい快活な男とはまるで別人だった」ウィリアム・コンプトンの前ではクレタの兵役生活を語りたがらず、かと思えば、軍隊時代の武勇伝はこれでもかとばかり際限もない。私がコーラの書棚で見た本は、いったい、何を意味していたろうか。かつまた、サラ・ブランディと一夜を過ごした折り、自分の欲情の激しさに困惑を覚えた話を聞くと、これほど神経の繊細な兵士がいるだろうかと思いたくなるほどだ。奇人か、変人か、人の理解を寄せつけない不思議な男のようだが、正体がわかってみれば、なに、単純そのものだ。

私の手許にある本は、ウォリスとコーラが捜し求めていたローマの歴史家リウィウスの一書で、ジャック・プレストコットが渡してよこした写本を読み解くのになにがしかの手がかりになることは前々からわかっていた。なかなかの難物だったが、私はこれを読み果せたからといって、ウォリス師の功績を誹《そし》ったり、侮《あなど》ったりするつもりは毛頭ない。

はじめは少なからず躊躇《ちゅうちょ》した。苦労を重ねて得た知識が禍《わざわい》を招くことは目に見えていたというだけの話ではない。世情の縺《もつ》れは意識に重くのしかかり、私は何ヶ月か虚脱状態だった。いつものことで、本と、書き溜めた論文に捌《は》け口《ぐち》を求め、抑えようもない憤懣《ふんまん》を材料に注釈を施《ほどこ》したが、長らく忘れていたこの方法に大いに慰められて、変わり者という評判がついてまわるのも気にせず、いつか私は世捨て人になった。周囲の目には無作法なひねくれ者で、根性の悪いわからず屋と映っていたろうが、生きてきた時代がこの性格を形成して、今の私がここにある。世の中にはまったく無関心で、生きている相手よりも、世を去った人間と会話する方が性《しょう》に合う。世間とはどうにも折り合いが悪く、過去に逃げ込むのは、私が知っていることを知らず、私が見ているものを見ない同時代人とはとうてい嚙み合わないからだ。

私を書物から遠ざけるものはめったにない。人間社会にはとんと疎《うと》く、ここへ来てようよう、交際の幅が狭くなっていることに思いいたった。ローワーは段々とロンドンに足場を移して成功を摑んだ。クラレンドン卿の愛顧を受け、また手強い競争相手が次々に世を去ったこともあって、ほどなくイギリスでも最も羽振りのいい医者になり、宮廷にも出入りを許されて広壮な家を持つばかりか、ドアに家紋をあしらった馬車を乗りまわす身分である。これを思い上がった見せびらかしと非難する向きも少なくなかったが、当のローワーは痛くも痒《かゆ》くもなかった。裕福で生まれのいい器用人は経歴で相手を見る。加えて、ローワーは妹の持参金に大枚を弾み、ドーセットに家を再興して尊敬を集めた。だが、脳科学の分野で優れた業績を世に問いながら、研究熱心ではなくなり、実験に基づく高度な知の探求は打ち捨てて、現世の利益ばかりを追うようになった。その悲劇を理解していたのは私だけだろうが、世間が成功と考えることも、ローワーの目からは無駄であり、失敗でしかない。

ロバート・ボイル卿もロンドンへ移った。以後、オックスフォードを訪れたのは生涯に二度だったと思う。この街にとって、これ以上の損失は考えにくい。大学とは繫がりがなかったが、大学に輝きを与え、名声を高める存在だった。そのすべてをあの世へ持ち去ったが、生前、ロンドンでは絶えず翳《かげ》ることのない天才の閃《ひらめ》きを示してボイルの名を永遠にした。ロックもまた、名目だけの牧師職に満足して、実験、研究の場を去った。もっとも、ロックの場合は政治的に極めて危険な立場に身を置いたから、生活は不安定だった。いつの日か研究論文で名を成すかもしれないが、世情の混乱に巻き込まれて、専門外の領域から古巣の研究室に戻ろうとすれば絞首台で果てる虞《おそれ》なしとしない。その時になってみないことには何とも言えないけれどもだ。

トマス・ケン師は必然の成り行きで、グローヴ博士が存命なら生きる道としたはずの分野で暮らしを立てた。その意味で、トマス・ケンは唯一、私がかかわった悲劇から恩恵をこうむった人物だ。人柄もよくなった。信仰は穏健で、懐が深いとは世間もっぱらの噂である。驚くに値する変貌だったが、人は時として肩書きの威光を低い次元に引きずり下ろすよりは、名望にふさわしいまで自分を高める。極く稀とはいえ、これが周囲に安心を与えることしばしばだ。加えて、全人類にとって喜ぶべきことに、ケンは公務多忙で、ヴィオールを弾くのを諦めた。万人に神の気高い思い遣りを伝えてくれたのだから、トマス・ケンを主教職に推挙した各位には感謝しなくてはならない。

　サーロウは何年か後に他界して、秘密を墓場へ隠匿した。ただし、病魔が迫っていることを知ってどこかに秘蔵した文書は別だと思う。何しろ変わった男で、深く知らずに終わったことが今もって心残りでならない。私が語る秘密をすべて知っていたのみならず、サーロウは当時、政府の政策立案にかかわって、指導的な役割を果たした。クロムウェルに献身していたことを考えると、これは異様に思えるかもしれないが、クロムウェルはこの貧しい国に秩序をもたらしたゆえに、サーロウはあの偉人に尽くした。国王や庶民大衆を敬愛する以上に、秩序と、洗練を窮めた静かな文化を崇拝する男だった。

　ウォリスはあまり変わらないが、目が悪くなるにつれて短気で怒りっぽくなった。私のほかに、あの頃のままに生きているのはウォリスぐらいのものだろう。英文法や、言語障害者に話し方を教える本、世界でもほんの一握りの人間にしか理解できない複雑な、おまけに曖昧模糊《あいまいもこ》たる数式が、ウォリスのペン先から滔々《とうとう》と湧いて出る。その口からは同様に止め処《とど》ない罵詈雑《ばりぞう》言《ごん》が迸《ほとばし》る。常々無用者と見下げ果てている学者仲間を相手構わず讒謗《ざんぼう》する。崇拝者は数々いるが、心の通う友人はいない。ウォリスが政府関係の仕事を続けていることは疑いを挟む余地もない。暗号解読の能力は余人の遠くおよばない域に達しているからだ。サーロウはすでに世を去り、ベネットは政治家の例に漏れず、権力機構では影が薄くなった。ウォリスがどう騙され、裏切られ、笑いものにされたか、実情を知っているのは年老いた国王だけだ。

私は誰の助けも借りずに独力で、低地三国――ベルギー、オランダ、ルクセンブルクを転々としているコーラに送達される途中でウォリスがくすねた手紙を解読し、そこに記された秘密をすべて暴いた。容易《たやす》いことではなかった。前にも言った通り、私は長いこと見向きもせず、疫病と大火がロンドンを襲ってオックスフォードにまたしても恐怖に駆られた無数の市民が厄災を逃れようと殺到してから長い時間が経つまで放置したままだった。私自身も恐怖にすくみ、何ヶ月も蟄居《ちっきょ》を強《し》いられて、誰もが災害を忘れたと思える頃になって、やっと床下から文書を掘り出して検証にかかった。

もちろん、これはほんの手はじめに過ぎない。ウォリスがわずか数時間で終えたろうことをなしとげるのに、私は何週間もかかった。調べものであれやこれや文献を漁《あさ》らなくてはならなかったが、どうにか全体を貫く原則は理解した。ウォリスが手記で述べている簡単な説明を事前に摑んでいれば、私の労苦は大幅に軽減されたに違いないが、あの男に頭を下げることだけは、何としてもできない。とにもかくにも、必要とされていることを私は自力で解明した。二十五字置きに暗号の始点となる文字は、同文中の次の字ではなく、続く単語の頭字でもなく、アンダーラインが引かれている次の字だった。わかってみれば、これほど簡単な話はない。従軍兵士に完備した資料を渡せば、たちどころに作戦の終始を書き綴《つづ》るようなもので、要はそれだけのことだ。

この驚くべき発見が弾みとなって、午前中いっぱいで手紙の秘密をそっくり頭に焼きつけたが、そこで読んだことを信じるまでには何ヶ月もの時間が過ぎた。

かねてからの約束通り、文書はすべて廃棄した。私の翻訳による写本が一部だけ残っているが、それも不治の病を得たとなれば、本稿とともに廃棄する。知り合いの若い司書で学究肌のタナー氏に死後の不動産処分は頼んである。正直一途《しょうじきいちず》で几帳面なタナー氏はこれも務めのうちと心得て約束を守ってくれるはずだ。私について、信頼を裏切ったの、秘密を漏らしたのとは断じて言わせない。

国務大臣ヘンリー・ベネットがアンドレア・ダ・コーラ宛てに暗号で書き送った手紙がある。ヘンリー・ベネットがウォリス博士の雇い主だとは笑わせるが、おざなりの前置きに続く文面は以下の通りだ。

このほど来の往復書簡で論議した事案がいよいよ具現の運びとなり、国王陛下は可及的速やかにローマ教会に迎えられるよう、ご希望の旨を表明された。これはまさしく陛下の揺るぎない信仰と信条に合致する。私は信頼するに足る聖職者を極秘裏に送り込んで、陛下の望みを叶えるべく手はずすることを仰せつかっている。ここはぜひ貴殿にこの役を引き受けてもらいたい。貴殿は広く知られているし、信望も篤いからだ。万が一にもこのことがほかへ伝わったら、悲惨な結果を招くと考えなくてはならない。それどころか、カトリックに対する制限を緩和する政策が執られて長い間には、一般にそれとはわからぬほど徐々にではあれ、嫌悪も薄らぐに違いない。当面とってその意図を見せかける思い入れで、できる限りの策が講じられよう。国王はカトリック教徒をもっと寛容に遇するよう、議会を説得するだろう。これを皮切りに、教会の再統合が進むまでまだいろいろと方途があって、それについては自信たっぷりと見受けられる。陛下の望みが叶った暁《あかつき》にはブルトン氏が特使としてローマを訪れ、形式をととのえて必要な段取りに備えることとされている。

貴殿自身は心置きなく当地を旅されたらよろしかろう。明らかな理由で、表立って警護は致しかねるものの、御身の安全には配慮を怠らず、身元が知られることもないように万全を期する所存である。

一六六三年以降、新教――聖公会の最高指導者であるイギリス国王は、その実、歴としたカトリック教徒で、密かにローマ教会の典礼を守っていた。片腕のヘンリー・ベネットもカトリック教徒で、陰へまわっては、自分が保護すると誓った国教会の転覆を企《たくら》んでいた。失敗に終わった暗殺計画どころか、コーラは国王をローマ教会へ迎えるためにイギリスへやってきた。事実、あの夜、聖油と十字架、聖遺物を携えてホワイトホールに赴いたはずではないか。

その間ずっと、ウォリスは執念を燃やしていた。ヘンリー・ベネットは一心に耳を傾けてウォリスを励ましたから、国王のローマ教会帰依は明るみに出ないばかりか、それまで以上に深く秘されることになった。証拠はないが、秘密を守ることを理由にウォリスの忠臣、マシューの殺害を教唆したのはベネットに相違ない。暴力を好まないコーラがそのような挙に出るとは信じ難い。咽《のど》を掻《か》っ切《き》る惨殺の手口はどこから見ても、ウォリス自身がちょくちょく荒事に雇ったジョン・クースの流儀だった。

私がこの手紙を公表するか、またはウォリスのような誰かにこっそり見せるかすれば、この国の君主体制は一週間と保たずに崩壊し、内乱の嵐が吹き荒れて、ローマ教会の息がかかっているものすべてに対する一般市民の嫌悪はかつてなく激しく、根深くなるだろう。ウォリスが屈辱を受けた怒りをぶちまければ、イギリス国教会はこれを追い風とたちどころに反旗を翻《ひるがえ》し、またもや国王の血を求めて騒ぎ立てるだろうことは目に見えている。私にしても、国王にすり寄っておけば懐が潤って、余生を安楽に送れたろう。この手紙の価値、というより、手紙が人目に触れずにいることの意味はいかにも深甚《ま》で、金には換えられない。

だが、私にその意志はない。かかる驚異を目のあたりにして、神の恵みを肌身に感じた立場から考えるなら、いったい、私個人の栄耀栄華《えいようえいが》が何だというのか。人間に姿を変えて顕現した神と間近に向き合い、言葉を交わし、触れ合ったことを、私は信じて疑わない。神は目に見えないところで密かに加護の手を差し伸べているのだが、人間は無分別なあまり、尽きせぬ慈悲と愛に浴しているとは悟らない。これはいつの時代にもあることで、この先どこまで世代を重ねても事情は変わるまい。乞食、身体障害者、幼児、狂人、犯罪者、一介の女、いずれもみな神の子で、人知れず撥ねつけられ、無視され、あるいは人手にかかって人類の罪を償《つぐな》う。だが、このことについて私は口外無用と戒《いまし》められている。戒めは守らなくてはならない。

これこそは一つにして唯一の真実で、明白、かつ十全、間然するところ何もない。この上、聖職者の教条、国王の権力、学者の気魄、研究者の創意に果たして何ほどの意味があろうか。

タナー氏は文書を精査した。時いたるに及んでは焼却を指示する建前で、ウッド氏がその抜粋を預かった。やがて、ウッド氏は、自身、世を去る日の近いことを知り、かねての約束通り処分を指図した。これを受けて、タナー氏は段取りを違えず、件の文書を焼き捨てた。

トマス・ハーンによるアントニー・ウッド『アテナエ・オクソニエンシス／学術・文芸の殿堂オックスフォード大学』（第三版、ロンドン、一八一三年）解題。第一巻、一四三ページ

人物解説

ジョン・オーブリ（一六二六～一六九七）

好古家、自然哲学者、作家。豊富な知識があったが、出版されたものは少ない。最も有名な著書は、同時代の人物の短い伝記を集めた『名士小伝』。あらゆる分野の学問に興味を抱いていたが、父親の遺した債務によって経済的にはつねに苦労した。一六六三年から王立協会会員。

ヘンリー・ベネット（一六一八～一六八五）

一六六三年にアーリントン男爵、その後一六七二年に初代アーリントン伯爵となった。「当時の彼の策略は、不名誉な人物とのそしりを免れぬものだった。その高潔さの欠如も、ごまかしの品位の中に紛れてしまうのであり……表向きはプロテスタントを宣言していたが、カトリック教徒として亡くなった」駐スペイン大使として赴任したあと、一六六二年十月に南部担当国務大臣（実質的な外務大臣）に就任。カトリック主義を奨励したとして一六七四年に糾弾され、公職を追われた。

サラ・ブランディ
架空の人物。彼女の裁判と処刑に関する記述は、一六五五年にオックスフォードで絞首刑になったアン・グリーンの史実をもとにしている。

ロバート・ボイル（一六二七～一六九一）
「化学の父」。大地主であった初代コーク伯爵リチャード・ボイルの十四番目の子で、「気体の体積は圧力と反比例する」という『ボイルの法則』を導き出した。著作『懐疑的な化学者』の中で彼は、元素という語を現代における意味合いで使い、その存在を思索した。みずからを科学者であると同じくらい神学者であると考えており、近代科学と同様に錬金術にも強い興味をもっていた。

ブリストル伯爵ジョージ・ディグビー（一六一二～一六七七）
チャールズ二世の長年の支持者だったが、カトリック教徒であったことから、王政復古の際に公職に就けなかった。一六六〇年代、かつては親友だったクラレンドン伯に対して陰謀を企《くわだ》てた。特にスペインとの同盟に失敗したあとの一六六三年、陰謀計画の失敗により不正行為が告発されて私権剝奪となった。彼を擁護する者はなく、ブリストル伯は亡命することになる。だがその後一六六七年、クラレンドン伯の失脚に伴い復帰した。

チャールズ二世（一六三〇～一六八五）
フランス、スペインおよび低地帯諸国で亡命生活を送ったあと、一六六〇年の王政復古で返り咲いた。チャールズがカトリック教会員として認められるという一六六三年の交渉内容は、『マンスリー・レヴュー』一九〇三年十二月号（第十三号）で初めて公開された。彼のあとはカトリック教徒のジェイムズ二世が継いだが、一六八八年の名誉革命で追放された。

クラレンドン伯爵エドワード・ハイド（一六〇九～一六七四）
チャールズ二世による王政復古後の、大法官および実質的な首相。国王の最も忠実な支持者で、亡命生活のあいだずっと付き添っていた。だが、娘のアンが国王の弟と許可なしに結婚したころから影響力が弱まり、一六六七年に亡命を余儀なくされ、アーリントン伯ヘンリー・ベネットに取って代わられた。

（ドーセットの）ジョージ・コロップ
一六六一年から一六八二年に死ぬまで、ベッドフォード公爵の収税官だった。また、リンカンシャーのかなりの土地を農業用地に変える排水事業の後期において、監督官を務めた。

サー・ウィリアム・コンプトン（一六二五～一六六三）
王党派の将校で陰謀家。一六四三年にナイト爵。オリヴァー・クロムウェルをして「冷静なる若者にして敬神なる騎士」と言わしめた。共和国に対する陰謀により一六五五年と一六五八年に投獄され、一六六三年にロンドンで死去、ウォリックシャーのコンプトン・ウィニエイツ館に埋葬された。

ジョン・クロス

オックスフォードの薬種屋《やくしゆや》。現在では、ロバート・ボイルがオックスフォードにいたときに部屋を借りていた家主として知られている。

ヴァレンタイン・グレイトレックス（またはグレイトレイクス）

アイルランド人の信仰治療師。イングランドに来た彼は、瘰癧《るいれき》（リンパ腺腫）その他の慢性疾患の患者を、撫でることによって治療し、その力は神から与えられた特別な能力だと信じていた。治療の成功はボイルなどに強い影響を与え、イングランド貴族に対して治療を行い成功することもあった。「悪魔と魔女の言葉で話す不思議な輩《やから》」アイルランドへ戻ったあとは治安判事および地主として余生を送った。

ロバート・グローヴ（一六一〇～一六六三）

オックスフォード大学ニュー・カレッジの評議員にして「アマチュア占星術師」。「三月三十日月曜日、ニュー・カレッジ上級評議員のミスター・ロバート・グローヴが亡くなり、カレッジの西回廊に埋葬された」――*The Life and Times of Anthony Wood* 第一巻四百七十一ページ。

トマス・ケン（一六三七～一七一一）
バース・アンド・ウェルズ教区の主教。一六六一～六三年にオックスフォード大学ニュー・カレッジの論理学および数学講師を務めたあと、メイナード卿によりイーストン・パーヴァの聖職禄付職務に指名され、敬虔で慈悲深い聖職者との評判を得る。著名な牧師として、一六八五年に主教に指名される。ジェイムズ二世のカトリック主義には反対したが、彼との臣従宣誓を理由にウィリアム三世との臣従宣誓を拒否したため、一六八八年の名誉革命後、主教職を剝奪された。

ジョン・ロック（一六三二～一七〇四）
おそらく英語圏で最も偉大な哲学者。その思想は、英国の政治に一世紀以上にわたって影響を与えた。医師としての教育を受けたあと、シャフツベリー伯爵の秘書となる。伯爵は一六七〇年代に政府と対立して投獄され、ロックは一六八三年にオランダへ亡命するが、ウィリアム三世の即位が決まり、一六八八年に帰国した。著書に『寛容論』、『人間知性論』、『統治二論』など。

リチャード・ローワー（一六三一〜一六九一）

医師および生理学者。アントニー・ウッドの友人であり、同時代のロンドンで最も成功した医者。王立協会を創立したオックスフォード・サークルの中心的人物のひとりだが、一六六七年まで会員にならなかった。一六七五年に英国王立内科医協会のフェローになったものの、政治的なつながりが影響して経歴に大きな傷がつき、一六八八年の名誉革命まで回復することはなかった。一六六〇年代に輸血に関する実験を行い、一六六九年に *Tractatus de Corde*（心肺の機能）を出版した。

トマス・ローワー（一六三三〜一七二〇）

リチャード・ローワーの弟でクエーカー教徒。クエーカーの創始者ジョージ・フォックスの継娘《ままむすめ》と結婚。一六七三年と一六八六年に投獄される。アメリカのクエーカー教徒入植地に財産をもっていた。

パトリシオ・デ・モレディ伯爵

一六六二年から六七年まで駐イングランドのスペイン大使。学識と礼儀正しさで知られた。

モーダント男爵ジョン・モーダント（一六二六〜一六七五）

初代ピーターバラ伯爵の二男。海外で教育を受けたあと、王党派の陰謀の中心人物となる。

一六五八年に逮捕されたが、裁判で無罪になった。王政復古でウィンザー城の城守に任命されるが、一六六六年に議会で弾劾され、政権の高い地位には就けなかった。晩年は家族の法的紛争に巻き込まれた。

サー・サミュエル・モーランド（一六二五〜一六九五）

外交官にして発明家。一六五四年に国務大臣サーロウの秘書となり、クロムウェルの信任を得て一六五五年にサヴォイア公に対する任務を統率する。一六五九年には反逆者であることを認め王党派に鞍替えする。王政復古でナイト爵。一六六三年に計算機械をつくり、一六六〇年代はずっとポンプおよび初期の蒸気エンジンの実験を行う。一六八一年にはヴェルサイユでルイ十四世の給水に関する技術顧問となった。

ジャック・プレストコット

架空の人物。彼およびその父親のストーリーは、一六六〇年に反逆罪で亡命したサー・リチャード・ウィリスの史実をもとにしている。ウィリスの息子は、のちに発狂して亡くなった。

サー・ジョン・ラッセル（？〜一六八七）

イングランドの王党派活動グループ「封印されし絆《シールド・ノット》」の中心人物。このグループはクロムウエル政権を転覆させ国王を復帰させようとして、一六五〇年代に絶え間なく陰謀をめぐらせたが、実を結ばなかった。

ペーター・シュタール（？～一六七五）

「著名な化学者にして薔薇十字団員である、プロシア王国シュトラスブルクのペーター・シュタールは、ルター派信徒であり、女性を忌み嫌《い》う人物である。［そして］非常に有能な人物であり……彼は一六五九年にミスター・ロバート・ボイルによってオックスフォードに招かれ……一六六三年の初め頃、自分の研究室をオールセインツ教区の反物商人《たんもの》の家に移した。翌年、彼はロンドンに招喚されてずっと滞在し、一六七五年頃に亡くなると、セントクレメントデーンの教会に埋葬された」―― *The Life and Times of Anthony Wood* 第一巻四百七十二ページ。

ジョン・サーロウ（一六一六～一六六八）

法律家で、一六五二年、クロムウェルの国務会議の一員となる。以降、クロムウェル政府の諜報システムを組織。王政復古の際にはあらゆる処罰を逃れ、オックスフォードシャーのグレートミルトンに住んだが、死ぬ少し前にロンドンに戻った。国務にかかわる書類をすべて隠したものの、天井の漆喰《しっくい》に埋められていたのが発見され、十八世紀になって公表された。

ジョン・ウォリス（一六一六～一七〇三）

オックスフォード大学の幾何学《きかがく》教授、王立協会の創立メンバー、そしてニュートン以前の時代の英国における最高の数学者。大の外国人嫌いで、（中でも特に）トマス・ホッブズやパスカル、デカルト、フェルマーを相手にして、長文の辛辣な批評を出版物に載せた。一六四三年～六〇年は議会派の暗号解読者だったが、その後はチャールズ二世、ジェイムズ二世、ウィリアム三世の暗号解読者となった。著書に *Arithmetica Infinitorum*（1655）、*Mathesis Universalis*（1657）、*Treatise of Algebra*（1685）、*Sermons* 完全版（1791）、*Essay on the Art of Decyphering*（1737）。

アントニー・ウッド（一六三二～一六九五）

好古家で歴史家。著書に *Historia et Antiquitates Universitatis Oxonienses*（1674）と *Athenae Oxonienses*（1691-1692）がある。独身のまま隠遁者のような生活をしたので、後年は人嫌いの評判がたったものの、一六六〇年代までは幅広い交友関係を築いていた。その膨大な日記を通じて知られる人物だが、出版されたのは十九世紀末になってからだった。

マイケル・ウッドワード（一五九九～一六七五）

オックスフォード大学ニュー・カレッジの学寮長（一六五八～七五年）。サリー州アッシュの教区牧師で、「学識に乏しく、政治的または宗教的志向にもっと乏しい人物」。だが、内戦による壊滅的な収入減のあと、カレッジの財政を立て直すことに関しては、不断の努力をした。

サー・クリストファー・レン（一六三二～一七二三）

オックスフォード大学の天文学教授で、国王所有の建築物の測量技師。ジョン・ウォリスに匹敵する幾何学者だとニュートンに評された彼は、球面三角法を研究し、月の測量地図をつくった。王立協会の創立メンバーで、オックスフォード・サークルのローワーたちとともに重要な解剖作業を公開した。セントポール大聖堂やロンドンの数多くの教会、それにハンプトンコート・パレスの設計で有名。

年表

一六二五年　国王ジェイムズ一世死去、チャールズ一世即位。
一六二九年　チャールズ一世、権利の請願を事実上廃止し、抗議する議会を解散。
一六四〇年　議会を招集。国王軍、スコットランドに敗北。
一六四二年　イングランド内戦（清教徒革命）。エッジヒルの戦いで国王軍が議会軍に勝利。
オックスフォードが王党派の拠点となる。
一六四四年　クロップレディ橋の戦い。その後マーストン・ムーアで国王軍が敗退。
一六四五年　ネイズビーの戦い。議会軍の勝利が決定的となる。
一六四六年　オックスフォードの包囲と陥落。
一六四七年　内戦が終結しチャールズ一世の身柄が拘束される。
一六四八年　大学の巡察と、国王支持者である評議員の追放《パージ》。
一六四九年　チャールズ一世処刑。チャールズ二世亡命。共和制樹立。
一六五〇年代　イングランドの〝護国卿〟オリヴァー・クロムウェルによる独裁。ボイル、ウォリスほか、オックスフォードで王立協会の母体をつくる。
一六五八年　クロムウェル死去。息子リチャードが護国卿として跡を継ぐ。

一六五九年　リチャード・クロムウェル辞任。議会招集。ジョン・サーロウ国務大臣失脚。王党派の蜂起失敗。

一六六〇年　チャールズ二世、亡命先から帰国（王政復古）。クラレンドン伯、大法官に就任。

一六六一年　第五王国派による反乱、すぐに鎮圧される。チャールズ二世、ポルトガル国王の王女と結婚し、スペインから敵意をもたれる。大学で第二のパージ。

一六六二年　国王の信仰自由宣言にもかかわらず、国教信奉の一連の法案、議会で可決。クエーカー教徒の迫害。スペイン、チャールズに対する陰謀を計画。

一六六三年　チャールズ暗殺の陰謀に関する噂が絶えず。ブリストル伯、クラレンドン伯の告発を計画するも失敗。リチャード・ローワーとクリストファー・レン、輸血の実験。王立協会、正式発足。

一六六七年　クラレンドン伯失脚。アーリントン伯ヘンリー・ベネットによる支配が始まる。

一六七八年　「カトリック陰謀事件」――カトリックのイエズス会がプロテスタント教徒の大虐殺を企《くわだ》てているという陰謀捏造による集団ヒステリーが広まる。

一六八五年　チャールズ二世死去。カトリックである弟のジェイムズ二世が即位。

一六八八年　「名誉革命」――一九八九年まで続きジェイムズ二世追放、「権利章典」により国王に対する議会の優位が確定し、プロテスタントの権利と正統性が定められた。

謝辞

マイケル・ベンジャミン、キャシー・クローフォード、マーガレット・ハント、カルマ・ナーブルス、リンダル・ローパー、ニック・スターガルト、フェリシティ・ブライアン、リズ・コーエン、エリック・クリスティアンセン、ダン・フランクリン、アン・フリードグッド、オーウェン・ハフトン、マギー・ペリング、チャールズ・ウェブスター、（そして誰よりも）ルース・ハリスに感謝する。

訳者あとがき

宮脇孝雄

シェイクスピア（一五六四〜一六一六）の芝居に紅茶が出てこないのは有名な話である。

トーマス・トワイニングが、もともとはコーヒー・ハウスであったところを買い取って商売を始め、副業として紅茶の販売も始めたのが一七〇六年のこと。それが評判となり、一七〇七年、現存する世界最古の紅茶専門店〈ゴールデン・ライオン〉を店開きした。しかし当時、紅茶には高い税金がかけられていたので、一般の庶民には手が届かない飲み物であった。トーマスの孫、リチャードは、一七八四年、茶商人の元締めとして、時の宰相ウィリアム・ピットを説き伏せ、その税金を下げさせることに成功した。イギリスが現在のような紅茶の国になったのは、それ以来である。

イギリスで最初に紅茶を飲んだのが誰であったか、もちろんそれはわからないが、王室で紅茶が飲まれるようになったきっかけはよく知られている。チャールズ二世と結婚したキャサリン・オブ・ブラガンザが宮廷に喫茶の習慣を広めたのである。キャサリンはポルトガル王の娘で、東洋への憧れが強く、輿入れのときに紅茶や砂糖を持参した。一六六二年のことである。

その翌年、一六六三年から本書は始まり、第一の手記の記述者によって、知識階級の溜まり場、オックスフォードのコーヒー・ハウスにおける出会いが、まず語られる。ちなみに、オックスフォードはコーヒーとは縁の深い町で、一六五〇年頃にユダヤ人の商人がイングランド初のコーヒー・ハウスを開いたところでもある。

時代背景

当時のイングランドの状況は、異邦人である第一の語り手を通してわかりやすく説明されているが、偏見に満ちた語り口（作者の意図による）でもあるので、俯瞰的《ふかんてき》にざっとおさらいをしておいたほうがいいかもしれない。

チャールズ二世の父、チャールズ一世のとき、絶対王政に舵を切りたい国王と、伝統的に獲得してきた権利を手放したくない議会とが対立し、一六四二年、王の軍と議会軍との内戦が勃発した。内戦の最初の二年は戦闘経験のある貴族が参加する王の軍のほうが有利だったが、議会軍の中に生まれた〈長老派〉と〈独立派〉との対立を制し、〈長老派〉を追放したオリヴァー・クロムウェルの手腕によって、議会軍が徐々に王の軍を圧するようになった。その力を背景にして、議会軍はチャールズ一世を捕らえ、一六四九年、国民の敵という罪名で議会が死刑を宣告し、王を断首した。これがピューリタン革命で、以後、英国は一六六〇年までオリヴァー・クロムウェル体制の「共和国」になる。

クロムウェルの政治手法は軍事独裁とでもいうべきもので、晩年には支持を失い、息子リチャードの代になると、王政復古の機運が高まっていた。チャールズ一世の息子、チャールズ二世は、自分が王位に即《つ》いたらどんな統治をするかという約束事をまとめたブレダ宣言を出し、イングランドで召集された仮議会がそれを認めたので、亡命先のオランダから戻ってくる。それによって、一六六〇年の五月、王政復古が成立した。

王政復古の最初のころは、本書にも登場するクラレンドン伯エドワード・ハイドが政務に当たった。だが、当時この国はまだユーラシア大陸のそばにある沖の島々（offshore islands）にすぎず、ヨーロッパ全体から見れば、いまだに後進的な国家であった。ヴェネツィアからやってきたマルコ・ダ・コーラが、客人でありながらしばしば侮蔑的な言辞を弄《ろう》するのはそのためである。英国が強国への道を歩みはじめるのは、チャールズ二世の王位継承者で、弟でもあるジェイムズ二世のときに起こった名誉革命（一六八八～八九）以降である。議会の力が一段と強まって、大幅に私有財産を認める方針が支持を集めるようになり、今でいう資本主義の基礎が固まって、そのときからこの国の資本家たちは一大植民地帝国の建設へと突き進んでいった。

歴史ミステリとして

この『指差す標識の事例』（*An Instance of the Fingerpost*）は、一九九七年に出版された作品で、すでに歴史ミステリの名作として評価が定まっている。

以前からミステリの世界では歴史に材を取った作品がたくさん書かれてきた。歴史ミステリはひとつのジャンルとして確立されているといってもいいだろう。ただし、描かれる時代には、そのときどきの流行や、それぞれの作者の好みがあるようだ。

一九五〇年代から歴史ミステリを書き続けたジョン・ディクスン・カーには、本書と同じ王政復古期を舞台にした作品（『ビロードの悪魔』『深夜の密使』）もあれば、十九世紀初頭の英国を舞台にした作品（『ニューゲイトの花嫁』）もあり、二十世紀初頭のエドワード朝（『引き潮の魔女』）や、十九世紀のアメリカ（『ヴードゥーの悪魔』などニューオーリンズ三部作）が出てくる作品まである。多様な時代に、まんべんなく材を取ってきたわけだが、いささか風呂敷を広げすぎたようなところもある。

それ以降の作家の、シリーズ化を前提にした歴史物には、ひとつの動乱の時代に狙いを定めたものが多い。エリス・ピーターズの修道士カドフェル・シリーズでは、内乱状態の十二世紀のイングランドが描かれているし、ピーター・トレメインの修道女フィデルマ・シリーズでは、五王国が並立していた七世紀のアイルランドが描かれている。アン・ペリーのモンク警部シリーズは比較的安定したヴィクトリア時代のイングランドが舞台だが、主人公の設定から生じる階級問題が、いい意味での不安定要素になっている。

本書でも王政復古期の不安定要素がふんだんに盛り込まれているが、そのひとつに宗教の問題がある。十六世紀のヘンリー八世以来、イングランドはおおむねカトリックと決別するが、ヘンリー八世の娘、エリザベス一世の治世の中頃、スコットランド女王メアリを捲《ま》き込んで、カトリック対プロテスタントの熾烈《しれつ》な争いが繰り広げられた。もとはスパイスリラーの作家で、のちに歴史小説に転じたケン・フォレットの『火の柱』では、血で血を洗うその時代のすさまじい宗教間闘争が描かれている。

百年後の本書の時代でも宗教紛争の火種はくすぶっていて、先に触れた名誉革命の原因の一つにもジェイムズ二世がカトリックであったことが挙げられている。

最初はちらっと触れられるだけだったそうした不安定要素が、読み進めるにつれて徐々に物語に絡んでくるのも、本書の読みどころのひとつだろう。

作者について

作者のイーアン・ペアーズは一九五五年、イングランド中部の工業都市、コヴェントリーで生まれた。ウォリックのパブリック・スクールを経て、オックスフォードのウォダム・コレッジに入学。ちなみに、本書に登場する建築家のクリストファー・レンも同じコレッジの出身で、ペアーズの三百年前の先輩に当たる。

大学では美術史を専攻し、卒業後はテレビ局やロイター通信の記者をやっていたが、一九九一年、*The Raphael Affair* というミステリで作家デビュー。美術史家のジョナサン・アーガイルを主人公にした連作（全七作）の第一弾でもあり、日本では『ラファエロ真贋事件』（新潮文庫）という題で翻訳が出ている。そのときの著者名は「イアン・ペアズ」だったが、本書では各方面に確認した上で「イーアン・ペアーズ」とした。

文学界でメジャーな存在になったのは本書からで、ジョナサン・アーガイル・シリーズのほか、四冊の長篇を発表している。

The Dream of Scipio（2002）
The Portrait（2005）
Stone's Fall（2009）
Arcadia（2015）

さて、お読みになったかたはおわかりのように、本書は、それぞれ書き手の違う四つの手記で成り立っている。しかも、四人揃って「信用できない語り手」で、同じ出来事を語りながら、一人の記述者の嘘が次の記述者によって暴《あば》かれる、という凝った構成になっている。以降の四作も、こうした凝った叙述法を駆使した作品ばかりなのだが、それについて、二〇一五年に作者本人が〈ザ・ガーディアン〉にこんな文章を寄せている。

「*The Dream of Scipio* では三つのストーリーを縒《よ》り合わせた。*Stone's Fall* では三つのストーリーを現在から過去に向かって逆に語っていった。どれもうまくいったが、読者にはかなりの忍耐力を強要することになる。作者が数百ページ前に挿入した細部を記憶していなければならないこともしばしばだし、数百年の時間をまたぎ超えることも要求される。意外なことではないが、私がどんな構成を考えても、それを嫌う人は必ずいた」

そのため、二〇一五年に*Arcadia*を発表する際には、ある画期的な工夫をした。二〇〇五年の*The Portrait*は比較的わかりやすい「信用できない語り手」の一人称小説だが、*Arcadia*になると、十人の登場人物が交錯するストーリーラインがあまりにも複雑になりすぎて、一ページ目から読むことを前提にした書籍の形で発表してもほとんどの読者には読み通せないだろうと危惧《きぐ》された。そのため、書籍版だけではなく、ストーリーラインを図式化し、メニューから好きなラインを選んで読むことができるアプリ版も発売されたのである。現在アップル社のApp Storeで売られている版は、ストーリーラインをひとつ読む分には無料で、五百円ほど払えば全部のラインを読むことができる。

しかし、まあ、本書はそこまで複雑ではないので、普通に読み通せるだろう。ひとつの出来事を複数の視点から語る、という構成から、海外の書評家からも黒澤明監督の『羅生門』（つまり、芥川龍之介の「藪の中」）のようだという声が上がっているが、ミステリの歴史の中に置けば、先駆作としてウィルキー・コリンズの『月長石』を挙げるのが妥当なところではないだろうか。そして『月長石』のように、本書も五十年、八十年と読み継がれるはずである。

追記

翻訳に際しては、四つのパートを四人の翻訳者がそれぞれ訳した。訳者の一人、東江一紀氏は、二〇一四年六月に食道がんのため逝去された。本書は、活字化される東江氏の最後の訳業である。

訳者紹介

池　央耿（いけ・ひろあき）
1940年生まれ。国際基督教大学卒。アイザック・アシモフ《黒後家蜘蛛の会》シリーズ、ジェイムズ・P・ホーガン『星を継ぐもの』、ジェイムズ・ヒルトン『失われた地平線』、チャールズ・ディケンズ『二都物語』など訳書多数。著書に『翻訳万華鏡』がある。

東江一紀（あがりえ・かずき）
1951年生まれ。北海道大学卒。ドン・ウィンズロウ『ストリート・キッズ』、フィリップ・カー『砕かれた夜』、ジョン・ウィリアムズ『ストーナー』、マイケル・ルイス『世紀の空売り』など訳書多数。著書に『ねみみにみみず』がある。2014年逝去。

宮脇孝雄（みやわき・たかお）
1954年生まれ。早稲田大学卒。ヘレン・マクロイ『ひとりで歩く女』、ジョン・ダニング『死の蔵書』、グラディス・ミッチェル『ソルトマーシュの殺人』など訳書多数。著書に『洋書天国へようこそ』『英和翻訳基本辞典』などがある。

日暮雅通（ひぐらし・まさみち）
1954年生まれ。青山学院大学卒。アーサー・コナン・ドイル《シャーロック・ホームズ》シリーズ、S・S・ヴァン・ダイン『僧正殺人事件』、ケイト・サマースケイル『最初の刑事』など訳書多数。著書に『シャーロッキアン翻訳家 最初の挨拶』がある。

検印
廃止

指差す標識の事例　下

2020年8月28日　初版
2020年11月6日　再版

著者　イーアン・ペアーズ

訳者　池《いけ》　央《ひろ》　耿《あき》ほか

発行所（株）東京創元社
代表者　渋谷健太郎

162-0814/東京都新宿区新小川町1-5
電話　03·3268·8231-営業部
　　　03·3268·8204-編集部
URL　http://www.tsogen.co.jp
DTP　キャップス
暁印刷・本間製本

ISBN978-4-488-26707-0　C0197